全新譯校 經典新版世界名著 15

The Three Musketeers

巴黎 三劍客

〈下〉

〔法〕大仲馬 著
郭志敏 譯

經典新版　世界名著

閱讀經典名著確實是不一樣的宴饗。人們對於經典名著，不會只說「我讀過」，而是說「我又讀了」。事實上，我每次去讀它，都會讀出新的東西，新的精神。

——當代義大利名作家、後設小說大師卡爾維諾（Italo Calvino）

真正的光明，絕不是永遠沒有黑暗的時候，只是永不被黑暗掩沒罷了。真正的英雄，絕不是永遠沒有卑下的情欲，只是永不被卑下的情欲所征服罷了。閱讀經典名著，永遠可以使人自我昇華，不陷於猥瑣。

——法國名作家、諾貝爾文學獎得主羅曼羅蘭（Romain Rolland）

閱讀文學經典、世界名著，能夠滋潤現代人的心靈，使人對世事、愛情與人性重新有一番體悟。

——美國現代名作家、諾貝爾文學獎得主海明威（Ernest Hemingway）

台灣曾出版的世界名著與文學經典可謂汗牛充棟，然而，細察譯文品質與內容，大多是三十至五十年代大陸譯者的手筆，其行文用語的方式與風格，早已與當代讀者的閱讀習慣、閱讀趣味脱節，以致不再能喚起讀者的關注。這一套「經典新版　世界名著」是全新譯本，行文清晰、流暢、優雅，用語力求充分符合當代人的品味。故而，是「後真相時代」中尋求心靈滋養者最適切的選擇。

目錄

Contents

chapter

目錄

Contents

chapter 29 獵取裝備

其實達太安心事最重。按說，他裝備起來要比他們簡單容易得多，但是我們的這位加斯科尼年輕人，凡事總是深思熟慮，並且近乎吝嗇，反過來卻幾乎比波托斯更愛虛榮。

除此之外，還有一件事讓他操心，儘管他千方百計打聽波那瑟夫人的消息，卻是沒有得到任何線索。特雷維爾先生也曾替達太安向王后打聽過，王后也並不知道她的下落，只是答應幫他找一找。可是這種許諾並未落到實處，很難叫達太安安心。

阿托斯躲在房間裡不出門。他已經下定決心，絕不為裝備的事操心受累。

「還有十五天，」他對他的朋友說，「好吧，要是十五天過後我還沒裝備，那我就去跟紅衣主教閣下的四名衛士或者八名英國佬找碴兒決鬥，直到他們把我打死為止。他們人多，肯定能打死我的。這樣一來，我就是為國王而捐軀，所以也就不用操心裝備的事了。」

波托斯則倒背著手，在屋子裡來回踱步，不中斷點著頭說道：

「我要照我所想的去辦。」

阿拉米斯心事重重，頭髮散亂，一言不發。

他們的跟班則像希波呂托斯[1]駕車的馬那樣，分擔著主人的憂愁。普朗歇無所事事，觀看蒼蠅飛來飛去；穆斯克東在收集吃剩的麵包皮；本就虔誠的巴贊，現在天天泡在教堂裡；格里默呢，成天長吁短歎。

我們講過，阿托斯已經發誓不為添置裝備之事邁出房門一步了。因此他的三個朋友每天都是起早貪黑在外奔忙。他們在街上遊蕩，看前面經過的人是否會有錢袋子失落。無論什麼場合，他們都處處留心，尋求捕捉的目標，像是獵人在尋覓野獸的蹤跡。一旦互相碰上，他們的眼神兒都像是在痛苦地問對方：你發現什麼東西沒有？

可敬的波托斯不愧為一個實幹家。他第一個想出了主意，並頭一個採取了行動。一天，達太安見波托斯朝聖洛教堂走去，便不自覺地跟了過去。達太安看到，在進入教堂之前，波托斯上下整理了一下。這動作表明，他有了征服某一女人的企圖和決心。波托斯以為沒人發現他，便大模大樣走進了教堂。達太安跟了進去。波托斯在

1. 希波呂托斯是希臘神話中雅典國王的兒子，因受王后陷害，國王命海神波塞冬懲罰他。希波呂托斯趕著馬車在海邊奔跑時，波塞冬遣一頭牛突然從海中冒出，希波呂托斯的馬受驚，狂奔車覆，希波呂托斯身亡。

一個柱子旁停了下來，背靠在了柱子上。達太安靠在柱子的另一面。

今天教堂正在講道，人很多。波托斯的目光在一些女人的身上打量著。儘管波托斯內心憂愁，但外表看不出來。雖然他的帽子有些磨損，而且陳舊，可教堂之內光線不足，沒有人看得到。眼前的波托斯始終是那個英俊瀟灑的波托斯。

靠近達太安和波托斯的柱子旁擺有一條長凳，凳子上坐著一位披著黑頭巾的夫人。達太安注意到，波托斯垂下眼睛偷偷看了這位夫人一眼。

那位夫人臉上紅一陣白一陣，不時送來一個秋波，於是波托斯立刻癡迷地盯住她。這顯然是波托斯挑逗那位夫人的一種手腕。那位夫人拚命咬住嘴唇，不時搔搔鼻尖，坐在凳子上表現出絕望、不安的神色。

這一切波托斯看在眼裡，但他又開始對唱詩台旁邊一位漂亮的夫人擠眉弄眼。那位夫人不僅漂亮，而且看上去是位貴夫人，因為她身後有一個小黑奴專門給她拿跪墊，還有一位使女為她拎著帶有動徽圖案、裝彌撒經書的袋子。

披黑頭巾的夫人順著波托斯的目光曲曲折折望過去，發現他的目光停留在那位漂亮高貴的夫人身上。

這時，波托斯更是變本加厲，又是眨眼睛，又是將手指貼在嘴唇上飛吻，臉上露著氣人的微笑。

那位夫人後悔莫及，拍著胸脯，「咳！」了一聲。這聲歎息是那樣的響，驚動了所有的人，甚至跪在紅墊上的那位夫人都回頭來看她。波托斯仍然不理會那個披黑頭巾的夫人。

在披黑頭巾的夫人心目中，跪在紅墊子上的那位夫人美麗異常，的確是一個可怕的對手。她也給波托斯留下了強烈的印象，因為波托斯覺得她比披黑頭巾的夫人更有姿色。同時，她也給達太安產生了強烈的印象。

達太安認出了她就是在默恩鎮、加萊和杜弗爾見過的那個女人。他所痛恨的那個鬢角帶傷疤的人曾經叫她米拉迪。

達太安一面注意那位夫人，一面繼續觀察波托斯的把戲，覺得挺有意思。他推斷披黑頭巾的夫人可能就是住在熊瞎子街的那位訴訟代理人夫人。

因此他覺得，波托斯是在發洩，是在報尚蒂利那次失敗之仇。那次，訴訟代理人夫人硬是守住她的錢袋子一毛不拔。

然而，達太安也注意到波托斯的殷勤並沒有得到回應。

講道結束，訴訟代理人夫人向聖水缸走去，波托斯連忙幾步搶到了她的前面，把整隻手泡進了聖水缸。訴訟代理人夫人開始以為波托斯這種認真勁兒是為了她。可是，當她離他三步遠時，波托斯把腦袋轉向了一邊，依然注視著原來跪在紅墊子上的那位夫人。那位夫人已經站起身來，正朝聖水缸這邊走過來。

等她走到身邊時，波托斯趕緊從聖水缸裡抽出手來。那位花容月貌的女信徒用她那纖細的手，觸了一下波托斯那隻大手，微笑著畫了一個十字，走出了教堂。

訴訟代理人夫人覺得這太過分了。如果她是一位貴夫人，此時此刻她一定會暈倒在地。可是，她不過是位訴訟代理人夫人，所以她只是惱怒地對火槍手說：「喂！波托斯先生，您不給我一些聖水嗎？」

聽到這個聲音，波托斯像睡了一百年突然被驚醒了似的。

「夫……夫人，」他叫起來，「真是您嗎？您丈夫還好吧？您說我這雙眼睛到哪兒去了，佈道持續了兩個鐘頭，我一直沒瞥見您！」

「我就在您旁邊坐著，先生。」訴訟代理人夫人說，「您沒有瞧見我，是因為您的兩隻眼睛只顧盯著一位漂亮的夫人。」

波托斯裝出一副尷尬的樣子：「唉！您瞧見了……」

「我又不是瞎子！」

「您說得對，」波托斯漫不經心地說，「她是我的女朋友之一，是一位公爵夫人。她丈夫喜歡吃醋，我們難得見上一面。這次她預先通知我說來這兒，目的只是見上我一面。」

「波托斯先生，」訴訟代理人夫人說，「我可以挎著您的胳膊，高高興興地聊一聊嗎？」

「怎麼會不願意呢，夫人？」波托斯偷偷地眨了眨眼睛，他成功了。

這時，達太安去追趕米拉迪。從他們身旁經過時，他看到了波托斯那得意洋洋的眼神。

「嘿嘿！」達太安不免暗暗發笑，「瞧著吧，這一位肯定能夠在預定時間內備好裝備了。」

波托斯極為順從，訴訟代理人夫人的胳膊往哪邊使勁，他的身子就跟著她往哪邊走。這樣，他們一直到了聖馬克魯瓦爾修道院的迴廊裡，這條迴廊兩頭有旋轉柵欄門，很少有人出入。

「啊！波托斯先生！」訴訟代理人夫人看到這裡沒有什麼人能夠聽到他們的談話，便大聲道，「啊！波托斯先生！看來您是一個偉大的勝利者！」

「我嗎？夫人！」波托斯神氣活現地問，「為什麼這樣說？」

「剛才，那些暗號，那聖水……我想，那位夫人，至少是位公主吧！」

「您錯了。」波托斯回答，「她僅僅是一位公爵夫人。」

「可是，先生，在門口等候的那個男跟班，還有那輛豪華四輪馬車，以及坐在車裡等候的那個穿著講究的車夫呢？一位公爵夫人會這麼的氣派？」

所有的這一切，波托斯都沒有注意到，而吃醋的科克納爾太太卻看到了這一切。

波托斯後悔沒有乾脆把那女人說成公主。

「啊！您走桃花運，波托斯先生！」訴訟代理人夫人歎了一口氣又說道。

「是呀，」波托斯道，「您知道，我生就一副好儀表，當然會交好運。」

「主啊！男人真是健忘！」訴訟代理人夫人抬眼望著天空說道。

「我倒覺得，女人更為健忘。」波托斯反駁道，「因為說到底，夫人，我是您的犧牲品！我負了傷，生命垂危，眼看著外科醫生丟下我不管。我完全信任您的友誼，可結果卻差一點兒把命丟在尚蒂利一家不像樣的客店裡。我接連給您寫了數封火熱的信，可您呢，居然一封也不屑於回答。」

「可是，波托斯先生……」訴訟代理人夫人說話吞吞吐吐，她覺得，拿當時的貴夫人的品行來衡量，她的確做錯了。

「而我為了您，將伯爵夫人放棄了。」

「這我知道。」

「還有某某公爵夫人。」

「波托斯先生，別數落我了，請寬宏大量一些吧！」

「這些人，數都數不完的。」

「是我丈夫硬不肯借。」

「科克納爾夫人，」波托斯說，「還記得您寫給我的頭一封信嗎？我可是永遠銘刻記在心裡的。」

訴訟代理人夫人長長地歎了一口氣。

「不過，」她說，「也因為您要借的錢數目太大了。」

「科克納爾夫人，那時，我可是優先想到了您。其實，我只需給某某公爵夫人寫封信，她馬上會給我寄一千五百比斯托爾，雖然我沒寫，但是我相信她會這樣做的。」

訴訟代理人夫人的眼淚掉下來了。

「波托斯先生，」她說，「我向您發誓。將來，如果您再次遇到這樣的情況，只要對我說一聲就行了。」

「得了吧，夫人，」波托斯裝成反感的樣子，「請別再提錢的事，太丟人啦。」

「這樣說，您不再愛我了？」訴訟代理人夫人傷心地一字一頓說道。

波托斯保持著莊重的沉默。

「您就是這樣回答我？咳！我明白啦。」

「那就請想一想您對我的傷害吧，夫人。」波托斯將手放在心窩上，使勁按了按。

「我一定會補救的，您看著好了，親愛的波托斯。」

「不過話說回來，」波托斯充滿天真地聳聳肩膀說，「我只不過借點錢罷了。我知道您不富有，科克納爾夫人，我知道您丈夫不得不從可憐的訴訟人身上榨取幾個可憐的埃居。啊！如果您是伯爵夫人、侯爵夫人或公爵夫人，那就是另一碼事了，您就是不可原諒的了。」

訴訟代理人夫人感到氣惱了。

「您可知道，波托斯先生，」她說，「雖然我只是一位訴訟代理人夫人，但也許比您所說的那些破了產而又裝腔作勢的女人的銀櫃充實得多哩！」

「如果真是那樣的話，那您可就加倍地傷害了我。」波托斯將訴訟代理人夫人挽住了的胳膊抽出，說道，「既然您如此富有，可您卻拒絕了我，所以就更不可原諒了。」

「我說自己富有，」訴訟代理人夫人發現自己扯得太遠了，便道，「不應該照字面來理解這句話。我並不是真的很闊，只不過日子過得寬裕些而已。」

「得啦，夫人，」波托斯說，「請別再談這個了。您根本不把我放在眼裡，我們之間連起碼的同情心都無從談起了。」

「您真薄情！」

「哼！埋怨吧，隨便埋怨吧！」波托斯說。

「去找您那位漂亮的公爵夫人吧！我不留您。」

「嘿！她至少不像我想像的那樣讓人傷心！」

「得了，波托斯先生，我最後問您一遍：您還愛不愛我？」

「唉！夫人，」波托斯裝出最憂傷的樣子，「我們馬上就要上前線了，而我預感到自己這次會戰死沙場，在這樣的時候……」

「啊！別說這種話！」訴訟代理人夫人嚎啕大哭起來。

「我的確有這種預感。」波托斯越來越憂傷了。

「哼！還不如說您是另有新歡了！」

「沒有，我坦白地告訴您，除了您，不會有任何女人能夠讓我動心，在我的心上只有您。然而，您也許知道也許不知道，半個月之後，一場不可避免的戰爭就要開始了。這陣子我為裝備的事愁得要死啦。另外呢，為了籌措出征所必須的錢，我還得回老家一趟。」

波托斯注意到，眼前的這個女人頭腦裡愛情和吝嗇展開了搏鬥。他接著說：

「剛才，在教堂您見到的那位公爵夫人的領地離我們那兒不遠，我們談妥一起走，有兩個人結伴，路途便不覺得很遠。」

「在巴黎您就沒有朋友嗎?波托斯先生！」訴訟代理人夫人問。

「我原來以為有的，」波托斯又裝出憂傷的樣子，「可我發現自己錯啦！」

「您有朋友！波托斯先生，您有！」訴訟代理人夫人衝動起來，「明天，您上我家裡來，就說是我姑媽的兒子，來巴黎要辦好幾宗訴訟案，但還沒找到訴訟代理人。這您都記牢了？」

「全記住啦，夫人。」

「晚餐的時候到。」

「好的。」

「在我丈夫面前，您得放莊重些。他雖然七十三歲了，依然詭計多端的。」

「七十三歲了？喲！好年齡！」波托斯說。

「波托斯先生，您想說他高壽吧，他隨時可能離開這個世界。」訴訟代理人夫人意味深長地看著波托斯說：「幸好，結婚契約上寫著：全部財產歸未亡人繼承。」

「全部？」波托斯問道。

「全部。」

「看得出來，您真是一個想得周到的女人。」波托斯溫柔地握住訴訟代理人夫人的手。

「咱們言歸於好了，對嗎？親愛的波托斯先生！」訴訟代理人夫人嬌滴滴地問。

「終生不變！」波托斯以同樣的口氣說。

「那就再見了，我不可靠的傢伙！」

「再見，我健忘的美人兒！」

「明天見，我的天使！」

「明天見，我的生命之火！」

chapter 30 米拉迪

達太安尾隨著米拉迪而沒有被她發現。他看到她上了那輛豪華的四輪馬車，並且聽到她吩咐車夫去聖日爾曼。

想步行追上那輛飛奔的馬車，當然是不可能的。達太安只好返回了費魯街。在塞納河街，達太安碰上了普朗歇，他正盯著糕點店令人饞涎的大蛋糕流口水。

達太安立即吩咐普朗歇去特雷維爾先生的馬廄裡備兩匹馬，一匹給達太安，一匹給他自己，之後到阿托斯家去找他。

普朗歇朝老鴿棚街走去，達太安則走向費魯街。阿托斯正好在家，面前擺著從庇卡底帶回的一瓶西班牙名酒，自斟自酌。他做了個手勢，格里默像往常一樣按照吩咐默默地去給達太安拿來一隻酒杯。

達太安把波托斯在教堂的事，以及他們的夥伴可能正在為購置裝備而努力的事情，向阿托斯說了一遍。

「我嗎，」阿托斯聽後道，「我根本不著急，肯定用不著女人為我出錢。」

「可是，親愛的阿托斯，像您這樣的爵爺，無論誰也躲不開您的愛情之箭的。」

「您太年輕！」阿托斯聳了聳肩膀，招呼格里默再拿一瓶酒來。

這時，普朗歇過來了，向達太安稟報說，兩匹馬均備好了。

「什麼馬？」阿托斯問道。

「從特雷維爾先生那裡借來的，我打算騎上牠們去聖日爾曼走一趟。」

「去那裡幹什麼？」阿托斯又問。

於是，達太安告訴阿托斯，他在教堂意外遇到了那個女人以及那個女人和那個披黑斗篷、鬢角有傷的貴族如何成了他思想上永遠擺脫不掉的人。

「這就是說，您愛上了她。」阿托斯一邊說著，一邊輕蔑地聳聳肩。

「根本沒有！」達太安提高嗓門說：「我只不過很好奇！她顯得神秘莫測，而我則想把事情搞清楚。我們誰也不認識誰，可不知道為什麼，我卻有一種預感，感到這個女人將會對我的一生產生重要影響。」

「總而言之，您有您的道理。」阿托斯說，「而我，從來就不曾認識一個失蹤了還值得去尋找的女人。波那瑟太太失蹤了，誰去管她找到找不到！」

「不，阿托斯，不，您錯了。」達太安說，「我一直深愛著她。如果我知道她在哪裡，哪怕在天涯海角，我也要去把她從敵人手裡拯救出來。現在我根本不知道她在哪裡，您叫我怎樣呢，總該去散散心吧！」

「那就和米拉迪一同去散心吧，親愛的達太安。我衷心希望您幸福愉快。」

「聽我說，阿托斯，」達太安道，「您與其像蹲禁閉一樣關在家裡，還不如騎上馬和我一塊兒到聖日爾曼去蹓躂蹓躂。」

「親愛的朋友，」阿托斯說，「我有馬的時候才騎馬，沒有馬，就乾脆步行。」

「唔，而我，」對於阿托斯這種孤僻的天性，達太安報之一笑，「我，可不像您這樣傲氣，我找到什麼騎什麼。那麼，再見了，親愛的阿托斯。」

「再見。」阿托斯說。

達太安和普朗歇上馬，向聖日爾曼奔馳而去。

一路上，達太安一直想著阿托斯的話。但是，漂亮的服飾用品商夫人在他心中確實佔據了重要的位置。正如他所說的，為了找到她，他準備走到天涯海角。然而，他不知道該去哪裡找，該朝哪一邊走。

米拉迪和那個披黑斗篷的人談過話，因此她認識他。而達太安認為，綁架波那瑟夫人的正是那個披黑斗篷的人。所以，達太安說他尋找米拉迪也是為了尋找他心愛的女人的時候也並不全是假話。

一路之上，達太安就想著這些，很快到達了聖日爾曼。他繞著十年後路易十四降生的那座小樓轉了一周，穿過條條冷僻的小巷，不停地左顧右盼，希望看到那個英國美人兒。

這時，一座漂亮的住宅映入了他的眼簾。它與當時的其他住宅一樣，沒有任何臨街的窗戶。達太安朝住宅樓那邊望去，看見一層出現了一個熟悉的面孔，在一個種滿鮮花的陽台上走來走去。普朗歇第一個認出了那個人。

「哎！先生，」他對達太安說道，「那個正在呆呆地看著什麼的人，您不記得他了嗎？」

「不記得了，不過，可以肯定，那張臉我不是頭一回見到。」

「我相信我不會看錯。」普朗歇說，「那就是可憐的呂班——德・瓦爾德伯爵的跟班。德・瓦爾德伯爵就是一個月前在加萊，您去港務總監的別墅那條路上收拾了的那個人。」

「哦，對！」達太安說，「我記起來啦。您覺得，他還能認出您嗎？」

「老實講，先生，當時他失魂落魄，我想他不大可能清楚地記得我。」

「喂，您過去和那小子聊聊，順便打聽一下，他主子到底怎麼樣了？」

普朗歇下馬後徑直向呂班走去，呂班果然認不出他了。兩個跟班交談起來，談得非常投機。達太安把兩匹馬牽進一條巷子，繞著小樓轉了一圈，然後站在一道榛樹籬笆後面，聽著那兩個跟班的閒聊。

不一會兒，他突然聽到了馬車開動的聲音，只見米拉迪的豪華四輪馬車在他對面停了下來。他絕對沒有看錯，米拉迪在馬車裡。達太安把頭貼在馬脖子上，以便使自己能看到一切而又不會被米拉迪發現。

這時，米拉迪從車門裡探出長著黃頭髮的漂亮腦袋，她向侍女吩咐了幾句什麼。那侍女是一個二十一二歲的女人，漂亮、機靈、活潑，是一個道地的貴夫人侍女。她照習慣坐在車門的踏腳板上，跳下車向呂班所在的那個陽台上走去。

達太安盯住那個侍女，看見她走到了陽台邊。就在這時，正好呂班被房裡的什麼人叫了進去。因此，當時陽台上只剩下了普朗歇一個人，他正在東張西望，看達太安在哪裡。

侍女把普朗歇當成了呂班，走上前去，將一張便箋塞到了普朗歇的手裡。

「交給您家主人。」她說。

「交給我家主人？」普朗歇驚愕地重複道。

「是的，甚是緊急，快拿著！」

旋即她就跑回馬車那邊，馬車已朝來的方向掉過頭去。侍女跳上踏板，車子隨即開動。

普朗歐把那張便箋翻來覆去看了幾遍，由於習慣了盲目服從，便跳下陽台，穿過小巷，走了二十來步就碰上了達太安。

達太安看清楚了眼前發生的一切，便迎上前來。

「給您的，先生。」普朗歐把便箋遞給達太安。

「給我的？」達太安問，「您肯定？」

「當然！肯定是給您的。那個侍女說了：『交給您家主人。』我就只有您一個主人，不是給您又是給誰？說實話，那個侍女可真是一個漂亮的女人！」

達太安打開便箋，上面這樣寫著：

有人說不出自己對您有多關心，她想知道，您何時能去森林裡散步。明天，會有一位穿黑白兩色衣服的跟班，在金毯園等候您的回音。

「哈哈！」達太安笑起來，「真有點按捺不住了。米拉迪和我一樣，彷彿在為同一個人的健康狀況擔心哩！喂，普朗歐，那位好好先生德・瓦爾德身體怎麼樣了？他沒有死？」

「沒死，先生，他的身體棒得很，再挨四劍都沒任何問題，雖然您出色地給了這位先生四劍，使他流盡了體內的血，現在人還很虛弱。呂班呢，正如我剛才對先生說的，他認不出我了。他還把那次遭遇詳詳盡盡地給我講了一遍。」

「很好，普朗歇，您堪稱跟班之王了。現在咱們上馬去，趕上那輛四輪馬車。」

五分鐘後，他們看到那輛車停在了大路邊。一個穿著華麗的人，騎著馬站在了車門口。

米拉迪和那個騎馬的人正在談話。看上去雙方都很激動，甚至達太安在馬車的另一邊停下了，除了那個漂亮的侍女之外，沒有人注意到他。

他們是用英語交談。達太安根本不懂英語，所以，他不知道他們在說什麼。不過，從他們談話的語調上，年輕人聽出那個英國美人兒發火了，尤其結束談話時，她的一個動作使達太安對這一點不再有任何懷疑：她把手裡的扇子用力一摔，那件女性物品便碎了。

騎馬的人則哈哈大笑，這好像越發激怒了米拉迪。

達太安想，現在是可以出面干預的時候了。便走到另一邊的車門口，恭恭敬敬摘下帽子道：

「夫人，我可以為您效勞嗎？這個騎馬人似乎惹您生氣了。只要您吩咐一聲，夫人，我就立即懲罰他的無禮。」

聽到這聲音，米拉迪轉過頭來，吃驚地打量著眼前的年輕人。等達太安講完，她才用道地的法語說：

「先生，如果和我吵架的這個人不是我的兄弟，我一定會衷心接受您的保護。」

「哦！是這樣。對不起！這我不知道，您想必明白，夫人。」達太安說。

「這個冒失的傢伙來管什麼閒事？」那個騎馬人向車門口彎下腰，喊道。

「您才是個冒失鬼！」達太安隔著車門回敬道，「我喜歡待在這裡。」

騎馬人用英語和他的姐姐講了幾句什麼。

「我用法語和您講話，」達太安道，「請您賞個光，也用法語回答我。您是這位夫人的兄弟，但您不是我的兄弟。」

米拉迪並沒有像一般女人那樣膽小怕事，見兩個人相互挑釁會出面勸阻，防止事情鬧大，而是往車裡一仰，冷冷吩咐車夫：「快回家去！」

那個漂亮的侍女不安地看了達太安一眼，他和善的面孔似乎給她留下了好印象。

車子開走了，兩個男人面對面待在那裡，中間再也沒有什麼障礙物把他們隔開。

騎馬人催馬想去追那車子。但是，達太安已經燃燒起來的怒火更無法遏制了，因為他認出，眼前的騎馬人就是在亞眠贏走了他的馬，並且差點兒從阿托斯那裡贏走他鑽石戒指的那個英國人。他衝上去抓住了英國人的馬轠繩。

「喂！先生，」他說，「我看您比我更冒失，因為您似乎忘記了我們之間還有過爭執吧。」

「哦！哦！」英國人說，「原來是您，先生，莫非您又要和我來賭一盤？」

「對呀，我想，我該翻一次本了。」達太安說，「親愛的先生，您玩起劍來是不是像丟骰子那樣靈巧？」

「您明明看到我沒有帶劍，」英國人說，「您想在一個手無寸鐵的人面前冒充好漢嗎？」

「我想，您家裡總該有一把吧。」達太安說，「無論如何，我這裡正好有兩把，如果您願意，可以用這把，咱們來玩玩。」

「不必了，」英國人說，「這類家什我有的是。」

「那好，尊敬的先生。」達太安說，「請挑選一把最長的，今天傍晚我們較量較量。」

「請問，在哪裡？」

「盧森堡公園後面，那可是個好地方。」

「好，我一定去。」

「幾點？」

「六點。」

「順便問一句，您大概有一兩個朋友吧？」達太安問。

「朋友我有三個，如能和我一同來玩，他們會感到很榮幸。」

「三個？好極了！真湊巧！」達太安說，「我剛好也有三個朋友。」

「現在請問，您究竟是哪個？」英國人問。

「達太安，加斯科尼貴族，埃薩爾衛隊隊員。那您呢？」

「我，溫特勳爵，兼謝費爾德男爵。」

「很好，很高興認識您，男爵先生，」達太安說，「儘管您的兩個名字不太好記。」說罷，達太安刺馬奔向了巴黎。

達太安像往常遇到這類情況一樣，徑直奔到阿托斯的門口下馬。他看見阿托斯正躺在一張沙發床上睡覺，就像他自己說的一樣，在等待著裝備自動找上門來。

達太安把剛才發生的事情一五一十地向阿托斯講了一遍，只是沒有提到本應由德・瓦爾德先生收的那封信。

阿托斯聽說要去與一個英國人決鬥，非常興奮。這是他夢寐以求的事。他們立刻叫自己的跟班分頭去找來了波托斯和阿拉米斯。把情況告訴他們倆。

波托斯持劍在手，對著牆練習，刺幾下退一步，還像舞蹈演員一樣做屈膝動作。阿拉米斯鑽進了阿托斯的內室構思他的詩歌，關上門，讓他的朋友們不到上陣的時候不要去打擾他。

阿托斯使了個眼色，格里默明白，主人是讓他去取一瓶酒。

達太安則私下裡想好了一個小小的計畫。稍遲一些我們就能看到這個計畫的實施情況。一旦成功，他就可以完成一個美好的冒險行動。這一點，從他臉上不時露出的充滿幻想的微笑就可以看得清清楚楚。

chapter 31 英國人和法國人

時辰已到，達太安眾人帶著四個跟班來到了預定的地點——盧森堡宮後面一個廢棄的園子，四個跟班負責放哨。

很快，對手也來了，進去後和火槍手們見了面。根據海峽那邊的習慣，雙方各自做了介紹。

那些英國人個個都出身高貴，所以他們聽了對手們這些古怪的名字感到奇怪和擔心。

「儘管你們講了自己的名字，」溫特勳爵聽了後說，「我們還是不知道你們是些什麼樣的人。你們的名字都是些牧羊人的名字啊，我們不能和有牧羊人名字的人決鬥！」

「不錯，您猜對了，密露爾，我們確實都是用的假名字。」阿托斯說。

「這樣，我們就更想知道各位的真名實姓了。」英國人說。

「但是，您在跟我們賭博的時候，可沒想知道我們的真實名字，」阿托斯說，「你們贏了我們兩匹馬，就是證據！」

「是的，我們可以和任何人賭比斯托爾，但要賭鮮血和性命，卻只能與同等級的人進行。」

「您講得很正確。」阿托斯說。隨後他找了一個他要與之決鬥的對手，悄悄地把自己的姓名告訴了他。

波托斯和阿拉米斯也照例向各自的對手說了自己的姓名。

「這成了吧？」阿托斯問他的對手，「從我的名字您可以看出，我是一個地位相當高的貴族？」

「是的，先生。」英國人躬身施禮說道。

「那麼，您現在還願意聽我再說句話嗎？」阿托斯冷冷地說道。

「您要講什麼？」英國人問。

「如果您不知道我的真名，對您也許更好些。」

「為什麼這麼講？」

「因為，有人以為我已經死了，可這樣一來，又有人知道我還活著，所以，我就不得不把知道我真實姓名的人殺掉，以免讓我的秘密到處傳揚。」

英國人看了看阿托斯，並不認為阿托斯講的是真話，以為他在開玩笑。然而阿托斯卻是個最不愛取笑的人。

「各位先生，」阿托斯對他的夥伴們和對手們說，「大家都準備好了嗎？」

「準備好了。」英國人和法國人異口同聲地回答。

「好，注意出擊！」阿托斯說。

就這樣，戰鬥開始了。

他們打得很激烈，因為他們之間既有個人恩怨，又有國家仇恨。

阿托斯劍法嫺熟，揮舞自如，那一招一式，規範得像是在習武廳裡進行擊劍練習。

波托斯由於自信過頭曾在尚蒂利吃了大虧，這次他接受了上次的教訓，表現得非常認真、謹慎。

阿拉米斯還想著詩稿創作，於是他出劍匆匆，想速戰速決。

不一會，阿托斯第一個刺死了他的對手。在決鬥之前，阿托斯曾預先告知了對方，說將刺穿他的心臟。果然，他說到做到。

波托斯第二個把對手撂倒在地。他刺穿了對方的大腿。英國人害怕喪命，於是放棄抵抗，交出了他的劍。

阿拉米斯猛勇進擊，逼得對方敗退五十餘步，落荒而逃，在跟班們的一片嘲罵聲中逃遁得無影無蹤。

至於達太安，剛開始他只是防禦，當看到對手已經體力不支，便突然從側面猛地一擊，結果，對方的劍遠遠地飛了出去。男爵看到自己已被解除武裝，便後退了兩三步，不料腳下突然一滑，仰面摔倒在地。

達太安縱身一躍向他衝去，用劍抵住了他的脖子，說：「先生，本來，我是可以殺死您的。不過，看在您姐姐的份上，我饒您一命。」

男爵見與他打交道的貴族是這麼隨和，心裡很高興。他伸出胳膊緊緊擁抱著達太安，並對三位火槍手連聲道謝。阿拉米斯的對手已逃之夭夭，於是，眾人只需去料理已經咽了氣的那位就成了。

波托斯和阿拉米斯脫去那人的衣服，希望他的傷口不是致命的。這時，一隻鼓鼓的錢袋從他的腰帶上掉了下來。達太安將錢袋撿起，順手遞給了溫特勳爵。

「我怎麼處置這個東西呢？」英國人說。

「將它交給他的家人。」達太安說。

「他的家人會記住這個不幸的，但他們才不在乎這點小錢呢！把這錢留給您的跟班好了。」

於是，達太安把錢袋放進了自己的口袋。

「現在，」溫特勳爵說，「我年輕的朋友，請允許我這樣稱呼您，如果您願意，今天晚上我就可以把您介紹給我的姐姐克拉麗克夫人。我希望她也和我一樣地喜歡您。她在宮廷裡人際關係不錯，或許以後她還能幫助您。」

達太安表示非常願意接受。

這時,阿托斯來到達太安身旁。

「您打算如何處置這只錢袋?」他在達太安耳邊輕輕說。

「交給您,我親愛的阿托斯。」

「交給我?為什麼?」

「當然交給您,是您殺了他的,這是戰利品。」

「我?做一個敵人遺產的繼承人?」阿托斯說,「您究竟把我當成什麼人!」

「這是戰爭的慣例,」達太安說,「當然也能做為決鬥的慣例。」

「即使在戰場上,」阿托斯說,「我也從來沒幹過這種事。」

波托斯聳聳肩膀。阿拉米斯動了一下嘴唇,表示贊同阿托斯的見解。

「那麼,」達太安說,「把錢分給跟班們。」

「這行,」阿托斯說,「不過,不是給我們的跟班們,而是給英國人的那些跟班。」

阿托斯接過錢袋,把它扔在馬車夫的手裡,說:「送給您和您的同伴。」

一個身無分文者,舉止如此大度,波托斯對他這樣的行為感到震驚。後來,溫特勳爵和他的朋友把這種法國式的慷慨傳了出去,這種行為受到了大家的高度讚揚。

在跟達太安分手時,溫特勳爵把他姐姐的住址告訴了他。她住在皇家廣場的高等住宅區，門牌號是六號。達太安和他約定，當晚八點鐘在阿托斯家等他，然後他們一起去見他的姐姐。

能被介紹給英國貴婦人米拉迪，這使我們的這位加斯科尼人魂牽夢繞。這個女人以一種奇怪的方式進入了他的命運。

他深信，她是紅衣主教的人。可是，他一直覺得，有一種捉摸不透的感情在把他拖向這個女人。

他唯一擔心的是米拉迪也許會認出，他就是在默恩鎮和杜福爾遇見過的那個人，而如果那樣，她就會知道他是特雷維爾先生的一位朋友，是全心全意屬於國王的人，這樣一來，他的一部分優勢就喪失了。

他們現在是不平等的，達太安瞭解她更多。至於她和德•瓦爾德伯爵之間已經存在的私情，讓我們這位極其自負的年輕人不屑一顧。

我們的加斯科尼人只有二十歲，在女人眼裡不是一無是處的。

達太安先回到了自己家裡，開始一番光彩照人的打扮。隨後，他去找阿托斯，把他和勳爵的計畫講給了他聽。

無疑，這又引起了阿托斯的辛酸回憶。他一再讓達太安謹慎從事。

「我提醒您，」他說，「您不久前還口口聲聲說，幾乎可以說是把十全十美的女人丟掉了，而現在您卻又去追另外一個！」

「我愛波那瑟夫人是用心，而愛米拉迪用的是頭腦。」他說，「我讓人把我引薦給她，主要目的是想弄清楚她在宮中扮演一種什麼樣的角色。」

「從您對我說過的那些話中不難猜出，她是紅衣主教的一個密探。她會引誘您掉入陷阱，讓您把腦袋乖乖地留在那裡面。」

「見鬼！我親愛的阿托斯，我覺得您把事情看得一團漆黑！」

「親愛的朋友，我懷疑所有的女人！這沒辦法。女人已經讓我付出了代價，尤其是金髮女人。您不是對我說過，這位英國夫人的頭髮是金黃色的嗎？」

「她的金髮美麗得人間罕有。」

「噢！我可憐的達太安。」阿托斯喊了起來。

「您聽著，我要去把情況弄明白，一旦弄明白我想知道的事，我就離開她。」

「那您就去弄明白好了。」阿托斯冷冷地說。

溫特勳爵準時來了。阿托斯藏到另一個房間裡去了。因此，溫特勳爵就只看到了達太安一個人。

八點鐘一到，他就帶著達太安走了。

達太安和勳爵坐上一輛由兩匹駿馬拉著的華麗四輪馬車。不一會兒，他們就到了皇家廣場。

米拉迪鄭重地接待了達太安。她的府邸非常富麗堂皇。大部分英國人都離開了法國，所以很少有人會用心裝飾他們的房子。但是，米拉迪卻在她的房舍上面花了很多錢財，這說明遣返英國僑民的通令跟她沒有關係。

「您看，」溫特勳爵向他的姐姐介紹了達太安，「儘管我侮辱了他，並且我又是一個英國人，但當我的命運掌握在他手裡的時候，他並沒有濫用他的優勢。所以夫人，如果您還關心我，您就得好好謝謝他。」

米拉迪聽了溫特勳爵的話後，先是微微皺了皺眉頭，接著臉上露出微笑。看著她這樣多變的表情，年輕人不禁打了一個寒噤。

「歡迎光臨，先生，」米拉迪說，她那少有的甜蜜聲音與她的不悅神色極不和諧，「我將永遠感激您。」

接著，溫特勳爵把白天那場決鬥的經過一五一十地講給了米拉迪。雖然米拉迪表面上聽得異常認真，但還是可以看出她對這個故事並不感興趣。裙子裡的兩隻小腳不耐煩地在動來動去。

溫特勳爵走到了一張桌子跟前，在兩個杯子中斟滿了酒後，招呼達太安過去一起喝酒。

達太安知道，在英國人看來，拒絕與他碰杯會被視為沒有禮貌。於是，他起身走向桌子，拿起了酒杯。此時，在一面鏡子裡，他看到米拉迪的表情又發生了變化。一種近乎殘酷的神情突然出現在她的臉上，她在狠狠地撕咬著自己的一條手帕。

這時，那個漂亮的侍女進來了，她用英語對溫特勳爵講了幾句什麼，勳爵聽後對達太安說他要立即去辦一些重要的事情，請他的姐姐代他陪著達太安。

達太安和溫特勳爵握手告別後，又回到米拉迪身邊。

這時她又變得親切無比。但是，她的手帕上已經留下了幾個小小的血紅斑點，這說明剛才她把自己的嘴唇咬出了血。

他們聊得很高興。她說，溫特勳爵其實不是她的兄弟，而是她的小叔。她嫁給了他的親哥哥。在生下一個孩子後丈夫就死了，她成了寡婦。所以這個孩子要成為勳爵的繼承人，除非溫特勳爵結婚。

達太安聽了這些話後，覺得好像有一層幕布掩蓋著什麼，不過，他現在還看不情那到底是些什麼東西。

達太安斷定，米拉迪一定是他的同胞。她的法語純正動聽，證明她一定是法國人。

達太安說了很多獻殷勤的好話。米拉迪親切地對著這個加斯科尼小夥子微笑著。

到了告辭的時間，達太安向米拉迪告別後走出了客廳。此時，他覺得自己彷彿是世界上最幸福的男人。

在與那個侍女擦肩而過時，她輕輕地碰了他一下，然後臉漲得通紅，並說請他原諒。達太安當即做了寬容的表示。

第二天，達太安又去了米拉迪那裡。溫特勳爵不在，整個晚上米拉迪都在接待他一個人。她似乎對他非常感興趣，問他是哪裡人，問他朋友們的情況，並且還問他，有的時候是不是也想到要為紅衣主教先生效勞。

達太安雖然只是一個二十歲青年，但還是很謹慎的。在聽了米拉迪最後的問話後，他大大地讚頌了紅衣主教一番。

他說，如果不是先認識了特雷維爾先生，而是先認識了像德・卡弗瓦先生那樣的人，他一定會參加紅衣主教的衛隊，而不會當上國王的衛士。

米拉迪用一種漫不經心的樣子問達太安是否去過英國。

達太安回答說，他被特雷維爾先生派去採購過一批軍馬，他還帶回了四匹樣品馬。

在整個晚上的談話中，米拉迪看到在她面前的是一個相當老練的加斯科尼人。

在上一天的同一時刻，達太安起身告辭。

在走廊裡，他又遇到了那個名叫凱蒂的美麗侍女。她正用一種脈脈含情的眼神，注視著眼前這個小夥子。可是，達太安卻一心想著她的女主人。

此後的兩天，達太安每天都到米拉迪家中去，米拉迪對他的招待一天比一天親切。每次，告辭的時候，他都會遇到那個美麗的侍女。可是，達太安從來沒把那個可憐的女人放在心上。

chapter 32 訴訟代理人的一餐午飯

次日中午一點鐘左右，波托斯讓穆克斯東把他的衣服刷了最後一遍，然後邁著輕鬆的步伐向熊瞎子街走去。

波托斯的心臟在一個勁地猛烈跳動，但它的跳動並不是因為青年人迫不及待的愛情，而是一種金錢利益刺激的結果。他還沒有來過這裡。現在，他馬上就要跨進那道神秘的門檻，登上由科克納爾用埃居堆積而成的那座樓梯，看到那個錢櫃了。

那是一個口長且深，裝上了鐵門，掛上了鐵鎖，嵌進牆面的大錢櫃。那個大錢櫃他時常聽人們說起，而今天，在他讚賞的眼光注視之下，訴訟代理人夫人就要把它打開了。

還有一點，他本來是一個四處漂泊的人，一個在酒店、客店、飯店和小客棧裡混慣了的軍人，一個在大多數情況下都得將就著，有什麼就吃什麼的人。而今他就要去品嘗一下家常菜，過過舒適的家庭生活，甚至可以任憑自己去接受一些小殷勤了。老兵曾這樣說過：生活愈是艱苦，就愈會覺得小殷勤受用無窮。

用表親的名義，每天去那吃上一頓美餐，想方設法讓那個滿臉皺紋的訴訟代理人喜笑顏開；用傳授玩紙牌和擲骰子的名義，巧妙地將年輕的辦事員們的錢騙入他的錢袋……一想到這些，波托斯就高興地心花怒放。

波托斯聽到過很多關於訴訟代理人的傳聞，說他斤斤計較，一毛不拔，節衣縮食，如此等等。但總的來講，他覺得那位夫人對他還是很慷慨大方的。當然，對於一位訴訟代理人太太來說，理應如此。他希望她有個闊氣的房子。

這位火槍手剛進到門口便產生了一些疑慮。這房子絕對沒有任何可以引人注意的地方：過道裡漆黑一片，臭氣熏天；樓梯裡光線昏暗；二樓的門上釘著許多巨大的門釘，彷彿監獄的大門。

波托斯敲了敲門，一個面色蒼白，高個兒的辦事員出來為他開了門。辦事員從來人的魁梧身材，看出了波托斯的力量，從一身制服看出了他的身分，於是，恭敬地行了個禮。

這位辦事員身後站著一位較矮的辦事員，之後又站著另一位較高的辦事員，這第三位辦事員身後還站著一個十二歲的送信員。

共有三個半辦事員。在當時，可以說明這個事務所生意還是很不錯的。

雖然預定火槍手到達的時間是一點鐘，但是訴訟代理人夫人從十二點鐘開始就在不停地向外張望，她認為她的情夫對她深情一片，會迫不及待地提早到來。因此，當這位客人剛走進樓梯門時，高貴的科克納爾夫人便接了出來。這使波托斯擺脫了困境，因為當時他正被那些高矮不齊的辦事員們好奇地盯著。

「這是我的表弟，」訴訟代理人夫人大聲說，「快進來，快進來，波托斯先生。」辦事員們聽到波托斯這個名字後都笑了起來。但是，當波托斯回過頭再看他們的時候，他們的臉上又立即恢復了莊重的神情。

科克納爾夫人領著波托斯走過前廳和辦公室。辦公室的右邊有一扇門，那裡是通向廚房的。他們穿過辦公室，來到了訴訟代理人的書房。這個大房子裡擺放著很多的卷宗。穿過書房，他們走進了客廳。

這座房連房的宅子並沒有給波托斯留下什麼好的印象。在經過辦公室那扇門時，波托斯曾用探究的目光向廚房裡掃了一眼，裡面並沒有熊熊的爐火和一片忙碌熱鬧的景象，他頓時覺得十分的失望。

訴訟代理人預先就知道了波托斯的來訪，所以，當見到波托斯泰然自若地走過來，很有禮貌地向他鞠躬時，他並沒有流露出任何驚訝的表情。

「波托斯先生，我們好像是表親吧？」訴訟代理人坐在一把籐椅上，這時，他用胳膊撐起身體，說了一句話。

他穿著一件黑色的短上衣，瘦小的身體被包裹得幾乎都看不到了；一雙灰色的小眼睛發出寶石般的光輝；他的雙腿不幸已經癱瘓，最近五六個月以來，他的這種衰竭越來越嚴重。因此，這位可敬的訴訟代理人已經差不多成了他妻子的奴隸。

就這樣，他忍氣吞聲地接受了這位表弟。倘若科克納爾步履輕捷，他一定會向波托斯拒絕任何親戚關係的。

「對，先生，我們是表兄弟。」波托斯大方地說。當然，他也預料到了他這種不熱情的接待。

「我想，是女方的吧？」訴訟代理人狡猾地說。

波托斯根本沒有聽懂這是一種嘲諷，反而把它當成了一句天真的話，因此，在他那兩撇小鬍子中間露出了笑容。但是，科克納爾夫人卻聽懂了，聽了丈夫這句話後，她勉強地笑了笑，臉漲紅了。

一進門，波托斯就注意到科克納爾大師很不安地朝他的一個大櫃子望了望。這個大櫃子的式樣跟他夢中見到過的那個大櫃子並不一樣，但它肯定是一個錢櫃。然而眼前這個櫃子，比起他夢中的櫃子還要高還要大，這更令他興奮不已。

科克納爾大師把自己不安的目光從櫃子那邊移向了波托斯，說：

「我們的表弟先生可以在奔赴前線之前，和我們共進晚餐吧，科克納爾夫人？」

這次，波托斯的背上像是挨了一下。科克納爾夫人呢，看來也感覺到了什麼，因為她開口說話了：

「如果我的表弟感覺我們待他不好，就再也不會來看我們了。現在他的時間也不多。因此，在他奔赴前線之前，我們不能讓他把所有可以支配的時間都給我們。」

「啊，我的腿，我可憐的腿啊！」科克納爾大師咕嚕著說。

聽了訴訟代理人夫人說的話，波托斯十分感激。

吃飯的時間很快到了，大家走進餐廳。

辦事員們聞到了餐廳裡少有的香味，都拎著凳子走進來準備就坐了。可以清楚地看到，他們都動著腮幫子，一副急不可耐的樣子。

「主啊！」波托斯心中一邊想著，一邊看著那三個餓鬼，那個跑腿兒的在這種正式場合下是不能上桌的，所以只有他們三個。「主啊！瞧他們那副模樣！如果我是我的那位表兄，是絕對不可能把這些貪嘴的傢伙留下來的。」

科克納爾大師坐在輪椅上，被他的夫人推了進來。波托斯幫科克納爾夫人把科克納爾先生一直推到餐桌前。

科克納爾大師一進餐廳，就像他那幾個辦事員一樣，腮幫子和鼻子微微動了起來。

「噢！噢！」他說，「湯的味道一定很不錯！」

「見鬼！這樣的湯，就能讓他們覺得很不錯嗎？」看著那盆灰白色的湯，波托斯心裡想到。湯裡沒有一點油花，上面漂著幾片很容易就數過來的麵包皮。

科克納爾夫人微笑著做了個手勢，大家便匆匆就座。

科克納爾太太首先把湯舀給了科克納爾大師，其次是波托斯，然後才盛滿自己的湯盤。剩下那幾片麵包皮給了那幾位等得十分著急的辦事員。

就在這時候，餐廳的門吱地一聲開了。從半開著的門縫裡，波托斯看到了那個跑腿的孩子正在那裡啃他的乾麵包。

湯喝完以後，女傭人端上一盤清燉母雞，這道菜讓每一位賓客的眼球都要瞪出來了。

「看得出，夫人，」訴訟代理人臉上露出了悲哀的笑容，「您對您的表弟真是關懷備至啊！」

其實為了找到這隻瘦骨如柴的母雞，一定花了很長的時間。

「見鬼！」波托斯心想，「這可真是讓人感傷不已。一般說來，我是尊老愛幼的人。但是，這隻雞要是被燉熟了，或者是被烤熟了，那麼，對不住，我就要大不敬了。」

他向四周掃了一眼，讓他沒想到的是，所有人的目光都炯炯有神地盯著那隻出色的、然而自己卻是不屑一顧的母雞，並且都已經在心中開始享用了。

這時，只見科克納爾夫人把那盛雞的盤子挪到了自己的跟前，把那兩個黑色的雞爪扯下來給了丈夫，一隻翅膀撕下來給了波托斯，雞脖子和雞腦袋給了自己。接著，就吩咐女傭把那隻幾乎還沒動過的雞連著盤子都端走了。我們的火槍手還沒有來得及去注意每個人臉上失望的表情變化，那隻雞已經不見了。

接著，上了一大盆蠶豆，蠶豆中夾了幾根看上去好像還帶著肉的羊骨頭。不過，辦事員沒有被這種假像所蒙蔽，一幅幅悲傷相變成了無可奈何的模樣。

科克納爾夫人把這道菜分給了那幾位年輕的辦事員。

該輪到上酒了。科克納爾大師親自舉著一個很小的粗陶酒瓶，向每個年輕的辦事員杯子裡倒三分之一杯的酒，給自己的也是如此，接著，把酒瓶推給波托斯和科克納爾夫人。

辦事員們各自把自己的杯裡兌滿水，然後喝了半杯，之後，又兌滿水，再喝再兌。午餐快結束時，一杯原來如紅寶石般鮮紅的酒，變成了淡淡的黃色液體。

在波托斯小心翼翼地啃著他的雞翅膀時，科克納爾夫人的膝蓋碰了他的膝蓋，他不免打了一個寒噤。當他喝了半杯主人非常珍惜的葡萄酒後，他發現這酒原來是難以下嚥的蒙特勒伊葡萄酒。

科克納爾大師見波托斯喝酒不兌水，禁不住長歎了一聲。

「要不要再吃些蠶豆，我的表弟波托斯？」科克納爾夫人說。而她說話的語調聽上去像是在對波托斯說，「請相信我，不要吃那東西。」

「我要是吃，那才見鬼呢！」波托斯低聲嘀咕了一句，接著，又大聲說，「謝謝了，我的表姐，我已經吃得很飽了。」

接下來的一陣沉默讓波托斯感到很不安。訴訟代理人一遍又一遍地說：

「噢，科克納爾夫人！您的這頓午餐實在是太豐盛了！主啊，我曾經吃過嗎？」

科克納爾大師已經喝光了他的湯，吃完了那兩隻黑色的雞爪，啃完了那根上面帶有一點肉星的羊骨頭。

波托斯感覺上了當，於是開始吹鬍子、皺眉頭。這時，科克納爾夫人的膝頭湊過來輕輕地碰了碰他，提醒他耐心一些。

波托斯不明白為什麼一直沒上菜。可是，辦事員們的反應卻正好與他相反，他們看了看訴訟代理人的眼色和科克納爾夫人的微笑，就都在桌子前慢慢站了起來，打過招呼，就退去了。

「去吧，你們這些年輕人，工作去吧。」訴訟代理人說著，一臉嚴肅。

辦事員們離開後，科克納爾夫人起身從一個食品櫃中取出了一塊乳酪，一些木瓜果醬，還有一塊她親自用杏仁和蜂蜜做的蛋糕。

科克納爾大師皺起了眉頭，因為他看見拿出的菜太多了；波托斯卻咬住了嘴唇，因為他覺得這餐飯簡直沒什麼可吃的。

「真是宴席啊，」科克納爾大師坐在他的椅子上，晃動著身子，高聲地說，「真正的宴席啊，**epuloe epularum**[2]。」

波托斯搖了搖桌上那只粗陶的小酒瓶，想再倒一點酒，吃些麵包和乳酪。可是，瓶子卻空了。

「這也好，」波托斯心想，「我心裡有數了。」

他舀起一小匙果醬舔了舔，又嘗了一點科克納爾夫人那黏牙的蛋糕。

「好了，」他想，「我做出了犧牲。哼！如果不能看看她丈夫的櫃子，那我就白來了。」

享用完這頓宴席之後，科克納爾大師要休息了。

波托斯想讓這位先生就地休息一下。可是，可惡的訴訟代理人卻怎麼都聽不進勸告，堅持要回書房休息，還高聲吆喝，說一定要躺在那個大櫃子前面，他甚至把腿擱在了櫃子上。

這樣，訴訟代理人夫人不得不把波托斯領到隔壁的一個房間裡。

「您可以每個星期過來吃三次飯。」科克納爾夫人說。

「謝了，」波托斯說，「這樣做會太過分。再說，裝備的事我還要籌措呢。」

「對啊，」訴訟代理人夫人歎了口氣了，「煩人的裝備。」

「唉！是的。」波托斯說。

---

2. 拉丁文，意思是：宴席的宴席。

「可是，波托斯先生，部隊裡的裝備都包括什麼東西呢？」

「噢，太多了，」波托斯說，「您也知道，火槍手是士兵之精華，裝備當然也是最精良的了。」

「那麼請跟我說得詳細一些。」

「一起可能要……」波托斯停了下來，他只想說個總數而並不想說得很具體。

「多少？」她說，「我希望不要超過……」

訴訟代理人夫人想不出這個數目，也一下子打住了。

「啊！不會，」波托斯說，「不會超過兩千五百利弗爾，兩千利弗爾也就可以湊合了。」

「噢，仁慈的主，兩千！」她叫了起來，「這絕不是一個小數！」

波托斯做了一個意味深長的鬼臉。

「我要瞭解具體的一些細節，」她說，「我有很多做生意的朋友，我來為您購置這些裝備會便宜很多。」

「啊！啊！」波托斯說，「您想說的就是這個！」

「是啊，波托斯先生！首先，您需要一匹馬？」

「是的，我需要一匹馬。」

「好吧，這個我可以弄到。」

「啊！」波托斯高興起來，「其次，需要全副的鞍轡，而且這東西只能火槍手自己去買，價格不會超過三百利弗爾。」

「三百？好吧，三百就三百！」訴訟代理人夫人歎著氣說。

波托斯臉上露出了笑容。我們還記得，他仍然保留著白金漢送的那副鞍轡。這樣的話，這三百利弗可以塞進自己腰包了。

「此外，還有跟班的馬，我的旅行袋。兵器我有，您就不用操心了。」

「您跟班騎的馬？」訴訟代理人夫人開始猶豫起來，「我的朋友，您真像是一位爵爺。」

「噢，夫人！」波托斯提起神來，「難道我是一個鄉巴佬嗎？」

「當然不是，但是我覺得，如果您能替穆斯克東找到一頭漂亮的騾子……」

「那也可以。」波托斯說，「您說得對。但是，騾子頭上需要配上羽飾，脖子上需要一串鈴，這您可知道？」

「您放心。」訴訟代理人夫人說。

「剩下的，就只有旅行袋了。」波托斯說。

「啊！這個您一點也用不著擔心。」科克納爾夫人大聲說，「我丈夫有五六個旅行袋，其中有一個大得簡直可以把整個地球都裝進去。」

「那麼，那個旅行袋一定是空的囉？」波托斯天真地問。

「當然是空的。」訴訟代理人夫人則天真地回答。

「啊！可是我所需要的旅行袋，」波托斯大聲說，「裡面是要裝滿東西的，我親愛的。」

科克納爾夫人聽了又歎了好幾口氣。

最後，經過一系列商討，兩人達成協議：由訴訟代理人夫人出八百利弗爾現金，再提供一匹馬、一頭騾子。

談定這些條件，利息和償還日期也都立據確認之後，波托斯向科克納爾夫人起身告辭。

我們的火槍手最終回到了他的住處，唯一不足的是他還餓著肚子。

chapter 33

侍女和女主人

這段時間，達太安雖然內心想要控制住自己，也常常想起阿托斯的忠告，可對米拉迪的愛情之樹卻日見成長。

每天他都去米拉迪那裡對她大獻殷勤。

我們這位喜歡冒險的加斯科尼人深信，總有一天他會成功的。

一天黃昏時分，達太安又十分高興地來到了米拉迪的家。

剛到門口，他又遇到了米拉迪的侍女。只是，這一次，漂亮的凱蒂不是碰了他一下，而是溫柔地將他的手握住了。

「好啊！」達太安心裡在想，「一定是她的女主人要她帶什麼信給我，或者她的女主人不好當面對我說，讓她把約會的事轉達給我。」

他看著眼前這個美麗的女人。

「我很想對您說幾句話，騎士先生……」侍女吞吞吐吐地說。

「說吧，我的孩子，說吧，」達太安說，「我聽著呢。」

「在這兒不方便說，我有好多話呢，而且，都是……秘密。」

「是這樣啊！那怎麼辦？」

「騎士先生願意讓我領您嗎？」凱蒂羞答答地說。

「請便，我的漂亮的孩子。」

「那麼，請吧。」

於是她拉著他上了一條陰暗的樓梯，登上十五六級台階之後，前面出現了一扇門。

侍女推開這扇門，說：「請進來，騎士先生，這兒只有我們兩個人。」

「我漂亮的孩子，這是哪兒？」達太安問。

「這是我的房間，騎士先生。這裡有扇門，可以直接通到我的女主人的房間裡。不過，請您不用擔心，她是不會聽到我們談話的，因為直到午夜，她都不會回來。」

達太安看了看房間，裡邊的佈置令人賞心悅目。然而，他的眼睛卻不由自主地停留在了那扇通向她女主人臥室的門上。

凱蒂看出了他的心事，歎了一口氣說：「看來您真的很愛我的女主人，騎士先生！」

「啊，愛她，這種愛難以用語言來表達！凱蒂！」

凱蒂又歎了一口氣，說：

「唉，先生，那真是很遺憾了！」

「見鬼，這有什麼問題嗎？」達太安問。

「可惜我的女主人根本就不愛您。」凱蒂說。

「噢！」達太安說，「這是她讓您跟我這麼說的嗎？」

「啊！不是的，先生！是因為我關心這件事情，所以才決定告訴您。」

「謝謝您，不過，我只是謝謝您的好意，因為我不得不說，聽了這個秘密以後，心裡很不是滋味。」

「那就是說，我跟您說的，您不相信嗎？」

「我很難相信，我漂亮的孩子，就是出於自尊心也是如此。」

「就是說，您不相信，對吧？」

「我承認，除非你有什麼證據。」

「那您看這個！對此您還有什麼可說的？」

說著，凱蒂從她胸前的衣服中取出一封信。

「是米拉迪給我寫的嗎？」達太安連忙抓住那封信。

「不是，是米拉迪給另外一個人的。」

「給另外一個人的？」

「是的。」

「給誰的？給誰的？」達太安大聲問。

「信封上寫著。」

「德・瓦爾德伯爵先生。」達太安看了一眼。

達太安立即想起了聖日爾曼那一個場面。接下來，他迅速地撕開那封信。凱蒂看到他拆信時的那種表情，不禁叫了出來，而他，全然不顧凱蒂的阻止。

「噢！天主！騎士先生，」她說，「您這是要做什麼？」

「我嗎，我什麼也不做，就是想看信的內容。」他打開信，裡面這樣寫著：

您沒給我回信，是因為您病了，還是忘記了您在德・吉斯夫人的舞會上對我使的眼色？而現在機會又來了，伯爵！請不要錯過。

看完後，達太安的臉色變白了。

很顯然，他的自尊心受到了傷害。

「可憐的、親愛的達太安先生！」凱蒂重新握緊了年輕人的手，語氣中滿是同情。

「您可憐我？」達太安說。

「啊！我是發自內心的，因為，我知道愛情是怎麼一回事！」

「您知道愛情是怎麼一回事？」達太安說，此時他才第一次用關注的目光注視著這位女人。

「唉！是這樣。」

「那好，我想讓您幫助我向您的女主人復仇。」

「您想怎樣復仇？」

「戰勝她，成為她的情人。」

「那我永遠也不會幫您，騎士先生！」凱蒂激動起來。

「為什麼？」達太安問。

「原因有兩個。」

「哪兩個？」

「第一，我的女主人永遠也不會愛您。」

「這是因為什麼？」

「因為您傷了她的心。」

「我？我怎麼會傷了她的心？自從我認識她，我一直順從她！為什麼說我傷了她的心？求您了，告訴我吧。」

「這個我永遠也不會告訴您，除非有人自己能夠看到我的內心！」

達太安發現，這個年輕女子的美貌值得很多貴婦人用自己的桂冠去換取。

「凱蒂，」他說，「只要您願意，我是能夠看到您內心深處的。我親愛的孩子，這沒有什麼難的。」

說完，他吻了她一下，可憐的孩子立刻紅了臉頰。

「噢，不！」凱蒂高聲叫起來，「您愛的並不是我！您愛的是我的女主人。」

「這並不妨礙您把第二個原因告訴我吧？」

「第二個原因，騎士先生，」凱蒂接著說，由於剛才那一吻，也由於這個年輕人現在那種眼神，她的膽子變得大了起來，「**在愛情上，每個人都為自己**。」

直到此刻，達太安才想起了凱蒂每次見他時那種憂傷的神情。他想起，每次遇見她時，她的手總是輕輕地碰他一下。而他，由於一心想著討好她的主人，對這個侍女總是不屑一顧。

達太安一眼便看出，如此天真，或者說如此不顧臉面地承認私情的女子，是大有用處的。

比如，在女主人的身邊安插一個內應，隨時可以進入這個與女主人臥房相通的房間。我們看到，這個不講信義的小夥子，為了自己的利益，已經想到怎樣利用這個可憐的女人了。

「那好吧，」他對年輕女子說，「親愛的凱蒂，您需不需要來證明您所懷疑的那種愛情是不容置疑的？」

「哪種愛情？」年輕女子問。

「我準備對您傾心相付的愛情。」

「怎樣證明呢？」

「今晚，我就像平日陪伴您女主人那樣來陪伴您，您是否願意？」

「啊！好！」凱蒂拍手道，「願意，非常願意！」

「那好，我親愛的孩子，」達太安在一把扶手椅上坐了下來，「過來，讓我來告訴您，您是最漂亮的侍女。」

他說的話悅耳動聽，這個巴不得信任他的可憐女子，聽了這些話之後對他沒有絲毫懷疑。不過，凱蒂對他的要求進行了頑強的抵抗，這令達太安大為吃驚。

半夜的鐘聲敲響了，就在此時，隔壁房裡傳來了米拉迪的打鈴聲。

「偉大的天主！」凱蒂高聲道，「我的女主人喊我了！走，您快走！」

達太安站了起來，可是，他並沒去打開通往樓梯的那扇門，而是鑽進了大衣櫥，躲在米拉迪的連衣裙和睡衣之間。

「您這是幹什麼？」凱蒂嚷道。

他並沒有回答凱蒂的問話，而是把自己鎖在了大衣櫥裡。

「喂！」米拉迪尖聲喊著，「你怎麼不過來，睡著了？」

「來了，夫人，來了。」凱蒂高聲說著。

凱蒂去了女主人的房間，可是沒有關上兩個房間中間的那扇門，達太安聽到了米拉迪訓斥她的侍女的聲音。最後，女主人的怒氣終於平息了。

在凱蒂侍候女主人換衣服時，兩個人聊起了達太安。

「怎麼回事？」米拉迪說，「他今天晚上沒有過來！」

「怎麼，夫人？」凱蒂說，「他沒有來？是不是他放棄您，去打另一個人的主意了？」

「喔，不會！肯定是有什麼事把他留住了。我是很瞭解這個人的，凱蒂，我已經將他抓牢了。」

「您想怎麼對他？」

「怎麼對他？在我們倆之間有一件事他不知道，他差點兒讓我失去紅衣主教對我的信任。我會好好地收拾他！」

「我原以為夫人您愛他的呢！」

「我，愛他？我只會恨他！他就像個白癡。溫特勳爵的生命曾經掌握在他手中，可他沒有殺掉他。結果，我每年都要多花三十萬利弗爾的年金。」

「是啊，」凱蒂說，「溫特勳爵唯一的繼承人就是您兒子，而在您的兒子成年以前，那筆財產本該就屬於您。」

一個表面上如此溫柔的女人，竟然會如此不加掩飾地指責自己沒有殺掉那個對她充滿友情的人。這讓達太安感到不寒而慄。

「所以，」米拉迪接著說，「我只是聽從了紅衣主教的吩咐才沒有對他下手。不過，我不明白紅衣主教有什麼打算。」

「嗯，是這樣！可是，夫人，您卻對他愛著的那個小女人下手了。」

「噢，那個服飾用品商的老婆吧？他不是已經忘記了嗎？這種報復也真是稱奇啊！」

達太安的額頭上流下一串冷汗。

他想繼續聽下去，可惜的是換裝已經結束了。

「可以了，」米拉迪說，「回你的房間吧，明天想法子把那封信送過去，並要個他的回信過來。」

「給德・瓦爾德先生的那封？」凱蒂問。

「當然。」

「這個人看上去怎麼樣呢？」凱蒂說。

「走吧，小姐，」米拉迪說，「我不喜歡背後議論人。」

凱蒂聽從主人的話，回自己的房間了，中間那扇門被關上了，接著，又傳來米拉迪關她那邊的兩道門閂的聲音。

凱蒂將自己這邊門也鎖上了，但聲音很輕。達太安這時才從大衣櫥裡出來。

「天主！」凱蒂悄聲道，「您臉色怎麼這樣白？怎麼啦？」

「可怕的女人！」達太安低聲說。

「別出聲，您走吧，」凱蒂說，「我們的臥房中間只有一道隔牆，說話兩邊都可以聽見的。」

「就是因為這個，我才不會走呢。」達太安說。

「怎麼？」凱蒂說，臉一下子紅起來了。

「或者，至少要過一會兒。」

說著，他把凱蒂拉到自己身邊。這次，凱蒂沒有抵抗，因為抵抗一定會弄出很大的動靜，她讓步了。

這是對米拉迪的報復。

達太安發現，「報復能讓人得到至高無上的樂趣」這句話，講得真是很有道理。

所以，倘若達太安稍有良心，他本應該對這種新的征服感到滿足，可惜的是，達太安有的只是自負和野心。

他打算利用凱蒂為他打聽波那瑟夫人的情況，可是凱蒂說自己對此一無所知。她解釋說，她女主人的秘密，她只知道一部分，不過她確定波那瑟夫人還活著。

至於被問到米拉迪所提起的害得她差點失去紅衣主教信任的事情，凱蒂更是不知道了。

但達太安不會忘記，他曾看到米拉迪停留在一艘不准離境的船上。他推測，這肯定與鑽石墜子的事件有關。

不過，在所有這些事情中最清楚的一件是：

他沒有殺掉她的那個小叔子，所以她才恨他。

第二天，達太安又來到了米拉迪的家裡。

米拉迪的情緒很不好，可能是因為她沒有收到德．瓦爾德先生的回信。凱蒂進來了，米拉迪對她的態度非常生硬。

但是到最後，這頭漂亮的母獅態度變好了。她面帶著微笑，傾聽著達太安說的話，甚至還伸出手來讓他親吻了。

不過，達太安可不是一個容易發昏的小夥子。在他向米拉迪大獻殷勤的時候，他心裡已經有了一個小小的計畫。

他在大門口找到了凱蒂。她剛剛受到了女主人一頓嚴厲的訓斥，她的女主人罵她做事情不專心。米拉迪弄不明白德．瓦爾德伯爵為什麼不給她回信。她吩咐凱蒂，次日上午九時去她臥房裡取她寫給伯爵的第三封信。

達太安說服了凱蒂，讓她把信送到他那兒去。這個可憐的侍女已經被征服了，她會答應情夫提出的任何要求。

之後的事情和頭天一樣，達太安躲進凱蒂房間的大衣櫥裡，次日清晨五點再回家。

十一點鐘，凱蒂到了他家，手裡果然拿著米拉迪寫的那封信。這個可憐的侍女乖乖地聽憑他隨意處置它。這是因為她的身心已經被這個英俊的軍人所佔有了。

達太安折開信，信上這樣寫道：

為了表示我對您的愛，這已經是我第三次給您寫信了。我不會給您寫第四封信的，那時我將說我恨您了。

如果您為如此對待我而感到了後悔，那麼，您應當知道一個上流社會的男子應當如何求得寬恕。

達太安讀信時，臉色一陣紅，一陣白。

「啊！您還在愛著她！」凱蒂看到他臉色變化之後說。

「不，凱蒂，您弄錯了，我已不再愛她了。我要報復她對我的這種蔑視。」

「對，我知道您將怎樣報復她。」

「凱蒂！您要明白，我愛的人只有您一個。」

「這我怎麼能夠明白呢？」

「您可以從我將如何輕蔑地對待她之中看到答案。」

達太安拿起筆來寫道：

夫人，在此之前，我真的不敢相信前兩封信是您寫給我的，我怎麼能夠配得上您的垂青呢？

另外，最近我的健康狀況很差，因此，我才遲遲沒有給您回信。

今天，我所看到的不僅僅是您的來信，而且還有您的侍女。這都讓我確信，我真的有幸得到了您的愛。

今天晚上十一點，我將親自前往，求得您的寬恕。如果再拖延一天的話，對您必是一種新的冒犯。

您使我成了世界上最幸福的男人。

德・瓦爾德伯爵

首先，這封回信是冒名頂替之作；其次，它的內容也是偽詐的。今天看來這樣做是很卑劣的，可是，在那個時代，人們對這些方面的態度不像我們今天這樣刻板。

另外一方面，達太安知道她曾在許多更重要的事情上幹過更加無恥的事，因此，對她的敬意是非常有限的。

只是，他還是感到自己心中對這個女人有一種近乎喪失理智的熱情，或許那是一種由蔑視而引起的醉人的渴望。

達太安想的那個小計畫其實非常簡單，就是通過凱蒂的房間進入她女主人的臥室，趁米拉迪驚訝、羞愧和害怕之時將她征服。當然，這個計畫也可能會失敗，但有時候不管成功或失敗，都應該去冒冒險。一星期之後法國就要與英國開戰，達太安就要奔赴戰場，所以他的時間已經不多了。

達太安把信封好，交給凱蒂，說：「這就是德・瓦爾德伯爵先生的回信。」

可憐的凱蒂臉色像死人一樣難看，她能猜到這封回信的內容。

「聽我說，親愛的孩子，」達太安對凱蒂說，「您也清楚，米拉迪可能會發現第一封信您並沒有交給伯爵的跟班，而是交給了我的跟班。她也可能發現是我看了那幾封信。這樣的話，米拉迪一定會報復您的。」

「唉！」凱蒂說，「我這是為了誰才冒這樣大的危險啊？」

「為了我啊，我的心很清楚，我的美人，」年輕人說，「所以，我對您十分感激。」

「可您都在信裡寫了什麼啊？」

「米拉迪會跟您說的。」

「啊，您不愛我！」凱蒂叫了起來。

面對凱蒂的這種責備，達太安用了一種令所有女人屢屢受騙的回答使凱蒂落入極大的盲目之中。

雖然凱蒂哭了很久，但她還是下了決心，這也是達太安一心想著的那種決心。

達太安許諾說，晚上他會早些和她的主人告辭，然後再上樓去找她。

這些許諾終於穩住了凱蒂的心。

chapter 34

阿拉米斯和波托斯的裝備

四個朋友分頭尋找自己的裝備，從那時起，大家就不再有約會的時間了，他們每個人都自己去找自己的飯吃。另外，隊裡的公務也漸漸繁忙起來，佔用了他們許多寶貴的時間。不過，每週他們還是會在阿托斯家約見一次，一般是某一天的下午一點鐘左右。

凱蒂來找達太安的那一天，正好是他們要聚會的日子。

凱蒂一離開，達太安就去了費魯街。

阿托斯和阿拉米斯正在討論哲學問題。阿拉米斯仍想去披他的教士袍。阿托斯依照自己的做人之道，既不鼓勵也不阻撓他，他總是任憑各人按照自己的意志和心願行事。如果別人不向他請教，他是從來不會主動跟人道出自己的意見。

「一般來講，」阿托斯說，「**人們詢問您的建議，並不是為了採納您的建議，即使**

採納了，也是為了事後能有一個可以抱怨的對象。」

四張臉所表達的情感各不相同：阿拉米斯心緒不寧，達太安充滿憧憬，波托斯心平氣和，阿托斯漫不經心。

在談話中，波托斯隱隱約約透露出有人表示願意幫他一把，而且這個人地位很高。這時，穆斯克東進來了。他是來請波托斯回家的，他可憐巴巴地對波托斯說，家裡有急事需要他馬上回去。

「是不是關於裝備的事情？」波托斯問。

「也是，也不是。」穆斯克東說。

「那到底是什麼事呢？你說嘛！」

「請您起身出來一下，先生。」

波托斯站起身來，向朋友們鞠了一躬，就跟穆斯克東出去了。

過了一會兒，巴贊又出現在門口。

「什麼事嗎，我的朋友？」阿拉米斯用溫和的語氣說。

「有一個人在等著先生。」巴贊回答。

「一個人！什麼人？」阿拉米斯問。

「一個乞丐。」

「給他一點兒施捨，巴贊。」阿拉米斯說。

「可他說他一定要見您，還說您見到他，一定會很高興的。」

「他有什麼特別的話要對我說的嗎？」

「有，他說，如果阿拉米斯先生不知道該見還是不見，就讓我轉告您他是從圖爾來的。」

「圖爾？」阿拉米斯高聲道，「各位先生，非常抱歉。這個人一定給我帶來了好消息。」

他站起來，急急忙忙走了。

現在只剩下阿托斯和達太安了。

「這兩個傢伙都把裝備的事情解決了，」阿托斯說，「達太安，您說呢？」

「我只知道波托斯進展的十分順利。」達太安說，「至於阿拉米斯，我從來就沒有為他擔心過。可您呢，親愛的阿托斯，那個英國佬的比斯托爾本應該屬於您所得，而您卻如此慷慨的分給了他人，您的裝備怎麼解決？」

「我的孩子，殺了那個英國佬我是十分高興的。但是如果我將他的比斯托爾裝進自己的口袋，那麼，心頭深沉的內疚永遠也擺脫不掉了。」

「得了，親愛的阿托斯！您的想法真是與眾不同。」

「不說這個了！特雷維爾先生昨天屈尊來我這兒看了我。您知道他對我說了些什麼嗎？他說您經常到那些紅衣主教的英國密探家裡去。」

「說得準確些，我是常常去一個英國女人的家裡，就是我跟您提起過的那個英國女人。」

「啊！對，就是那個頭髮金黃的女人，我勸您不要再去找的那個女人。您沒有聽取我的忠告。」

「可我已經對你說過這其中的緣由了。」

「是這樣的。我相信您是想從那裡得到您的裝備。」

「不是，根本不是！那個女人與綁架波那瑟夫人的事有關。」

「是的，這我明白。為了找回一個女人，您去追求另外一個女人。」

差一點兒達太安就要將所有的事情說出來了，但還是忍住了。他想到阿托斯對榮譽方面是十分認真嚴肅的，而他針對米拉迪所進行的那個小小計畫中，有些方面，這位道學先生絕不可能贊同。因此，他認為還是不告訴他為好。另外，阿托斯從不喜歡多管閒事，所以，達太安又覺得對這位朋友的推心置腹可以到此為止了。

阿拉米斯隨巴贊迅速離開，或者說得更準確些，他迅速超過了巴贊逕自向前走去。不一會兒，就從費魯街奔到了沃吉拉爾街。

到家後，他果然見到了一個衣著破破爛爛、身材矮小的人。

「是您找我嗎？」火槍手說。

「您就是阿拉米斯先生？」

「是的。您有什麼東西要交給我嗎？」

「是的，但我要先看看繡花手帕。」

「就在這兒，」阿拉米斯說著取出一把鑰匙，打開一隻鑲嵌著螺鈿的烏木小匣子，「手帕就在這兒，請看。」

「很好，」那乞丐說，「現在請您的跟班暫時迴避一下。」

巴贊很想弄清楚這個要飯的有什麼事情要找他主人，可他似乎白費了力氣。他的主人叫他退下了。

那乞丐迅速地掃了一眼四周，斷定再沒有人能看到他們或聽到他們的談話後，便解開破破爛爛的外衣，將緊身短上衣胸口的線縫拆開，從裡面掏出了一封信。

見到那封信，阿拉米斯又激動又高興，他懷著一種近乎虔誠的恭敬將信拆開。信上寫道：

朋友：

我們又要分別一段時間了。但是，我相信美好的時光還會降臨。去戰場上盡您的職責吧！請收下帶信人交給您的東西。像一個英俊的、優秀的貴族那樣去衝鋒陷陣吧。請在心裡想著我，想著這個吻您雙眼的人。

別了，不，也許更應該說再見了！

接著那乞丐將一枚枚西班牙的雙比斯托爾從他骯髒的衣服裡取出來，一共一百五十枚。隨後，他就打開門離去了。這一刻，我們的年輕人驚呆了。

阿拉米斯又重新看了一遍信。他發現信後還有一段附言：

帶信人是一位伯爵，也是西班牙的大公。您可以招待他。

「美妙的夢！」阿拉米斯高聲說，「我們都還年輕！是啊，年輕時美好的日子並不會一去不返的。我們的未來還會有幸福的日子！我的生命，全是您的！我的一切，所有的一切都是您的，我美麗的心上人！」

阿拉米斯一直熱烈地親吻著那封信。

巴贊在輕輕地敲門，阿拉米斯允許他進門來。

看到桌子上的那些金幣，巴贊一下子呆住了，以至於忘記了他是來為達太安通報的。原來，達太安也很想知道那個乞丐究竟是什麼人，便登門來找阿拉米斯。

達太安見巴贊忘了替他通報，便自己進屋來了。

「啊，見鬼！我親愛的阿拉米斯，」達太安說，「要是這些李子乾是從圖爾帶來給您的，那您的確得代我感謝採摘它們的園丁了。」

「親愛的朋友，您想錯了。」一向小心謹慎的阿拉米斯說，「我那篇單音節的詩在出版社發表了，這是他們付給我的稿酬。」

「啊，原來是這樣啊！」達太安說，「哼！好大方的一家出版社啊，親愛的阿拉米斯！」

「什麼，先生！」巴贊叫了起來，「一首詩發表就能得到這麼多錢！真不可思議，先生！您做什麼事情都能取得成功。詩人，幾乎跟神父一樣。啊，先生！那我請求您，您就當詩人吧！」

「巴贊，我的朋友，」阿拉米斯說，「您的話太多了。」

巴贊發現自己說錯了話，便垂頭喪氣地走了出去。

「啊！」達太安微笑著，「您的大作真是賣了個好價錢。可是，提醒您注意，塞在外套裡的這封信馬上要掉出來了。」

阿拉米斯的臉變得通紅，他將那封信重新塞進衣袋中。

「親愛的達太安，」他說，「我現在有錢了，從今天開始我們又可以在一起吃飯了，直到你們也富起來為止。」

「我當然十分願意！」達太安說，「我們已經很久沒有在一起像樣地吃過一頓飯了。再說，今天晚上，有一件頗為冒險的事要我去做，我承認，如果現在能有幾瓶葡萄酒給自己壯壯膽那是再好不過的了。」

「走吧，我們去喝勃艮第的陳年葡萄酒。」阿拉米斯說。見到那些金幣，他要當教士的念頭早就消失得無影無蹤了。

他拿了三四枚雙面比斯托爾放在自己口袋裡，其餘的，則都被放進了那只收藏著他視為護身符的手帕的鑲嵌螺鈿的小匣子裡。

兩位朋友先到了阿托斯的家。阿托斯信守足不出戶的誓言，負責叫人將飯菜叫到家裡，由於他極諳烹飪之法，所以達太安和阿拉米斯毫不作難地將這份重要的差事交給他一手操辦了。

這兩個人一起去找波托斯。走到巴克街的拐角時，他們遇到了穆斯克東。那個跟班正趕著一頭騾子和一匹馬，一副可憐的樣子。

達太安驚叫了起來。

「啊，我的黃馬！」他嚷道，「阿拉米斯，您看呀！」

「啊，這匹馬可不太好看！」阿拉米斯說。

「是這樣嗎，親愛的朋友？」達太安說，「可我來巴黎就是騎著牠的。」

「怎麼，先生還認得這匹馬？」穆斯克東問。

「這種皮毛真是夠奇怪的。」阿拉米斯說，「我真是開了眼。」

「我當時也是這樣認為的，」達太安說，「所以，三個埃居我就把牠賣掉了。而且，可以肯定的是要不是因為毛色古怪，牠的整副骨架肯定不值十八個利弗爾。但是，這匹馬怎麼又到了您這兒呢？」

「啊！」跟班說，「先生，別提了，這都是我們那位公爵夫人的丈夫的一場惡作劇。」

「怎麼回事？」

「是啊，我們獲得了一位公爵夫人的青睞，她叫德……噢，不好意思，我的主人吩咐過，不許我亂講。她一定要我們接受她的一點小小的紀念品：一匹西班牙駿馬和一頭安達盧西亞[3]騾子，都是非常漂亮的。可誰也沒有料到她丈夫在中途給調了包。」

「現在您要去哪裡？要把牠們送還回去？」達太安問。

「是的！」穆斯克東說，「您知道的，我們不能接受這樣的東西。」

「當然不能，雖然我很想瞧瞧波托斯騎在我這馬上是一副什麼樣子。不過我們不阻攔你去為你的主人辦這件事。他在家嗎？」

「他在家，先生，去吧。」穆斯克東說，「不過，他現在的心情不太好。」

說完，他沿著河街向前走去。兩位朋友來到了波托斯門前拉響了門鈴。波托斯已經看見他們穿過院子，卻不肯過來開門。

3. 西班牙南端的地區。

穆斯克東繼續趕著他的兩頭牲口，來到了熊瞎子街。按照主人的吩咐他把馬和騾子拴在了訴訟代理人大門的門環上。接下來，就轉頭回去向波托斯報告，他完成了任務。

不幸的是，這兩頭可憐的牲口從早上到現在一直都沒有吃東西，沒過多久就餓得不安穩了起來。牠們不停地扯動門環，那門環被扯了下來，門上發出了嘈雜聲。訴訟代理人聽到聲音後，吩咐他的人到周圍打聽一下，看看是誰家的馬和騾子。

科克納爾夫人認出來了，那是她送給波托斯的禮物，但是她不知道，牠們為什麼又被退了回來。很快，波托斯到了。火槍手儘管克制著自己，但模樣看起來還是十分可怕，這使他那敏感的情婦感到心驚膽顫。原來，穆斯克東回到家後，告訴了他在路上遇到達太安和阿拉米斯的事，還說達太安認出了那匹黃馬就是他來巴黎時騎的那匹貝亞恩小矮馬。

波托斯與訴訟代理人夫人約好，要去聖馬格魯瓦爾修道院會面。訴訟代理人看他要走，反倒起勁地要留他吃飯，被他威嚴地拒絕了。

科克納爾夫人戰戰兢兢地來到修道院。她心裡猜想，一定會受到痛斥。波托斯那副不可一世的派頭早就在她的心裡留下了深刻的印象。

被一個女人深深傷害了自尊心的男人能夠給予那個女人的所有責備和訓斥，波托斯全都給了他的這位一直低著頭的訴訟代理人夫人。

「唉！」她說，「我是從心裡想盡可能把這件事情辦漂亮的。我們的委託人中有一個人是馬販子，他欠著我們的錢。於是，我便用那頭騾子和那匹馬抵了他的欠帳。他曾答應我，會給我兩匹非常漂亮的牲口。」

「得啦，夫人！」波托斯說，「他欠你的錢絕不超過五埃居。」

「尋求便宜貨沒什麼錯吧，波托斯先生。」訴訟代理人夫人為自己辯護。

「是的，夫人，可是，那些尋求便宜貨的人總該允許別人去尋找更大方一些的朋友吧。」

說完，波托斯轉過頭去，邁出一步準備離開。

「波托斯先生！」訴訟代理人夫人叫了起來，「我承認，是我錯了。對於您這樣一位騎士的裝備，我不應該去計較錢多錢少！」

波托斯沒有理睬她，邁出了第二步。

「請不要離開，看在天主的份上！波托斯先生，」她嚷著，「請不要離開，我們再談談。」

「還有什麼好談的！」波托斯說。

「可是請您告訴我，您究竟需要什麼？」

「什麼也不需要。無論我告訴您需要什麼，最後結果都還是一樣。」

訴訟代理人夫人吊在了波托斯的胳膊上。她異常難過傷心地嚷道：

「波托斯先生，這些事，我一點不懂。我如何清楚一匹馬是怎麼一回事？我如何清楚一副鞍轡是怎麼一回事？」

「是嘛，這些事本來您可以讓我自己來操辦的。可您想要省錢，結果卻多花了。」

「這是一個錯誤，波托斯先生，我一定會去彌補的。」

「怎麼一個彌補法？」火槍手問。

「請聽我說，今天晚上，科克納爾先生要去德・肖勒納公爵[4]先生家裡，至少需要兩個鐘頭。您過來吧，到時只有我們兩個人，我們可以一起解決我們的問題。」

「好，我親愛的，這才像那麼回事呢！」

「您原諒我了？」

「再說吧。」波托斯又嚴肅起來。

兩人說過「晚上見」以後便分手了。

「真見鬼！」離開時波托斯心裡想，「我覺得，那個錢櫃已經在自己眼前了。」

---

4. 十七世紀法國元帥，路易十三的寵臣德・呂依納公爵的弟弟。

chapter 35 冒名頂替

這一天，波托斯和達太安都在焦急地等待著天黑。

像平日裡一樣，達太安九點左右來到了米拉迪的家。他發現米拉迪今天心情很好，接待他的殷勤度明顯超過了平時。達太安一眼便看出，他寫的那封信已經交到了她手裡。

這時，凱蒂端著飲料進來了。她的女主人和顏悅色地看了看她。然而，那個可憐的侍女卻沒有察覺到米拉迪對她的那番好意，因為她一直十分傷心。

達太安一邊看著她們，一邊心裡想：大自然在造就她們倆時肯定出了什麼差錯，把作為一個公爵夫人本應該有的美麗心靈給了這位侍女，而把卑劣的靈魂給了這位貴婦人。

快到十點鐘，米拉迪開始顯得有點兒坐立不安，她不時地看看時鐘，站起來又坐下去。她向達太安笑了笑，好像在暗示他：您應該告辭了。

達太安站起身來，拿起自己的帽子。米拉迪伸出手讓他親吻，她的手把他的手握得很緊，他明白她是在對他的離開表示感謝。

「她愛他真的已經愛得發瘋了。」達太安自言自語地說了一句就離開了。

這一次他沒有碰上凱蒂，達太安不得不一個人上了樓梯，走進她的小房間。

凱蒂坐在那兒，雙手捂著臉哭泣。

她雖然聽到達太安進了屋，但是連頭也沒有抬一下。年輕人向她走去，握住了她的雙手。

過了一會，凱蒂停止了哭泣，把事情的經過向達太安講了一遍。正如達太安設想的那樣，米拉迪收到這封信後，十分高興，並給了凱蒂一個錢袋，作為她對這位侍女辦事得力的獎勵。回到自己的房間，凱蒂把錢袋扔在了一個角落，袋口敞開著，有四枚金幣撒落在了地毯上。

在達太安愛撫下，這位可憐的女人終於抬起了頭。她那蒼白的臉色，讓達太安看後嚇了一跳。她合著雙手，臉上帶著一副祈求的神色。

達太安也被這種無言的痛苦深深地打動了。然而，他又是一個不達目的絕不甘休的人，因此，他絕不會因此而放棄他的計畫。他要打消凱蒂任何可以使他屈服的念頭，對她說，他的計畫僅僅是為了要報復米拉迪，與愛情無關。

為了在情夫面前掩飾自己的羞慚，米拉迪曾經吩咐凱蒂，家裡的燈火要全部熄滅。也就是說，在德．瓦爾德先生天明離開以前，她將一直處於黑暗之中。

一會，米拉迪回房了。達太安立即跳進了原來那個大衣櫥裡，他剛剛蹲下，鈴聲便響了。

凱蒂進入女主人的房間，沒有讓中間的門開著。但隔牆很薄，兩個女人說的什麼，達太安差不多都能聽到。

米拉迪過於激動了，她要凱蒂一遍又一遍地講述她和德．瓦爾德先生會晤時的詳情。他收到她信的每一個細節，他說了些什麼，他臉上的表情是怎樣的，等等。面對這些連珠炮似的發問，可憐的凱蒂不得不假裝鎮定地一一做了回答，可她的女主人竟然沒有聽出來她聲音裡的異樣。

最後，快到和伯爵約好的時間了，米拉迪果然讓凱蒂把她房裡的燈熄掉了，並叮囑她，瓦爾德伯爵一到就立刻領去她的房間。

凱蒂等待的時間並不長。達太安從大衣櫥的鎖眼裡看到屋子裡的燈都熄掉後，就從裡面跳了出來。

「什麼聲音？」米拉迪問。

「是我，」達太安低聲說，「是我，瓦爾德伯爵。」

「啊，天啊，天啊！」凱蒂喃喃地說，「他連自己約定好的時間都等不及了！」

「那麼，」米拉迪用顫抖的聲音說，「您為什麼不進來？我在等您！」

達太安聽到米拉迪這樣的呼喚聲，便快步走進了米拉迪的臥室。

假如一個心靈應該受到憤怒和痛苦的折磨，那麼這顆心就是冒名頂替接受屬於他人癡情的那顆心，而那個人正是他的情敵！

達太安正是處於這樣一種痛苦的境況之中。這是他自己都沒有想到的，他的心正因為嫉妒而備受折磨。

「是啊，伯爵，」米拉迪溫柔地緊緊握住他的手說，「是啊，之前我每次見您時，從您的眼神裡，您的言語中，都流露出您對我的愛意，我為這些而沉醉在幸福裡！啊！明天，明天，我希望我能夠得到一件證明您在思念我的證物。而現在，請您把這個收下吧。」

說著，她摘下手指上的一枚戒指，給達太安戴上。

這是一枚非常漂亮的鑲著鑽石的戒指，達太安曾經在米拉迪的手上見到過。

達太安不想收下這枚戒指。米拉迪說：

「不，不，將此作為我對您的愛情證物，把它收下。」她用一種十分激動的聲調說，「那就幫了我一個大忙！」

「這個女人，整個就是一個謎。」達太安自言自語。

他正要說明自己是誰，他是懷著怎樣的目的前來報復她的，不過還沒等他開口，米拉迪又說話了：「可憐的天使，那個加斯科尼惡魔差點兒把您給殺掉了！」

「啊！」米拉迪繼續說，「您的傷口痊癒了嗎？」

「還痛。」達太安說。

「您放心，」米拉迪輕輕道，「我會替您復仇的，我一定會的。」

「見鬼！」達太安心裡想，「看來講真話的時候還沒到。」

達太安還沒清醒過來，而他腦子裡原計劃的那些復仇的想法全都不存在了。他的感受仍然是既恨她，又崇拜她。在同一顆心中這樣兩種截然相反的感情會並存嗎？而且，在結合後，會形成幾乎可以稱作魔鬼的愛情嗎？

分手的時候到了，達太安感到難捨難分。兩人戀戀不捨地告了別，並相約下星期兩個人再幽會。可憐的凱蒂希望達太安能夠對她講上幾句話。可是，她聽得出，米拉迪在送他，一直把他送到了樓梯口。

第二天清早，達太安便匆匆趕到了阿托斯家裡，告訴了他這次冒險計畫，他想聽聽阿托斯的意見。在他描述的過程中，阿托斯不停地皺眉頭。

「您的那位米拉迪，在我看來，」阿托斯說，「是一個下賤的女人。當然，您很難騙過她。不論怎樣，您又多了一個可怕的敵人。」

達太安手指上那枚鑲著鑽石的藍寶石戒指引起了阿托斯的注意。王后的戒指已被他小心翼翼地放進一只首飾盒裡了。

「您注意到這枚戒指了？」加斯科尼人說，非常得意的一副神情。

「是啊，」阿托斯說，「這東西使我想起了一件祖傳的珍寶。」

「它很美，對嗎？」達太安說。

「很美！」阿托斯說，「我相信，世界上不會有第二顆這樣的藍寶石，它是您用那枚鑽石戒指換來的嗎？」

「不，不是，」達太安說，「是那位漂亮的英國女人，說得更準確些，是我的那位漂亮的法國女人送給我的。我確信她一定是法國人。」

「這是米拉迪送給您的戒指？」阿托斯叫了起來。從聲音裡聽出，阿托斯非常激動。

「是她。」

「我來看看。」阿托斯說。

「您看。」達太安摘下戒指遞給了阿托斯。

阿托斯仔細地端詳著，臉色頓時變得煞白。隨後，他試著把戒指套在自己左手的無名指上，大小尺寸完全合適。頓時，這位貴族平日裡非常安靜的臉上，掠過一陣憤怒、仇恨的陰雲。

「不可能是那枚戒指！」阿托斯自言自語，「那枚戒指為什麼會在這個女人的手裡呢？可是，它又怎麼會和那一枚戒指如此相像呢？」

「您見過這枚戒指？」

「我以為見過了，」阿托斯說，「可看來是我弄錯了。」

說著，他把戒指還給了達太安。

「哎，」停了一會他又說，「達太安，把戒指摘下來，或者，把它轉一下，把寶石的一面轉過去。它會讓我回憶起一些非常痛苦的往事，您不是來聽我的意見的嗎？可是，請等一等……把那戒指再遞給我看一下。剛才，我提到的那一枚，寶石的某一刻面因為一次意外留有一道痕。」

達太安又把戒指從手指上取下來，給了阿托斯。

阿托斯渾身抖了一下。

「喂，」他把記憶中的那條裂痕指給了達太安看，「請看，請看這裡！這不是很奇怪嗎？」

「那麼，阿托斯，這枚藍寶石是什麼人給您的？」

「是我母親家一直傳下來的。所以，我跟您說是一件傳家的珍寶。它永遠也不該從我們家流失的。」

「而您把它……給賣了？」達太安問他。

「不，」阿托斯回答，臉上閃過一種怪異的微笑，「在一個充滿愛情的夜晚，我把它贈送給他人了。」

達太安陷入了沉思，他彷彿在米拉迪的靈魂中看到了一個黑洞。

「請聽我說，」阿托斯握住達太安的手說，「您知道，我是多麼愛您呀，達太安！您聽著，請相信我，不要再理這個女人了。雖然我並不認識她，但我的直覺在告訴我，她一定是一個墮落的女人。」

「您說得很對，」達太安說，「我會離開她的，這個女人讓我感到害怕。」

「您有勇氣和她分手嗎？」阿托斯問。

「會有的，」達太安回答說，「而且馬上就能做到。」

「好，說實在的，我的孩子，您這樣做就對了。」這位貴族懷著一種幾乎是父親那樣的感情，緊緊地握住了加斯科尼人的手，「但願這個女人不會在您未來的生活中留有可怕的痕跡！」

接著，阿托斯朝達太安點了點頭。達太安清楚他的意思。

回到家中，達太安發現凱蒂正在等他。凱蒂昨天晚上肯定一夜未眠，她像是發了一個月高燒，變化非常大。

凱蒂是被女主人派出來找德•瓦爾德的。她的女主人沉醉在愛情中，高興得都發了瘋，她想知道她的情人什麼時候會再來。

可憐的凱蒂面色蒼白，渾身顫抖，等待著達太安給出答覆。

阿托斯對這個年輕人的影響是很大的。他自己的心靈也在呼喊。現在，他的自尊心得到了補救，他的復仇心理也得到了滿足，這使他下定決心不再去見米拉迪了。所以，他寫了以下的話：

夫人，自我的身體恢復以來，此類事情太多，所以，我必須得安排一個先後的次序。等輪到您的時候，我會有幸通告。

親吻您的雙手。

德・瓦爾德伯爵

他隻字未提關於藍寶石戒指的事。這個加斯科尼人想將這件東西保留起來，以備未來攻擊之用。在他裝備問題還沒解決的時候，它是不是可以作為他最後的財源呢？

達太安把那封還沒折好的信遞給了凱蒂。凱蒂看完了信後，幾乎欣喜若狂了。

凱蒂還是不相信自己能夠這樣幸運。所以，達太安就高聲地對她講了一遍他信上寫的內容。米拉迪的脾氣十分暴躁，如果把這樣一封信交給她，凱蒂一定會受到嚴厲的訓斥。可是，她完全沒有去想這些，而是以最快的速度，奔回了皇家廣場。

在任何女人內心之中，都不會對情敵的痛苦有絲毫的同情。

米拉迪折信時的動作跟凱蒂帶信來時的動作一樣急切。可是，看完第一句話，她的臉色就變青了。接著，她雙目露出凶光，問凱蒂：「這是怎麼回事？」

「這就是伯爵給夫人的回信啊。」凱蒂哆嗦著回答。

「不可能！」米拉迪大聲說，「貴族怎麼會給女人寫這樣的信？不可能！」

隨後，她自己突然一陣哆嗦。

「我的主！」她說，「莫非他知道了……」

她臉色蒼白，把牙齒咬得格格作響。她想去窗戶邊透透氣，可是，那兩條腿怎麼也不聽使喚。最後，她跌坐在了一把扶手椅子上。

凱蒂以為她要暈過去了，急忙跑過來要為她解開胸衣。就在這時，米拉迪突然直起了身子。

「您幹什麼？」她說，「您手伸到我身上來幹什麼？」

「我以為夫人您昏過去了，來幫您……」侍女回答。她被她臉上的可怕表情，嚇得要死。

「我昏過去了！我！我！我不是懦弱好欺的女人！受到侮辱的時候我是不會暈過去的！我要報仇，您聽清楚了沒有？」

隨後，她向凱蒂做了個手勢，讓她退下了。

chapter 36 復仇夢

當天傍晚，米拉迪吩咐，如果達太安先生來了，就立刻帶他進來。可是他當晚並沒有來。

第二天，凱蒂去找他，並告訴了他前一晚的事情。達太安笑了。米拉迪的表現，就是他要的報復結果。

到了傍晚，米拉迪更加焦急不安，有關加斯科尼人的囑咐，她又對凱蒂說了一遍。可是，他仍然沒有來。

第三天，凱蒂又來到了達太安的家裡。可是，她皺著眉頭，一臉心事重重的樣子。達太安問這個可憐的女人，是不是出了什麼事。她沒有說什麼，而是從袋子裡拿出一封信。

這封信不是米拉迪寫給瓦爾德伯爵的，而是寫給達太安的。

他打開信。信上這樣寫的：

親愛的達太安先生，您不應該對您的朋友這樣冷淡，尤其在即將長期分離之時更是如此。昨天和前天我的小叔和我都一直在等您，但您沒有來。今天晚上是不是也會這樣呢？

您的對您感激不盡的克拉麗克夫人

「這很簡單，」達太安說，「我正在等候這樣一封信。我的信用在她那兒提高了。」

「您去不去呢？」凱蒂問。

「您聽著，我親愛的孩子，」加斯科尼人說，他正在為自己找藉口，「您知道，拒絕她這樣的邀請，至少是失策的。如果我再不出現，米拉迪會對我突然和她斷絕來往感到奇怪，可能會鬧出什麼事情來。像她這樣一個凶狠的女人如果想報復的話，其後果是無法想像的。」

「啊！我的天主！」凱蒂說，「您怎麼都有理由。現在，您又要去對她獻殷勤了。這一次，如果您用真名實姓、用您的真面目去討她的歡心，那麼，會更糟糕！」

出於本能，這個可憐的女人猜到了接下來會發生的事情。

達太安則盡力安慰她，保證自己不會被米拉迪誘惑。

他要凱蒂回去對她的女主人說，他非常感謝她的盛情邀請，並會去聽候她的吩咐。當然，這次他沒有寫信，他的筆跡會被發現破綻的。

九點鐘，達太安剛一到，僕人就馬上進去通報。

「請他進來，」米拉迪說，聲音短促而尖利。他被引了進去。

「我不再見任何人了，」米拉迪吩咐僕人說，「任何人！」

達太安好奇地望了米拉迪一眼：她雙眼無神，面色煞白。儘管有意減少了客廳裡的燈，但是他還是看出了這個年輕女人這兩天情緒激動所留下的痕跡。

達太安走到她身邊，她盡了最大努力來接待他，然而，無法安定的神情與親切溫柔的微笑總是難以一致。

達太安問她身體怎樣。

「不好，」她回答說，「很不好。」

「這麼說，」達太安說，「您肯定需要休息，我這就離開。」

「不，」米拉迪說，「正相反，請您留下別離開我，達太安先生，有您在，我會感到愉快。」

「啊！啊！」達太安心裡想，「她從來沒有對我如此獻媚過，一定要當心！」

米拉迪顯出了她最大的熱情，談話中也盡可能加入了風趣的成分，同時，那種暫時離去了的激情這時也回來了。她的臉色也漸漸地有了血色，嘴唇變得鮮紅了。那個曾經使他著迷的吉爾凱[5]又回來了。他原以為已死的愛情，在他的心頭又開始復甦。米拉迪微笑著，達太安覺得，他願意為這種微笑付出所有。

不過，有那麼一會，他心裡有了一絲後悔。

米拉迪問達太安，他有沒有情婦。

「唉！」達太安盡可能傷感地歎了一口氣，「您問的這個問題太殘酷了。我，自從見到了您，就是僅為您而活！」

米拉迪臉上的微笑中透出一絲詭異。

「這麼說，您愛我？」她問。

「這還用說！」

「可您知道，心越是高傲，就越是難以得到。」

「啊！那倒難不倒我！」達太安說，「只有做不到的事情才能使我放棄。」

「可對於真正的愛情來說，」米拉迪說，「沒有做不到的。」

「夫人，沒有？」

5. 希臘神話中的美麗女仙。她精通巫術，住在地中海一個小島上。路過該島的人受她蠱惑，會變成牲畜或猛獸。荷馬史詩《奧德賽》中有一個情節描寫說，奧德修斯路經該島時，他的同伴們被她變成了豬。為了拯救他的這些同伴，奧德修斯答應在島上住一年，最後，吉爾凱把他們重新變成了人。

「沒有！」米拉迪回答。

「見鬼！」達太安心裡想，「會不會湊巧，這個變化無常的女人現在又喜歡上了我？前幾天，她把我當成了瓦爾德，送給我一枚藍寶石戒指。現在，她是不是也想送給我一枚？」

達太安微微靠近米拉迪。

「嗯，」她說，「那您會做點什麼來證明您對我的愛呢？」

「只要您下達命令，我就立即去做。」

「任何事？」

「任何事！」達太安高聲說，他已經猜到，自己這樣的許諾不會有太大的危險。

「那好！讓我們來進一步談談。」米拉迪移動著自己的扶手椅，靠近達太安。

「我聽您吩咐，夫人。」達太安說。

開始時，米拉迪說話還有些顧忌，隨後似乎她下了決心，說：

「我有一個仇人。」

「您，夫人？」達太安故作驚訝，「您這樣善良的女人怎會有仇人呢，我的天！」

「這個仇人與我是不共戴天的。」

「是這樣？」

「他曾經侮辱了我，我和他的仇不共戴天！我可不可以得到您的幫助？」

達太安頓時明白這個女人想要做什麼了。

「可以，夫人，」他誇張地說，「我的生命都屬於您。」

「那麼，」米拉迪說，「既然這樣……」

她又停下了。

「嗯？」達太安問。

「嗯！」米拉迪停了一會才說，「從現在開始，不要再提什麼做得到什麼做不到這回事。」

「您真是……我太幸福了！」達太安撲到米拉迪的膝下，瘋狂地親吻她的手。

米拉迪心中在說：「去找那個下流的瓦爾德，替我報仇吧！過後，我自然會擺脫掉你，這個被人當槍使的蠢貨！」

達太安心裡在說：「你這虛偽而陰險的女人，你先是那樣嘲弄了我，現在，又自願地投入了我的懷裡，看來，將來我要和那個你要借我的手殺掉的人一起來嘲笑你了。」

達太安抬起頭來說：「我聽候吩咐。」

米拉迪說：「那麼，親愛的達太安，您知道我的意思了？」

「我也許能夠猜出您眼裡透出的意思。」

「您能為我動動您那一雙非常有名的堅強有力的胳膊嗎？」

「可以，現在就可以。」

「可我呢，」米拉迪說，「我將如何報答您呢？」

「您知道，我唯一希望得到的，」達太安說，「就是您的愛。」

他溫柔地把她拉到了自己的身邊。

她幾乎沒有反抗。

「您太自私了！」她微笑著說。

「啊！」達太安高聲說，他非常激動和狂熱，「啊！我總是覺得，自己的這種幸福來得太快了，彷彿就是一場夢，我怕自己醒來時就消失……」

「好了，那您就去做些什麼吧，讓自己與這種幸福相配。」

「我聽候您的吩咐。」達太安說。

「真的？」米拉迪還有懷疑。

「告訴我，請您把那個讓您這迷人雙眼流下淚水的下流痞子的名字告訴我。」

「誰告訴您我為他哭過？」

「我的直覺。」

「我是不會哭的。」米拉迪說。

「那就太好了！那麼，告訴我他的名字吧。」

「這個名字裡有我所有的秘密。」

「可我總得知道他是誰！」

「是啊，您得知道。」

「他是哪個？」

「您跟他是認識的。」

「是我的一個朋友嗎？」達太安裝出一副猶豫的樣子，好像他真的對此不知情。

「是您的朋友，您猶豫了嗎？」米拉迪大聲說。

「不，即便是我的親兄弟，我也絕不會眨一下眼！」達太安大聲說，裝出一種興奮得發狂的樣子。

我們的加斯科尼人勇敢地向前走，因為他知道自己會遇上什麼。

「我喜歡您如此真誠的樣子。」米拉迪說。

「唉！那您只愛我身上的這一點？」達太安問。

「我愛您的所有。」她很熱情地將他的手握住。

達太安渾身顫抖起來，彷彿米拉迪那激動的情緒通過彼此的手傳到了他的身上。

「您，您愛我？」他叫起來，「啊！高興得快要發瘋了！」

於是，他將她摟在了自己的臂膀裡。他親吻了她的嘴唇，但是，她沒有吻他。

她的嘴唇是冰涼的，好似一個雕像的唇。

然而，他並沒有因此停止陶醉。他幾乎要相信米拉迪是真的愛他，同時，他也幾乎認定了瓦爾德是該死。如果此時此刻瓦爾德在他面前出現的話，他真會將他殺死。

「他叫……」輪到她說話了。

「德・瓦爾德，我知道。」達太安高聲說。

「您怎麼會知道？」米拉迪握住他的手驚恐地叫起來，眼裡充滿恐慌和懷疑。

達太安感到自己任人擺佈了，他覺得他犯了一個錯。

「說呀，說呀，您快說呀！」米拉迪急切地催促他，「您怎麼會知道？」

「您問我是怎麼知道的嗎？」達太安說。

「對。」

「是這樣的：我昨天在一個人家裡做客，瓦爾德也在。他給大家看了一枚戒指，說那戒指是您送給他的。」

「混蛋！」米拉迪罵道。

我們可以想像得到，這樣一句話，在達太安的心中會有什麼樣的效果。

「嗯？」她催他繼續往下說。

「嗯！我要去找這個混蛋為您報仇。」達太安神氣地說。

「您是多麼勇敢！」米拉迪叫道，「什麼時候？」

「明天，現在，聽您的。」

米拉迪差一點兒就喊出「現在」，然而，她立即想到，草率行事對自己不利。

此外，她也要想好保護措施，以免會發生意外，她還有必要向她的保護人做出交代，以免他和伯爵在證人們面前會爭執不休。就在這時，達太安說了一句話把所有問題都解決了。

「明天，」他說，「不是我殺死他，為您報仇，就是我被他殺死。」

「不！」她說，「您一定不會死的，他是一個膽小鬼，您一定會為我報仇的。」

「面對女人他可能是一個膽小鬼，可面對男人他就不是那樣的了，我對此人多少有些瞭解。」

「可我認為，上次您和他交手時，您並不是因為運氣好啊。」

「運氣？運氣這個東西，也許昨天對您還很好，明天，就離您而去了。」

「也就是說，您還在猶豫？」

「不，我不是在猶豫。可是，讓我去冒這樣一種可能會賠上性命的危險，我所得到的卻僅僅是一些希望，這對我來說多少有些不公平。」

對於達太安的這種責難，米拉迪先是用一個眼色做了回答。

然後，她溫柔地說：「我絕對會公正。」

「啊，您是天使！」年輕人叫了起來。

「那麼，就這麼定了？」她問。

「除去我向您要求的那些以外，親愛的！」

「您要相信，我將會對您百般溫存的。」

「可我沒有明天可以等待了。」

「別出聲!我聽到我小叔子的聲音了,不能讓他知道您在我這兒。」

說著,米拉迪拉鈴。凱蒂進來了。

「您從這扇門出去,」說著她推開一扇暗門,「十一點鐘您再來,那時我們再商量。凱蒂會帶您過來的。」

聽到米拉迪這些話,可憐的凱蒂差點沒暈過去。

「怎麼啦?小姐,怎麼待在那不動啊?喂,聽到了沒有呢?把騎士帶走。」完了又對達太安說:「今晚,十一點鐘。」

「看來,她總是十一點約會,」達太安心裡想,「這已經是一個習慣了。」

米拉迪伸出一隻手來,他親昵地吻了吻。

「喂,」他向外走著,對於凱蒂的責備,他只是這樣回答,「喂,別讓自己成為一個傻子。我們要小心提防!」

chapter 37 米拉迪的秘密

儘管凱蒂再三懇求達太安，但他還是沒有上樓去這個年輕女子的房間。他這樣做是出於兩方面的考慮：一是可以避免來自凱蒂的各種指責以及某種難耐的忠告；二是趁這段時間好好理一下情緒，如果可能，也很想仔細地分析一下米拉迪的想法。

但有一點是沒有問題的，那就是達太安像發瘋一樣愛著米拉迪，可米拉迪卻不愛他。有那麼一會兒，達太安想給米拉迪寫一封信，向她如實地說明一切：他、達太安、瓦爾德，是一個人，因此，他不能答應她去殺死瓦爾德，否則就成了自殺。不過，他一直有這樣一種強烈的願望，那就是要以自己的名義，而不再是以瓦爾德的名義，佔有這個女人。

在皇家廣場，他兜了五六個圈子，每走十步就會回過頭去看看米拉迪的窗子，看看那房間裡射出來的燈光。達太安發現，這次那個年輕女人明顯沒有上次那樣急不可耐。

燈光終於熄滅。

隨著燈光的熄滅，達太安心中最後的猶豫也消失了。他的心劇烈地跳動起來，匆忙回到了米拉迪的府邸，進了凱蒂的房間。

可憐的凱蒂臉色蒼白嚇人，渾身都在抖動。她本想拖住自己的情人，可是，米拉迪就在隔壁，並且已經聽到達太安的聲響，她自己打開了那扇門。

「進來呀！」米拉迪說。

不知廉恥、沒羞沒臊到了如此駭人聽聞的程度，這連達太安都在懷疑，自己是否處於現實之中。

可是，他還是無法抗抵，匆匆忙忙就向米拉迪奔了過去。中間的那扇門在他的身後被重新關上。

隨後，凱蒂朝那扇門撲了過去。

所有折磨一個熱戀中的女人心靈的那些激情，都在向她使勁，推著她要去說明事情的真相。可是，如果她承認了自己也參與到了這個計畫中，那麼，她就會身敗名裂，而且，更為重要的是，達太安也將就此被毀掉。最後，為了愛情，她停住了腳步。

達太安呢，他最大的願望此時已經實現了。現在，米拉迪真的在愛他了，至少從表面上看是如此。儘管他自己內心十分清楚，他只不過是一件被人利用去進行復仇的工具。利用他的人一邊在愛撫著他，一邊在等他去為自己送死。可是，自負、自尊、癡情，使得達太安不再去想米拉迪對他的真實感情。因此，我們這個加斯科尼人，懷著堅定的信心把自己跟瓦爾德進行了一番比較。結果，他問自己，他比瓦爾德差在哪裡？為什麼米拉迪就不能像愛瓦爾德那樣真正地愛他？

這時的米拉迪，已經不再是那個一度讓他感到恐懼的、無法揣測的女人，而成了一個熱情奔放的情婦，她也完全沉醉於這表面的愛情中。這樣兩個小時就過去了。

一切又回到了平靜。米拉迪的動機跟達太安完全不同。她沒有忘記自己的目的，她問年輕人，是否已經下定決心明日行動，並問他怎麼去挑起瓦爾德跟自己決鬥。

可是，此時此刻，達太安還沒徹底回過神來，他像個傻瓜一樣忘記了所有的一切，只是殷勤地對她說，先不去考慮這事，現在太晚了。

可這卻是米拉迪唯一關心的事，因此她很驚異於達太安的漠然，她的問題變得越來越急切了。

然而，對達太安來說，他並不是真的想去決鬥。他想轉移話題，卻沒有成功。

米拉迪用自己那超乎尋常的智慧把他牢牢地控制在了她預先計畫的範圍之內。

達太安勸說米拉迪饒恕瓦爾德，並企圖向她說明，報仇的計畫是在她一時衝動下決定的，因此，勸說她放棄報仇的想法。

年輕女人氣得渾身發抖，並離開了他。

「親愛的達太安，您是不是害怕了？」她說，尖銳的聲音迴盪在黑暗中。

「您不要這樣理解我，親愛的！」達太安回答說，「我想說的是，假如那個可憐的瓦爾德伯爵並不像你想像中那樣壞呢？」

「無論如何，」米拉迪嚴厲起來，「他騙了我就要死！」

「既然這樣，那他就一定得死！」達太安的語氣變得堅定了。米拉迪喜歡這種態度。於是，她靠近了他。

我們不知道對米拉迪來說，這個夜晚有多麼的漫長。而對達太安來說，當曙光透過百葉窗，照進房間裡的時候，他以為自己在米拉迪的身邊才歡度了兩個小時。

離別時，米拉迪又重新跟達太安提起了他曾經答應過她的那件事。

「我已經準備好了，」達太安說，「可是在行動之前，我想弄明白一件事情。」

「什麼事？」米拉迪問。

「您是不是真的愛我？」

「一切已經證明了。」

「是的，所以，我的生命和靈魂，都是屬於您的了。」

「謝謝了，我勇敢的情人！現在就等著您對我證明了。」

「當然，不過，假如您愛我的程度真的如您剛才所說的那樣，」達太安接著說，「難道您就不為我擔心嗎？」

「我有什麼好擔心的？」

「我可能會因此送命。」

「這怎麼可能！」米拉迪說，「您是那麼勇敢，劍術又那麼好。」

「您是不是可以換一種方式，」達太安接著說，「既可以報仇，又不用決鬥？」

米拉迪望著她的情夫，沒有說話。達太安那雙明亮的眼睛，顯現出一種奇怪的悲慘神色。

「說真的，」她說，「我相信，現在，您又有點兒猶豫了。」

「不，沒有。只不過是從您不再愛他以後，我真的為他感到傷心。因為，我覺得他失去了您的愛，就已經是受到十分嚴酷的懲罰了。在這樣的情況之下，他還應該遭受別的什麼懲罰嗎？」

「誰說我曾經愛過他？」米拉迪問。

「至少現在，我相信您愛著那樣一個人，」年輕人溫柔地說，「因此，我還是要說，我非常同情他。」

「您是這樣想的？」米拉迪問。

「是的。」

「為什麼？」

「因為只有我知道……」

「知道什麼？」

「知道他對您並沒有您想像的那麼壞。」

「真的？」米拉迪不安地說，「請您解釋清楚，我真的不知您到底想說什麼。」

她那雙眼睛漸漸燃燒起來了，達太安摟住了她。

「是的，我是一個高尚的人！」達太安說，他下決心要對她道出實情，「自從您的愛情屬於我之後，我就確認我已經擁有了它，對嗎？」

「擁有全部，快說下去。」

「好了，我覺得，從那時起，自己像是換了一個人。但我心裡有一件事，一定得把它說出來。」

「說出來？」

「如果我還對我的愛情存有疑慮，我就不會這樣了；而您，我的小美人，是愛我的，對嗎，您是愛我的？」

「不錯。」

「假如我只是出於愛您，從而觸犯了您，您會寬恕我嗎？」

「有這種可能。」

達太安心裡很高興，他想去親吻米拉迪的嘴唇，可是，她避開了。

「說出來，」她說，臉色變得發青，「要說什麼？」

「上個星期四，您就在這個房間裡約了瓦爾德伯爵，對嗎？」

「我？沒有，哪有這種事？」米拉迪神態自若，語氣堅定地說。要不是達太安親歷此事，他也許會懷疑自己的話。

「不要撒謊了，我美麗的天使。」達太安微笑著。

「到底發生了什麼事啦？您快說呀！真要命！」

「啊，請放寬心，我已經完全原諒了您。」

「說呀，說呀！」

「瓦爾德不可能誇口談論您的。」

「是這樣嗎？可您親自對我說過，說過那枚戒指……」

「那枚戒指，親愛的，它一直在我的手裡。星期四的瓦爾德伯爵和今天的達太安，是同一個人。」

達太安原本以為她會先有一種帶有羞愧感的驚異表情，接下來，哭泣，最後，是一陣暴風雨般的憤怒。可是，他完全想錯了，他面前是一個十分恐怖的米拉迪。她坐起來，伸出雙手向達太安的胸口推了一把，將他推開，接著，跳下了床。

天已經大亮了。

達太安拉住她的浴衣，不停地討饒。可她拚命地反抗著，撕裂了那件細布浴衣，露出了她赤裸的肩頭。

達太安看到，她那美麗的肩頭上有一朵百合花，這是劊子手在行刑時烙上去的無法消除的印記。

達太安一時驚訝得魂飛魄散。

「天啊!」達太安鬆開了抓在手裡的浴衣喊了起來。接著,他愣了一陣,只覺得渾身冷汗直流。

米拉迪見達太安驚恐萬分,知道他發現了自己的秘密。他已經全都看到了,現在,他發現了她那可怕的秘密。

她轉過身子來儼然成了一頭受傷的母豹子。

「啊,壞蛋!」她叫嚷起來,「您無恥地欺騙了我,現在還看到了我的秘密,您必須得死!」

說著,她跑到梳粧檯前,梳粧檯上擺著一隻細木鑲嵌的小匣子。她把小匣子打開,從裡面拿出一把非常鋒利的金柄小匕首,然後轉過身向達太安猛撲了過去。

儘管我們都清楚這個年輕人是英勇無敵的,但是,當他面對她瞬間失色、怒目圓瞪的臉時,他再一次被嚇得魂飛魄散。就像面對一條向他衝過來的蛇那樣,他後退著,一直退到了靠近牆邊。他的手碰到了他的劍,於是把劍從劍鞘裡拔了出來。

米拉迪毫不顧及他的劍,只想著匕首能刺上他,直到達太安的劍尖頂住了她的脖子,她才停下來。

她又企圖用手去抓他的劍,不過,達太安總能避開她。他從床上溜下來,想方設法要從那扇通往凱蒂房間的門裡逃出去。

米拉迪怒吼著，發瘋似的撲向他。

達太安慢慢地平靜了下來。

「來吧，迷人的貴婦人，來吧！」他說，「不過，您最好還是能平靜一下，不然，我就要在您那迷人的另一個肩膀上畫出第二朵百合花了。」

「下流種！下流種！」米拉迪吼叫著。

達太安一直想打開那扇門。

米拉迪推倒了幾件傢俱，向他衝去。達太安藏在了傢俱後面，以便保護自己。

就在此時，凱蒂打開了那扇門。達太安離這扇門只有三步之遙了。他便一個箭步從米拉迪的房間衝了出來，迅速地把那扇門關上，然後，用盡全身之力，將門頂住，直到凱蒂把門閂上為止。

米拉迪使出的氣力遠遠超出平常的女人，她拚命地想推開那扇門。隨後她用匕首戳那扇門，甚至戳穿門的門板，她每戳一下，都惡狠狠地罵一聲。

「快，快，凱蒂，」達太安在門閂插上之後低聲對凱蒂說，「想辦法讓我從這逃出去，不然的話，一旦她緩過勁來，她會殺了我的。」

「可您不能就這樣出去呀，」凱蒂說，「您還光著身子呢。」

「對呀！」達太安這時才發覺自己身上穿的是什麼，「快找點衣服給我，快！現在是生死關頭！」

凱蒂當然明白這一點。轉眼間，她用一頂寬大的女帽，一條繡花的連衣裙，一件女用短披風把他裝扮妥當了，隨後，讓他穿上拖鞋，拉著他下樓。他走得正是時候。米拉迪已經拉過鈴，驚動了整個府邸裡的人。看門人見是凱蒂，就拉開繩子讓他們離開了。米拉迪半裸著身子在窗口叫喊：「不要開門！」

chapter 38

阿托斯當寶從戎

達太安逃了。直到他從米拉迪的視野中消失的一瞬間，這個女人才昏倒在自己的房間裡。

達太安已經驚慌失措了，顧不上凱蒂，一直往前跑，到了阿托斯家門口這才停下。幾個巡邏兵一直在追逐著他，對他喊叫；一大早便出門去辦事的幾個行人見到他都開始指指點點，滿嘴滿眼的嘲笑。這些都讓他越跑越快了。

他登上了阿托斯住的二層樓，然後便砰砰地砸門。

格里默睡眼朦朧地出來為他開了門。達太安猛力衝了進去，差一點兒把格里默撞一個跟斗。

這時，這個往常少言寡語的跟班開口說話了：「哎呀呀！您這個女人跑到我們這裡來幹什麼？一個發瘋的婆娘！」

達太安掀起了帽子。

一看到他的鬍子和那把出了鞘的劍，可憐的格里默才知道這是個男人。可這時他又認為這是一個刺客。

「救命呀！來人！救命呀！」他喊了起來。

「住口，您這個混小子！」年輕人說，「我是達太安，您的主人呢？」

「噢，是您！達太安先生！」格里默大聲說，「真是沒有想到！」

「格里默，」阿托斯穿著睡衣從自己的房間裡走了出來，「您在叫什麼？」

「啊，先生！那是因為……」

「住嘴！」

格里默只得伸手指了指達太安。

阿托斯看到，達太安歪戴著一頂女帽，捲著袖子，一條裙子一直拖到一雙拖鞋上，而且由於情緒激動，那兩撮小鬍子微微上翹著……儘管他一貫沉著冷靜，可面對眼前達太安的樣子，也不禁哈哈大笑了起來。

「別笑了，我的朋友，」達太安大聲說，「看在上帝的份上，因為，並沒有什麼好笑的事。」

他的神色是那麼嚴肅，而且還帶有一種驚嚇感。所以，阿托斯立即上來將他的手握住了嚷道：

「您是怎麼了？您的臉色如此蒼白啊！」

「不，我沒受傷，而是遇到了一件十分可怕的事情。阿托斯，現在就您一個人吧？」

「當然！現在是什麼時候？沒有人會這麼早來我家的。」

「好，好。」

達太安立即進了阿托斯的房間。

「喂，您說話呀！」阿托斯關上門，「是不是紅衣主教先生被您殺掉了？是不是國王晏駕了？瞧您這副失魂落魄的樣子！喂，說呀，真把人急死了。」

「阿托斯，」達太安將自己身上女人的衣服脫掉，「您就準備好，聽一個難以置信，前所未聞的故事吧。」

「您先把這件睡衣穿上再說。」火槍手對他的朋友說。

達太安因為激動把睡衣的袖子都穿錯了。

「怎麼回事？」阿托斯問。

「怎麼回事？」達太安彎下身子，壓低聲音說，「米拉迪……她……肩上有一個百合花的烙印。」

「啊！」火槍手心臟上像是中了一彈。

「喂，」達太安說，「您能肯定另外的一個已經死了？」

「另外的一個？」阿托斯說，他的聲音很小。

「就是……有一天，在亞眠……您對我說起的那一個。」
阿托斯雙手捧起了垂下的腦袋。
「現在這一個，」達太安接著說，「她二十七八歲。」
「金黃色的頭髮，」阿托斯說，「是嗎？」
「是。」
「淡藍色的眼睛，眉毛、睫毛都是黑的？」
「是。」
「身材苗條高挑，左邊，犬齒旁邊缺一顆牙齒？」
「是。」
「百合花不大，不鮮豔，橙色，上面像是塗了一層粉？」
「是。」
「可是她是一個英國人！」
「不過，她很可能是一個法國人，溫特勳爵只不過是她的小叔子。」
「我想看看她，達太安！」
「小心，阿托斯，您曾經想要殺了她。她可是個以牙還牙、絕不會放過任何仇人的女人。」
「她什麼都不會說的，因為一說她就暴露了。」

「可她是什麼事都能幹出來的！她生氣的樣子您見過嗎？」

「沒有。」阿托斯說。

「一隻虎，一頭豹！我十分擔心，我已經惹上了可怕的復仇！」

於是，達太安向阿托斯說了一遍事情的前後經過。

「您說得非常有道理，我敢發誓，我會把自己的性命搭進去的。」阿托斯說，「還好，我們後天就要離開巴黎了。我們要去拉羅舍爾，只要一走……」

「阿托斯，一旦她認出您，她就會死咬著您不放手，因此，就讓她的怒氣就發在我一個人身上好啦。」

「啊！親愛的！殺了我，那又有什麼關係！」阿托斯說，「我是一個膽小鬼？」

「這所有的一切背後，隱藏著很多不為人知的秘密，阿托斯！我可以完全肯定，這個女人是紅衣主教的一個密探。」

「如果真是這樣，您可得留心。他可一直記恨著您的倫敦之行呢。無論如何，他不會公開的指責您，可是，他的仇恨又必須要釋放。因此，您要小心！如果出門，您不要獨自一個人；如果吃東西，您也得處處當心。總而言之，對一切都要提防。」

「只要到後天傍晚沒有意外發生就可以了，」達太安說，「因為到了部隊裡，讓我們感到害怕的就只剩下男人了。」

「在此之前，」阿托斯說，「不論您去哪裡，我們都要一塊，現在我要跟您一起回掘墓人街。」

「我也不能就這樣回去的。」

「您說得沒錯。」阿托斯拉了拉鈴。

格里默進來了。

阿托斯向他做了個手勢，讓他把達太安的衣服取來。

格里默也用手勢做了回答，表示知道了。

「好吧！我親愛的朋友，我們的裝備還沒有解決，」阿托斯說，「因為，如果我沒有弄錯，您的全套衣服都留在了米拉迪那裡。幸好，您還有那枚藍寶石的戒指。」

「那是您的，我親愛的阿托斯！」

「是的，我父親曾告訴我，那是他送給我母親眾多結婚禮物中的一件，是他花了兩千埃居買下來的。我母親把這枚戒指給了我，而我卻沒有將它好好珍藏，而是把它贈送給了這個下賤的女人。」

「親愛的，那您拿去吧，我明白，您得好好保存它。」

「我收回它？經過那女人的手？這是不可能辦得到的，達太安！」

「那就賣掉它！」

「將一顆我母親留給我的寶石賣掉？我老實告訴您，我做不到。」

「那把它抵押掉，肯定可以抵押到一千埃居。將來，等您手頭寬餘了再將它贖回。因為它原來的污點經過高利貸者的手已經被洗滌乾淨了。」

阿托斯臉上露出了笑容。

「您是一個可愛的朋友，」他說，「我親愛的達太安，您總是能讓苦惱的人振奮起來！那好吧！我們就把它抵押掉，但有一個條件。」

「什麼條件？」

「抵押戒指的錢我們倆各分一半。」

「阿托斯！我所需的錢不到這個數目的四分之一。我只要賣掉鞍轡，我的事就解決了。而且，我自己還有一枚戒指呢。」

「不過，我倒覺得，這枚戒指對您的意義更大。」

「是的，因為在緊要關頭，它不但可以幫助我們解決重大難題，而且還能使我們免遭巨大災難。」

「我們還是再來說說那枚藍寶石戒指吧，或者說得更準確些，說說您的那枚藍寶石戒指吧。抵押到手的錢我們一定要平分，不然的話，我就將它扔進塞納河裡。」

「好吧，我接受了。」達太安說。

這時候，格里默同普朗歇一起來了。普朗歇一直擔心著他的主人，想知道主人發生了什麼事，所以，借著送衣服的機會也過來了。

他們都穿上了衣服。當他們準備出門時，阿托斯對格里默做了一個舉槍瞄準的姿勢，格里默立刻取下他的短槍，跟著主人一起走。

他們安然地來到了掘墓人街。波那瑟正站在門口。

「喂，我親愛的房客！」他說，「有一位美麗的女人一直在那裡等您，而您也知道，女人是不願意久等的。」

「那是凱蒂！」達太安大聲說。

果然，在他屋外樓梯的平台那邊，他見到了那個可憐的女子。

凱蒂一見到他就說：「您答應過我會保護我的，您答應過，她發起怒來您會來救我。您毀了我！」

「是的，當然，」達太安說，「放心好了，凱蒂。不過，在我逃出來之後，那裡又發生了什麼事情？」

凱蒂說：「家裡的僕人聽到她的叫喊聲後全都跑了出來。她氣得發瘋了，一直在罵您。這時我想到，她會回憶起那天您是從我的房間走進她的房間的，因此，她會想是我幫了您。所以，我將那一點零錢和幾件值點錢的舊衣服收拾了一下就逃了出來。」

「可憐的孩子！可我後天就要上前線了，我沒法照顧您。」

「您想怎麼樣就怎麼樣好了，騎士先生，不過，您要讓我離開巴黎，離開法國。」

「可我總不能帶著您一起去打仗啊！」達太安說。

「當然不行。不過，您可以安排我到外省去，比如說，到您的家鄉去。」

「啊，親愛的朋友！我家鄉的貴婦人都不用侍女的。不過，等等，等等，我有主意了。普朗歇，去把阿拉米斯先生找來，要他馬上就來。」

「我知道了，」阿托斯說，「可為什麼不找波托斯呢？他那位侯爵夫人……」

「那位侯爵夫人穿衣服時是由那些辦事員伺候的。」達太安笑著說，「再說凱蒂也不願意去住什麼熊瞎子街，凱蒂，是這樣嗎？」

「我住什麼地方都行，」凱蒂說，「只要能讓我躲起來就可以了。」

「現在，凱蒂，我們就要分別了，所以，您也用不著妒忌了。」

「騎士先生，」凱蒂說，「無論多遠，我都是愛著您的。」

「見鬼！哪兒來的這樣的恒心？」阿托斯低聲說。

「我也一樣，」達太安說，「我也一樣，我也永遠愛您。不過，現在請您回答我一個問題：您是不是曾經聽說過一個女人在半夜裡被綁架的事情？」

「啊，我的老天，騎士先生，難道您現在還愛著她？」

「不，是我一個朋友愛著她。喏，就是這位阿托斯。」

「我？」阿托斯嚷了起來。

「當然，是您！」達太安握住阿托斯的手說，「您很清楚，我們都很關心這位可憐的年輕的波那瑟夫人。而且，凱蒂對外面什麼也不會說，是吧，我的孩子？」達太安接著說，「您進來時不是在門口那邊看到有個奇醜無比的男人站著嗎？那就是她丈夫。」

「啊，天主！」凱蒂叫道，「但願我沒有被他認出來。」

「認出您？這麼說，您見過他？」

「他到米拉迪家去過兩次。」

「啊！什麼時候？」

「第一次是十七八天之前。」

「是這樣。」

「第二次是昨天晚上。」

「昨天晚上？」

「對，就在您之前去的。」

「我親愛的阿托斯，密探將我們包圍了！他認出您了嗎，凱蒂？」

「我把帽子拉了下來，不過，可能有點……」

「您下樓去，阿托斯。您去看看他是不是還在門口站著。」

阿托斯走下樓去，但立即又上來了。

「他已經不在了，」阿托斯說，「他家的門也關上了。」

「他去通風報信了。」

「是嗎！那我們快走吧，」阿托斯說，「讓普朗歇留在這裡替我們通風報信。不過，還要等一等，還有阿拉米斯呢，我們剛剛把他叫過來！」

「對，我們等他。」

正在這時，阿拉米斯到了。

大家告訴了他事情的原委，並要他幫著解決凱蒂的差事。

阿拉米斯考慮了一會兒後紅著臉說：「達太安，這樣做真的是在為您效勞？」

「我將因此而對您心存感激。」

「那好，德・布瓦特拉希夫人曾說要一個可靠的貼身侍女。我親愛的達太安，向我擔保……」

「啊，先生，」凱蒂高聲說，「請您放心好了，我對幫助過我的人絕對忠心！」

「那就再好不過了。」阿拉米斯說。

他開始寫信，把信封好，然後在信封上用一枚戒指蓋了封印，把信交給了凱蒂。

「現在，我的孩子，」達太安說，「您不能待在這兒了，對於我們，對於您，在這兒都不方便，我們就此分手吧。到情況好點的時候，我會去找您。」

「如果有一天，」凱蒂說，「我們再次見面時，您會看到，我仍然如今天這樣愛著您。」

「這是一種賭徒的誓言。」達太安送凱蒂下樓後，阿托斯說。

約好下午四點去阿托斯家見面後，他們就分了手，只剩下普朗歇留在家裡。

阿拉米斯回了自己的家。阿托斯和達太安正想著怎樣將藍寶石戒指抵押掉。

他們沒有費什麼勁就把戒指以三百比斯托爾的價錢抵押了出去。收戒指的那個猶太人說，他願意出到五百比斯托爾將這個戒指買下，他說，那顆藍寶石可以做一個漂亮的耳墜。

阿托斯和達太安用了不到三個小時的時間，就將所有火槍手的裝備購置妥當了。阿托斯是一個不看重金錢的貴族，只要東西看著中意，店家要多少他就付多少，從不討價還價。達太安很想在這些時候表達自己的不同看法，可每逢這時，阿托斯總是微笑著拍拍他的肩膀。這使達太安最終明白了，對他這樣的小貴族來說，討價還價還是可行的，而對於一個具有王公氣派的貴族來說，那就太不合適了。

火槍手買了一匹六歲安達盧西亞駿馬，皮毛如玉一般黑亮，長著火紅色的鼻孔，腿細而美。阿托斯找不到牠有任何缺陷。馬販子開價一千利弗爾。

在達太安和那個馬販子討價還價的時候，阿托斯已經把數好了的一百個比斯托爾放在桌子上了。

格里默得到了一匹矮壯有力的馬，花掉三百利弗爾。

在購置了馬的鞍子和格里默的各種武器之後，阿托斯的一百五十個比斯托爾已經所剩無幾。達太安想要拿出自己的一部分錢，借給阿托斯。

對於達太安提出的這個想法，阿托斯聳了聳肩膀。

「那個藍寶石戒指能賣多少錢？」阿托斯問。

「五百比斯托爾。」

「這就是說，我們又可以多出兩百比斯托爾。這真是一筆財產啊，我的朋友。請再跑一趟猶太人那吧。」

「怎麼，您想……」

「這枚戒指一定會勾起我許多悲傷的記憶。再說了，我們永遠也不可能有三百個比斯托爾去贖它回來，因此，我們會白白損失兩千利弗爾。達太安，您告訴他，戒指賣給他了，帶回那兩百比斯托爾。」

「您再考慮考慮吧，阿托斯。」

「眼下，最寶貴的是錢。去吧，達太安，讓格里默拿上火器陪您去。」

半個鐘頭之後，達太安帶著兩千利弗爾回來了。

就這樣，阿托斯辦妥了了全部裝備。

chapter 39 幻象

四點鐘，四位朋友在阿托斯家相聚。

裝備的問題都已經解決，他們再也不用為這個擔心了。然而，每個人心中都有秘密，對未來都懷有一種恐懼。

忽然，普朗歇送來了兩封信，都是寫給達太安的。

其中的一封信上面印著漂亮的封印——一隻鴿子嘴裡銜著一根綠色的樹枝。

另一個是一個正方形的大信封，上面印著紅衣主教閣下嚇人的紋章，十分顯眼。

一看見那封小巧的信，達太安便心跳加速，因為他認出了信上的筆跡，儘管這筆跡他只見到過一次。

他立即拆開信封。

信上是這麼寫的：

請於週三傍晚六點至七點，到通往夏約[6]的大路上，並注意過往的那些四輪馬車中的人。提醒您，如果您想保住自身的性命和愛您的人的性命的話，那麼在您認出那個不顧危險想看您一眼的女人後，不要發出任何聲音，也不要有任何動作。

信末沒有署名。

「這是圈套！」阿托斯說，「不能去，達太安！」

「可是，」達太安說，「我認識信上的筆跡。」

「筆跡是可以偽造的，」阿托斯接著說，「現在，傍晚六七點鐘通往夏約的大路是極為荒涼的。」

「我們可以一起去！」達太安說，「見鬼！我們四個人總不會全被幹掉吧？更何況還有四個跟班，我們的馬匹，還有武器。」

「而且我們也要試試我們的裝備啊。」波托斯說。

「不過，如果這是一封女人寫來的信，」阿拉米斯說，「她又不想被其他的人看

---

6. 巴黎西南部塞納河右岸的一個村莊，後被併入巴黎市區。

到，那麼，您想一想，達太安，那就是損害她的名譽？我認為，對於一位貴族來說，這樣的做法是不合適的。」

「我們可以在他後面跟著，」波托斯說，「讓他一個走在前頭。」

「那可以，」阿拉米斯說，「可是，那輛奔馳著的四輪馬車會突然飛出一顆手槍子彈。」

「唔！」達太安說，「子彈打不到我。那樣，我們便可以追上那輛馬車，殺光車子裡面的人。」

「說得沒錯，」波托斯說，「打一仗吧！我們的傢伙兒也該亮一亮了。」

「唔，那我們就去熱鬧一番吧。」阿拉米斯說。

「隨便。」阿托斯說。

「先生們，」達太安說，「現在是四點半，六點鐘要到達夏約路，時間夠緊的。」

「假如我們動身得太晚，」波托斯說，「別人就看不到我們的神氣，那太遺憾了。我們走吧，先生們。」

「可這還有第二封信呢，」阿托斯說，「您把它給忘了。從信上的紋章判斷，我認為它值得一看。而我，我親愛的達太安，我想很清楚地告訴您，我關心較多的，是您輕輕塞進胸口裡去的那封短箋。」

達太安不禁汗顏起來。

「好的，」年輕人說，「先生們，讓我們來瞧瞧紅衣主教閣下想要我幹什麼！」

達太安撕開信念道：

達太安先生，務必於今晚八時在紅衣主教府候見。

衛隊長拉烏迪尼埃

「見鬼！」阿托斯說，「這個約會更恐怖。」

「第一個約會結束後就趕去赴第二個約會，」達太安說，「第一個是七點鐘，第二個是八點鐘，時間來得及。」

「哼！換做我的話，我是不會去赴約的。」阿拉米斯說，「一位騎士當然不能錯過與一位貴婦人的約會。但是，一個騎士卻可以藉口不去見紅衣主教。」

「阿拉米斯的話我贊成。」波托斯說。

「先生們，」達太安回答，「從前，我曾從德・卡弗瓦先生那兒得到過紅衣主教閣下的一次邀請，當時我沒有理睬他，可第二天，我心愛女人就消失了！所以，無論怎麼樣，我都必須去一趟。」

「既然你主意已定，」阿托斯說，「那就去一趟吧。」

「如果關進巴士底獄呢？」阿拉米斯說。

「啊！你們一定會把我救出來的。」達太安接著說。

「肯定，」阿拉米斯和波托斯異口同聲地說，「肯定。不過，後天我們就要去前線了，在這樣的時候，最好別進那個地方。」

「我們要儘量安排得周密一些，」阿托斯說，「今天晚上，我們別離開他，各帶三個火槍手跟著，盯住主教府的一扇門。一發現有可疑的車子出府，我們就一起撲上去。我們已經很久沒與紅衣主教先生的衛士們較量較量了。」

「阿托斯，」阿拉米斯說，「您是個天生的大將軍！這個計畫大家覺得如何？」

「非常好！」幾個年輕人齊聲稱讚。

「好吧！」波托斯說，「我去隊裡通知夥伴們，讓他們在八點以前準備完畢，到時大家就在紅衣主教府前面的廣場集合。中間的這段時間，讓你們的跟班們把馬準備好。」

「可我沒有馬。」達太安說，「我只能派人去特雷維爾先生那兒借一匹了。」

「用不著，」阿拉米斯說，「您可以選一匹我的坐騎。」

「您？您有幾匹？」達太安問。

「三匹。」阿拉米斯微笑著回答。

「親愛的！」阿托斯說，「您一定是最喜愛馬匹的詩人了。」

「請聽我說，親愛的阿拉米斯，」達太安說，「您有了三匹馬，您自己都不知道該怎麼用牠們？我真搞不懂，您為什麼一下子買了三匹馬。」

「不是買的。今天早晨一個僕人牽了一匹馬來，他也不肯告訴我他的主人是誰，只對我說，是他主人的吩咐……」

「或者是他女主人的吩咐。」達太安插了一句。

「這不重要。」阿拉米斯紅著臉說，「他說他的女主人吩咐他，將馬匹送到我這兒，但不要說誰派來的。」

「這樣的事只有詩人才會遇到。」阿托斯鄭重其事地說。

「好吧！這樣的話，咱們更要好好地幹，」達太安說，「那兩匹馬中您將騎哪一匹：是您自己買的那一匹，還是人家送給您的那一匹？」

「當然是騎送過來的那一匹。您明白，達太安，我不能做出那種對不起人的事。」

「那尚未謀面的贈馬人。」達太安替他說了。

「或者是，那個送馬的神秘女人。」阿托斯說。

「您自己買的那一匹這樣就派不上用場了？」達太安說。

「可以這麼說。」

「那是你自己挑選的？」達太安問。

「而且是精心挑選的。您知道，坐騎很重要……」

「得，您就照原價讓給我吧！」達太安說。

「我本來就是要讓給您的，親愛的達太安，等您手頭方便的時候給我錢吧。」

「這匹馬您花了多少錢？」

「八百利弗爾。」

「這兒是四十枚雙比斯托爾，親愛的朋友。」達太安一邊說，一邊從他袋子裡掏出錢，「我知道，您的稿酬也是現金。」

「您有了很多的錢？」阿托斯問。

「是，多極了，親愛的！」

「把您的馬鞍送到火槍隊去，」阿拉米斯對達太安說，「他們會把您的馬和我們的一塊牽來的。」

「好。不過快到五點了，我們必須抓緊時間。」

一刻鐘以後，波托斯騎著一匹西班牙駿馬出來了，穆斯克東騎著一匹奧弗涅[7]產的馬緊隨其後，那匹馬個頭兒雖小，但很漂亮。波托斯神采飛揚。

與此同時，阿拉米斯騎著一匹英國駿馬也出現了，巴贊騎著一匹雜色的馬跟著，手裡還牽著一匹十分雄壯的德國馬，那就是為達太安準備的。

兩個火槍手在大門口會合。阿托斯和達太安正臨窗看著他們。

「見鬼！」阿拉米斯說，「您還有一匹這樣漂亮的駿馬，親愛的波托斯。」

7. 法國中央高原的一個地區。

「不錯，」波托斯回答，「這就是人家一開始準備送給我的那匹馬，被她丈夫中途用另外一匹頂替了。後來，做丈夫的受到了懲罰，我則得到了滿足。」

布朗歇和格里默也到了，手中各自牽著主人的坐騎。達太安和阿托斯下了樓，在他們同伴們的馬前蹬上了馬鞍。這樣，四個人一起上了路。阿托斯騎的是他妻子的馬，波托斯騎的是訴訟代理人夫人送的的馬，阿拉米斯騎的是他情婦的馬，達太安騎的是他的幸運之駒。

跟班們緊跟其後。

正如波托斯所料，這隊騎士確實是威風凜凜。此時此刻，假如科克納爾夫人出現在波托斯經過的路上，能親眼目睹他騎著剽悍的西班牙良驥是這樣的神氣，就不會為自己讓丈夫付出了那麼多錢而感到後悔了。

行至羅浮宮附近，這四個朋友遇見了從聖日爾曼歸來的特雷維爾先生。他攔住了他們，對他們的裝備讚不絕口。

趁此機會，達太安向特雷維爾先生談起了那封蓋著朱紅色大印、印著公爵紋章的信，當然對於另一封信，他是隻字未提。

特雷維爾先生對達太安的決心很贊同，並保證，萬一第二天達太安失蹤了，無論他在何處，都一定會找他回來。

時鐘敲響了六點。四個朋友說他們還有個約會，便向特雷維爾先生告辭了。

一陣狂奔之後，他們趕到了通往夏約的大路上，路上車輛往來不斷。

達太安在相隔幾步的朋友們的護衛下，睜大眼睛注視著每一輛華麗馬車裡的動靜，但沒有瞥見任何一張熟悉的臉龐。又等了一刻鐘，已是暮色茫茫了。這時，一輛馬車從通往塞弗爾[8]的那條大路上疾馳而來。達太安有一種預感，那輛車子裡坐著的正是那個寫信給他要與他約會的人。

年輕人的心，猛然不由自主地狂跳起來。幾乎在霎那間，一個婦人從車窗裡探出頭來，兩個指頭壓著嘴上，那樣子似乎在囑咐不要出聲，又像是給他送了一個飛吻。達太安興奮得輕輕地叫了出來，那個女人，或者說得準確些，那個幻象，正是波那瑟夫人。

儘管那封信上要求達太安不能有任何動作，他還是不由自主地催馬奮蹄，並且幾步就追上了那輛馬車。然而由於玻璃車門密閉，如幻象一般的波那瑟夫人的臉已悄然遁去。

這時，達太安才想起了那封信上叮囑的話：假如您珍惜自己的以及那些愛您的人的生命，那麼，您就一動也別動。於是他立即收韁勒馬，心裡開始擔心起來，不是為自

8. 巴黎西南的一個城市。

己，而是為了那個可憐的女人。那個女人為了見他這一面，肯定是冒著巨大的危險的。

那輛馬車快速地往巴黎方向駛去，一會便消失得無蹤無影了。

達太安愣在原地。如果那真是波那瑟夫人，如果她返回巴黎，為什麼要進行這短暫的約會，丟下一個不能兌現的飛吻呢？反之，如果那不是她——這也是極有可能的，因為暮色蒼茫，光線昏暗，很容易使人看錯。如果那不是她，那會不會是有人知道他愛著這個女人，便以這個女人作誘餌，開始對他襲擊呢？

這時，他的三個同伴趕到了。他們三個人也都清清楚楚地看到了從窗子裡伸出的那個女人的頭。但三個人中，除了阿托斯誰也不認識波那瑟夫人，他也堅持認為那個女人就是波那瑟夫人。不過，他不像達太安那樣一心只注意那張俊俏的臉，他還看見另外一個人的臉，坐在車廂最裡面的一個男人的臉。

「如果是這樣，」達太安說，「他們可能是在轉移她。可他們到底想把她怎麼樣呢？我到底怎樣才能見到她呢？」

「朋友，」阿托斯沉重地說，「在這個世界上，只要這個人沒死，總會再見到的。關於這樣的事，像我一樣，您也多少知道一些，是吧？所以，假如您的情婦沒有死，那麼，您會再見到她，而且這種可能性挺大，我的天主！」阿托斯再次用他所特有的語氣說，「比您所希望的還要早一些見到她。」

七點鐘。達太安的朋友們提醒他，還有另一個拜訪要進行，同時也告訴他，如果現在改變主意，時間還來得及。

達太安既固執又好奇。他主意已定，決心要到紅衣主教府去，要改變他的決心是不可能的。

他們來到聖奧諾雷街。在紅衣主教府前面的廣場上，有十二名被邀請來的火槍手正等待他們的到來。此時，他們才對這些火槍手講明了邀請他們前來的緣由。

在國王光榮的火槍隊裡，火槍手們都知道達太安，而且，他不久也會加入火槍隊的，所以，他們早就把他看成了自家兄弟。另一方面，想到他們面臨的可能是跟紅衣主教以及他的部下演一場惡作劇，對於這種性質的活動，他們是很樂意參加的。

阿托斯將這十二名火槍手分成三組，自己指揮第一組，讓阿拉米斯指揮第二組，波托斯指揮第三組。然後，各組都到大門出口的對面埋伏好。

達太安自己從正門進入了府中。

儘管這個年輕人知道有很多人保護自己，但當他跨上主教府的樓梯時，心裡仍不免膽寒起來。對米拉迪，他當然算不上什麼背叛，但是，一想到這個女人和紅衣主教的關係，他就無法平靜。此外，紅衣主教那個忠實的部下瓦爾德已被他狠狠地整了一頓。而且達太安知道，雖說紅衣主教閣下對他的敵人是非常凶狠的，可他對他的朋友卻是照顧周到。

「假如瓦爾德認出了我，把發生在我們倆之間的事向紅衣主教和盤托出。那麼，我幾乎應該被看成是一個已經定了罪的人，」達太安且說且搖頭，「可是，他為什麼一直到今日才下手？這很簡單，也許是米拉迪控訴了我，而我的最後這一罪行使他忍無可忍了。幸好，」他接著說下去，「我那些知己朋友都在下面，他們絕不會袖手旁觀讓我束手就擒的。但是，特雷維爾先生的火槍隊是不能單獨跟紅衣主教較量的，因為他掌握著整個法國的武裝力量。達太安啊達太安，我的朋友，您是勇敢的，您有各種各樣的優秀品質，可是，您將斷送在女人們的手裡啊！」

他就在這種傷感的結論狀態下走進了前廳。他把那封信交給了值班的掌門官。掌門官把他領進候見廳，自己又向府邸深處走去。

候見廳裡有五六名紅衣主教的衛士。他們都認得達太安，都知道他曾經刺傷過朱薩克，因此，一個個都帶著一種令人難以捉摸的微笑看著他。

達太安明白，這種微笑對他來說是一種不祥之兆。然而，我們這個加斯科尼人不是輕易就會被嚇倒的，或者說由於他天生倨傲，即使有很深的恐懼，也不輕易讓人看到內心真實的情感。因此，他故作鎮靜，使自己保持著一種莊重不可侵犯的神態。

掌門官回來了，要達太安跟他走。

走完一條走廊，又穿過一間大廳，達太安似乎覺得自己被領進了一個圖書室。掌門官把他引到一張書桌前就走開了，而此時有一個人正坐在桌前面寫字。

達太安站著沒動，並仔細觀察著自己面前的那個人。

最初，達太安以為他要和眼前這位司法官員打交道，但他發現坐在書桌前面的那個人正在修改一些長短不一的詩，並且還用手指頭和著某種節奏，他這才明白，他是一位詩人。過了一會兒，詩人合上了他的手稿，手稿的封面上寫著：《米拉姆——五幕悲劇》，隨後，抬起頭來。

這時達太安才認出，這就是紅衣主教。

chapter 40 一個可怕的幻象

紅衣主教向年輕人看了片刻，任何人的目光都比不上比黎塞留的目光更富有深刻的洞察力了。達太安感到自己渾身的血液在沸騰，並且全身在哆嗦著。不過，他仍然保持鎮定，手裡拿著自己的氈帽等待著紅衣主教閣下的詢問。

「先生，」紅衣主教說話了，「您是不是貝亞恩省的達太安的族人？」

「是的，大人。」年輕人回答。

「有好幾支達太安的族人，」紅衣主教說，「您屬於哪一支的？」

「我的父親曾經跟隨偉大的亨利國王參加過幾次宗教戰爭。」

「噢，你大約七八個月前離開故鄉，到巴黎闖蕩的，是嗎？」

「是的，大人。」

「經過默恩鎮時，發生過一些事，是嗎？」

「大人，」達太安說，「我遇到過，事情是這樣的……」

「不必了，不必了，」紅衣主教帶著一絲微笑，這種微笑顯示出他對事情的瞭解，他知道得夠多了，「您被介紹給了特雷維爾先生，是嗎？」

「是的，大人。不過，是在默恩鎮那次不幸的事件中……」

「介紹信丟掉了，」紅衣主教閣下接著說，「是的，我清楚。不過，特雷維爾先生可不是一般人，他一眼就能把人看透。因此，他先將您安排在他的妹夫埃薩爾先生的衛隊裡，並且向您做出承諾，一定讓您加入火槍隊。」

「大人真是消息靈通。」達太安說。

「從那以後，您又發生了許多事情。其中有一次，您到查爾特勒修道院後面散步，如果您去了任何別的什麼地方都會好些。然後，您和您的朋友去了福爾熱溫泉，您的那些朋友在路上都停了下來，而您卻繼續往前，趕到了英國……」

「大人，」達太安很震驚，「我是去……」

「去打獵，在溫莎，這沒有關係。我知道這件事，因為，這是我的職責決定的。回來後，一位非常令人尊敬的人接見了您，而您仍然保留著那位大人物送給您的那件紀念品。」

達太安抬手摸摸從王后那裡得來的鑽石戒指，並急忙將寶石轉向背面，不過為時已晚了。

「第二天，德・卡弗瓦曾經拜訪過您，」紅衣主教又接著說，「他邀請您到我這裡來。可您沒有給我消息，這就是您的不對了。」

「大人，我擔心我已經失去了主教閣下的厚愛。」

「唔，先生，為什麼這樣說呢？就由於您能夠更為聰明、更為勇敢地去完成您的任務？不，我所懲罰的人，都是不肯服從的人，而不是像您那樣服從的人。證據就是，您還記得我讓人去請您的那天晚上發生的事情吧？」

達太安記得很清楚，就是在那天晚上，波那瑟太太被人綁架了。達太安又想起來了，半個小時之前，那個可憐的女人還出現在他的身邊。

「最後，」紅衣主教接著說，「一段時間以來，我再沒有聽到人們談起您。我很想知道，您在這段時間裡都在幹了什麼。況且，您還欠我不少人情呢，在這些事當中，您受到了不少關照呢！」

達太安懷著敬重鞠了一躬。

「我這樣做，」紅衣主教接著說，「不僅僅出自於一種正常合理的情感，而且出自於我為關心您而安排的計畫。」

達太安愈聽愈詫異起來。

「我當初邀請您來這裡，就是為了將計畫告訴您，可您沒有來，幸好這一延誤沒有造成任何損失。而今天，您就要聽到這個計畫了。您請坐，就坐在我面前，達太安先生，您是一名貴族，不能站著聽我說話。」

紅衣主教指著一把椅子，讓年輕人坐下。達太安對此受寵若驚。

「您很勇敢，達太安先生，」主教閣下繼續說，「也很謹慎。我這個人就喜歡有頭腦而且有良心的人。您用不著害怕。」他微笑著說，「對於有良心的人，我理解就是勇敢的人。不過，您如此年輕，剛到巴黎卻有了不少的強敵。您一定要小心，如果掉以輕心，您會斷送自己的！」

「您說得對，大人！」年輕人回答，「他們人多勢眾，後面有人撐腰，而我卻勢單力薄！」

「不錯，您說的都是真話。不過，雖然您勢單力薄，但您還是做了不少事，而且將來會做得更多。只是，依我之見，在您已經從事的冒險生涯中需要有人指點，因為您是帶著尋找出路的勃勃雄心來巴黎的。」

「我正好處於異想天開、決心大展抱負的年齡，大人。」達太安說。

「您不是異想天開，先生，您是一個有頭腦的青年。喏，到我的衛隊裡當一名掌旗官怎麼樣？給您一個連，您看怎麼樣？」

「啊！大人！」

「同意啦，是不是？」

「大人……」達太安神情尷尬地說。

「那您是拒絕？」紅衣主教吃驚地問。

「我對自己現在的職位很滿意。」

「但是，我覺得，」主教閣下說，「本人的衛隊也屬國王陛下的禁衛軍！都是在為國王效勞。」

「大人，我的意思您誤解了。」

「那您需要一個理由？好吧，這個理由已經找到了。晉升，戰局一開，我就給您提供這樣的機會。任何人都不會說出什麼。只是，對您，您需要保護。我接到不少控告您的狀紙，您沒有將白天和夜晚全都用來為國王效力，讓您知道這一點，達太安先生，對您是有好處的。」

達太安的臉漲紅了。

「此外，」紅衣主教接著說，「這裡有一份有關您的完整資料。但在閱讀它之前，我想先和您好好談一談。我知道您是一位果斷的人，如果指點有方，您的行動不但不會給自己帶來麻煩，而且會使您大有所獲。抓緊考慮考慮，儘快拿主意吧！」

「您的誠意使我感到羞愧，大人，」達太安回答說，「我在閣下身上看到一顆偉大的心靈，而我自己，是一條渺小的小蟲子。但是，大人，恕我直言……」

達太安停住了。

「講下去。」

「那好，我就告訴閣下，我所有朋友都是國王火槍隊和衛隊裡的人，而我的仇敵又都是您的部下。在此情況之下，如果我此時接受了大人的提攜，那我豈不是要受到人的鄙視了？」

「也許，您自視甚高，認為在我這裡屈就了，先生？」紅衣主教輕蔑地一笑。

「大人，您對我恩寵有加，反而使我想起我自己還沒有相當的建樹來配受您的一片美意。拉羅舍爾圍攻之戰即將打響，如果在這場圍城戰中我有幸能好好表現一番，致使我值得引起閣下的賞識，那戰爭結束之後，我至少還有一些戰績，來證明它與閣下賜與我的保護是相稱的。每一件事情都要順其自然，大人。不久的將來，我也許有權為您獻身效忠，但現在這麼做，我就有賣身投靠之嫌了。」

「也就是說，您拒絕為我服務，先生？」紅衣主教說，語調中透露出惱怒，但也有某種敬意，「那就由您自己選擇吧。」

「大人……」

「好啦，好啦，」紅衣主教說，「我不會記恨您，但您要明白，**一個人對朋友是關懷備至的，但是對他的仇敵，卻不會欠任何東西**。所以您要好自為之，達太安先生，因為我一旦從您的身上抽回那隻援助之手，對您就不會有絲毫的手下留情。」

「您的話我一定牢牢記在心裡，大人。」加斯科尼人帶著崇高的保證回答說。

「今後，如果您遇到了什麼不幸，您就要想到，」黎塞留說，「我曾找過您，我做了我能做的一切，我本不想讓這一切不幸降臨於您的。」

「不管發生什麼事，」達太安把手按在胸口上，深深鞠了一躬，「我將永遠感激主教閣下為我所做的一切。」

「那好吧！達太安先生，我們打完仗再見。我將目送您出征戰場，我也將親赴前線，」說著，紅衣主教向達太安指了指身邊那副自己將要穿的輝煌的鎧甲，「等我們回來的時候再算帳！」

「啊，大人！」達太安叫了起來，「請您不要為我心裡增加負擔了，您的嫌棄和厭惡已經讓我夠受了。我想請您保持不偏不倚。」

「年輕人，」黎塞留說，「如果今後有機會能將今天對您說過的話再說一遍，那麼，我答應您，我還會對您講的。」

黎塞留這最後一句話在達太安內心所引起的那種驚恐感，比一句直接的威脅來得更猛烈。紅衣主教在竭力地使他避免正在威脅他的種種不幸。他正要說什麼，紅衣主教卻沒有等他開口，就將他打發出去了。

達太安走到門口時，已快要失去勇氣，差一點兒轉身回去。這時，阿托斯那莊重嚴肅的面容出現在了他的眼前。啊！如果他答應了紅衣主教向他提出的協議，阿托斯就會和他絕交，徹底地拋棄他。

這種恐懼感止住了他轉回的腳步。

達太安從原路下了樓，找到了阿托斯和他指揮的四名火槍手。達太安用了一句話就使他們安下心來。普朗歇則跑去通知其他的人撤崗。

回到阿托斯的家裡。阿拉米斯和波托斯詢問起主教這次到底懷了什麼目的。達太安只是說，黎塞留請他去是要讓他到他的衛隊當掌旗官，但他拒絕了。

「您做得對！」波托斯和阿拉米斯異口同聲地叫道。

阿托斯卻陷入了沉思中，沒有做出任何反應。當他和達太安單獨在一起時，他說：「您做了您應該做的事，達太安，但是，也許您做錯了。」

達太安歎息了一聲。在他心中還有一個秘密的聲音，這個秘密聲音在悄悄告訴他，巨大的不幸正在一步步地向他靠近。

第二天一整天大家都在做出征前的準備。達太安要去向特雷維爾先生道別。眼下，國王的衛隊和火槍隊分開行動，人們認為這是暫時的，因為當天國王正在主持議會，而次日，國王可能就要御駕親征了。

夜幕降臨時，埃薩爾先生的衛隊和特雷維爾先生火槍隊的弟兄們聚集一堂，互相道別。大家都願分別後，還能夠重逢。可以想像，這樣的夜晚是熱鬧非凡的。在如此的情況下，一切的遠慮近憂都被暫時放到了一邊。

次日，在第一陣嘹亮的軍號中，朋友們相互分手了。火槍隊員們向特雷維爾先生的營地跑去，衛隊隊員則向埃薩爾先生的營地跑去，準備接受國王的檢閱。

國王表情凝重，面帶病容，偉大光輝的形象略有失色。的確，昨天晚上他就發起燒來，但他並沒有因此就決定推遲當晚的行期。儘管有人勸諫，他仍然堅持要檢閱，希望用英勇來戰勝剛剛襲來的病魔。

檢閱完畢，衛隊獨立向前方進發，火槍隊則必須隨王護駕親征。因此，這就使波托斯有機會能從熊瞎子街過一趟，乘機向他的「侯爵夫人」展示一下他那華美的裝備。訴訟代理人太太看到波托斯身穿一套嶄新的制服，騎著一匹高頭駿馬從大街上走過。她太愛他了，不能讓他就這麼走掉。她示意，他必須下馬到她身邊來待上一會兒。波托斯氣宇軒昂，鎧甲閃閃發光，馬刺叮噹作響，腰上的長劍不住地擊打著大腿。這一次，那些辦事員們笑不出來了。

我們這位火槍手到了科克納爾先生身邊。看到她表弟全身嶄新的披掛，科克納爾那灰色的小眼睛裡射出了慍怒的光芒。不過有一件事情使他的內心得到了慰藉，人們說這一仗將很是殘酷。他心裡暗暗希望，波托斯將為此送命。

波托斯對科克納爾先生客套了一番，科克納爾先生則祝福他一切順利。而科克納爾夫人呢，她已哭成了一個淚人兒。但並沒有人對她的這種表現說三道四，誰都知道他們是親戚，她對自己的親戚情深義重，並且為了他一直同丈夫吵得不可開交。

然而，真正的道別場面發生在科克納爾夫人的臥室裡，那情景誰看了都會心碎。訴訟代理人太太一直目送情人漸漸遠去。她身子探出窗外，手裡揮動著手帕。波托斯作為情場老手，對此應付起來並不難。在轉過街角時，他摘下氈帽，揮舞著以示告別。

阿拉米斯則寫好了一封長信。信是寫給誰的？沒有人知道。只是，隔壁的屋內，定於當晚動身去圖爾的凱蒂，正等著這封信。

阿托斯一直在一小口一小口地呷著他最後一瓶西班牙葡萄酒。

這時，達太安正和他的連隊列隊前進。

到達聖安東莞區，他快活地望著巴士底獄。由於他注視的只是那所監獄，所以並沒有看到米拉迪。米拉迪騎在一匹馬上，正用手把他指給兩個相貌凶狠的人看。那兩個人立刻走近隊伍來辨認他。他們看了一眼達太安後，便向米拉迪使眼色。然後，她確信她的命令執行起來萬無一失了，便策馬而去。

接著，這兩個人尾隨著衛隊，一走出聖安東莞區，便跨上了坐騎，一個沒有穿號衣的僕人早就牽著馬等在那裡。

chapter 41

圍攻拉羅舍爾之戰

圍攻拉羅舍爾之戰是路易十三王朝一個重大的政治事件，也是紅衣主教一個重大的軍事舉措。

紅衣主教發動這場圍攻戰既有政治意圖也有個人意圖，但就對主教閣下的影響來說，他的個人意圖也許比政治意圖還要大。

亨利四世所敕封給胡格諾派的若干個安全要塞，當時就只剩下拉羅舍爾一地了。因此當時的拉羅舍爾是法蘭西各種禍亂的一個重要策源地。摧毀它，剷除這一危險禍根已成為當務之急。

心懷不滿的西班牙人、英國人和義大利人，所有靠冒險而發跡的武裝匪徒，他們聽到了耶穌教徒的召喚，聚集於此，組成一個浩大的聯盟軍團到歐州各地肆意騷擾，鬧得整個歐洲雞犬不寧。

另外，拉羅塞爾港對英國仍然開放著，這是對英國開放的最後一個門戶。關閉此港將把法國的世敵英國拒於大門之外，對紅衣主教來說，就最終成就了貞德[9]和吉斯公爵[10]的大業。

巴松比埃爾[11]也從事了這項事業。在信仰上他是一個新教徒，可他又是神聖騎士團[12]享有領地的騎士，因此，他又是一個天主教徒。在圍攻拉羅舍爾戰役中，巴松比埃爾擔當的指揮職務十分特殊。他帶領一批像他一樣的作為新教徒的士兵衝鋒陷陣，並對那些人說：「先生們，我們這些人會看到，這一仗我們打得夠蠢的！」

巴松比埃爾這話是有一定道理的。他預感到，炮擊雷島將是龍騎兵對塞文山地[13]新教徒進行迫害的開始，攻佔羅塞爾則是廢除《南特敕令》[14]的前奏。

平均主義和簡化主義是宰相黎塞留的政治意圖。這種意圖屬於歷史的範疇。當然

9. 十五世紀百年戰爭時期法國女民族英雄，被俘後慘死於英國人之手。
10. 十六世紀法國將軍，他從英國人手中奪回加萊港，將英國的勢力最終逐出歐洲大陸。
11. 亨利四世時的法國元帥，曾先後任西班牙、瑞士和英國大使。一六三一年黎塞留指控他陰謀政變而被關進巴士底獄。
12. 法國國王於一五七八年創建，規定成員必須是天主教徒。
13. 法國南部中央高原的東南部地區，這裡是新教盛行之地，《南特敕令》廢除後，這裡發生了殘殺新教徒的血腥事件。
14. 一五九八年四月十三日法王亨利四世在南特城頒佈。當年胡格諾派與天主教派內戰結束。這實際上是交戰雙方妥協的一種和約。規定天主教為法國國教，但同時承認胡格諾教徒在信仰上和政治上的種種權利。其秘密條款中規定，胡格諾派可保留二百個城堡，為期九年（實際上時限一再拖延）。到本書故事開始時，這些城堡只剩下了羅塞爾一個。此敕令於一六八五年被路易十三所廢。

還得承認這位宰相還有一種個人意圖。

眾所周知，黎塞留早就愛上了王后。但是他的這種愛，究竟是僅為單純的政治目的呢？還是見了這位絕代佳人便像其他男子一樣，自然而然地產生一種深深的愛慕之情呢？對此我們不得而知。但無論怎麼說，連續的兩三個事件中白金漢都戰勝了他，尤其在鑽石墜子的事件中，由於三個火槍手的忠心和達太安的勇敢，白金漢狠狠地將他戲耍了一番。

所以，對於黎塞留來說，這場戰爭不僅僅是為法蘭西除掉一個仇敵，而且是對一個情敵報一箭之仇。另外，報復行動必須規模巨大，才配得上一個手握整個王國重兵的人。

黎塞留清楚，向英國開戰就是向白金漢開戰，打敗英國，就是打敗白金漢。簡而言之，他想讓白金漢在全歐洲人面前丟臉。

從白金漢方面來講，他對外標榜是為英國的榮譽而戰，而內心深處卻和紅衣主教是一樣的，也是出於個人利益。他所要進行的也是一場個人的報復行為——他要以征服者的雄姿重踏那片土地。

於是，兩個最強大的王國開始了賭博，而真正的賭注只是安娜•奧地利王后的一個眼神兒罷了。

最初，優勢屬於白金漢公爵這一邊。為了奪取雷島，他率領九十艘戰船，兩萬人馬，巧發奇兵，向鎮守雷島的德・圖瓦拉斯伯爵發起猛攻。經過一場血戰之後，他登上了雷島。

德・尚塔爾男爵在這次血戰中陣亡了，他留下了一個十八個月的孤女。這個孤女就是後來的塞維涅夫人[15]。

圖瓦拉斯伯爵帶領部下退到聖馬丹要塞，在拉普雷炮台堅守。最後，只剩下不到百人。

在這樣的形勢之下，紅衣主教不得不下決心同國王一起親臨前線指揮戰鬥。在這之前，他把全國的軍事力量全部派上了戰場，大王爺也去指揮了。

而被派作前衛的這支部隊，正是我們的朋友達太安所在部隊。

御前會議一結束，國王就要隨軍起駕。可六月廿八日那一天，他感到全身發燙，但並沒有因此就不想動身。然而出發後他的病情卻越發嚴重，行至維勒魯瓦時，便不得不停了下來。

國王在哪兒停下，火槍隊也就在哪兒停下。達太安是衛隊隊員，因此，他只好與他的朋友分手。而這次分開對於他只是掃興而已，但實際上這使他陷入一種未知的危險之中。

15.十七世紀法國著名的書簡女作家，《書簡集》是她的代表作。她丈夫為侯爵。

然而，一六二七年九月十日前後，他卻安然無恙地抵達羅塞爾城下的營寨。戰場形勢依然如故：佔領雷島的白金漢公爵和他的英國士兵向聖馬丹要塞和拉普雷炮台發動猛攻，但效果不大。法軍對拉羅舍爾城的軍事行動已於兩三天之前開始。埃薩爾先生指揮的衛隊駐紮於米尼默。

達太安朝思暮想的是加入火槍隊，因此他在衛隊裡一直是離群索居，很少和他的弟兄們交朋友，只是想他自己的事。

思考並沒有給他帶來多少快樂。來到巴黎已經兩年了，這期間他參與了諸多公事，但個人私事卻沒有大的收穫，無論是愛情還是前程。

愛情上，波那瑟夫人是他唯一愛過的女人，而她現在卻悄無聲息，下落不明。

至於前程，像他這樣微不足道的人，卻成了紅衣主教的仇敵，就是說，他成了萬人之上的這樣一個大人物的眼中釘。

這個人可以讓他粉身碎骨，然而，他並沒有這樣去做。達太安是十分聰慧的，他知道這種寬容說明著什麼，是不難看透的。透過這一線之光，他看到了美好的前程。

其次，他還有另一個仇敵。雖說不像紅衣主教那樣令人生畏，但他本能地感到這個人也不是等閒之輩，可能更不好對付，她就是米拉迪。

他所做的這一切，就是為了獲得王后的保護和關照。可眼下，王后的關照恰恰是自己將會受到迫害的一個原因。至於說到保護，眾所周知，她的保護實在是沒有力量。

因此，在他所有得到的東西當中，最為實惠的就是他戴在手上的那枚鑽石戒指了。達太安為了實現自己的抱負，將這枚戒指保存著，將它作為一種感恩的物證，既然如此，他就不能賣掉它。那麼，這枚戒指就不會比被踏在腳下的石子多值幾個利弗爾。

達太安在思考這些時，正好獨自一個人在由營地通向昂古丹的一條僻靜的小路上散步，這些思考使他在不知不覺中走出了很遠。此時，夕陽西下，在落日的餘暉裡他彷彿看到籬笆後面一杆滑膛槍管正在閃閃發光。

達太安目光銳利、反應迅速，他清楚，獨杆槍是不會被放在那兒的，而藏在籬笆後面的手端火槍的人也一定陰謀不軌。於是他拔腿向開闊的地帶奔去。這時，在他對面的一塊岩石後面，另一杆火槍尖露了出來。

很明顯，這是一次伏擊。

年輕人不安地發現那支火槍正轉向他，隨後槍口一動不動地對他瞄準。他伏臥在地。這時，火槍發射，一顆子彈在他頭頂上呼嘯而過。

就在他從地上一躍而起之時，另一支火槍射出的子彈打飛了他的臉部剛剛貼過的地面上幾塊石子兒。

達太安不是那種盲目勇敢而白白去送死的人，況且，在這裡已不再是勇敢的問題了，而是他被人暗算了。

「如果再開第三槍，」他暗想，「我就完蛋了！」

於是，他立即拔腿飛跑，以驚人的速度向營地奔去。但無論他跑得多快，第一次開槍的人總有時間重新裝上子彈，又向他射了第二槍，這一次子彈射穿了他的氊帽，將氊帽打飛到離他十步之外，落在了地上。

達太安想到，自己已沒有第二頂帽子了，於是又跑過去撿起了它，然後一口氣奔到營地。他跑得氣喘吁吁，臉色煞白，不過，他對誰也沒有說這件事，而是開始了他自己的思考。

發生這一事件可能有三種原因：

第一，也是最自然的原因，可能是拉羅舍爾方面組織的一次伏擊，殺死國王陛下的一名衛軍，這樣就少了一個敵人，而且他們以為，這個敵人身上還可能有一個錢包。

達太安拿起他的氊帽，仔細觀察了子彈的洞眼。打出這個洞的子彈不是一顆滑膛槍的子彈，而是一顆老式的火槍彈。子彈發射得非常準確，那是用一支特殊的火器發射的。這樣，他排除了軍事埋伏的可能。

第二，是紅衣主教的計畫。當他看到了那支槍管時，他想著紅衣主教閣下為什麼對他如此容忍的問題。

達太安再次搖了搖頭，對於能輕輕鬆鬆就可幹掉的人，主教閣下是很少使用這種手段的。

第三，是米拉迪的一次報復。

這倒是很有可能的。

他盡力地回憶刺客的特徵和服飾，但他匆匆逃命，完全沒有注意到這些細節。

「啊！可憐的朋友們，」達太安喃喃自語，「你們都在哪裡啊？我是多麼想念你們啊！」

來軍營的第一夜他驚醒了三四次，總認為有人走近床前，舉起匕首向他刺來。然而天亮了，沒有發生任何事。

達太安十分清楚，這件事情還沒有結束。

次日一整天，達太安一直待在營房沒有出門。

第三天上午九點鐘，集合的鼓聲響了起來，原來是奧爾良公爵來檢查據點了。衛士們拿起火器，達太安也站在了佇列之中。

所有的高級將領都在向大王爺表示討好之情，衛隊隊長埃薩爾先生也和別人一樣行事。

過了片刻，達太安發現，埃薩爾先生向他示意，意思是要他走過去。他擔心自己弄錯了，沒有動，又等他的上司再次示意。當對方重新示意後，達太安才離開隊伍，走上前去接受命令。

「大王爺要找幾個人去執行一項危險的使命，誰先完成將會被授予很大的榮譽，所以我向您做了手勢。」

「謝謝，隊長！」達太安答道。這樣的機會，他是求之不得的。前一天夜裡，幾天前被國王軍隊佔領的一處防禦據點被拉羅舍爾守軍奪取了。現在的任務是冒著危險深入敵軍陣營，瞭解一下敵軍的守衛情況。

果然，過了一會兒，大王爺講話了：

「我需要三四個自告奮勇的人去完成這項任務，由一個可靠的人充當領隊。」

「我手下就有一個可靠的人，大人！」埃薩爾先生指著達太安說，「至於其他的三四個人更是沒有問題。」

「四個，四個同我一齊冒死前往的人！」達太安舉起他的劍，大聲說道。

衛隊中，立刻走出了四個人。人數已經滿額，達太安便拒絕了其他的志願者。

拉羅舍爾守軍攻下那個據點以後，是否派人在那裡駐守，這就是志願者所要偵察、瞭解的情況。

達太安率領四名同伴順著壕溝前進，兩名同他並排，兩名隨後。

借助壕坡的掩護，他們向據點那邊前進了一百來步。與此同時，達太安回頭時發現身後的兩個衛士沒有跟上，已不知去向。

他想，那兩個衛士可能臨陣脫逃了。他們三人繼續前進。

走到壕溝外牆拐彎處，他們離據點的工事只有六十來步了。

他們一個人影都沒有看到，據點像是被廢棄了。

三個冒死的年輕人商量了一下，決定是否繼續前進，就在這時，忽然十二發子彈呼嘯而至。

他們知道了想要知道的事：據點有人把守，此地太危險不宜久留。達太安和另外兩名衛士掉頭跑回。

快要到達壕溝掩體的一角時，一名衛士倒在了地上，一顆子彈射穿了他的胸膛。

達太安不想就這樣丟下自己的同伴，便俯下身把他扶起來，幫他撤回營地。就在這時，又傳來兩聲槍響：一顆擊中了這名受傷衛士的頭部，另一顆在距達太安兩三寸遠的地方飛過，打在一塊岩石上。

據點是被壕溝的拐角擋住的，所以這次不可能是從那兒發起的襲擊。頓時，達太安想起了那兩個棄他而逃的衛士，又回憶起了兩天前要取他性命的兩個暗殺犯，他立即決定要弄清楚這是怎麼一回事，便裝死，倒了下去。

他看到，離他三十步遠的一個廢棄工事上方，探出了兩個腦袋，這正是那兩個逃跑的衛士的腦袋。達太安弄清楚了：這兩個傢伙跟隨他，只不過是為了暗殺他，指望從敵人那弄到幾個賞錢。

那兩個傢伙以為達太安只是受了傷，所以他們決定走上前來結果了他。但他們太疏忽大意了，忘記為槍裡重新裝上子彈。

達太安一直小心地握著手中的劍。當那兩個傢伙離他只有十步之遙時，他突然跳起來，身子一躍，到了他們的身邊。

兩個兇手心裡明白，如果不殺掉他，讓他逃回營地，一定會受到告發。所以，他們的第一個念頭便是向敵人投降。他們中的一個拿著槍像拿大棒那樣朝達太安劈過來。達太安身子一閃，躲了過去。他這一閃，給這個匪徒讓開了一條道，那人便撒腿向敵人據點那邊逃去。拉羅舍爾守軍並不知道這個人懷著什麼樣的意圖向他們跑來，便一齊向他開火。結果，一顆子彈打中他的肩膀，他倒在了地上。

這期間，達太安舉劍向另一個兇手刺去。那人毫無還手之力，只有招架之功。最後，我們的衛士手握長劍，刺穿了對手的大腿，對手隨即倒地。達太安立刻將劍尖頂住了他的喉嚨。

「啊！留我一命！」兇手大聲討饒，「饒了我吧，長官！我把一切全都告訴您。」

「你的秘密值得我留下你的性命嗎？」年輕人收了劍，說道。

「是的。如果您認為一個人像您一樣才二十二歲，也像您一樣既英俊又勇敢，那麼，饒過這樣的一條命還是值得的。」

「卑鄙的傢伙！」達太安說，「是誰派你來暗殺我的？」

「一個女人，人們都叫她米拉迪。」

「她的名字你怎麼知道的？」

「我的同夥就是這樣叫她的，他和她一直在打交道，那個女人的一封信還裝在他的口袋裡，據他所說，那封信對您很重要。」

「那你如何參與了這次伏擊？」

「他建議我們一起幹，我答應了。」

「那女人給了你多少錢？」

「一百個路易。」

「原來如此，好極了，」年輕人笑哈哈地說，「就是說，在那個女人眼裡，我還值幾個錢。一百個路易！對於像你們這樣兩個卑鄙的小人來說，不是個小數了，因此我也理解，你們會答應的。但現在要我放過你，你必須答應我一個條件！」

「什麼條件？」神色不安的衛士問道。

「你去把藏在你同伴口袋裡的那封信給我找回來。」

「可是，」那人叫了起來，「那就等於換種方式殺死我，您怎麼讓我冒著據點的子彈去找那封信？」

「你必須去把它找回來！否則，我立刻就殺掉你。」

「開恩吧，先生，可憐可憐我吧！看在您愛的那位年輕太太的份上吧！她還活著，還沒有死。」那人大叫著，由於失血過多，開始感到氣力不支了。

「你說有個女人我愛著她，我以為她死了，你是從哪裡聽到這些的？」達太安問。

「從我同伴口袋裡的那封信知道的。」

「那你就更清楚了，我必須得到那封信。」達太安說，「不要耽誤，不要遲疑，否則，儘管我不想讓你這樣的敗類的血玷污我的劍，但我還是會以有教養的人的信譽向你發誓……」

「不要！不要！」他大聲喊道，由於恐懼使他勇氣大增，「我去……我就去……」

達太安抄起士兵的那支老式火槍，用劍鋒頂著他的腰，推著他向他的同伴走去。

看到他走過的路上留下一條長長的血跡，他臉色蒼白，還在竭力彎著身子大汗淋漓地向躺在二十步開外他的同謀者的軀體一步步挪去的樣子，達太安不禁動了惻隱之心。他鄙夷地望著那人說：

「好了，你就在這待著吧，看看一條好漢和一個怕死鬼之間的差別到底在哪裡吧！」

說完，達太安邁著敏捷的步子，觀察著敵人的一舉一動，他充分利用地形，一直走到另一個士兵的身旁。

達太安有兩種方法可以得到那封信：就地搜身，或者把那人的身體作盾牌扛起來，到壕溝裡再行搜身。

達太安決定用第二種方法。他剛將那人扛在肩上，敵人就開槍了。

一下輕微的晃動，那個人中了三顆子彈。最後一聲慘叫，臨死前的顫抖，說明了正是這個剛剛想暗殺他的人救了他的性命。

達太安返回壕溝，將身上扛著的屍體扔在那個面如死人的傷者身邊。

他立刻開始清點那人的東西：一隻皮夾子、一隻錢袋、一副擲骰子用的皮環和一些骰子，這就是死者的全部遺產。

達太安把錢扔給那個受傷者，然後急不可耐地打開了那個皮夾子。

在幾張紙中，他找到了那封信。信是這樣寫的：

既然你們讓那個女人逃走了，既然那個女人現在安全地住進那個你們永遠也不該讓她進去的修道院，那麼，你們就不能再放過那個男的。不然的話，你們也將以沉重的代價來歸還我付給你們的那一百個路易。

雖然沒有簽名，但很明顯信是米拉迪寫的。

達太安收起了這封信，隨後，在壕溝拐角的一處安全的地方開始審問那個受傷的人。那人招認，他和他的同伴一起負責綁架一位坐著馬車離開巴黎的年輕女人。但由於他們在一家小酒館喝酒耽誤了事，結果到達預定地點時，馬車已經過去了十分鐘。

「你們原本準備把那個女子怎麼樣？」達太安憂慮地問。

「我們原本要把她送到皇家廣場的一座宅邸裡。」傷兵回答說。

「啊！是的！」達太安自語道，「米拉迪的家就在那裡。」

這時，年輕人打了一個寒噤。因為他清楚，那個女人要幹掉他，幹掉那些愛他的人。另外，達太安也想到，既然她知道他與波那瑟夫人的關係，那就是說她對宮廷的事情是十分清楚的。不用懷疑，這些一定都是紅衣主教告訴她的。

但讓達太安感到高興的是，王后最終發現了關押波那瑟夫人的監獄，並且把她從監獄裡救了出來。這時他終於明白收到那個年輕女人的信，以及在夏約路上和她一次短暫的相見是怎麼一回事了。

想到這裡，他的內心又起寬容之念。他轉過頭來，看了一眼那個面部現出各種表情的傷兵，向他伸出胳膊道：「喏，我不想拋棄你，扶著我，咱們回營去。」

「好的，」受傷者說，他簡直不相信達太安會如此寬宏大量，「但您是否要把我絞死啊？」

「我說話算數，」達太安說，「我第二次饒你不死。」

聽了這話，受傷的士兵不由得雙膝跪地，感謝恩人。達太安想到，此時他們距敵人的碉堡非常近，所以，他讓那士兵結束了這種感恩的表示。

聽到拉羅舍爾守軍第一槍響就跑回來的那個衛士，早已報告說他的四位同伴已經陣亡。而此時，大家看見年輕人安然無恙地回來了，個個都驚詫不已又十分高興。

達太安解釋說，他身邊的這位夥伴在一次意外出擊中中了一劍，接著他敘述了另一位士兵的陣亡，以及他們經歷危險的過程。對他來說，這是一次炫耀成功的絕好機會。所有人都在談論這次成功的偵察行動。大王爺也派人前來向達太安表示了祝賀。

獎賞也隨之而來。而對達太安來說，他得到的獎賞是重新讓他得到了曾經失去了的安寧。達太安以為從此可以安寧了，因為他的兩個敵人中，一個已經死了，另外一個將會為他的利益而盡忠。

而這種心態證明，達太安還不瞭解米拉迪。

chapter 42 昂儒葡萄酒

營寨裡又開始傳言，說國王已經康復。後來又有傳言，說一旦他能夠重新跨上緞鞍，就會立刻啟程。

大王爺清楚，統領全軍的大權他是遲早都要交出的，他的統帥職務或是由昂古萊姆公爵，或是由巴松皮埃爾，或是由舍恩貝爾取而代之，他們三人一直在爭奪這一大權。正因為如此，他不想做多少事情，而是在試探之中度日，也沒有採取重大舉措，只是驅逐一直盤踞著的英軍。這時，法軍則正在圍攻拉羅舍爾城。

達太安的心緒已經歸於平靜。現在，只有一件事情讓他擔憂，那就是對他的三位朋友的情況全然不知。

十一月初的一個早上，從維勒魯瓦寄來了一封信，從那封信上他知道了三位朋友的情況。

達太安先生：

阿托斯、阿拉米斯和波托斯三位先生，在我們這用餐之後，興致高漲，還大吵大鬧了一番。嚴厲的要塞司令被他們的行為激怒了，因此，罰他們數日不得出門。他們曾向我囑咐，要我給您送上敝店昂儒葡萄酒十二瓶，要您用他們最喜愛的這種葡萄酒為他們的健康乾杯。

本人已履行三位先生所托，並向您致以崇高的敬意。

火槍手先生們下榻的旅店主人　戈多

「好極了！」達太安大聲說，「我們真是心心相印。我一定會為他們的健康乾杯，但我不自己一個人喝。」

於是，達太安就去找了衛隊之中兩個較為要好的朋友，要和他們共飲上等的昂儒葡萄酒。但由於兩個人中的一個當晚已經有約在先，另一個也有事情，這樣，他們就定在第三天聚會。

回營之後，達太安就將十二瓶葡萄酒送到了衛隊的小酒吧，囑咐那裡的人好好保管。到了隆重聚會的那一天，吃飯時間本來定在中午十二點，而自九點起，達太安就派普朗歇動手準備起來。

普朗歇已被提升為膳食總管了，他決心把這件事辦得完美無缺。為此，他找了兩個人幫忙：一個是被邀請的一位客人的跟班，名叫富羅；另一個就是曾想殺死達太安的那個冒充的士兵，自從達太安饒了他一命之後，他就跟隨達太安當差了，說得準確些，是聽從普朗歇指揮了。

時間到了，兩位客人入席就座，一盤盤菜肴整齊地擺到了桌上。富羅負責打開葡萄酒，布里斯蒙——正在養傷的那個假士兵，則往一個個長頸大肚的玻璃杯裡斟酒。葡萄酒似乎有點沉澱了，第一瓶酒快要倒完時，餘下的顯得有點兒渾濁。布里斯蒙將沉渣倒進一隻玻璃杯內，達太安允許他把它喝掉。

客人們剛把酒端到唇邊，路易堡和納夫堡的炮聲突然隆隆響起。兩名衛士以為是受到了英國人或是被包圍的拉羅舍爾人的突然襲擊，便立即跑去取他們的劍，達太安和他們一樣奔向自己的佩劍。三個人一起跑出門，向各自崗位奔去。

但剛剛出了酒店門口，就聽見人聲鼎沸，震耳欲聾。

「國王萬歲！」

「紅衣主教萬歲！」

果然，正像人們所說，國王急不可耐，日夜兼程，帶著全部宮廷侍衛和一萬援軍及時趕到了。所有的人列隊歡迎。達太安向他的朋友們和特雷維爾先生頻頻招手致意，他的朋友們也一直注視著他，特雷維爾先生首先認出了他。

迎駕禮儀一結束，四位朋友頓時擁抱在了一起。

「太好了！」達太安叫道，「你們來得真是太巧了，肉還沒有變涼呢！是不是，二位先生？」年輕人轉向兩位衛士，一邊將他們介紹給他的朋友一邊補充說。

「哈哈！我們來赴宴了。」波托斯說。

「我希望，」阿拉米斯說，「您的宴席上不要有女人。」

「在這樣的地方可會有葡萄酒喝嗎？」阿托斯問。

「那還用問！是你們送來的葡萄酒，親愛的朋友們。」達太安回答說。

「我們送的酒？」阿托斯驚訝地問。

「是呀，你們送來的葡萄酒。」

「我們給你送來的酒？」

「就是那種昂儒山區產的名酒呀！」

「對，我知道您所說的那種酒。」

「你們最喜歡喝的那種酒啊！」

「當然，在既無香檳酒，也無尚貝丹紅葡萄酒的時候，我就喜歡這樣的酒。」

「是呀，如果沒有香檳酒，又沒有尚貝丹紅葡萄酒，那您一定會對那種酒感到滿意。」

「這麼說，這酒是我們品酒行家送來的？」波托斯問。

「不是，是別人以你們的名義給我送來的。」

「以我們的名義？」三個火槍手異口同聲地問。

「是您，阿拉米斯，是您送的葡萄酒？」阿托斯問。

「不是的，那是您，波托斯？」

「不是，那是您，阿托斯？」

「也不是。」

「如果不是你們，」達太安說，「那就是你們的酒店老闆自己送的。」

「我們的酒店老闆？」

「是的，你們的店主，他叫戈多，說你們曾經住在那裡。」

「聽我的。不用管酒是從哪兒來的，這沒關係，」波托斯說，「咱們先嘗上一嘗。」

「不，」阿托斯說，「我們不喝來路不明的酒。」

「您說得對，阿托斯，」達太安說，「你們中誰也沒有讓戈多老闆給我送酒嗎？」

「沒有！」

「這是一封信！」達太安說。

他拿出封信給同伴看。

「這不是他寫的字！」阿托斯叫道，「我認識他的筆跡，臨走前是我結的賬。」

「這封信是假的，」波托斯說，「我們沒有受罰不許出門。」

「達太安，」阿拉米斯用責問的口氣問，「您怎麼能相信我們會大吵大鬧呢？」

達太安臉色蒼白。

「您讓我感到害怕，」阿托斯說，「到底發生什麼事情？」

「快跑，快跑，朋友們！」達太安叫嚷道，「我想到一件十分可怕的事！難道又是那個女人的一次報復嗎？」

達太安向酒吧衝了過去，三個火槍手和兩名衛士也跟著他跑了過去。

一進餐廳，就見布里斯蒙躺在地上，難以忍受的痙攣使他不停地翻滾著。

普朗歇和富羅正試圖搶救。然而，一切救護看來都沒有作用了，那張奄奄一息的臉已經攣縮為一團。

「啊！」一見達太安他便喊叫道，「啊！您好歹毒！您假裝寬恕我，又要毒死我！」

「我！」達太安也叫了起來，「我，你在胡說什麼？」

「我說是您給了我那種酒，我說是您讓我喝下了那種酒，我說您要向我報私仇，我說您太歹毒！」

「我沒有這樣做，布里斯蒙，」達太安說，「我發誓，我向您擔保……」

「哦！不過，天主有眼！天主會懲罰您的！」

「我憑《福音書》起誓，」達太安急忙跑向垂死的人，大聲叫著，「我向您發誓，我事先不知道這酒裡放了毒。」

「我不相信你的話。」

布里斯蒙咽氣了。

「好可怕！好可怕！」阿托斯喃喃道。

「噢，朋友們！」達太安說，「你們不僅又救了我一命，而且還救了這兩位先生的命。二位，」達太安對兩位衛士說，「這件事，我請二位不要對任何人提起。也許，有些大人物插了手這件事情，所以可能有危險。」

「啊！先生！」普朗歇結結巴巴地說，「我也差一點丟了命！」

「怎麼，混東西，」達太安大聲說，「你也差點喝了酒？」

「如果不是富羅告訴我說有人找我，我也想為國王的健康喝上一小杯的，先生。」

「好險啊！」富羅說，他嚇得牙齒抖得格格地響，「我本想支開他，自己一個人偷偷喝的。」

「二位先生，」達太安對兩位衛士說，「剛才發生了這種事，讓大家很掃興。我向二位深表歉意，並請你們改日再次相聚。」

兩位衛士意識到這四位朋友很想在一起單獨聚聚，便起身告退了。

這位年輕的衛士和三位火槍手互相交換了一下目光，他們都明白了這件事情的嚴重性。

「首先，」阿托斯說，「快離開這裡，在一具屍體面前，是難以令人愉快的。」

「普朗歇，」達太安說，「這可憐鬼的屍體交你處置了。」

說著，四個朋友走出了房間，留下普朗歇和富羅辦理布里斯蒙的後事。

店主為他們換了一個房間，又給他們送了些煮雞蛋，阿托斯則親自打水。波托斯和阿拉米斯只用幾句話，就將形勢分析得清清楚楚。

「喂，」達太安對阿托斯說，「親愛的朋友，這是一場殊死的戰鬥。」

阿托斯點了點頭。

「是呀，是呀，」他說，「我看得很清楚。但您確信是她幹的嗎？」

「我確信。」

「我有點懷疑。」

「可她肩膀上那朵百合花呢？」

「那個英國女人在法國犯了什麼罪，被烙上了一朵百合花。」

「阿托斯，我對您說，那是您的妻子，」達太安又說，「難道您不認為她們的外貌太相像了？」

「但我認為那一個早就死了，因為我把她吊得很牢。」

達太安點了點頭。

「但到底怎麼辦呢？」年輕人問。

「總之，我們不能坐以待斃，」阿托斯道，「必須儘快擺脫這種局面。」

「如何擺脫呢？」

「聽著，您要想辦法和她見個面。告訴她，要麼講和，要麼開戰。您將以貴族身分向她保證，永遠不對她說三道四。至於她，也要讓她莊重地發誓，對您保持中立。否則，您就去找大法官，找國王，找劊子手，煽動宮中所有的人對付她，並且揭露她是一個受過烙刑的女人。還要告訴她，如果她得到了赦免，您也一定會在某個地方把她殺掉。」

「這方法很好，」達太安說，「可怎樣能找到她呢？」

「等待，親愛的朋友，時間會提供機會的。」

「話是這樣講，但我們要在暗殺犯和下毒犯的包圍圈裡等待呀！」

「不怕！」阿托斯說，「天主一直在保佑我們。」

「對，天主會保佑我們的，況且我們都不會退縮，我們生來就是要冒險的，但她怎麼辦？」達太安又低聲加一句。

「哪個？」阿托斯問。

「康斯坦斯。」

「波那瑟夫人！啊！正是，」阿托斯說，「可憐的朋友啊！我倒忘了她。」

「提她幹什麼，」阿拉米斯插話說，「那封信上不是早就講了？她早就進了修道院，她在那裡挺好。拉羅舍爾圍城戰一結束，我向你們保證，我打算……」

「得啦！」阿托斯說，「親愛的阿拉米斯！我們知道，你的心願是當一名教士。」

「是這樣。」阿拉米斯自謙地說。

「他好久沒收到情婦的消息了，」阿托斯壓低聲音說，「不過，這您不必在意，我們心裡都有數。」

「喂，」波托斯說，「我倒有一個辦法。」

「什麼辦法？」達太安問。

「您是說她在一家修道院？」波托斯又問。

「是的。」

「那好，等到圍城戰一結束，我們就把她從修道院裡搶回來。」

「但還必須知道她在哪家修道院呀！」

「這話說得沒錯。」波托斯說。

「但我在想，」阿托斯說，「您不是說那家修道院是王后為她選擇的麼，親愛的達太安？」

「沒錯，至少我是這麼認為的。」

「那就好辦了，波托斯將會有辦法的。」

「什麼意思？」波托斯問。

「那位公爵夫人呀，您的那位王妃呀，她該是有辦法幫得上忙。」

「噓！」波托斯伸出一個指頭壓著嘴唇說，「我猜她跟紅衣主教有關，這事不能讓她知道！」

「那麼，」阿拉米斯說，「波那瑟夫人的情況我來負責打聽好了。」

「您，阿拉米斯！」三位朋友一起叫起來，「您有辦法？」

「通過王后的神甫啊。」阿拉米斯滿臉通紅地說。

得到這樣一個保證，四個朋友吃完午餐就分手了。他們約定晚上見面。達太安去了米尼默。三位火槍手前往國王所在的營地，他們在那裡住宿。

chapter 43

紅鴿舍客棧

國王急於親臨前線，而且他比紅衣主教更加憎恨白金漢。因此，他立即做出軍事部署，首先要將英軍趕出雷島，接著加緊圍剿拉羅舍爾。可就在這時，德·巴松皮埃爾和舍恩貝爾兩位先生為一方，昂古萊姆公爵為一方，雙方鬧了矛盾，致使國王軍事部署的實施受到了延誤。

德·巴松皮埃爾和舍恩貝爾兩位先生都是法國元帥，他們都要求在國王的統領下，掌握軍隊的指揮權。但紅衣主教有他的想法。他知道，巴松皮埃爾內心信仰新教，他擔心巴松皮埃爾會因此而對敵人心慈手軟，所以他支持昂古萊姆公爵擔任前線指揮官。

在紅衣主教的慫恿下，國王任命昂古萊姆為副帥，但又怕激怒另一方的兩人，為避免他們二人致使軍心渙散，結果又不得不讓三個人各自分掌兵權：舍恩貝爾指揮城南的法軍，負責佩里涅——昂古丹一線；昂古萊姆公爵指揮城東的法軍，負責東皮埃爾——佩里涅一線；巴松皮埃爾指揮城北的法軍，負責拉勒——東皮埃爾一線。

大王爺駐紮在東皮埃爾。國王則時而在埃特雷，時而在雅里。紅衣主教住在石橋屯的沙丘上的一間普通房子裡。

如此安排，就形成了國王監視著昂古萊姆公爵，大王爺監視著巴松皮埃爾，紅衣主教監視著舍恩貝爾的格局。

兵法云：**兵馬未動，糧草先行**。只有充分的供給才能兵強馬壯。可此時英軍的供給並不好，營房裡病號日益增多。另外，大洋沿岸正是風急浪險的時候，每逢海潮消退，從埃吉翁岬到陸上的溝壕裡，大小船舶的殘骸會擺滿海灘。在這樣的日子裡，駐紮在陸上的法軍都得待在營內。事情明擺著：出於性情執拗才固守雷島的白金漢，遲早會有拔寨撤退的一天。

但就在這樣的情況下，德·圖瓦拉斯伯爵派人來向國王報告說，敵人正在準備一次新的攻勢，於是國王為準備一場決戰下達了命令。

軍事行動的成功使國王大為震驚，紅衣主教也因此倍感光榮。英軍節節敗退，最後，在經過盧瓦克斯島時全軍覆沒，殘兵敗將不得不登船逃跑。結果，法軍俘獲兩千名英軍，其中有五名上校、三名中校、二百五十名上尉，以及二十名出身名門的貴族，另外還繳獲了四門大炮，六十面軍旗。這些軍旗後來被帶回巴黎，並將它們懸掛於巴黎聖母院的穹頂。

軍營裡唱響了一首首感恩的讚美詩，歌聲傳遍了整個法蘭西。

這次對英國人的軍事勝利，使紅衣主教繼續穩坐於圍攻拉羅舍爾城主帥的交椅上，暫時不用擔心英軍的行動。

但這種安心只是暫時的。

白金漢公爵的一名特使被法國人抓獲後，從這名特使那裡獲悉，神聖的羅馬帝國、西班牙、英國和洛林已經結成了一個聯盟。

這個聯盟的矛頭所指就是法蘭西。白金漢未曾料到，他竟如此之快地被迫棄營而逃，因此，法國人在他的營地裡也找到了證實這方面的文件。紅衣主教在他的「回憶錄」中十分肯定地說，這些文件同謝弗勒斯夫人大有干係，所以也就連累到了王后。

紅衣主教必須負擔起全部責任，因為不承擔起責任就算不上是一位獨攬大權的國相。所以，他的博大、天才的機器夜以繼日地緊張運轉起來，對於任何來自歐洲大國的消息他都不會輕易放過。

紅衣主教瞭解白金漢的活動能力，他明白，一旦對法國構成威脅的結盟取得勝利，那他的勢力就會毀於一旦。那時，在羅浮宮內閣中，就將出現西班牙和奧地利政策的代表人物，而他，黎塞留，這個大國的傑出首相就要完了。如今，國王既對他話言聽計從又像個憎惡老師的小學生那樣對他恨之入骨。到那一天，國王就會聽任大王爺和王后對他進行報復了，那樣不僅他會垮台，法國也就會跟著他一塊垮台，所以他必須防止這一局面的出現。

在紅衣主教下榻的石橋屯的那座房子裡，報信使者絡繹不絕，日夜不斷。

這些人中有的是修道士，但從他們穿的甚不合體的修士袍很容易就看出他們是戰鬥教會的成員；有一些是女人，她們穿著肥大的燈籠短褲，這種不合身的服裝無法完全掩飾她們豐滿的身材；還有一些農夫，但腿腳纖細，人們在一里之外就能聞到他們身上發出的貴族氣息。

來訪者有時會帶來令人不快的資訊，例如有人聽到傳言，說紅衣主教差一點兒險遭暗殺。

紅衣主教的敵人都在盛傳紅衣主教向全國各地放出了一批笨拙的殺手，以便在必要時採取報復行動，但無論是誰說了這話，都不必信以為真。

這嚇不倒紅衣主教，對他的英勇無畏任何人都不會懷疑。所以種種謠傳並沒有影響紅衣主教的行動。他依然經常是夜間出巡，有時是去昂古萊姆公爵那裡傳達重要命令，有時是去國王那裡，與國王共商國事。

圍城期間，火槍手們無事可做，也沒有人來管束他們，因此生活十分快樂。我們的那三位火槍手情況尤是如此。他們是特雷維爾先生的朋友，所以能夠輕而易舉地得到許可，在外面轉悠轉悠。

一天晚上，達太安在戰壕值勤，沒能陪伴三位朋友。這三位朋友跨上戰馬，披著披風，從一家酒館回來，這個酒館是阿托斯兩天前發現的，名叫紅鴿舍客棧。正像我們剛才說的那樣，他們擺好了架勢，擔心遭到伏擊。在離布瓦斯納爾村大約四分之一法里時，有馬蹄聲傳過來，三個朋友立刻收韁勒馬，互相靠攏站在大路中央，等候來人。這時，他們看到兩匹馬出現在大路的拐角處，那兩個乘馬人瞥見他們三個，也勒馬收韁，似乎彼此在商量是該繼續前行還是掉轉馬頭。這使三位朋友頓起疑心。阿托斯向前趕了幾步，口氣果斷地叫道：

「口令！」

「您的口令？」那兩位騎馬人中的一位答道。

「我在問您！」阿托斯說，「現在不說我們就開槍了。」

「你們要幹什麼，先生們！」那人的聲音裡帶有一種慣於發號施令的口氣，十分響亮。

「看來這是一位高級長官在巡夜，」阿托斯對他的兩個朋友說，「先生們，你們看如何是好？」

「你們是什麼人？」同一個聲音以同一種命令的語調問，「現在您必須回答我，否則你們會以不服從而被治罪！」

「國王的火槍手。」阿托斯回答說。這時他愈來愈確信審他們話的這個人有權這樣問他們。

「哪個連的？」

「特雷維爾火槍隊。」

「聽我的命令向前走，過來向我報告，你們在幹什麼？」

三個夥伴沮喪地走過去。現在，他們都相信他們遇到了身分比他們高的人了。他們讓阿托斯前去回話。

第二次說話的那人，在另外一個人前面十步遠的地方立馬等候。阿托斯向波托斯和阿拉米斯示意，他一個人走上前去。

「很抱歉，長官！」阿托斯說，「我們委實不知在和誰打交道，而且您能看出來，我們在嚴加戒備。」

「您的姓名？」那人用披風半遮著臉，問道。

「告訴我您的名字，先生，」阿托斯對這種盤查感到很反感，「請您出示證據，證明您有權盤問我們。」

「您的姓名？」騎馬人又問了一次。這時，他拿下披風，露出了被遮蓋的臉。

「紅衣主教先生！」火槍手驚愕地叫起來。

「您的姓名？」紅衣主教閣下第三次問道。

「阿托斯。」火槍手回話說。

紅衣主教向侍從做了個手勢，侍從走了過來。

「讓他們跟著我們，」他低語道，「我不想讓人知道我出了營。有了他們跟著走，我相信他們就不會將這事告訴任何人。」

「我們都是貴族，大人，」阿托斯說，「您就無須擔心，我們向您做出承諾，我們懂得保守秘密。」

紅衣主教觀察著眼前這位大膽的對話者。

「您的聽覺真靈，阿托斯先生，」紅衣主教說，「不過，請您清楚：讓你們陪我同行，是為了我的安全。您的兩位同伴大概就是波托斯和阿拉米斯二位先生吧？」

「是的，主教閣下。」阿托斯說。這時，兩位火槍手拿著帽子從後面靠了上來。

「我認識你們，先生們，」紅衣主教說，「我知道，你們並不完全是我的朋友，我對此深表遺憾。但我也知道，你們都是勇敢而忠誠的貴族，請您和您的兩位朋友陪同我，我將會感到榮幸。這樣，如果我們遇見國王陛下，見我有這樣一支護衛隊，他會羨慕我的。」

三位火槍手騎在馬上躬身低首施了一禮。

「那好，我以名譽擔保，」阿托斯說，「主教閣下要帶著我們和他同行，是十分有道理的。我們在途中確實碰到過一些危險人物，甚至在紅鴿舍客棧，我們還同其中的四個幹了一架呢。」

「幹了一架？為了什麼，諸位？」紅衣主教問，「我不喜歡打架！」

「正因為如此，我請主教閣下容我稟告剛才發生的事情。如果主教閣下從別人那裡得知情況，可能會因為誤傳，使大人判定錯在我們。」

「那結果如何？」紅衣主教皺起了眉頭。

「啊，我的朋友阿拉米斯胳膊上挨了一劍，但不重。假如主教閣下次日下達攀城之令，這點小傷是不會影響他衝鋒陷陣的。」

「但是你們並不是這麼容易善罷甘休的人呀！」紅衣主教說，「請坦誠些，諸位，你們對人家也狠狠地還過手了，是吧？」

「我嘛，大人，」阿托斯說，「我的對手被我攔腰抱住，然後被我從窗戶口扔了出去。在他落地的時候，好像……」說到這裡，阿托斯稍猶豫一下，然後繼續說，「好像摔斷了大腿。」

「啊！啊！」紅衣主教說，「那您呢，波托斯先生？」

「我嘛，大人，我抓起了一個凳子，向其中的一個砸了過去，我想他的肩胛骨被我砸碎了。」

「好嘛，」紅衣主教說，「那您呢，阿拉米斯先生？」

「我嘛，大人可能有所不知，我性格一向溫和，正要皈依教門。當我正想拉開我的同伴時，卻有一個傢伙偷偷給了我一劍，刺穿了我的左臂。這樣，我忍無可忍了，便拔出了劍回刺了他。我相信，他的身體被我的劍刺穿了。隨後，有人將他和他的兩個同伴一起抬走了。」

「這過分了，先生們！」紅衣主教說，「一場爭執，你們下手這樣狠。不過，你們是為了什麼事情才動手的呢？」

「他們喝醉了，」阿托斯說，「他們聽說有一個女人晚上住進了酒店，便想破門而入。」

「破門而入！」紅衣主教說，「為什麼要破門而入？」

「肯定是要強暴那個女人，」阿托斯說，「那些傢伙都喝醉了。」

「那個女人很年輕美貌嗎？」紅衣主教帶著某種不安問道。

「我們沒有見到她，大人。」阿托斯說。

「你們沒有見到她。啊！很好，」紅衣主教急忙說，「你們保護了一個女人，做得好，我也正要去那個紅鴿舍客棧，我將會知道你們以上所說的是否屬實。」

「大人，」阿托斯豪爽地說，「我們都是貴族，不會對大人撒謊的。」

「所以，你們對我說的話我不會心存懷疑，阿托斯先生，只是，」他打算換個話題，「請問：那位女士就單身一人？」

「她和一個騎士一同關在房內，」阿托斯說，「可那位騎士是一個懦夫，他一直沒有露面。」

「不可以輕率下結論。」紅衣主教道。

阿托斯躬身一禮。

「現在，先生們，很好，」紅衣主教閣下接著說，「我想知道的事都知道了，請跟我走吧。」

三位火槍手撥馬轉到了紅衣主教身後。紅衣主教又重新提起披風把臉遮住，然後慢步前進。

沒多一會，他們來到那座孤寂的客棧。也許客店老闆知道將有貴客臨門，所以，他早就支走了那些不軌之徒。

紅衣主教示意自己的侍從和三位火槍手就此停住。一匹鞍轡齊全的馬在百葉窗前拴著。紅衣主教走到門前，敲了三下門，但敲的方式十分別致。

一位身披披風的人立刻走出門來，和紅衣主教匆匆交談了幾句，隨後，便騎上了拴在窗前的那匹馬，朝巴黎方向飛馳而去。

「過來吧，諸位。」紅衣主教向他們說。

「你們說的都是真話，我們的貴族先生們，」他對三位火槍手說，「現在跟我來吧。」

紅衣主教下了馬，三位火槍手也跟著下了馬。紅衣主教把馬轡扔給他的侍從，三位火槍手各自將自己的馬拴在百葉窗前。

店主站在門口。在他看來，紅衣主教只不過是一個前來拜訪一位夫人的軍官而已。

「讓這幾位先生舒舒服服地邊烤火邊等我。」紅衣主教說。

店主打開一間大廳的門，廳內剛剛換上了一個漂亮的大壁爐，壞了的鐵爐被搬走了。

「可以在這間大廳。」店主回答說。

「挺好，」紅衣主教說，「進來吧，先生們，請各位在此等著我。」

三位火槍手走進大廳。紅衣主教沒有再問這問那，徑直上了樓。

chapter 44
火爐煙筒的妙用

我們的三位火槍手幫了一個人的忙，而他們顯然沒有想到，此人竟是受到紅衣主教特別保護的。

現在，三位火槍手想知道這人究竟是誰，但以他們的聰明才智此時想不出任何答案，於是，波托斯喊來老闆，向他討了一副骰子。

波托斯和阿拉米斯坐到一張桌子邊玩起了骰子，阿托斯則一邊踱步一邊沉思。

阿托斯在一段鐵爐煙囪管前走過來走過去，那截煙囪管被折斷了一半，上面的一端伸到樓上的某一個房間裡。而從這段鐵爐煙囪管裡，可以聽見一陣喃喃的話語聲。他靠近了煙囪管，聽清楚了幾句話。於是，他向他的同伴做出手勢，讓他們不要說話，安靜下來，自己伸著耳朵貓著腰，沿著管口認真地聽起來。

「請聽好，米拉迪，」紅衣主教說，「事關重大，請坐下來，我們談一談。」

「米拉迪！」阿托斯驚叫了一聲。

「我在全神貫注地聽著，主教閣下。」一個女人回答說，這嗓音令阿托斯震顫。

「有一條由英國船員駕駛的小型戰船，正停在夏特朗河口拉普安特炮台那邊。船長是我的人，他們在那裡等您，明天早上啟航。」

「這麼說我今天夜裡就必須去那裡？」

「是的，立刻動身。會有兩個人在門口等您，他們護送您前往。不過，您得等我出去半個小時後再出門。」

「好的，大人。現在我們再談談您吩咐給我的使命吧，懇請閣下把要我完成的使命講得越清楚越好，免得我出任何差錯。」

兩個談話者沉默了片刻，很顯然，紅衣主教先把要對她講的話斟酌了一番。米拉迪則聚精會神的領會紅衣主教傳達的命令，並把說出的事銘記在心。

阿托斯利用這一時刻，示意他的兩位同伴關上門，讓他們過來一起聽。

他們倆各自搬來一把椅子，也給阿托斯帶過一把。這樣，三個人頭靠著頭，豎著耳朵聽起來。

「您馬上去倫敦，」紅衣主教接著說，「到了倫敦後，立即去找白金漢。」

「我要提請主教閣下注意，」米拉迪說，「自從金剛鑽墜子事件以後，公爵已經不信任我了。」

「但這一次，」紅衣主教說，「不再是騙取他的信任了。您以談判者的身分，光明正大地出現在他的面前，開誠佈公地與他對話。」

「光明正大地、開誠佈公地。」米拉迪帶著一種偽善語調重複著。

「是的，光明正大地、開誠佈公地，」紅衣主教以同樣的口氣又說了一遍，「整個談判必須如此進行。」

「我將一絲不苟地執行，主教閣下，我在等待您下面的安排。」

「您代表我告訴他，我對他進行的戰事準備瞭若指掌，對他所做的一切一點也不擔心。既然他要冒險，那稍一動彈，我就將讓王后聲名狼藉。」

「主教閣下向他發出的這種威脅，他相信您會做到嗎？」

「他會相信的，因為我手裡有證據。」

「我應該能拿出這些證據，讓他權衡一下才好。」

「當然可以。您告訴他我手裡有一份報告，報告說大元帥夫人[16]在家舉行假面舞會的那天晚上，王后同公爵在那裡見過面，這件事我將公佈於眾。為了使他沒有任何懷疑，您可告訴他，那次他穿了一套蒙古皇帝的服裝，而那套服裝是他花了三千比斯托爾從吉斯的騎士那裡買下的。」

16. 即德・謝弗勒斯夫人。她的前夫德・呂伊那公爵是法國元帥。

「好的，大人。」

「有天夜間，他裝扮成一個義大利算命先生，偷偷潛入羅浮宮內，他進出的全部活動細節我都知道。您再告訴他，那次，他披了一件披風，裡面穿一件白色的長袍，上面畫著象徵淚滴的黑色點子、十字形的枯骨和骷髏頭。一旦他被人發現，他就可能被人看成是白衣聖母的幽靈。誰都知道，每逢要完成重大事件，白衣聖母就會在羅浮宮裡顯現。」

「就這些，大人？」

「您再告訴他，我還掌握著他在亞眠冒險的全部細節，我要找人撰寫一部短篇小說，它結構完整，那次夜間場面的主要角色的形象會盡顯其中。」

「這我會告訴他的。」

「您還要對他說，我抓住了蒙泰居，並將他關在巴士底獄。雖然當場我沒有從他身上搜出任何信件，但只要用刑，我們就能讓他將自己知道的事，甚至連……他不知道的事，全部都說出來。」

「這太好了。」

「最後，您再對他說，公爵大人撤離雷島時，由於匆忙，在行營裡丟下了一封德・謝弗勒斯夫人寫給他的信。而那封信的內容卻是王后陛下竟然愛著國王的敵人。這些話，您都牢記在心了嗎？」

「對我的記憶主教閣下可以判斷一下：大元帥夫人的舞會、羅浮宮之夜、亞眠晚會、蒙泰居被捕、德・謝弗勒斯夫人的信件。」

「不錯，」紅衣主教說，「不錯，米拉迪！」

「可是，」剛剛被紅衣主教誇獎過的米拉迪說，「如果他仍舊不肯罷手，那又怎麼辦呢？」

「公爵愛得如瘋如狂，或者說如醉如癡，」黎塞留醋意大發地說，「他進行這場戰爭，只不過是為了博得他心中美人的回眸一笑。因此，倘若他知道，這場戰爭能損害他朝思暮想的美人的榮譽，甚至會毀掉她的自由時，他一定會三思而行的。」

「但是，」米拉迪固執地問，她對自己要承擔的使命是非要弄個一清二楚不可的，「但是，如果他固執己見呢？」

「如果他固執己見，」紅衣主教說，「……這不可能。」

「要是可能呢？」米拉迪說。

「如果他固執己見，」紅衣主教閣下停了一下接著說，「如果他固執己見，那我就寄希望於某些重大事件了。」

「倘若閣下可以跟我說說，」米拉迪說，「那麼，對於未來，我將與大人一樣充滿信心了。」

「好哇，」黎塞留說，「一六一〇年，威震四海的亨利四世先王，出於差不多與今日的白金漢公爵戰爭行為相同的原因，同時出兵弗朗德勒和義大利，使奧地利腹背受敵。那時不就發生了一件拯救奧地利的大事嗎？」

「主教閣下指的是鐵匠鋪街發生的那一刀？[17]」

「正是。」紅衣主教說。

「拉瓦亞克[18]受盡了酷刑。使那些一時想步後塵者驚恐不迭，主教閣下難道就不害怕？」

「然而，在任何時代，任何國家，尤其在那些被宗教弄得四分五裂的國家，總是不難找到這些狂熱信徒的。為信仰捨身殉難，正是他們希望的。請注意，這時候我想到了清教徒正是恰到好處，他們對白金漢公爵正怒不可遏。」

「那又怎麼樣？」米拉迪問。

「怎麼樣？」紅衣主教神態漠然地說，「比如說，眼下只需找到一位年輕貌美、又想對公爵進行報復的女人就成了，很容易找到這樣的女人。公爵生性好色，遇到這樣一個女人，假如他對她信誓旦旦地許下諾言，那麼，他的不忠就會播下仇恨的種子。」

「不錯，」米拉迪冷冷道，「這樣一個女人一定找得到。」

---

17. 一六一〇年五月十四日亨利四世在巴黎鐵匠鋪街被刺致死。刺客叫拉瓦亞克，是一名宗教狂熱分子。後來，有人指責當時的王后馬瑞・德・美第奇參與了刺殺陰謀。這裡所說的就是那次事件。

18. 刺殺國王亨利四世的舊教徒。

「那就好了。一個這樣的女人，只要將尖刀交到她的手裡，她就拯救了法蘭西。」

「不錯，可是她就成了一起暗殺的同謀了。」

「可有誰曾找到過拉瓦亞克的同謀犯？」

「沒有，沒有人去尋找。大人，不會有什麼人動不動就去火燒高等法院的。」

「那麼您以為，高等法院失火是有偶然之因了？」黎塞留以漫不經心的口氣詢問道。

「我，大人，」米拉迪回答說，「我僅僅是提一個事實。我只是說，如果我叫德・蒙龐西埃小姐[19]，或叫瑪麗・梅迪奇王后，那我就不會像現在這樣小心了，可惜，我只不過叫克拉麗克夫人。」

「說得有理，」黎塞留說，「那麼您要什麼呢？」

「我需要一道命令，認定我所做的一切是合法的，是為了法蘭西的最高利益。」

「不過，那必須首先找到那個要向公爵報復的女人。」

「那個女人已經找到了。」米拉迪說。

「其次，還必須找到那個勇敢的狂徒，充當天主審判的工具。」

「這個也一定會找到的。」

「好，」紅衣主教說，「也只有等到那個時候，您才能得到您想要的。」

---

19. 生於一六二七年。從時間上判斷，這裡可能指的是德・蒙龐西埃公爵夫人。她是亨利・德・吉斯公爵的妹妹，仇恨亨利三世。據傳，她與亨利的暗殺案有牽連。

「主教閣下說得對，」米拉迪說，「是我將閣下榮賜的使命誤解了。其實，只要我以閣下的名義對公爵直言，大元帥夫人舉行的化裝舞會間，他偽裝接近王后的事，您全都知道；王后答應白金漢化裝進羅浮宮與她會面的事，您手裡掌握著證據；您將授命有關人員撰寫一部有關亞眠冒險情節的小說；蒙泰居正囚於巴士底獄，而酷刑就能讓他將知道的事，甚至於不知道的事統統講出來；最後我要宣佈說，您掌握著德·謝弗勒斯夫人的一封信，那封信是在公爵大人行轅找到的，那封信不僅大大連累寫信者，而且還大大連累信中提到的人。如果白金漢不顧這一切固執己見，一意孤行，正如我剛才所說，因本人使命所限，就只有請求天主賜降奇蹟來拯救法國了。是不是這樣，大人？」

「是這樣。」紅衣主教乾脆地回答。

米拉迪似乎發覺紅衣主教大人的口氣有變，便又說：

「現在，既然我已得到這個指令，那麼大人能允許我就自己的仇敵說兩句嗎？」

「您也有仇敵？」黎塞留問。

「是的，大人，我希望我們能得到大人的大力支持去對付他們。」

「他們都是什麼人？」紅衣主教問。

「第一個是那個小女人波那瑟。」

「她現在不是被關在芒特監獄嗎？」

「應該說，她曾經被關在那裡，」米拉迪說，「後來王后用國王的指令，派人將那個女人送進了一個修道院。」

「送進了一個修道院？」

「是的。」

「哪個修道院？」

「我不知道，轉移手段很隱蔽。」

「我會知道的！」

「主教閣下知道後，會告訴我那個女人在哪一家修道院嗎？」

「會的。」紅衣主教說。

「好，現在我再說第二個，此人要比波那瑟夫人那個小女人更加可怕。」

「誰？」

「她的情夫。」

「叫什麼名字？」

「哦！主教閣下，你很瞭解這個人，」米拉迪突然怒不可遏地叫了起來，「他是我們兩個人共同的惡神。是他幫國王的火槍手打敗了閣下的衛士；是他把您的密使德・瓦爾德刺了三劍；是他讓您利用鑽石墜子的計畫失敗了；最後，還是他，因為我綁架了波那瑟夫人，就發誓要殺死我。」

「啊！啊！」紅衣主教說，「我知道是誰了。」

「就是那個壞蛋達太安。」

「那是一個勇敢的夥伴。」紅衣主教說。

「正因為他是一個勇敢的夥伴，所以，才更讓人感到害怕。」

「必須要有一個他同白金漢串通的證據。」

「一個證據？」米拉迪叫起來，「要十個我也有。」

「這就簡單了，您把證據交給我，我立刻把他送進巴士底獄。」

「好的，大人！那以後呢？」

「進了巴士底獄，就沒有什麼以後了。」紅衣主教把聲音放低，「啊！這倒很不錯，我輕而易舉地除掉了我的仇敵，您輕而易舉地除掉了您的仇敵。」

「大人，」米拉迪緊接著說，「以命抵命，以人換人，您給我那一個，我給您這一個。」

「我不清楚您想說什麼，」紅衣主教說，「而且我也不想弄明白，不過如果讓您這一要求得到滿足我也看不出會有什麼害處。尤其像您說的，達太安那小子太險惡了。」

「對！」

「給我紙、筆、墨水。」紅衣主教說。

「全在這兒，大人。」

接著是沉默。這沉默表明，紅衣主教正在寫東西。

阿托斯聽到了全部談話，他抓著兩個同伴的手，把他們拉到大廳的另一頭。

「怎麼啦？」波托斯說，「您要幹什麼？」

「噓！」阿托斯小聲說道，「我們需要聽的話我們全聽了，而且我也不阻止你們繼續聽下去，但我必須離開。」

「您要離開！」波托斯說，「如果紅衣主教問起您，我們該如何回答呢？」

「你們不必等他問我，要先說我外出偵察了，就說我們聽了店主的某些話，感覺路上很不安全，我自己先去向紅衣主教的侍從講一下。」

「要小心，阿托斯！」阿拉米斯說。

「請放心，」阿托斯回答說，「你們都知道，我一向很冷靜的。」

波托斯和阿拉米斯重又坐到鐵爐煙囪管旁邊。

阿托斯大模大樣地走出門，牽了他的那匹馬，只用幾句話就說服了主教的侍從，讓他們相信有人去打前戰是十分必要的，他還裝模作樣地將自己手槍的子彈檢查了一番。最後，像一位視死如歸的勇士，踏上了通向營寨的大路。

chapter 45

夫妻之戰

紅衣主教很快便下樓了，進了大廳發現波托斯和阿拉米斯玩骰子玩得正高興。他迅速將大廳角角落落掃視了一遍，發現少了一個人。

「阿托斯哪去啦？」他問。

「大人，」波托斯回答，「店老闆跟他講了幾句話，他覺得路上不安全，便前去偵察了。」

「您呢，波托斯，您幹了些什麼？」

「我贏了阿拉米斯五個比斯托爾。」

「現在，我們可以回去了。」

「遵命。」

「那就請二位上馬吧，時間不早了。」

紅衣主教的侍從站在門口，手持馬韁。不遠處，有兩個人三匹馬在暗影中閃動，那兩個人正是要護送米拉迪乘船出海的。

侍從根據兩位火槍手事先對他說的話，向紅衣主教確證了阿托斯的去向。紅衣主教做了個表示「知道了」的手勢，隨即動身了。

阿托斯在最初的一段路程中，騎在馬上一直保持著離開店門時那種姿態，但一出他人的視線，便策馬右轉躲進了一片矮林之中窺視著，等待那一小隊人馬走過，他同伴的鑲邊帽子和紅衣主教先生披風上的金色穗子消失不見了，他又返回了客棧。

店主認出了他。

「我的長官還有一個重要囑託給二樓的女客，」阿托斯說，「他派我前來補告她。」

「那就請上樓吧，」店主說，「她還在房間裡。」

阿托斯獲得了許可，上了樓梯，從半開半掩的門縫裡，他看到米拉迪正在繫帽帶。

他走進房間，關上了身後的門。

聽到他門閂聲，米拉迪轉過身來。

阿托斯身裹披風，帽子蓋著眉眼，站在門邊。

看見眼前站著這樣一個儼如雕塑的人，米拉迪不由害怕起來。

「您是誰？要幹什麼？」米拉迪厲聲道。

「不錯，果真是她！」阿托斯喃喃道。

他落下披風，掀起氈帽，走近米拉迪。

「還認得我嗎？夫人？」他說。

米拉迪向前走一步，但隨即如面臨游蛇一般向後退去。

「嗯，」阿托斯說，「很好！看來您還認得我。」

「德・拉費爾伯爵！」米拉迪喃喃道。她面色蒼白，連連後退，一直退到牆壁之下。

「是我，米拉迪，」阿托斯回答說，「正是德・拉費爾伯爵，他從另一個世界又專程來到人間。讓我們坐下來，就像紅衣主教先生說的那樣：我們談一談。」

米拉迪被一種無以表述的恐懼感籠罩了，一聲不吭地坐了下來。

「您的確是一個惡魔！」阿托斯說，「我知道您威力巨大。但是您也應該清楚，有天主的賜助，人總是能最終戰勝惡魔。我也曾以為將您徹底擊垮，夫人。然而，或者是我弄錯了，或者是您又從地獄中出來了。」

她輕輕地歎了口氣，低下頭來。

「是的，您又從地獄中出來了，」阿托斯繼續說，「是地獄讓您變得富有，甚至地獄幾乎重造了您的面容。可是，地獄不能抹去您的污點，也不能消除您肉體的印痕。」

這時，米拉迪霍地站了起來，雙眼裡迸射著閃電。阿托斯巍然不動。

「您也以為我已經死了，是吧？像我用阿托斯這個名字取代了德・拉費爾伯爵一樣，您用米拉迪・克拉麗克的名字去掩蓋了安娜・布勒伊！您當初嫁給我時，難道不是叫安娜・布勒伊嗎？現在，我們的處境實在是奇特難言，」阿托斯邊笑邊說，「我們彼此能夠活到現在，只是因為我們都以為對方死了。雖然回憶折磨人，但回憶比見到活人少受些痛苦。」

「但是，」米拉迪聲音低沉地說，「您是怎麼找到我的？您想要我幹什麼？」

「我來是想告訴您，我一直在盯著您！」

「我所做的事情你都知道嗎？」

「您的所作所為，我可以按照前後順序一件一件講給您聽。」

米拉迪慘白的嘴唇掠過一絲懷疑的微笑。

「您聽好：是您在白金漢戴的墜子上割下了兩顆鑽石；是您派人劫持了波那瑟夫人；是您跌入瓦爾德的情網，以為能與他共度良宵，而您開門接待的卻是達太安先生；是您以為瓦爾德欺騙了您，於是，就想利用他的一個情敵殺死他；當他的那位情敵發現了您卑鄙的秘密後，是您派了兩個殺手去追殺他；最後是您送去毒酒，想讓您的受害者相信那是他的朋友送去的酒；最後，還是您，就坐在我現在坐的這張椅子上，和黎塞留紅主教剛剛達成交易，由您找人去暗殺白金漢公爵，以換取紅衣主教的承諾，任您去殺害達太安。」

米拉迪面如土色。

「難道您是魔鬼？」她說了一句。

「也許是吧，」阿托斯說，「但是，無論如何，您好好聽著：您自己去暗殺或派人去暗殺白金漢公爵，這對我都無所謂！我不認識他，況且他又是一個英國人。但是，我不允許您去碰達太安一根汗毛，他是我喜歡的並且要保護的一位忠實朋友。如若您不聽我的警告，那麼我向您發誓，您肯定不會再有機會作惡了。」

「達太安先生卑鄙地侮辱了我，」米拉迪嗓音低沉地說，「他死定了。」

「侮辱了您，夫人，這可能嗎？」阿托斯笑著說，「就算他侮辱了您，他就死定啦？」

「死定了，」米拉迪又說，「波那瑟夫人先死，然後他再死。」

阿托斯看到這樣一個毫無女人味的女人，讓他腦海裡浮現出一幕幕可怕的回憶。他想過，某一天，在一個比較平靜的日子裡，他要為自己的榮譽將她除掉。現在，殺人的欲望之火重又火燎似地來到心頭，蔓延到他的全身。他站起身，拔出槍來，扣緊扳機。

米拉迪面色白如殭屍，她想喊叫，但不知為什麼發不出聲，僵硬的舌頭只能發出一聲嘶鳴，像一頭野獸的殘喘。她頭髮蓬亂，身子貼緊陰暗的壁紙。

阿托斯緩緩舉起手槍，槍管幾乎觸到了米拉迪的前額上。由於他以不可改變的決心保持極度的鎮定，所以，他的話語更加令人膽寒。

「夫人，」他說，「請您將紅衣主教簽署的證件立刻交給我，否則，我以我的靈魂發誓，您會立即斃命的。」

如果換成另一個男人，米拉迪也許會心存懷疑，但她瞭解阿托斯。不過，她依然一動不動。

「給您一秒鐘的時間做出決定。」他說。

從阿托斯面部的攣縮可以看出，他一定會說到做到。

米拉迪急忙掏出了那張紙。

「拿去！」她說，「您這該死的東西！」

阿托斯接過那張紙，走到燈前確認一下那張紙是否就是他所要的。

他打開紙讀起來：

本文件持有者執行我的命令，為了國家的利益，履行了公務。

黎塞留

一六二七年十二月三日

「現在，」阿托斯披上披風，戴上氈帽，說道，「現在，您這條毒蛇的毒牙已經被我拔掉了，如果您還想咬人就咬好了！」

說著，他走出了房間，連向後看都沒有看一眼。

走到大門口，他發現兩個人和他們牽著的馬。

「二位，」他對他們說，「大人的吩咐你們是知道的，你們要及時將那個女人送到拉普安特炮台，並要等她上了船你們才能離開。」

這話和他們先前接到的命令一致，於是，那兩個人躬身施禮。

阿托斯自己則縱馬疾馳而去，他沒有順著大路向前，而是橫穿田野，時而奮力刺馬飛奔，時而收韁靜聽。

在有一次勒馬靜聽中，他聽到了好幾匹馬的馬蹄聲，他相信那就是紅衣主教和他的護衛隊。

他又立刻催馬向前，然後沿著大路回營。在大約距營地兩百步的地方，他瞥見那夥騎馬的人，立即遠遠地喝道。

「口令！」

「我相信那一定是勇敢的阿托斯。」紅衣主教說。

「是的，大人，」阿托斯回答說，「我是阿托斯。」

「阿托斯先生，」黎塞留說，「真誠地感謝您對我的護衛。先生們，現在我們到了，你們從左邊那個門進入，口令是『國王』和『雷島』。」

紅衣主教一邊說一邊向三位朋友道別。這天夜裡，他要在營地過夜。

「嗨！」當紅衣主教遠去，波托斯和阿拉米斯齊聲叫道，「嗨！他在米拉迪要求的證件上簽字啦！」

「這我知道，」阿托斯慢慢說，「證件現在在我這兒。」

直到營區，除了回答守衛的口令，三位朋友沒有再說任何話。

他們派出穆克斯東去通知普朗歇，請他的主人換班後立刻從壕溝那邊前往火槍手的駐地。

正如阿托斯預先所料，米拉迪在客棧門口找到正在等她的那兩個人，沒說其他的話就跟著他們走了。在此前，她多麼希望到紅衣主教跟前，把剛剛發生的一切全都告訴他啊！然而，她明白，揭露阿托斯就等於讓阿托斯揭露她自己。她可以說阿托斯曾經吊過她，而阿托斯就會說她身上曾被烙上了百合花。所以她決定最好還是不要聲張，先行利用自己慣有的機敏，履行自己答應過的艱難使命。等這一切事情都完了，再去讓紅衣主教為自己報仇。

經過一整夜的勞頓，她於翌日早上七時到達拉普安特炮台，八點鐘，她被送上了船，九點鐘，帶有紅衣主教簽發的許可證的那艘船起錨揚帆，人們以為正要開赴巴榮訥，它卻乘風破浪，駛向了英國。

chapter 46

聖熱爾韋稜堡

到達三位朋友的住處，達太安看到阿托斯在思考，波托斯在整理自己的小鬍子，阿拉米斯則手拿一本精緻的藍絨金裝袖珍日課經在頌讀經文。

「沒錯，先生們！」達太安說，「你們要告訴我的事一定要值得一聽，否則我是不會原諒你們的。我經過一整夜奪取了一座堡壘並把它拆除掉，你們卻不顧我疲勞，把我叫來。啊！你們要是也在現場那就更好了！熱鬧極啦！」

「我們這也不平靜！」波托斯將他的鬍鬚捲成他所特有的那種波浪形。

「噓！」阿托斯發出了噓聲。

「噢！噢！」達太安明白阿托斯為何微蹙眉峰，於是說，「看來，這有些新情況。」

「阿拉米斯，」阿托斯說，「前天，你在帕爾帕耶飯店吃的飯，是吧？」

「不錯。」

「那客棧的菜怎麼樣？」

「對於我來說，吃得糟糕透了，前天是個齋戒日，可他們只有葷菜供應。」

「怎麼！」阿托斯說，「靠在海邊，那兒難道沒有魚嗎？[20]」

「他們說紅衣主教派人築了堤，將魚兒都趕進大海了。」阿拉米斯說。

「哎！阿拉米斯，我問的不是這個，」阿托斯又說，「我想知道有沒有人打擾您？」

「沒有太多讓人討厭的，說正經的，您要說什麼事？我們都去帕爾帕耶倒是非常合適的。」

「那就去帕爾帕耶，」阿托斯說，「因為這裡的牆全像是紙糊的。」

達太安對他這位朋友的行動方式素來熟悉，從阿托斯的一句話、一個動作、一種示意，他就能立刻領悟到事情的輕重。於是，他挽起阿托斯的手臂，一言未發便同他一起走出了門，波托斯和阿拉米斯跟在後面。

途中，他們遇見了格里默，阿托斯做了個手勢叫他跟著，格里默依照習慣默默地服從。

眾人到達帕爾帕耶小飯店的時候已是早上七點鐘。他們訂了早餐，走進一個房

---

20. 對天主教徒來講，魚蝦不算葷菜。

間，店主說，他們不會受到打擾的。

很遺憾，軍營剛剛打過起床鼓，士兵們伸腰舒臂，一個個都來到小飯廳喝上一杯。火槍手、瑞士雇傭兵、龍騎兵、衛士、輕騎兵，一個接著一個飛快地跑了進來。這對店主來說自然是件大好事，但這四位朋友卻皺起了眉頭。同行們過來向他們打招呼、開玩笑，他們的反應都十分冷淡。

「唉！」阿托斯先是歎了一口氣，「看來我們將要跟什麼人大吵大鬧一番了，但在這時候，千萬不要那樣。達太安，您將您昨天夜裡的情況給我們講講吧，然後，我們再把我們的事告訴您。」

「果然是呀，」一個輕騎兵手裡端著一杯燒酒，一邊慢慢品味一邊說，「昨天夜裡你們是下了戰壕的，衛士先生們，你們同拉羅舍爾人幹過一戰，是嗎？」

達太安看了阿托斯一眼，意思是向他諮詢，該不該回答這個問題。

「喂，」阿托斯說，「既然這些先生們很樂意知道昨天夜裡發生的情況，您就跟他們講講好了。」

「您不是奪取了一座堡壘嗎？」一位用啤酒杯喝著朗姆酒的瑞士兵問道。

「不錯，先生，」達太安躬身施禮回答說，「我們甚至還在它的一個底角放了一桶炸藥，引爆時將那稜堡炸了一個大窟窿，建築物剩下的部分也被炸得搖搖欲墜！」

「是哪個堡壘呀？」一個龍騎兵問，他正要拿出一隻鵝讓人去烤。

「聖熱爾韋稜堡，」達太安回答說，「拉羅舍爾人躲在稜堡後面，不時地威脅著我們。」

「場面很熱鬧吧？」

「當然，我們損失了五個弟兄，拉羅舍爾人死了八到十個。」

「真他媽的帶勁兒！」瑞士兵說，他養成了用法語罵人的習慣。

「不過，」輕騎兵說，「很可能，他們今天早上就會派工兵把堡壘修好的。」

「是的，也許有可能。」達太安說。

「諸位，」阿托斯說，「打個賭怎麼樣？」

「哦！好呀！打個賭！」瑞士兵說。

「打什麼賭？」輕騎兵問。

「請稍等，」龍騎兵說道，「我也參加。這該死的店老闆！快拿個接油的盤子來！這些鵝油不能這樣白白地滴掉了。」

「他說得對。」瑞士兵說。

「得了！」龍騎兵說，「現在我們開始打賭吧！」

「是呀，打賭吧！」輕騎兵說。

「那好，德·比西涅先生，我就同您打賭，」阿托斯說，「我和我的三位同伴馬上就去聖熱爾韋稜堡裡吃早飯，不論敵人怎樣轟我們，我們也要在裡面堅持一個小時。」

波托斯和阿拉米斯交換了一下目光，他們開始明白阿托斯的用意了。

「喂，」達太安伏在阿托斯耳邊低語道，「我們要白白去送死啊？」

「如果不去那裡，」阿托斯說，「我們更會遭人殺。」

「啊！說真話！先生們，」波托斯仰在椅子上捋著鬍子說，「我希望這是一場漂亮的賭局。」

「好，就這麼定了，」龍騎兵先生說，「關鍵是賭注是什麼呢？」

「諸位，」阿托斯說，「你們是四個人，我們也是四個人，就賭八個人隨意吃頓飯，怎麼樣？」

「好極了！」德・比西涅說。

「美味哦！」龍騎兵說。

「我同意。」瑞士兵說。

第四位沒有吭聲，只是點了點頭，表示贊同。

「這四位先生的早飯已經備好。」店主過來說。

「那好，請拿上來。」阿托斯說。

阿托斯叫來格里默，用手示意他將端上來的肉用餐巾包好。

格里默頓時明白是要去野餐，他提籃肉包，又裝上幾瓶酒，然後將籃子挎到胳膊上。

「你們這要去哪兒吃早飯啊？」店主問。

「這跟您沒關係，」阿托斯說，「只要有人付帳就成了。」

說著他氣派地將兩枚比斯托爾扔在了桌子上。

「應該找給您零錢的，長官？」店主問。

「不用啦，只需再加兩瓶香檳酒，餘下的都給您了。」

店老闆沒有想到會有這樣一筆好生意，但他給四位客人補的不是兩瓶香檳酒，而是偷偷塞進了兩瓶昂儒葡萄酒，以便再撈幾個錢。

「德・比西涅先生，」阿托斯說，「是按我的錶對時呢，還是按您的錶對時？」

「那就依我的錶對時好了，先生！」輕騎兵掏出一隻錶，上面鑲有四圈鑽石，「現在是七點三十分。」

「我的錶是七點三十五分，」阿托斯說，「比您的錶快五分，先生。」

四位年輕人向驚呆了的圍觀者鞠了一躬，然後走向通往聖熱爾韋稜堡的路。格里默挎著籃子茫然地跟在後面，他跟隨阿托斯多年已經養成一種被動服從的習慣。

在沒出營寨之前，四位朋友沒有說一句話。他們身後跟著一批好奇的人，那些人知道他們押了賭，都想知道結果是怎樣的。

一穿過封鎖壕邊界線，走到野外，不知底細的達太安想要弄明白這是怎麼回事。

「現在，我親愛的阿托斯，」他問，「看在朋友的份上告訴我，我們要去哪兒呀？」

「您看得很清楚，」阿托斯說，「我們去稜堡。」

「我們去哪幹什麼？」

「我們去那兒吃早飯啊。」

「我們為什麼不在帕爾帕耶飯店吃早飯呢？」

「因為我們有大事要密談，在那家客棧裡圍著那些討厭鬼，有的過來搭話，有的過來胡扯，我們根本沒辦法安靜。在這兒呢，」阿托斯指著前方的稜堡說，「至少沒有人來打擾我們。」

「但我覺得，」達太安謹慎地說，這種謹慎和他那過人的勇氣相得益彰，「我覺得我們要能在僻靜的沙丘，或在海邊找個什麼地方，豈不更好？」

「要是有人看見我們四個人一起在那裡商談，要不了一刻鐘，密探就會報告紅衣主教，說我們在開會。」

「阿托斯說得有道理，」阿拉米斯說，「**Animadver Ctuntur in deser tis.**[21]」

「荒郊野外並不壞，」波托斯說，「關鍵是要找到合適的地方。」

「沒有任何荒郊野外沒有鳥兒飛過，紅衣主教的密探無處不在。可眼下我們別無選擇，我們已經打了賭，在承諾面前不能後退，以免丟臉。我相信，不會有什麼人能夠猜出我們打賭的真正原因。為了打賭能贏，我們要去稜堡中待上一個小時，或許我們會受到襲擊，或許受不到襲擊。如果這期間沒有受到襲擊，我們就能從容地進行商

21. 拉丁語，意思為：荒郊野外遭人疑。

談，而我們交談的內容誰也無法聽到，因為誰也不會在那偷聽。如果我們受到襲擊，我們要照談不誤。再說，我們進行自衛的同時，也可為自己戴上一頂榮譽的桂冠。不管怎麼樣，這都對我們有利。」

「這話是說得沒錯，」達太安說，「但我們肯定要挨子彈的。」

「噢！親愛的，」阿托斯說，「您清楚，**最可怕的子彈不是來自敵人的子彈**。」

「但我覺得，」波托斯說，「我們至少應該帶上自己的火槍才對。」

「您好糊塗，親愛的波托斯，這無疑是給自己增添負擔。」

「面對敵人，我不認為帶上一支口徑合適的好火槍是什麼額外的包袱。」

「嗯！好了，」阿托斯說，「你沒有聽見過達太安說的話？」

「他講了什麼？」波托斯問。

「達太安說過，昨天夜裡攻擊時，法軍損失了五人，而拉羅舍爾人被打死了八到十人。」

「那又怎麼樣？」

「鑒於當時有更緊急的事要處理，誰也顧不上去清理他們，你說是不是？」

「那又怎麼樣？」

「怎麼樣？我們去找他們的火槍，還有他們的火藥壺和他們的子彈。那樣，不就是四隻火槍，四十八發子彈，四個火藥壺了。」

「哦，阿托斯！」阿拉米斯叫道，「您真是太偉大了！」

波托斯也點頭表示贊同。

達太安和格里默沒有想通。當他們繼續朝稜堡方向走去時，格里默看出達太安一直心存懷疑，便拉一下主人衣服的下擺。

「我們要去哪兒？」他打了個手勢問。

阿托斯向他指一下稜堡。

「我們會在那丟掉性命的。」不說話的格里默依舊打著手勢。

阿托斯抬起頭來，伸出手了，指了指天。

格里默搖著頭坐了下來，將籃子放在地上。

阿托斯拔出腰帶上的手槍，然後將槍口對準格里默的太陽穴。

格里默像被彈簧頂了一樣重新站起。

阿托斯示意他提起籃子走到前面去。

格里默服從，走到了隊伍的最前面。

在這片刻的默劇中，這位可憐的人從後衛變成了前鋒。

到達稜堡後，四位朋友轉過身。

三百多人的隊伍聚集在了營口，參加打賭的德・比西涅先生，那位龍騎兵，那位瑞士雇傭兵和另外的一個都在那支隊伍中。

阿托斯脫下帽子，將它挑在劍刃上，在空中搖晃著。
所有在場的人都向他致敬，隨後發出一陣歡呼聲。
格里默最先進了稜堡，隨後，四個人消失在了稜堡之中。

chapter 47 火槍手的聚會

正如阿托斯所料，稜堡內躺著法國人和拉羅薩爾人的十幾具屍體。

「各位，」當格里默安排餐桌時，阿托斯說，「咱們先把槍支彈藥收集起來，邊做邊談。」他指著屍體說道，「他們是不會聽見我們說話的。」

「待我們搜查後，確證他們的袋子裡一無所有時，」波托斯說，「我們總可以把他們扔進戰壕裡去吧？」

「對，」阿拉米斯說，「但那是格里默的差事。」

「啊！要是那樣，」達太安說，「那就讓格里默去搜，然後再把屍體扔到外面去。」

「依我之見，還是把這些屍體留著，」阿托斯說，「他們會為我們服務的。」

「這些死人也能為我們服務？」波托斯問。

「**不要輕率下結論**，《福音書》上和紅衣主教都是這麼講的。」阿托斯回答說。

「有多少支火槍？」

「十二支。」阿拉米斯答道。

「子彈呢？」

「一百來發。」

「咱們正好需要這麼多！裝槍吧！」

四位朋友都動起手來，當他們裝完最後一支槍時，格里默示意早餐已經備好。

阿托斯做出手勢，指了指一座錐形建築物，格里默明白，他要上那兒站崗放哨去。阿托斯允許他帶去一塊麵包、兩塊排骨和一瓶葡萄酒。

「現在，大家用餐吧。」阿托斯說。

四位朋友一起坐到地上，一個個盤起了雙腿。

「啊！」達太安說，「既然您現在不再擔心有人聽見，快說您的秘密吧，阿托斯。」

「但願我能給各位同時帶來快樂和光榮，先生們！」阿托斯說，「我替你們安排了一次美好的旅行。這兒擺上了一席味道鮮美的早餐，那兒有五百人瞅著我們，這些人不是把我們當成瘋子，就是當成英雄，而瘋子和英雄倒是差不多。」

「可那秘密是什麼呢？」達太安問。

「那秘密嗎，」阿托斯說，「就是昨天晚上我看見了米拉迪。」

達太安正把杯子舉到嘴邊，但一聽到米拉迪這個名字，他的手立刻劇烈地抖了起來。因此，他不得不將酒杯放回地上。

「您見了您的妻……」

「噓！」阿托斯打斷了他，「您忘記啦，親愛的，這兩位朋友不像您，他們對我的家事都不瞭解。我看見了米拉迪。」

「她在哪裡？」達太安問。

「當時她距這兒大約兩法里，在紅鴿舍客棧。」

「要是這樣，我就完蛋了。」達太安說。

「不，還不完全是這樣，」阿托斯接著說，「因為此刻，她大概已經離開法國海岸了。」

達太安鬆了一口氣。

「可是，」波托斯問，「米拉迪到底是個什麼樣的人？」

「一個迷人的女人，」阿托斯端起杯子，一邊嘗嘗酒面上的泡沫一邊說，「混蛋店老闆！」他突然嚷了起來，「他把昂儒葡萄酒充當香檳給了我們，欺騙我們！是的，」他繼續說，「一個迷人的女人。她與我們的朋友達太安曾經有過一段戀情，但達太安將她得罪。她又竭力向達太安報起仇來，一個月前，她想派人用火槍幹掉我們的朋友；一個星期前，又想方設法毒死他；昨天，她又向紅衣主教提出要他的腦袋。」

「怎麼！她向紅衣主教提出要我的腦袋？」達太安嚇得滿臉蒼白地叫起來。

「不假，」波托斯說，「我曾親耳聽過。」

「我也聽到了。」阿拉米斯說。

「這麼說，」達太安垂頭喪氣地說，「還不如我自己朝腦袋開一槍，一了百了！」

「不到最後決不幹這種蠢事，」阿托斯說，「因為這事一做就無法挽回。」

「我的仇敵太多了，」達太安說，「我是永遠逃不掉的。先是默恩鎮那個我不認識的人，其次是那個瓦爾德，再次是被我戳穿秘密的米拉迪，最後是紅衣主教。」

「好啦！」阿托斯說，「他們加起來是四個，我們加起來也是四個，正好一對一。注意格里默向我們打的手勢，我們馬上就要同另一批人馬開戰了。有什麼事，格里默？我允許您講話，朋友，但說簡單點。您看到什麼啦？」

「一支軍隊。」

「有多少人？」

「二十個。」

「都是什麼人？」

「四名步兵，十六個工兵。」

「離我們還有多遠？」

「五百步。」

「好，我們還有時間吃完這隻雞，為您的健康乾一杯，達太安！」

「祝你健康！」波托斯和阿拉米斯也齊聲道。

「那我就領了，祝我健康！雖然我不相信你們的祝願對我能有什麼用。」

「怎麼這樣說！」阿托斯說，「主是偉大的，未來掌握在他手裡。」

說完，阿托斯一口喝完杯中的酒，站起身來，隨手拿起一支槍，走到碉堡的一個槍眼兒前。

阿拉米斯、波托斯和達太安也照例行事。格里默則在他們身後，負責給他們裝子彈。

不多時，他們看到那隊人馬出現了，正沿著堡壘和城市之間彎彎曲曲的溝壕走過來。

「見鬼！」阿托斯說，「來人是二十來個拿著鎬，拿著钁，扛著鍬的人。不勞煩我們動手，讓格里默打個手勢命令他們滾開，他們會照做的。」

「我表示懷疑，」達太安仔細觀察了一番說，「因為他們雄糾糾地朝這邊走來了，且除了工兵，還有四名步兵和一名隊長，他們可是全副武裝的。」

「他們表現得神氣，那是因為還沒有看到我們。」阿托斯說。

「唉！」阿拉米斯說，「坦率地講，我真不願意向這些可憐的城裡人下手。」

波托斯說，「他們可是異教徒！」

「說實話，」阿托斯說，「阿拉米斯講得有道理，我這就去通知他們。」

「你要幹什麼蠢事？」達太安厲聲道，「您去只是白白送死，親愛的！」

可是阿托斯對此忠告置若罔聞。他一手拿著帽子，一手提槍，登上了圍牆的缺口。

「先生們，」阿托斯對士兵和工兵們喊話，對方對他的出現感到異常地驚訝，在距稜堡五十來步的地方他們一個個停了下來，「先生們，我的幾位朋友和我本人，正在稜堡裡用早餐，諸位想必明白，沒有什麼比用早餐受到打擾更令人不快的了，如果諸位來此確有公幹，我們有請諸位等我們用完早餐，或者稍晚些再來亦可，除非你們突然良心發現，有意脫離叛黨，過來和我們為法蘭西國王的健康舉杯共飲。」

「當心，阿托斯！」達太安叫道，「難道您沒有看見他們瞄準您了嗎？」

「看見了，看見了，」阿托斯回答說，「他們都是瞄不準的小市民，絕對不會打中我。」

果然，四支槍同時響了，鉛彈落在阿托斯的四周，沒有一顆打中他。

這邊四支槍發出了回擊，他們的槍法要準很多，三個士兵應聲倒地，一個工兵也被打中。

「格里默，再遞過一支槍來！」阿托斯仍然站在缺口上。

格里默立刻照辦。另外三個朋友則各自裝著槍。第二陣齊射緊接著開始。結果，敵方的隊長和兩名工兵倒地斃命，剩下的全部落荒而逃。

「喂，先生們，我們出擊一次。」阿托斯說。

四位朋友躍出稜堡，一直衝到那被打死的士兵身邊，搜集了敵兵的四支火槍和班長的指揮短矛。他們相信，暫時逃跑的士兵是不會停下來的，於是，他們帶著戰利品回到了稜堡。

「格里默，把槍重新裝好子彈！」阿托斯命令說，「先生們，我們繼續吃我們的早餐，我們談到哪兒了？」

「我記得，」達太安說，「您講到米拉迪向紅衣主教說她要我的腦袋，然後離開了法國的海岸，」他很關心她走的路線，於是問道，「她去哪兒了？」

「她去了英國。」阿托斯說。

「去那裡有什麼目的？」

「親自或派別的人暗殺白金漢。」

達太安聽後憤怒地叫了一聲：「卑鄙！」

「哦！至於這件事，」阿托斯說，「我倒不擔心。格里默，」他繼續說，「裝完子彈，你就在隊長的指揮短矛上繫一塊餐巾，然後把它插在稜堡上，讓拉羅舍爾的那些叛逆者瞧瞧，他們是在和國王勇敢而忠誠的戰士交鋒。」

格里默按照吩咐去辦了。一面白色的旗幟[22]在稜堡上迎風飄揚。營地裡半數人都在看著他們。當那面旗幟升起來的時候，那邊頓時傳來一片陣雷鳴般的掌聲。

「怎麼，」達太安接著說，「米拉迪要去殺白金漢，而您對此卻毫不擔心？可公爵是我們的朋友呀！」

「他是英國人，他正在與我們作戰。因此，她要把公爵怎麼樣隨她的便，我對待

---

22. 當時法蘭西王國的旗幟是白底，上有百合花。

他就像對待這只空酒瓶。」

說著，阿托斯把手中酒瓶裡的酒全部倒進了自己的杯子，隨後將空酒瓶扔出十五六步遠。

「等一等，」達太安說，「我不能就這樣讓白金漢被暗殺，他曾送給我們好幾匹駿馬呀。」

「還送了非常漂亮的鞍子。」波托斯補充說，他身上披的那件披風的花邊就是從那鞍子上拆下來的。

「再說，」阿拉米斯接著說，「天主要的是皈依，並不是讓人去死。」

「阿們，」阿托斯說，「倘若你們對這事感興趣，我們以後再談，我相信您將來一定會理解我的舉動的。而現在我最關心的是我要把那個女人強行讓紅衣主教寫下的全權證書弄到手的事。否則她有了這個東西，就可以不受制裁地將您，還有我們一起殺掉。」

「這麼說，那個女人無疑是個妖魔了？」說著，波托斯將他的盤子遞給正在切雞的阿拉米斯。

「那份全權證書在哪裡？」達太安問，「還在她的手上嗎？」

「不，已經在我的手裡了，為了弄到它我的確費了些工夫。」

「親愛的阿托斯，」達太安說，「我真數不清您救了我多少次命了。」

「當時，您就是為了要去找那個女人才先離開的？」阿拉米斯問。

「正是。」

「現在您帶著紅衣主教那份公文嗎？」達太安又問。

「帶著。」阿托斯說。

他從上衣口袋掏出那張珍貴的紙。

達太安用他那難以掩飾的發抖的手打開那張紙，念了一遍。

「千真萬確，」阿拉米斯說，「這是一份赦罪公文。」

「必須銷毀它！」達太安叫道。

「正相反，」阿托斯說，「應當將它保存好。哪怕有人在它上面堆滿金幣，我也不會給他的。」

「那米拉迪現在會怎麼樣？」年輕人問。

「現在？」阿托斯漫不經心地說，「她會給紅衣主教寫信，說有個該死的火槍手叫阿托斯，搶走了她的安全通行證。就在這同一封信中，她一定會唆使紅衣主教不僅要除掉我，還要同時除掉他的兩個朋友波托斯和阿拉米斯。紅衣主教一定會想到，這些人就是總要擋他道的那些人。這樣，某一天，他會先把達太安抓起來，隨後，考慮到達太安一個人待在獄中悶得慌，再把我們關進巴士底去陪伴他。」

「哈哈！」波托斯說，「親愛的，我怎麼覺得您在開玩笑。」

「我不是開玩笑。」阿托斯回答說。

「您要知道，」波托斯說，「幹掉那個該死的米拉迪，不會比幹掉那些胡格諾派可憐鬼的罪過輕，這些人除了和我們一樣唱聖詩，再沒有犯過別的罪，只是他們用法文唱聖詩罷了。」

「教士對此怎麼看的？」阿托斯不緊不慢地問。

「我同意波托斯的見解。」阿拉米斯說。

「還有我！」達太安說。

「幸好米拉迪遠離了我們。」波托斯說，「我坦率地說，她要是在這兒，我一定會感到非常不舒服。」

「無論她在英國還是法國，我都不會感到自在。」阿托斯說。

「她在任何地方我都不自在。」達太安接著說。

「可是您既然抓住了她，」波托斯對阿托斯說，「那您為什麼不除掉她？她死了之後就什麼都幹不成了！」

「您以為那樣就行了？」阿托斯慘澹一笑，這只有達太安才明白。

「我有個辦法。」達太安說。

「說說看。」火槍手們齊聲說。

「快拿傢伙！」格里默叫起來。

幾個年輕人立刻跳起來抓槍。

這一次來的是由二十到二十五人組成的小分隊，全是守城的士兵。

「我們還是走吧，」波托斯說，「我們之間力量相差太懸殊了。」

「不能走！這有三個理由，」阿托斯說，「第一，早餐我們還沒有吃完；第二，重要的事情還沒商量好；第三，一個鐘頭還差十分鐘。」

「既然如此，」阿拉米斯說，「我們要定一個作戰計畫。」

「這很簡單，」阿托斯說，「敵人一進入射程，我們就開火。如果他們繼續前進，我們就繼續打下去，裝好多少槍我們就打多少槍。如果他們剩下的人還想衝上來，我們就把他們一直逼進壕溝，然後將這堵不可靠的牆向他們的頭頂推過去。」

「妙！」波托斯叫起來，「確實不假，阿托斯，您是一個天生的將才，紅衣主教自以為是一個偉大的戰略家，和您一比真是小菜一盤。」

「各位，」阿托斯說，「我請你們各人好好瞄準自己的目標！」

「聽令！」達太安說。

「聽令！」波托斯說。

「聽令！」阿拉米斯說。

「開火！」阿托斯發出命令。

四槍齊鳴，四個敵兵應聲倒地。

頓時，敵方擂響戰鼓，那股隊伍邁著衝鋒的步伐頂了上來。

四支火槍一聲接一聲地響起，而且彈無虛發。然而，拉羅舍爾人似乎看出了他們只有四個人，勢單力薄，所以，他們繼續衝過來。

又是三槍撂倒了兩個敵兵，可剩下的人並沒有放慢前進的腳步。

最後一陣火力向他們迎面射去。但未能擋住他們的衝鋒，他們跳下壕溝，準備攀上缺口。

「喂，朋友們！」阿托斯叫道，「一下子結果他們吧，推牆！」

四個朋友加上格里默，頂著槍管推那堵牆，那堵牆彷彿是受到巨風的襲擊，牆體本來已有鬆動，最後，隨著一聲可怕的巨響，倒向溝裡。接著傳來一聲聲慘叫，事情就此結束。

「從第一個到最後一個，他們都被我們壓死了嗎？」阿托斯問。

「我想是這樣的。」達太安答道。

「不，」波托斯說，「有兩三個逃跑了。」

果然，剩下的三四個人帶著滿身的血污和泥土，倉惶地逃向城裡。

阿托斯看了看錶。

「諸位，」他說，「現在一個小時已經過去了，這場賭我們打贏了。不過我們還可以贏得更多。何況，達太安還沒有講他的主意呢。」

說完，這位火槍手又冷靜地坐到剩餘的早餐前。

「要聽我的主意？」達太安問。

「是呀，您剛才說您有一個主意。」阿托斯道。

「啊！那我就講，」達太安說，「我再去英國找白金漢先生，把策劃殺他的陰謀通知他。」

「您不能去。」阿托斯冷冷地說。

「為什麼？我不是去過一次了？」

「不錯，但那時候，我們還沒開戰，白金漢先生是我們的盟友而不是敵人。現在，您再去找他，會被指控為叛國罪。」

達太安明白這話的分量，就沒再說話。

「唉，」波托斯說，「我倒有個好主意。」

「請說來聽聽。」阿拉米斯說。

「你們給我找個藉口，去特雷維爾先生那幫我請個假。米拉迪不認識我，我去接近她，而一旦我找到那個女人，我就掐死她。」

「好，」阿托斯說，「這個主意可以。」

「呸！」阿拉米斯鄙視地說，「去殺一個女人！不！嗨，聽我的，我有個好主意。」

「就聽聽您的主意，阿拉米斯！」阿托斯對這位年輕的火槍手深懷敬重地說。

「應該先通知王后。」

「啊！這真是個好主意！」阿托斯和達太安齊聲叫道。

「通知王后？」波托斯問道，「我們怎麼告訴她？我們派人去巴黎，營地的人一定會知道。從這裡到巴黎是一百四十法里，我相信還沒到那，我們就先被扔進監獄了。」

「至於把信安全送到王后手裡的事，」阿拉米斯漲紅了臉，說，「這件事我來想辦法，我在圖爾認識一個……」

阿拉米斯看到阿托斯在微笑，他便停住了。

「看來您採納這個辦法，阿托斯？」達太安問。

「我不完全反對，」阿托斯說，「不過，我只想提醒阿拉米斯幾件事：一、您本人是不能離開營地去送信的；二、除了我們之外的任何人都不可靠；三、信送走兩個小時後，紅衣主教手下所有的嘉布遣會修士，所有的警官就把您的信一字不錯地背熟了。結果怎麼樣您是知道的。」

「還有，不管王后會不會去援救白金漢先生，」波托斯說，「但她絕不會來救我們這些人。」

「各位，」達太安說，「波托斯的提醒很有道理。」

「聽，城裡發生了什麼事？」阿托斯說。

「在打緊急集合鼓。」

四位朋友側耳傾聽，他們果然聽到了陣陣鼓聲。

「你們看吧，他們馬上會給我們派來一整團人。」阿托斯說。

「您還打算繼續抵抗一整團？」波托斯問道。

「為什麼不？」阿托斯答道，「我感覺興致正濃，我可以抵擋他們一個軍。」

「我敢保證，鼓聲近了。」達太安說。

「就讓它靠近吧，」阿托斯說，「從城裡到這兒要一刻鐘的時間，這段時間足夠我們商定辦法了。假如我們現在就從這兒走開，就再也找不到這樣合適的地點了。嗨，諸位，我正好又想到一個好主意。」

「快說。」

「等一會。」

阿托斯向他的僕人招下手，讓他過來。

「格里默，」阿托斯指著躺在稜堡中的屍體說，「您過去將這些先生們都扛走，把這些人扶起來貼牆站，再給他們每個人戴上一頂帽子，手裡放上一支槍。」

「哦，偉大！」達太安叫起來。

「您明白啦？」波托斯問。

「你呢，格里默？你明白嗎？」達太安問。

格里默點頭，表示明白了。

「這就妥啦，」阿托斯說，「我來說說我的主意。」

「不過，我還想弄明白，這些……」波托斯說。

「沒有必要。」

「是呀，說說您的想法吧。」達太安和阿拉米斯同聲催他。

「那個米拉迪，那個惡魔，她有個小叔子沒錯吧？」

「沒錯，我瞭解他，他對他嫂子沒好感。」

「沒好感這不是壞事，」阿托斯說，「要是他恨她就更好了。」

「那將對我們有利。」

「可是，」波托斯說，「我還是想弄清楚要格里默做的那件事。」

「別插嘴，波托斯！」阿拉米斯說。

「那個小叔子叫什麼？」

「溫特勳爵。」

「他現在在哪兒？」

「聽到開戰第一聲槍響，他就回倫敦去了。」

「那好，這個人正是我們需要的，」阿托斯說，「我們派人告訴他，說他嫂子正要暗殺一個人，我們請他跟蹤她。我希望，倫敦最好有個婦女感化院什麼的，讓他把他嫂子送進去，把她關在裡頭就好了。」

「對，」達太安說，「可她要是再出來，我們又有危險了。」

「啊！說真的，」阿托斯說，「達太安，我已經傾我所有全都給您了。」

「我覺得，」阿拉米斯說，「我們同時通知王后和溫特勳爵。」

「對，不過，這兩個地方分別派誰去？」

「讓巴贊去。」阿拉米斯說。

「我提議讓普朗歇去。」達太安接著說。

「的確，」波托斯說，「我們不能離開營地，但我們的跟班是可以離開營地的。」

「毫無疑問，」阿拉米斯說，「今天我們就把信寫好，讓他們儘快動身。」

「還要給他們一些錢，」阿托斯說，「你們有錢嗎？」

四位朋友面面相覷。

「注意！」達太安叫道，「那邊敵人過來了。您剛才說是一個團，阿托斯，那分明就是一個軍。」

「天哪，是的，」阿托斯說，「是他們。您瞧這些陰險的傢伙，不打鼓不吹號偷偷地來了。喂！喂！您完事了沒有，格里默？」

格里默做了一個手勢表示完事了。十二具他安放的屍體，個個儀態逼真，有的端著槍，有的像是在瞄準，還有的手執長劍做著準備刺殺。

「真棒！」阿托斯說，「您的想像力非常豐富。」

「為什麼這樣，」波托斯說，「我還是不清楚是怎麼一回事。」

「我們先撤退吧，」達太安打斷他的話，「以後您會明白的。」

「再等一下，還得給格里默留一點時間收拾餐具吧。」

「啊！」阿拉米斯說，「瞧那些黑點子、紅點子，他們來得很快，我同意達太安的意見。我認為我們不要浪費時間了，趕緊回營地去吧。」

「說句真心話，」阿托斯說，「我不反對撤退。我們打賭是待一小時，現在已經待了一個半小時，沒有什麼理由不走了。走吧，諸位，咱們走吧！」

格里默挎著籃子，趕到了前面。

四位朋友跟在格里默後面走出了稜堡。

「啊！」阿托斯叫起來，「咱們幹的是什麼呀，先生們？」

「又出了什麼事啦？」阿拉米斯問。

「忘了那面旗子，該死！不該讓一面旗幟落到敵人手裡。」

說著，阿托斯回頭衝進了稜堡，取下了旗子。就在這時，拉羅舍爾人已經到達火槍射程之內，他們對準他猛烈地開了一通火。阿托斯像是為了取樂，挺身迎接火力的進攻。

子彈在阿托斯四周呼嘯而過，卻沒有一顆打中他。

阿托斯背向城裡的士兵，搖動著旗子向營地的朋友致意。一邊是氣惱的怒吼，一邊是熱情的歡呼。

緊接著是第二陣齊射。三發子彈打穿了餐巾，使那面餐巾變成了一面真正的旗幟。整個營地發出了吼聲：「下來，下來！」

阿托斯下了稜堡，焦急等待他的同伴終於高興起來。

「快呀，阿托斯，快呀！」達太安說，「咱們放開步子走吧。現在除了錢，我們什麼問題都解決了，要是再被打死就不划算了。」

格里默挎著籃子遙遙領先，早已走出射程之外。

片刻過後，他們又聽見一陣瘋狂的齊射。

「這是怎麼回事？」波托斯問道，「他們朝什麼人開槍？我們這裡既沒有聽到子彈的呼嘯聲，也沒有看到一個人。」

「他們在向那些死人開火。」達太安回話說。

「可是我們的死人是不會還手的。」

「說得一點都沒錯，他們會以為那是埋伏，這樣他們會派出一名談判代表。當他們發現那不過是一場玩笑，我們已經走出射程之外了。所以，我們幹嘛要匆匆忙忙地跑呢。」

「哦！我現在明白了。」波托斯讚歎不絕地嚷道。

「真是太讓人高興了！」阿托斯聳著肩膀說。

營地這一方的法國人，看到四位朋友邁著整齊的步伐凱旋而歸，正用陣陣熱烈的歡呼迎接他們。

最後，又傳來一陣火槍的齊射聲。子彈淒涼地從他們的耳邊呼嘯而過，落在四周的岩石上。拉羅舍爾人最終還是奪回了稜堡。

「那些人是笨蛋。」阿托斯說，「我們幹掉他們多少？十二個？十三個？」

「也許有十五個或十六個。」

「我們壓死他們多少？」

「八個或者十個。」

「我方沒有一個人受傷？啊！不！達太安，您的手怎麼啦？」

「沒事。」達太安說。

「中了一顆流彈？」

「連流彈都談不上。」

「那是怎麼回事？」

阿托斯對達太安愛如其子，對於這位年輕人時常表現出父輩的關懷。

「是擦傷！」達太安說，「我的指頭被兩片石頭夾住了，一邊是牆上的石頭，一邊是我戒指上的寶石，所以皮被擦破了。」

「這就是戴鑽石戒指的好處！」阿托斯輕蔑地說。

「哈哈！」波托斯叫起來，「還有一顆鑽石戒指，我為什麼還要為錢發愁呢！」

「嘿，終於有救了！」阿拉米斯說。

「對！波托斯，這個主意不錯。」

「那當然，」波托斯聽了阿托斯的誇獎神氣活現地說，「那咱們就賣掉它。」

「可是，」達太安說，「那是王后給的鑽石呀。」

「那就更應該賣掉它了，」阿托斯說，「王后救她的情夫白金漢先生，更是情理之中的。王后救助我們，我們是她的朋友，也是合乎情理的。咱們就賣掉它吧。神甫先生以為如何？」

「我想，」阿拉米斯紅著臉說，「這戒指既不是愛情信物……」

「親愛的，您講起話來像是神學的化身，所以，您的意見是……」

「賣掉它。」阿拉米斯接話說。

「那好吧，」達太安高興地說，「就把它賣掉。」

對方的槍聲繼續響著，但是，四位朋友早已把他們遠遠落在後面。

「說實話，」阿托斯說，「波托斯想出這個主意也真是時候。我們就到營地了，不要再提這事了。大家都在盯著看我們，我們將凱旋歸營了。」

果然，整個營地都轟動了起來，爭著看四位朋友幸福的炫耀。而其中真正原因是什麼，誰也看不出來。「國王衛隊萬歲！」「火槍手萬歲！」，歡呼聲此起彼伏。德‧比西涅先生第一個走出人群，承認打賭失敗。那位龍騎兵和那位瑞士雇傭兵緊跟著，隨後，所有弟兄都擁了過來，祝賀聲不絕於耳，擁抱一個接著一個，久久不捨。同時大家對拉羅舍爾守軍抱以無法抑制的嘲笑。

最後，這陣騷動引起了紅衣主教先生的注意，他以為發生了什麼亂子，趕快派拉烏迪尼埃的衛隊隊長前來探聽情況。

人們熱情地把事情的經過從頭到尾向這位使者講了一遍。

「怎麼回事？」紅衣主教見拉烏迪尼埃一回去就問。

「事情是這樣的，大人，」拉烏迪尼埃爾回稟道，「一名衛士和三個火槍手與德・比西涅先生打賭，說去聖熱爾韋稜堡裡吃早飯，他們在裡邊一面吃早飯，一面和敵人幹了兩小時，並打死了一些拉羅舍爾人。」

「您弄清楚了那三位火槍手的姓名嗎？」

「是的，大人。」

「他們叫什麼？」

「是阿拉米斯、波托斯和阿托斯三位先生。」

「還是他們！」紅衣主教自言自語道，「那位衛士呢，他叫什麼名字？」

「達太安先生。」

「還是我的那位年輕的怪傢伙！一定要想法讓他們跟隨我。」

當天晚上，紅衣主教向特雷維爾先生談起了早上那全營傳頌的話題，但特雷維爾先生已聽過了那些英雄們對整個過程的敘述，所以，他滔滔不絕地對紅衣主教閣下把整件事講了一遍，一個細節也沒有漏掉。

「很好，特雷維爾先生，」紅衣主教說，「我請您派人將那條餐巾給我送過來。我要讓人在那上面繡上三朵金百合，將它作為你們火槍隊的隊旗。」

「大人，」特雷維爾先生說，「這對衛隊可能是不公正的，因為達太安先生不是我的部下。」

「那麼，您就去把他要過來，」紅衣主教說，「既然他們親如手足，不讓他們在同一個連隊裡服務是不對的。」

當天晚上，特雷維爾先生就將這個好消息向三位火槍手和達太安宣佈了，並邀請他們四個人第二天與自己共進早餐。

達太安按捺不住內心的喜悅。他一生的夢想就是當一名火槍手！

「太好啦！」達太安對阿托斯說，「您的主意取得了巨大成功，我們不僅贏得榮譽，而且又能繼續最最重要的交談了。」

「現在我們能夠重新討論了，誰也不會再懷疑我們，因為有了天主的賜助，我們從此將被人看作是紅衣主教的部下了。」

當天晚上，達太安去向埃薩爾先生表示敬意，並告知他已獲得升調了。

埃薩爾先生是很喜歡達太安的，他表示願意資助他，因為調進新的隊伍後，在裝備上是需要不少錢的。

達太安謝絕了，但他將鑽石交給他，請他找人估價，把它賣掉。

翌日上午八點，埃薩爾先生的跟班交給他一袋金幣，總共七千利弗爾。

chapter 48

家事

阿托斯找到一個詞：家事。家事同任何人都無關，誰都可以正大光明地處理家事。

阿拉米斯想出了一個主意：選派家丁。

波托斯找到了一種方法：變賣鑽石戒指。

而達太安，通常是四人中腦子最靈活的一個，現在反而什麼也沒想出來。一聽到米拉迪這個名字，他就會變得六神無主。

他唯一做的是找到了鑽石戒指的買主。

在特雷維爾先生那裡吃的那頓早餐很愉快。達太安已經穿上了一套制服，因為他的個子和阿拉米斯幾乎不相上下。阿拉米斯曾賣詩得到一大筆錢，他的全部裝備都制了兩套，並拿出一套給了他的朋友達太安。

如果沒有米拉迪的事情，達太安肯定會心花怒放的。

吃完早餐後，幾位朋友約定當天晚上在阿托斯的住處碰頭，最後把那件事情確定一下。

達太安一整天都在營區內逛來逛去，以便炫耀一下他那身火槍手的制服。

晚上，四個朋友按照約定時間聚到了一起，他們準備商定三件事：

第一，確定給米拉迪小叔子的信的內容；

第二，確定給圖爾那個能幹人信的內容；

第三，決定哪個跟班前去送信。

每個人都推薦自己的僕人。阿托斯說格里默為人謹慎，沒有主人的命令他決不說話；波托斯則誇耀穆斯克東臂力過人，身體強壯足可打敗四個身強力壯的漢子；阿拉米斯相信巴贊機敏無比，並用一篇辭藻華麗的頌辭將候選人讚揚了一番；達太安呢，他對普朗歇的勇武大大誇耀了一頓，並提醒幾位先生，不要忘記普朗歇在最危險的事件中的非凡表現。

結果，他們對幾位候選人的人品、智勇，各抒己見，一時難以定奪。

「真是苦惱，」阿托斯說，「我們選的人必須同時具備四種品德呀。」

「去哪裡找這樣一個跟班的？」

「不可能找到的！就用格里默吧。」阿托斯說。

「用穆斯克東。」波爾多斯堅持說。

「用巴贊。」阿拉米斯也不相讓。

「用普朗歇，四德之中他已有了兩種。」

「先生們，」阿拉米斯說，「眼下，最最重要的不是知道我們的四個跟班中誰的品德最突出，最最重要的是要知道誰最愛錢。」

「阿拉米斯所言意味深長，」阿托斯說，「應該寄希望於人的弱點，而不是寄希望於品德。神甫先生，您是一位偉大的倫理學家。」

「也許是吧，」阿拉米斯說，「因為，我們只能成功不能失敗。一旦失敗，要掉的是我們的腦袋，而不是跟班的……」

「輕點兒，阿拉米斯！」阿托斯提醒他。

「對。不是跟班掉腦袋，」阿拉米斯接著說，「而是他的主人掉腦袋！我們的跟班有足夠的忠心去為我們冒險嗎？沒有！」

「可我敢說，」達太安說，「我差不多能為普朗歇擔保。」

「那好呀，親愛的朋友，再加上一筆錢給他，讓他辦事方便些，這就是上了雙保險了。」

「哎，善良的天主！這還是不行的。」阿托斯說。一談到人，他總是悲觀的。「跟班為了得到錢什麼都會答應，但上路一害怕就影響他們行動了。一旦被抓住，人家一拷問他們，他們就會講出實情。那就糟了！去英國（阿托斯壓低聲音），必須穿越遍佈紅衣主教密探和心腹的法蘭西，還必須有一份登船的證件，到了倫敦，問路又要懂英語，這事很難辦。」

「沒什麼難處，」一心想要把事情辦妥的達太安說，「正好與您相反，我覺得事情很容易。當然啦，要是我們向溫特勳爵寫的信中大談家庭以外的事，大談紅衣主教的可恥行徑……」

「輕點兒！」阿托斯提醒道。

「又談國家的機密，」達太安放低了聲音，「那肯定，我們都會被處死。正如您自己所說的，阿托斯，我們不要忘記，我們是為了家事給他寫信的。我們給他寫信的唯一目的，讓他使這個女人喪失危害我們的能力，所以，我一定要給溫特勳爵寫封信，信的內容大致是……」

「那就請說說看。」阿拉米斯說。

「先生並親愛的朋友……」

「哈哈！對一個英國人稱『親愛的朋友』，」阿托斯打斷說，「這個稱呼好！達太安，就憑這，您就會丟掉自己的性命。」

「那好，我乾脆就叫他先生得了。」

「您還是稱他英國紳士好些。」

「英國紳士，您還記得盧森堡宮後面那塊被圈起來牧羊的荒地嗎？」

「好極了！現在又有了盧森堡宮！人們以為這是影射王太后[23]！」阿托斯說。

「那我就簡單地寫：『英國紳士，您還記得有人曾救過您一命的那塊牧羊的荒地嗎？』」

「親愛的達太安，」阿托斯說，「您永遠是一個蹩腳的起草人，『有人曾救過您一命的牧羊的荒地』！這太不像話了。對一個貴族，不該重提那些幫忙的事。這叫好事遭人罵，等於在侮辱他。」

「啊！親愛的，」達太安說，「您真難侍候，要是必須在您監督下寫這封信，那我就只好放棄了。」

「您說得對，親愛的，使槍弄棒的事您在行，可拿起筆來……還是請把它交給神甫先生吧，這是他的老本行。」

「啊！對，確實如此，」波托斯說，「就讓阿拉米斯寫吧，他還用拉丁文寫過論文哩！」

「那也好，」達太安說，「您就來起草這封信吧，阿拉米斯。不過，看在我們的聖父教皇份上，請您行筆謹慎些，因為現在輪到我挑眼了，我預先告訴您。」

「那就見笑了，」阿拉米斯心中懷著詩人般的自信說，「但請你們告訴我相關情況。當然，我也聽說過一些那個女人的惡行，而且從聽她和紅衣主教談話中也得到了

23. 盧森堡宮由路易十三之母馬瑞・德・美第奇下令建造。

證實。」

「輕聲些，該死！」阿托斯說。

「可我不知道細節啊。」阿拉米斯說。

「我也這樣。」波托斯說。

達太安和阿托斯默默地相互看了一會兒。最後，阿托斯凝神靜思，做了一個贊同的手勢。達太安知道他可以講了。

「好吧，下面就該是信的內容，」達太安說，「『英國紳士，您的嫂子是一個萬惡的壞女人，為了繼承您的財產，她曾想派人殺掉您。她本不該嫁給您兄弟，因為她在法國已經結過婚，並且又被……』」

達太安停下了，並看著阿托斯。

「『又被她的丈夫趕出門……』」阿托斯說。

「『因為她被烙過印……』」達太安接著說。

「唔！」波托斯嚷起來，「不可，她不是想派人殺掉她的小叔子嗎？」

「是的。」

「她曾結過婚？」阿拉米斯問。

「是的。」

「那麼，她丈夫發現了她肩膀上烙有一朵百合花了？」波托斯大聲問道。

「是的。」

三個「是的」都是阿托斯回答的，但語調一次比一次憂鬱。

「誰看見過那朵百合花？」阿拉米斯問。

「達太安和我，按照時間的順序，或者說得確切些，我和達太安。」阿托斯回答說。

「那個可怕的女人的丈夫現在還活著？」阿拉米斯問。

「還活著。」

接著是一陣冷靜的沉默，在這種冷靜沉默中，各人根據自己的本性都在體會對這件事的感受。

「這次，」阿托斯首先打破沉默，「達太安給我們提供了一個極好的提綱，我們首先要寫的就是這些。」

「嘿！您說得對，阿托斯，」阿拉米斯說，「起草一篇東西要花很多心思的。掌璽大臣先生可以得心應手地寫一篇訴訟狀，但遇到這樣的東西可能也會束手無策了。管他呢！請各位肅靜，我要動手寫啦！」

阿拉米斯考慮了片刻，隨後，用一種秀麗的女性小楷書法，一口氣寫完了信。接著，他用一種柔和而緩慢的聲調，抑揚頓挫地讀了起來：

英國紳士，

給您寫這幾行字的人曾在地獄街的某個小園圃裡，榮幸地與您比過劍。此後，您當他是朋友。今天，他想以自己的善良勸告您，曾有兩次，您的一位親屬，幾乎讓您喪命，而您卻以為她是您的財產繼承人。因為您並不知道，她在英國結婚前，在法國已經結過婚。而這一次，也就是第三次，您可能就要大難臨頭了。您的那位親屬已於昨夜從拉羅舍爾城出發去了英國。她抵達後，您要對她施行監視，因為她是帶著龐大而又可怕的計畫前去的。如果您一定要知道她可能幹出什麼樣的事來，您可瞭解她的過去，她的過去就印烙在她的左肩膀上。

「絕了！絕了！」阿托斯說，「您有國務大臣的手筆。只要這封信到了溫特勳爵的手裡，他一定會對她嚴加防範的。而萬一信落到紅衣主教手裡，我們也不會受到牽連。但是，跟班可能會騙我們，說他去過倫敦了，但實際上他在中途就停了下來。所以，交給他信時，錢只付給他一半，剩下的以回信作交換。您身上帶著鑽石戒指嗎，達太安？」阿托斯接著說。

「我現在有現金。」

說著，達太安把那袋錢扔到了桌子上。聽到了金幣的聲音，阿拉米斯抬起頭，波托斯跳了起來，只有阿托斯不動聲色。

「這裡一共有多少？」阿托斯問。

「七千利弗爾。」

「七千利弗爾？」波托斯叫起來，「那鑽石戒指竟值七千利弗爾？」

「看來是的，」阿托斯說，「我想達太安不會把自己的錢放進去做貢獻。」

「可是，先生們，」達太安說，「我們沒有提到王后。讓我們稍微關心一下她親愛的白金漢的健康吧。這是我們對王后應盡的最起碼的義務了。」

「很對，」阿托斯說，「但這是阿拉米斯的事。」

「那好！」阿拉米斯漲紅著臉說，「那我該怎麼做？」

「這容易，」阿托斯回答說，「再給圖爾的那個能幹人寫封信。」

阿拉米斯再次思考了片刻，寫了下列幾行，並立即讓朋友們審議通過。

「親愛的表妹……」

「哈哈！」阿托斯說，「那個能幹人原來是您的親戚！」

「嫡親，表妹。」阿拉米斯說。

阿拉米斯繼續念下去：

親愛的表妹，

天主保佑，拉羅舍爾反叛的異教徒很快就會被紅衣主教閣下擊潰，英國艦隊抵達現場進行援救已屬無望，甚至我敢肯定，會有重大事件將影響白金漢先生不能起程。紅衣主教閣下是歷代以來最卓越的政治家，可能也是未來時代最卓越的政治家。親愛的表妹，請將這些令人愉快的消息轉告令妹。我曾夢見那個該詛咒的英國人死掉了，他是死於暗器還是死於毒物，我已不能記清，但我能肯定的是，我夢見他死了，而且您知道，我的夢從來不曾騙我。請相信，您不久會看到我回來。

「好極了！」阿托斯叫道，「您是詩人之王。親愛的阿拉米斯，現在您只需在信上寫下地址就行了。」

「這容易。」阿拉米斯說。

他把信精心地折好，又在上面寫道：

面交圖爾城縫衣女工瑪麗・米松小姐

三位朋友哈哈大笑，他們明白了。

「現在，」阿拉米斯說，「先生們，只有巴贊才能把這封信送到圖爾，因為我表妹只認識巴贊，並且只會信任他，任何別的人都會將事情辦糟。再說，巴贊志存高遠，富有學識，他讀過歷史，先生們，他知道西克斯特五世[24]。還有，他想皈依教門，並且

24. 十六世紀義大利籍教皇，出身卑微。成為教皇前曾是個小豬倌。

滿懷希望，有朝一日成為教皇。所以，請各位放心，像這樣一個胸懷大志的人是不會束手就擒的，即使被人抓住，他也會寧死不屈的。」

「好，好，」達太安說，「我衷心贊同您的巴贊，但是也請您贊同我的普朗歇。有一天，米拉迪派人拿著棍使勁打他，把他趕出了門，普朗歇不會忘記這件事。我還向你們保證，如果他能想到有可能報仇，他寧肯讓人殺掉也不會放棄。如果說圖爾之行是您的事，那麼，倫敦之行就是我的事。而且，他隨我去過倫敦，能夠用相當標準的英語說：**London，sir，if you please.**[25] 和 **My master lord，Artagnan.**[26] 有了這樣的兩句話，他來去都不會迷路的。」

「如果這樣，」阿托斯說，「就該讓普朗歇領上七百利弗爾先動身，回來後再領剩下的七百，巴贊去時領三百，回來再給三百。剩下的我們各人取一千作零花，其餘的一千利弗爾交給神甫保管，以備特殊之用或公共之需，各位覺得這樣還合適嗎？」

「親愛的阿托斯，」阿拉米斯說，「您講話真像涅斯托爾[27]，他是古希臘最智慧的人。」

「好吧，那就這樣決定了，」阿托斯又說，「普朗歇和巴贊將要起身擔負起送信任務。其實，格里默留下我沒有什麼不高興，反而，我離了他不成。昨天一整天他被折

25.英語，意思是：請問，去倫敦怎麼走？
26.英語，意思是：我的主人達太安爵爺。
27.傳說中的古希臘皮洛斯國王，足智多謀，是特洛伊戰爭中的名將。

騰得夠受了，現在也不適合出遠門。」

普朗歇被叫來了，大夥給他講了許多注意事項。達太安首先告訴他，完成這項任務是無尚的光榮，其次告訴他，他還可以得到一大筆報酬，最後，達太安向他談了危險性。

「我會把信保管好的，我將把它放在我衣服的夾層裡。」普朗歇說，「如果我被抓到，就把信吞到肚子裡去。」

「但那樣，您就不可能完成您的任務了。」達太安說。

「今天晚上您給我抄一份，明天我就將它背到心裡。」

達太安凝視著他的朋友們，似乎要對他們說：「瞧呀，我說得沒錯！」

「現在，」達太安繼續對普朗歇說，「來回各八天時間，一共是十六天。如果十六天後的那天晚上八點鐘你還沒到，您就得不到那一半錢，哪怕是八點五分到也是不行的。」

「那麼，先生，」普朗歇說，「我需要一塊錶。」

「拿著這一隻，」阿托斯說著便毫不在乎地將他自己的錶交給了普朗歇，「做一個正直的小夥子。要想著，如果您多話，如果您亂講，您主人的腦袋就會被人砍掉，而您的主人他絕對信任您的忠心。而且您還要記住，倘若由於您的過錯使達太安遭受不幸，我會找到您，不管你躲到哪，到時候我都會把您的肚子剖成兩半兒。」

「哦！先生！」普朗歇叫起來。火槍手那鎮定的神態令他感到驚恐了。

「我呢，」波托斯轉動著他的一雙大眼說，「您要想到，我要把您的皮活活地剝掉。」

「啊！先生！」

「我呢，」阿拉米斯用那溫和悅耳的聲音說，「您要想到，我會用小火慢慢烤您。」

「啊！先生！」

普朗歇哭了起來，可能是出於恐懼，也可能是看到這四位朋友如此團結而深受感動。

達太安握握他的手，然後擁抱著他。

「您看到了，普朗歇，」達太安對他說，「這幾位先生對您說的這些話，全都出於對我的愛，而事實上，他們也都是愛您的。」

「啊！先生！」普朗歇說，「要麼我成功，要麼你們把我砍成四大塊。但請您相信，即使把我砍成四大塊，也沒有哪一塊會叫痛的。」

普朗歇於翌日八點出發。他必須於第十六天晚上八點回來。

翌日清晨，正當普朗歇蹬鞍跨馬時，達太安出於對白金漢公爵的某種偏愛，便將普朗歇拉到一旁。

「您聽著，」他對他說，「當您把信交給溫特勳爵等他看過之後，您還要告訴他：『請您幫助白金漢公爵大人，因為有人想要謀殺他。』您聽得出來，這句話是如此嚴肅，如此重要，我甚至沒有告訴我的朋友。我把這個秘密託付於您，我不能寫成文字。」

「請您放心，先生。」普朗歇說。

普朗歇跨上一匹良馬，他必須騎上牠跑六十法里才能到達驛站，所以他一出發便策馬飛奔。除了火槍手們事先對他提出的三種警告使他心情有點緊張之外，至於其他，感覺非常好。

巴贊於第二天早晨去了圖爾，他要用八天時間完成使命。

他們倆離開之後，四位朋友比任何時候都警覺。他們望眼欲穿，翹首聞風，一天到晚都在窺探紅衣主教的動靜，揣度所有信使來營的目的。有幾次，有人因為上面來招呼他們去履行某種公務，他們嚇得失魂落魄。米拉迪是一個幽靈，一旦在人們面前顯露，就會讓人片刻不得安寧。

第八天的早晨，巴贊以一貫飽滿的氣色和他慣常的笑靨，走進帕爾帕耶客棧。此時，四位朋友正在吃早餐，他按照預先約定的暗語說道：「阿拉米斯先生，這是您表妹的回信。」

四位朋友交換了一下快樂的眼神：事情完成了一半，雖說這一半比較簡單。

阿拉米斯接信時，臉上不由自主地泛起了一片紅暈。這封信字跡潦草，一看便知寫信的人缺少拼寫素養。

「天主！」他嘿嘿笑著叫起來，「這個可憐的米松永遠也不會像德•瓦蒂爾先生那樣寫封像樣的家書。」

「米松是什麼人？」和他們打過賭的那個瑞士雇傭兵正在和四位朋友在一起，他問。

「哦！天主！是一個我非常喜歡的迷人的小女裁縫，」阿拉米斯說，「我向她討要幾行字作為紀念。」

「啊！」瑞士雇傭兵說，「要是她是一個高貴的婦人，您就交了桃花運了，朋友！」

阿拉米斯把信讀了一遍，隨手遞給阿托斯。

「您瞧瞧她給我寫了什麼吧，阿托斯。」阿拉米斯說。

阿托斯在信上溜了一眼。為排除可能引起的一切疑心。他大聲念起來：

表哥，

我姐姐和我都很會猜夢，因此，我們對做夢甚至感到恐怖。但是，可以說——我希望如此——每一個夢都是謊。再見吧！多保重，隨時期盼您的消息。

阿格拉菲・米松

「她說的是什麼夢？」龍騎兵走上前來問。

「是呀，關於什麼夢？」瑞士雇傭兵也問道。

「唉！見鬼！」阿拉米斯說，「很簡單，我把我做的一個夢告訴她了。」

「噢！是這樣！可我從來不做夢。」

「那您太幸福了，」阿托斯站起身說，「我真想能像您這樣活著。」

「從來不做夢！」瑞士人又說，「像阿托斯這樣一個人竟然羡慕他。」

達太安看到阿托斯站起身，他也跟著站起來，隨後挽著他的胳膊出了門。

波托斯和阿拉米斯，留下應付龍騎兵和那位瑞士人。

巴贊躺在一捆草上睡著了。他夢見阿拉米斯當上了教皇，正把一頂紅衣主教的桂冠戴在他的頭上。

巴贊的幸運返回只給四位朋友初步解除了部分憂慮。期盼的日子顯得格外長，尤其是達太安，每一天對他來說都非常難熬。他忘記了海上航行必不可免的緩慢，他高估了米拉迪的能量，他認為那個女人一定會有像她一樣可怕的助手。一有動靜他就以為是有人來抓他，並且將普朗歇也帶來與他及他的幾個朋友當面對質。以往，他從來不懷疑他的庇卡底人，而現在這種信任感正逐漸地減少，擔憂也與日俱增。

達太安的這種焦慮竟然感染了波托斯和阿拉米斯，只有阿托斯穩坐釣魚台，照吃，照睡，似乎任何危險在他身邊都不存在，照常呼吸他的新鮮空氣。

尤其到了第十六天，達太安和他的兩位朋友表現出明顯的煩躁不安，他們心煩意亂，形同幽靈一樣在普朗歇應該返回的大道上轉來轉去。

「說真的，」阿托斯對他們說，「你們不是男子漢，而是一群孩子，被一個女人弄得這麼提心吊膽！說到底，怕從何來？害怕坐牢？那好哇，可是會有人把我們放出來的。波那瑟夫人不是被人從監獄裡放出來了嗎？害怕掉腦袋？然而，在戰壕裡，情況要比這糟得多，一顆炮彈就可能炸斷我們的腿。一個外科醫生在鋸我們的大腿時，我們所受的痛苦要比一個劊子手砍我們的腦袋大得多。還是保持冷靜吧！兩小時後，四小時，最遲六小時後，普朗歇一定會到達這裡，因為他答應過按時回來。我很相信普朗歇的承諾。」

「但如果他不能到達呢？」達太安問。

「要是他不能到達，那他就是有事延誤了。他可能從馬上摔下來，跌斷了腿，可能在橋上跌到了水裡，也可能跑得過猛，得了一場胸膜炎。先生們，我們要考慮到各種事故的可能呀。**生命是一串用許許多多小災小難串起來的念珠，我們要含著笑一顆一顆撚著它們**。請你們像我一樣，做一個達觀者，先生們。咱們上桌吃飯喝酒吧，什麼也不能跟一杯葡萄酒相比！」

「說得太對了，」達太安說，「現在，每當我喝涼酒時，我總是擔心這酒是米拉迪送過來的。我總是擔心這擔心那，連自己都不耐煩起來。」

「您真夠難侍候的，」阿托斯說，「她是一個美人！」

「一個烙上了刑記的女人！」波托斯大笑著說。

阿托斯戰慄起來，抬手擦去額上的冷汗，然後帶著他不可抑制的躁動站起身來。

夜幕降臨，阿托斯口袋裡一直裝著分得的那份鑽石戒指的錢，所以，他再沒有離開過帕爾帕耶小客棧。再說，阿托斯覺得德・比西涅先生像德・布希尼一樣，是他賭博的好搭檔，於是他們便賭了起來。像平常一樣，七點鐘敲響時，他們聽見前去加雙崗的巡邏兵的腳步聲。七點半，又響起了歸營鼓。

「我們被打敗了。」達太安在阿托斯耳邊說。

「您是想說我們賭輸了？」阿托斯不慌不忙地說，同時從口袋裡掏出四枚比斯托爾扔在桌子上，「走吧，各位，」他接著說，「在打歸營鼓了，咱們去睡覺吧。」

阿托斯走出帕爾帕耶客棧，達太安緊隨其後，阿拉米斯挎著波托斯的胳膊走在最後面。阿拉米斯一直在背誦詩句，波托斯則不時地拔掉幾根鬍鬚以表失望之情。

這時，黑暗中突然閃出一個人影。接著，一個熟悉的聲音傳了過來：

「先生，我給您送來了您的披風，因為今天晚上天涼。」

「普朗歇！」達太安欣喜若狂。

「普朗歇！」波托斯和阿拉米斯跟著又大叫了一聲。

「不錯，是普朗歇，」阿托斯說，「這有什麼大驚小怪的？他答應過八點到。現在正好八點鐘。好樣的！普朗歇，您是一個說話算數的小夥子，如果有一天您離開您的主人，我雇了。」

「哦！不，永遠不會的，」普朗歇說，「我永遠不會離開達太安先生。」

這時，達太安已經感覺到，普朗歇在他手裡塞了一張紙條。

達太安真想緊緊地擁抱他，但他擔心在大街上這樣做被路人看到了會感到奇怪，於是他忍住了。

「我這裡有一封信。」他對阿托斯和另外兩位朋友說。

「好哇，」阿托斯說，「進屋去看吧。」

達太安想加快步伐，然而阿托斯卻牢牢抓著他的胳膊不鬆手，迫使這個年輕人不得不和他的朋友們保持同樣的步伐。

他們終於走進帳篷點亮一盞燈，普朗歇站在門口，以免四位朋友受到驚擾。

達太安用一隻發抖的手拆開封印，迫不及待地打開那封回信。

Thank you, be easy.

這句英文的意思是：「謝謝，請您放心。」

阿托斯從達太安手中接過信，送到燈前點著火，直至把它燒成灰燼。

然後他叫普朗歇：

「現在，小夥子，」他對他說，「你可以領到你那七百利弗爾了，不過，你帶著那樣一封信不會有太大危險的。」

「我挖空了心思，想盡辦法來保護它，總不是個過錯吧？」普朗歇說。

「好啦，」達太安說，「你把詳細過程快給我們說說。」

「天哪！講起來話就長了，先生。」

「你說得對，普朗歇，」阿托斯說，「況且歸營鼓已經打過，我們還亮著燈，人們會注意我們的。」

「好吧，」達太安說，「咱們都去睡覺。好好睡一覺，普朗歇！」

「說真的，先生，十六天以來，我還是第一次安安穩穩睡個覺呢。」

「我也是呀！」達太安說。

「好哇，你們是要我說心裡話嗎？我也是！」阿托斯說。

chapter 49

厄運

這期間，米拉迪宛如一頭被裝上船的母獅在甲板上咆哮著，她恨不得一頭紮進大海，重返陸地，因為她先是遭到達太安的侮辱，後又受到阿托斯的威脅，卻不能向他們報一箭之仇就離開法國，想到這些米拉迪就忍不住發怒。很快，她就感到自己已經忍無可忍了，要求船長送她上岸。

然而，船隻位於法國巡洋艦和英國巡洋艦對峙的海域，船長急於擺脫這一危險處境，他要儘快趕到英國，因此對這種女乘客的任性要求加以斷然拒絕。但船長也清楚，這是一位紅衣主教的貴客，對她的要求也不能不理。他答應，假如海情和法方允許，他可在布列塔尼半島的某個港口送她上岸。但是眼下船趕上逆風，海浪險惡，只能搶風航行，迂迴前進。

結果，從夏朗特出海，九天後，米拉迪才好不容易遠遠望見費尼斯太爾那青藍色的海岸。

她心裡盤算著：重新到達紅衣主教身邊，起碼需要三天，加上上岸需要一天，總共四天。再加上已經過去的九天，這意味著她白白損失了十三天。在這十三天的時間裡，倫敦可能發生很多重大事件！

她又想到，毫無疑問，紅衣主教見她回去定會大發雷霆，結果必然是他將聽信別人對她的抱怨，而不會聽信她對別人的指責。想到這裡，她沒有再向船長提靠岸的要求。

船長暗自高興，自然也不會提醒她。米拉迪就這樣繼續乘她的船，就在普朗歇從朴茨茅斯乘船回法國的同一天，紅衣主教閣下的這位女特使，也正順利地抵達那個港。

當天，朴茨茅斯港熱鬧非凡。人們正在為四艘新近竣工的軍艦舉行下水典禮。在一群參謀人員的護擁下白金漢立在防波堤上，與往常一樣，他身穿著華麗，一身珠光寶氣，氈帽飾上的一支白色羽翎垂落齊肩。

這是英國冬季中少有的一個晴天，萬里無雲。這讓英國人記起還有太陽這個東西存在著。那如火的光帶同時染紅了天空和大海，又在城區的尖塔和古老的房舍上抹上一束束金光，使得一片一片的玻璃窗熠熠生輝。米拉迪一邊呼吸著由於靠近陸地而變得更加清新的大海上的空氣，一邊凝視著要靠她去摧毀的那些軍事設備。就是說，一個女人，加上幾袋金幣，要單槍匹馬去打敗的那支強大的所有軍隊。她暗自把自己比成裘蒂特[28]。那個厲害的猶太女人深入亞述國軍營時，看到了無數戰車、戰馬、士兵和武器，她只揮了揮手，那一切全都灰飛煙滅了。

船駛進停泊區。就在這時，一艘全副武裝的小快艇駛到這艘商船旁邊。小快艇放下的小划子向商船的舷梯划過來。划子上有一名軍官，一名水手，八個槳手。軍官一登上甲板，就受到十分敬重的接待。

軍官與船老闆說過話之後，給他看了他隨身攜帶的幾頁文件。船長把所有乘務人員、水手和乘客都叫到甲板上集合。

軍官大聲查問這只雙桅船從何處駛來，途徑哪條航線，曾在何處靠岸。對於所有這些問題，船長都毫不猶豫地作了令軍官滿意的回答。接著，軍官對每一個人進行檢查。等查到米拉迪時，軍官停下腳步，仔細打量著她，但沒有說一句話。

一一檢查完畢，軍官又走到船長跟前，跟他說了幾句話。隨後軍官開始調度這只船。船重新啟航，並處於小快艇的監護之下，小快艇上六門炮的炮口一直對著它。而那只跟在商船後面小划子，在大海裡猶如可以忽略不計的小黑點兒在浪濤裡跳動著。

船駛進港口時，天已經黑了，海霧使夜色變得更加濃重，每盞防波堤的標誌燈和照明燈的周圍都出現了一個光圈。呼吸的空氣是陰沉、潮濕和寒冷的。

28.《裘蒂特之書》中描寫的女英雄。為了挽救貝圖利亞城，她勾引敵將奧洛弗爾納，趁對方酒醉砍下了他的頭。

米拉迪，這個女人雖然如此壯實，也不由自主地打起了寒戰。

軍官命令手下的人清點米拉迪的行李並把它搬到小划子上去。之後，他向米拉迪伸手，讓她登上那個小划子。

米拉迪看著這個男人，猶豫起來。

「您是什麼人，先生，」她問，「為什麼這麼熱心地特殊關照我？」

「夫人，我是英國海軍的軍官。」年輕人答道。

「這麼說，英國海軍軍官在英國港口碰上他們的女同胞，也都是這樣安排，並且殷勤備至，一直把她們領上碼頭嗎？」

「是的，這是慣例，但並非出於殷勤，而是出於謹慎。因為在戰爭時期，所有外國人都要被帶到指定的旅館受到監督，以便在徹底瞭解情況以前，使他們一直處於政府的監督之下。」

幾句話表述得禮貌、得體。可米拉迪絲毫沒有被說服。

「而我不是外國人，先生，」她說，用的是從朴茨茅斯到曼徹斯特人們講的那種最為純正的英語口語，「我是克拉麗克貴族夫人，而這種措施……」

「這種措施適用於任何人，米拉迪，您也不能例外。」

「既然如此，那我們就走吧，先生。」

她接住軍官的手，走向下面等在那裡的小划子。軍官跟著她，把一件披風鋪在船尾上，請她坐上去。

「出發。」軍官向水手下達命令。

八支槳一齊划入水中，小划子在海面上如飛而去。

五分鐘以後，划子就靠了岸。

軍官跳上碼頭，伸手來接米拉迪。

一輛馬車正在那裡等著。

「這是專為我準備的馬車？」米拉迪問。

「是的，夫人。」軍官回答說。

「旅店很遠嗎？」

「在城的那一邊。」

「咱們走吧。」米拉迪說。

她果斷地上了車。

軍官照看著，將她包裹行李在車廂後仔細拴牢，隨後在米拉迪身邊坐下，關上了車門。

車夫不待任何命令，也不問前去的地點，便立刻策馬飛奔，鑽進城裡的大街小巷。

一種如此奇特的接待，應該是一項值得思考的內容。另外，米拉迪發現，那位年輕的軍官無意與她交談，於是她倚著車廂的一角，審視著腦海中出現的全部推測。

但一刻鐘過後，馬車還在行駛。路途這麼長，讓她感到更為驚訝。她把身子探出窗外，想弄清楚自己身處何處。只見一排排高大的樹木彷彿是黑色的幽靈，在黑暗中拚命地向後奔跑著。

米拉迪渾身發抖了。

「我們已不在城區了，先生。」她說。

年輕軍官沒有回話。

「如果您不告訴我將我帶到何處，我就拒絕往前走了，我把話說在前頭，先生。」

這種威脅沒有得到任何回答。

「哦！這太過份了！」米拉迪大叫起來，「救命啊！救命啊！」

沒有任何聲音回應她的呼叫，馬車依舊飛馳前進，軍官宛如一尊雕塑。

米拉迪表情可怕，雙眼充滿憤怒，這表情為她的臉部所特有，而且少有不產生其效果的。

年輕人不動聲色。

米拉迪想打開車門跳下去。

「當心，夫人，」年輕人冷冷地說，「您跳下去會把自己摔死的。」

米拉迪不得已又在狂怒中坐了下來。這一次，軍官似乎感到很為驚奇：不久前他看到的那張臉是那樣地美，可現在這張臉幾乎變得醜陋不堪。奸詐的女人省悟到，讓人如此穿透靈魂地看著她，她就自我失敗了。於是，她讓自己平靜下來，並用訴苦般的聲音說：

「先生！請告訴我，您這樣粗暴地對待我，應該對此負責的是您本人呢？還是您的政府，或者是某個仇敵呢？」

「我對您沒有任何粗暴呀，夫人。您所遇到的情況很簡單，我們對在英國下船的所有的人都是如此的。」

「那麼您不認識我，先生？」

「我第一次榮幸見到您。」

「您跟我沒有任何仇恨，是吧？」

「我以名譽擔保，絕對沒有。」

年輕人的話語中充滿泰然、冷靜，甚至於還有溫和，終於使米拉迪放下心來。

大約過了一小時，馬車終於在一道鐵欄前停下了。鐵欄內，一條凹道通向一座巨大的城堡。這時，米拉迪聽見一陣深邃的轟鳴，她辨出那是海濤撞擊懸崖的聲音。

馬車最後停在一個陰森的方形院子裡。車門剛一打開，年輕人便迅捷地跳下車去，向米拉迪伸出手來，米拉迪扶著他的手下了車。

「雖然，」米拉迪又向年輕人露出了迷人的笑容，「雖然我是囚犯了，但是我相信這不會太久，」她又說，「您的禮貌使我相信事實會是如此，先生。」

他抽出長官們在軍艦上使用的那種小銀哨，連續用了三種不同的聲響吹了三次。這時走出幾個人來，卸掉滿身是汗的馬，將馬車拉進車庫。

隨後，軍官依然帶著同樣穩重的禮貌，領他的女囚走進了屋。而女囚也依然帶著滿臉的微笑，挽著他一起走進一個矮拱門。這座門連著一個只在盡頭才有燈的拱形走廊。他們在一扇堅實的大門前停了下來，年輕人掏出一把鑰匙，打開了那間專供米拉迪用的房間的門。

女囚僅僅一眼，就把房間一覽無遺地掃遍了。

這間臥室中的陳設對於一間自由人的住室來說，應該是很適合的。但從窗子上裝著的根根鐵條和門上的鐵門來看，這無疑是一間牢房了。

這個女人雖然曾飽受最嚴酷的環境磨煉，可眼下的狀況，她的全部精神力量都頓時離她而去了。她倒在一張扶手椅上，垂著腦袋，隨時等待著一位法官進來審問她。

可是，沒有人進來，只有兩三名海軍士兵送來行李和箱子，將它們放在一個牆角邊，然後一聲不吭地退了出去。

那位軍官指揮這些事時，態度平靜如初，沒有說一個字，不是做出手勢，就是吹哨子，指揮士兵。

終於米拉迪忍不住了，她打破了沉默說：

「看在天主的份上，先生，」她大聲道，「這一切到底是怎麼回事？別讓我這樣困惑下去好嗎？任何危險我都預料過了，任何不幸我都考慮了，我有勇氣去承受。可我為什麼會在這兒？如果說我是自由的，為什麼會有這些鐵窗條和這些鐵門？如果我是犯人，那麼我犯了什麼罪？」

「這裡是一套專供您住的房子，夫人。本人受命前往海上迎接您，然後將您送到這個城堡裡。現在，我已經履行完我的命令了，而且在整個過程中，我既保持了一名軍人的嚴肅，又做到了一名紳士的禮貌。我在您身邊應該盡的責現在都已經完成了，剩下的事就由另一個人負責了。」

「另外一個人，是誰？」米拉迪問道。

就在這時，樓梯上傳來一陣響亮的腳步聲，並伴有說話聲，但很快就消失了。最後，只有一個人的腳步聲向著門口傳來。

「他來了，夫人。」軍官一邊說一邊閃身讓出通道，站在一旁。

門打開了，一個男人出現在門欄邊。

這個人沒有戴帽子，身體一側掛著劍，手指間捏著一條手帕。

米拉迪好像很熟悉黑暗中的這個身影。她用一隻手撐在扶手椅的扶手上，向前探著頭，似乎要預先確認一下她是不是認識這個人。

那人緩緩走上前來，米拉迪的身子不由自主地退了回去。

緊接著，她不再有任何懷疑了。

「怎麼?兄弟，」她帶著無以復加的驚恐大叫道，「是您?」

「不錯。」溫特勳爵半禮半嘲地招呼道，「是我。」

「這麼說，這城堡?」

「這房子?」

「是我的。」

「是您的。」

「那我就是您的女囚了?」

「差不多。」

「您這是濫用權力!」

「來，咱們坐下來，就像叔嫂之間那樣，心平氣和地談一談。」

隨後，他轉向門口，看到青年軍官在等候他最後的命令，說:「好啦，我謝謝您，現在，您可以走了，費爾頓先生。」

chapter 50

叔嫂對話

溫特勳爵關上門和百葉窗，挪過一把椅子，靠在他嫂子的扶手椅旁。這期間，陷入沉思的米拉迪深入地分析了前因後果。她判斷這是一次陰謀，而她無論如何也想不出這是誰策劃的。她瞭解，她的小叔子是一個善良的紳士，一個打獵的好手，一個不屈不撓的賭徒，一個對付女人的膽大妄為的勇士，但在陰謀詭計方面和她相比還是相形見絀。他怎麼會知道她到了這裡？他為什麼要把她軟禁呢？

阿托斯曾經對她講過的幾句話，證明她和紅衣主教的那次談話落入了外人的耳朵。但是，她不能相信，阿托斯能夠如此神速，如此大膽地布下了破計之策。

她尤為擔心的是自己在英國做的事被發現了。白金漢可能猜到，是她割去了那個墜子上的兩顆鑽石，而這是對那次行為的懲罰。但她又想白金漢不可能這樣去對付一個女人，尤其是被人看作出於嫉妒才這樣幹的她。

不過，這種推測在她看來最為可能。她覺得是有人想對過去的事進行報復，而不是採取措施，防患於未然。可話說回來，她很慶幸自己落入小叔子的手，而不是落入一個真正的仇敵之手，這樣看來，算是便宜她了。

「好吧，咱們談一談，兄弟。」她帶著一種快活的口氣說。她想到，在談話中溫特勳爵可能諱莫如深，但她有信心從中可以刺探出她所需要的東西。

「在巴黎，您經常跟我說，永遠不會再踏進英國土地一步，」溫特勳爵說，「可您還是重返英國了。」

米拉迪並沒有去回答勳爵的問題，而是提出了自己的問題。

「首先請您告訴我，」她說，「您是怎樣監視著我的？不僅事先知道我會到來，而且連哪一天、幾時到，以及到達港都掌握得一清二楚的。」

溫特勳爵採取了與米拉迪相同的戰術。

「不過，也請您告訴我，親愛的嫂子，」勳爵說，「您來英國幹什麼？」

「我是來看您。」米拉迪回答。她想通過說謊來籠絡小叔子的感情，但她不清楚，這種回答更加深了達太安那封信使他對她產生的懷疑。

「唔？來看我？」溫特勳爵泰然問道。

「當然是來看您的。這有什麼可驚訝的？」

「除了來看我，你來英國難道沒有其他事？」

「沒有。」

「這麼說，這麼辛苦橫渡英吉利海峽，只是為了來看我？」

「只是為了來看您。」

「喲！多麼深的感情啊，嫂嫂！」

「難道我不是您最親的人嗎？」米拉迪帶著最感人的口氣問了一聲。

「也是我唯一的財產繼承人，對吧？」溫特勳爵死死盯著她的眼睛問。

不管米拉迪心理承受能力有多麼強，聽了這樣的一句問話，也禁不住瑟縮起來。溫特勳爵剛才說話時，手放在她的胳膊上，所以，米拉迪那一陣瑟縮是逃不過勳爵的感覺的。

米拉迪腦子裡立即出現一個念頭：凱蒂出賣了她。由於不夠謹慎，她曾經在這個女僕面前隨口表示過，她對小叔子沒有一點好感，而凱蒂把這話傳給勳爵了。她又想起，達太安救了她小叔子一命後，她對達太安曾經瘋狂地進行了攻擊。

「我不清楚您在說什麼，勳爵，」為了讓對方多講幾句，她這樣說，「您想說什麼？」

「噢！天主，沒有，」溫特勳爵一臉純樸的樣子，「我知道您有意要來看我，為了免除您深夜到港時的一切煩惱，下船無人接應，我就派了一名軍官去接了您，並給了一輛馬車讓他安排，把您送到由我管轄的這座城堡裡。我天天來這裡，而為了使我們相互見面的雙重意願得到滿足，我就派人為您在這裡準備了一間臥室。這一切有什麼值得驚訝的嗎？」

「不，我覺得驚訝的是，您怎麼知道我到達的時間？」

「這再簡單不過了，我親愛的嫂子。難道您沒看見，在你們的商船駛進泊區之前，船長曾預先派了一艘帶有航海日誌和船員名冊的小快艇，以獲得進港的許可嗎？我是這個港口的司令，文件都是要送到我這的，我發現了您的名字。我的心就把您剛才親口對我說過的話告訴了我，說您不顧驚濤駭浪來到了英國看我，我才派了我的小快艇去接您。」

米拉迪知道溫特勳爵在說謊，因此她就更加感到害怕。

「兄弟，」她繼續說，「我晚上抵港時，看見了白金漢公爵在防波堤上，那真的是他嗎？」

「正是他。我知道，看見他您有些激動。」溫特勳爵說，「在法國，很多人都在關心他的動向，我知道，您的朋友紅衣主教在擔憂公爵對付法國的一切行動。」

「我的朋友紅衣主教！」米拉迪嚷起來。她發現，溫特勳爵好像知道所有的情況。

「這麼說他不是您的朋友？」勳爵漫不經心地說，「啊！對不起，我以為是這樣呢。不過，這個以後再說，不要岔開我們剛才說到的感情話題吧！您說過，您來是為了看我的？」

「是的。」

「那好哇，我已向您承諾過，您會得到無微不至的照顧，我們可以天天見面。」

「這麼說我會永遠在這住下去？」米拉迪懷著幾分恐懼問道。

「如果您感覺住著不舒服？您缺什麼您就要什麼，我會立刻派人給您送過來。」

「我現在既沒有女僕又沒有下人……」

「這一切您都會有的，夫人。我現在只想知道，您第一個丈夫是按照什麼規格來裝飾您的房間的？雖然我只是您的小叔子，但我一定給您佈置一個類似的房間。」

「我第一個丈夫！」米拉迪用惶恐的眼神望著溫特勳爵，大聲叫著。

「是呀，您的法國丈夫呀，指的不是我的哥哥。不過，要是您忘記了您那個法國丈夫，我可以給他寫封信，因為他還活著，向他瞭解一下情況，他會把有關這方面的情況告訴我。」

米拉迪的額頭上滾出一串冷汗。

「您在開玩笑？」她嗓音低沉地說。

「我的樣子像在開玩笑嗎？」勳爵站起身。

「或者說，您在侮辱我。」她用一雙痙攣的手撐著扶手椅站起身來。

「侮辱您，我？」溫特勳爵輕蔑地說，「說實話，夫人，您以為這可能嗎？」

「我也說實話，先生，」米拉迪說，「您不是喝醉了就是腦子出了問題。請出去，給我派個女傭人過來。」

「女人的嘴都不緊，嫂嫂！我充當您的女僕吧？這樣的話，家醜就不會外揚了。」

「放肆！」米拉迪咆哮起來，她一下子跳到了勳爵面前。勳爵一動不動的等著她，只是一隻手按在了劍柄上。

「嘿！嘿！」他說，「我知道，您喜歡暗殺，但我會做好防護的。」

「哦，您說得對！」米拉迪說，「您給我的印象是懦弱，竟會對一個女人下手。」

「也許是這樣，但我會有我的辯解理由，因為我的手並不是對您採取行動的第一隻男人的手，對吧？」

說著，勳爵以一種指控的手勢，指著米拉迪的左肩。

米拉迪發出一聲低沉的吼叫聲，像一隻想要攻擊的母豹縮身後退，一直退到房間的一角。

「啊！您想怎麼吼叫就怎麼吼叫好了，」溫特勳爵大聲說，「但您不要想著咬人，那樣您一定會自食其果的。這裡沒有預先解決遺產繼承的代理人，也沒有雲遊四方的騎士來為一個被我扣作女囚的女人和我吵架。而我倒請了幾位法官，他們將會處置一個厚顏無恥的女人，她溜到了我兄長溫特勳爵的床上。那些法官將把您交給一個劊子手，他將在您的另一個肩膀上也刺上一朵百合花。」

米拉迪的雙目迸射出兩道凶光，咄咄逼人。儘管溫特勳爵全副武裝地立於一個手無寸鐵的女人面前，他仍感到一陣膽寒直透心底。但是，他並沒有被嚇住，相反，他更加惱怒了。

「是的，我心裡清楚，您在繼承了我哥哥的財產之後，您也想得到我的那份。但請您先明白一點，您可以親手殺掉我，或者派人暗殺我。但是，我已經採取了預防措施，我的財產您一分也不會得到。

「您不是已經很富了嗎？您不是擁有將近一百萬了嗎？如果您喪心病狂地無休止地做壞事只是為了取樂，您就不能在您註定倒楣的路途中停下嗎？啊！要不是我哥哥有話留下，那我會讓您一輩子待在國家監獄裡，永遠都不能出來，或把您送到泰伯恩[29]去，但是我沒有那樣做。

「不過，您呢，請安安靜靜地住在這裡，再過半個月或二十多天，我就要隨軍去拉羅舍爾了。出發前的頭一天，會有一艘海船來接您，我要親眼看著那條船起航，把您送到南部的殖民地去。但您放心，我一定派一個人隨同您，您一有企圖重返英國或大陸的冒險舉動，他就會讓您的腦袋開花。」

米拉迪全神貫注地聽著，她的眼睛快要噴出火來。

「就是這樣。現在，」溫特勳爵繼續說，「您得在這座城堡裡住下去。這裡是水泄不通的，並且有我的部下在您住房四周站崗放哨，監視著所有通往院落的道路。就算您走

29. 泰晤士河的支流，西岸設有絞刑架。

出了院子，還有三層鐵柵欄。禁令是十分明確的：稍有越獄的舉動，格殺勿論！如果您被打死了，英國司法當局會感謝我替他們解決了麻煩。啊！您正在恢復鎮定的表情，您的面容正在重現自信，您在想，『半個月，二十天，哼！憑我足智多謀的頭腦，我會想出辦法的。憑我惡魔般的智慧，我會找到替罪羊的。』哈哈，那您就試試吧！」

米拉迪發覺心思被人識破，便盡力地控制著自己面部的某種表情。

溫特勳爵接著說：「我不在時，剛才那名送您來的軍官指揮這裡的一切。您看得出，他是知道什麼叫禁令的。我知道您從朴茨茅斯來這裡的路上費盡心思想讓他說話的，效果如何？一尊大理石雕像會比他更冷漠、更沉默嗎？對許多男人您都已施展過誘惑之計，您總是成功，那就請在他身上試試吧！如果您成功，我就承認您就是一個道地的魔鬼！」

他走向門，突然打開它。

「去喊費爾頓！」他命令道，然後轉向米拉迪，「請您再等一會兒，我馬上就把您託付給他。」

兩個人都沉默了。在這寂靜中，他們聽見一陣沉穩而有節奏的腳步向前走來。不一會兒那個年輕的中尉停在門口，等候勳爵的吩咐。

「請進，親愛的約翰，」溫特勳爵說，「請進來，把門關上。」

青年軍官走進屋裡，關上了門。

「現在，」勳爵說，「您看見了，她年輕、漂亮，擁有人世間的全部魅力，可是她是一個惡魔。二十五歲就使自己成了罪犯，我國法院中保存的她的犯罪檔案足可讓您看上一年。她的聲音會讓人對她產生好感，她的容貌會成為勾引犧牲品的誘餌，她的肉體會償付她的許諾。她將試圖勾引您，甚至還想殺掉您。

「我曾把您從窮困中救出來，費爾頓，我努力讓您成了中尉。您知道我在什麼情況下救過您一次命。我不僅是您的一個保護人還是您的一個朋友；不僅是您的恩人，而且是您的父親。這個女人來英國，目的就是想要殺我，而現在我抓住了她。現在，我派人叫您來，就是要對您說，費爾頓朋友，約翰，我的孩子，看住這個女人，用您的靈魂發誓，為使她受到應有的懲罰，您要看住她。約翰．費爾頓，我相信您的誓言。」

「勳爵，」年輕軍官說，他那純潔的目光中充滿了全部仇恨，「勳爵，我向您發誓，我會看守好她的。」

米拉迪忍氣吞聲地接受著這種目光，誰也無法看到比她此時此刻俊俏的臉蛋上流露出的那更加順從更加溫柔的表情。霎時間，連溫特勳爵都不敢相信片刻之前她會那麼凶殘。

「她絕不能走出這間房子，聽見了嗎，約翰？」勳爵繼而說，「她不能和任何人通信，萬一您想給她面子讓她講話，也只能跟您一個人說。」

「是，勳爵，我已經發過誓了。」

「現在，夫人，您現在要接受世人的審判。」

米拉迪不由自主地垂下頭去。溫特勳爵向費爾頓示意跟他一起出去，費爾頓跟了出來，並隨手把門關上。

不一會兒，走廊裡傳來一個海軍士兵前來站崗的沉重腳步，他腰別斧頭，手端火槍。

米拉迪保持了好幾分鐘原來的姿勢，她怕有人正從鎖眼中窺視她。然後，她緩緩抬起頭來，臉上重新出現了一種令人生畏的威脅挑釁的表情。她走到門口聽了聽，走到窗口望了望，隨後重新坐回扶手椅裡，沉思起來。

chapter 51 長官

在這期間，紅衣主教一直等待著來自英國的消息，然而除了都是令人不快或凶多吉少的情況外，沒有收到任何其他消息。

儘管拉羅舍爾城被圍得水泄不通，尤其是船隻無法駛進被圍城區的那條大堤，取得圍城戰的勝利看上去把握十足。但每天這樣僵持下去，這對法蘭西國王的軍隊來說也沒有好處，而對紅衣主教來說更是一個大的麻煩。雖然不必再去挑撥路易十三和安娜・奧地利的關係，但紅衣主教還有一件重要的事情需要去做，這就是調解巴松皮埃爾先生和昂古萊姆公爵之間的矛盾，因為巴松皮埃爾先生成了昂古萊姆公爵不共戴天的死對頭。

一開始，大王爺是圍城的指揮官，現在，他都留給紅衣主教處理了。

儘管拉羅舍爾城的市長頑強抵抗，但城裡仍然有人謀反，企圖投降。於是市長把這些人送上了絞架，反叛者便不再行動。這些人決定絕食，因為他們認為，等著餓死倒比上絞刑架來得慢，而且說不定最後不會餓死。

圍城的法軍不時會抓到一些給白金漢送信的信使，或者白金漢派往拉羅舍爾方面的間諜。這兩種人會很快被判決，通常是被絞死！每逢行刑，紅衣主教總會請國王到場觀看。國王無精打采地到達現場，接下來會仔仔細細地觀看行刑，這多少能為他解除一些煩悶。但這一切並沒有消除他的厭煩和隨時想回巴黎的念頭。

時間流逝，敵人一直沒有投降。法方捉到的最新間諜帶著給白金漢的一封信。那封信上說被圍之城已經陷入絕境，但是，信的結尾沒有提到投降，而是寫著：「十五日之內您的援兵不到，我們將全部餓死。」

十分明顯，拉羅舍爾人把全部希望都寄託在了白金漢的身上，也就是說，倘若有一天他們能明確地獲悉對白金漢不該再有什麼指望，他們的勇氣連同希望會一起土崩瓦解的。

因此，紅衣主教急不可待地等著英國那邊宣佈白金漢不會前來援助的消息。

在御前會議上，武力奪城計畫被提出來好幾次，但一直沒能通過。紅衣主教心裡很清楚，法國人與法國人自相殘殺，是不可取的。除此之外，國王這個虔誠的天主教徒，對這種極端手段雖無反感，但當圍城的將軍們提出進攻這種方法時，他總是加以否決。因此，拉羅舍爾城只能用饑餓戰攻取。

紅衣主教精神上無法擺脫那個可怕的女密使將會給他帶來的東西，他很清楚這個女人變化無常的個性和超人的能力。她是背叛了？還是死掉了？無論發生什麼事情，無論是擁護他還是反對他，只要沒有遇上大的障礙，她是不會一動不動地待在一個地方沒有消息的。但這麼久一直聽不到她的動靜，紅衣主教擔心她出現了大的障礙。可是，會是些什麼樣的障礙呢？他無從知曉。

儘管如此，他還是有理由相信她。他判斷出，這個女人過去做過可怕的事情，而這些事只有他的紅大氅才能蓋得住。他想無論她是出於何種目的才忠於他，利用他的保護來抵擋巨大威脅，對他都應該是忠誠的，因為只有在他身上她才能找到比她受到的威脅要大得多的某種依靠。

於是，紅衣主教決心獨自作戰，同時等待著外來的援助。他繼續派人加高那條能讓拉羅舍爾人忍饑挨餓的大堤。與此同時，他放眼注視著那座關著無數大災大難、大智大勇的城市，想像著城裡一幅幅的畫面。他記起了特里斯唐[30]的朋友路易十一的那句格言：分而治之。

亨利四世圍困巴黎時，曾派人從城牆上扔過麵包和食品。這一次，紅衣主教則派人向拉羅舍爾投去一些小傳單。他在傳單上對那些軍民說他們首領野蠻又自私，因為

30. 路易十一的主要顧問，大法官。

這些首領儲存著豐富的小麥，卻不願意拿出來分給大家。他還告訴軍民，他們的首領們在堅守一種準則，那就是女人、孩子和老人餓死沒有關係，只要男人還身強力壯。剛開始，一方面由於民眾具有自我犧牲精神，另一方面他們對首領的政策無力反抗，紅衣主教對他們講的這些道理沒有得到普遍認可。但沒過多久，它就從理論轉為了實踐。傳單提醒了男人們，那些被餓死的人是他們的兒子、妻子和父親，大家有難同當才稱得上公正合理。面對這些現實，同舟共濟才能戮力同心。

這些傳單產生了紅衣主教所希望的全部效果，使許多居民終於下定決心，私下裡和國王的軍隊進行談判。

紅衣主教看到自己的手段奏效了，十分高興。可就在這時，一個拉羅舍爾的臣民竟穿越了由巴松皮埃爾、舍恩貝爾以及昂古萊姆公爵布下的天羅地網，從朴茨茅斯港潛入拉羅舍爾城。那位拉羅舍爾人究竟是怎樣穿過紅衣主教監視之下的這道防線的，只有上帝才知道。這位居民向市長報告，說他親眼看見一艘雄偉的大軍艦準備在八天之內揚帆起航。白金漢還給市長帶來一封信，這封信中說反對法國的大聯盟即將宣告成立，英國、奧地利和西班牙的軍隊將同時出兵法蘭西。這封信在所有的廣場上被公開宣讀，並在大街小巷廣為張貼。於是，就連那些已經開始與國王的軍隊和談的人，也中斷了談判。

這一始料不及的情況讓黎塞留十分地不安，他把眼睛又重新轉向大洋的彼岸。

但不安的只有軍隊的首領，戰士們卻過著快樂的生活。他們在比誰更有膽量，比誰玩得開心。有的捕抓間諜，把他們送上絞架，有的到大堤上、大海裡去冒險遠足……，就這樣打發著日子，所以並不像拉羅舍爾城的市長那樣度日如年，也不像紅衣主教那樣焦慮日甚。

紅衣主教騎在馬上用一種沉思的目光掃視著修築中的大堤。這條大堤是他從法蘭西王國的四面八方招來的工程師按照他的指令修築的。巡視時，他經常遇到特雷維爾隊伍裡的火槍手，而每逢這時，他就走過去用一種奇怪的目光打量他們。當他認出不是那四位同伴中的某一個時，就將那深邃的目光和不盡的沉思移向別處。

有一天，因為同城裡人談判無望，英國那邊又杳無音訊，紅衣主教感到心煩意亂，便想出營走走。他身邊只帶著卡于薩克和拉烏迪尼埃兩個人陪護。他騎著馬，沿著沙灘前行，無垠的大海伴著他無盡的沉思。他信馬由韁，攀上一座小山。從山頂上，他瞥見一道樹籬後面有七個人在沙地上，悠然自得地享受著一年之中非常罕見的陽光。他們的四周丟棄著許多空酒瓶。這七個人中的四個人正是我們的火槍手，正準備聽讀他們中的一個人剛剛收到的一封信。這封信看來十分重要，使得他們把紙牌和骰子全都擱在了一面鼓上，顧不得玩了。

而七個人中的另外三個，就是那四位先生的跟班。

此時紅衣主教情緒不佳。當一個人處於這種精神狀態時，沒有什麼比看到別人的快樂更增加他的陰鬱了。況且，對紅衣主教來說，他始終認為別人的快樂正是激起他陰鬱的原因。他覺得那幾個人蹤跡可疑，示意拉烏迪尼埃和卡于薩克停下，自己下了馬幾個人那邊走去。他覺得他們的談話肯定很有趣。他希望借助樹籬遮住他的身影，走到離樹籬十步遠的地方，他聽到加斯科尼人嘰哩呱啦的說話聲。他一聽就知道是達太安，因此斷定另外的幾個就是被人們常說的那三個形影不離的火槍手：阿托斯、阿拉米斯和波托斯。此時此刻，紅衣主教竊聽談話的欲望是不是會由於這個發現而變本加厲？事實上，他向樹籬走去時腳步輕捷如貓，可傳到他耳朵裡的依然是幾個模糊不清、沒有任何實質意義的音節。就在這時，一聲響亮而短促的叫喊把他嚇了一跳，同時也引起了火槍手們的注意。

「長官！」原來是格里默的叫聲。

「你張嘴說話了。」阿托斯那火辣辣的目光懾服了格里默。

於是，格里默沒有多說一句話，而是伸出手來指了指樹籬那邊，以此報告了紅衣主教和他的兩個隨從的到來。

四個火槍手立刻站起身來，畢恭畢敬地行了禮。

紅衣主教顯得很不高興。

「看來火槍手先生們也派了守衛了！」他說，「是為了防備英國人呢，還是火槍手把自己看成了高級長官？」

「大人，」阿托斯回答說，惟有他始終保持著他那永不失去的大貴族的沉著和冷靜，「大人，在火槍手們不履行公務時，他們總要喝上兩杯，玩玩兒骰子，而這時他們就是那些跟班的長官。」

「跟班，」紅衣主教道，「當有人經過時，通知他們的主人，這難道還是跟班，簡直就是哨兵！」

「但主教閣下看得很清楚，如果我們不採取這種謹慎措施，我們在大人經過時就要冒失敬之險，也就不能向大人為恩准我們四人的團聚一表感激之情了。達太安。」阿托斯繼而轉變話題，「您剛才不是還說要找機會向大人面謝，現在機會來了。」

這些話講得冷靜沉著。正是他的這種臨危不懼、這種無可挑剔的禮貌，使他在某些緊要關頭成為一個比那些有冕之王更為威嚴的國王。

達太安走上前來，結結巴巴地說了幾句感謝的話，在紅衣主教陰沉的目光注視下，他的話剛開頭就結了尾。

「沒關係，先生們，」紅衣主教接著說，他一點也沒有改變自己的看法，「沒關係，先生們，但我不喜歡一個普通士兵由於有幸在一個享有特權的部隊裡服役，就輕視紀律擺出一副大人物的架子，紀律是一視同仁的。」

阿托斯讓紅衣主教把話講完，點了點頭表示贊同，然後又接著說：

「大人，我們絲毫沒有忘記紀律。我們以為，既然沒有執勤，那我們就可以隨意支配一下我們的時間。倘若我們很榮幸，主教閣下要給我們下達特殊命令，我們就會立刻去執行。」對這種審訊式的問話讓阿托斯開始感到不舒服，因此皺起眉頭繼續說，「大人看見了，為了隨時應付意外的情況，我們是帶著武器出來的。」

他指指架在鼓旁的四支火槍。

「請主教閣下相信，」達太安插話道，「如果我們知道是主教閣下向我們走來，就會主動迎接閣下了。」

紅衣主教咬著鬍鬚，又輕輕咬了下嘴唇。

「你們四個總在一起，全副武裝，還帶著跟班，知道你們的樣子像什麼嗎？」紅衣主教說，「你們簡直像四個陰謀家。」

「哦！提到這個，的確是像，」阿托斯說，「正像主教閣下有一天上午見到的那樣，我們一起進行了一次秘密活動，但那僅僅是為了對付拉羅舍爾人。」

「哼！政治家先生們，」紅衣主教也皺起了眉頭，「你們見我來了，就把那封信藏了起來。如果能像你們讀信那樣，我能讀出你們腦子裡的東西，也許我會發現裡面有許多無人知曉的秘密。」

阿托斯的臉一下子漲紅了，他向主教閣下走近一步。

「看起來您真的懷疑我們了，大人，我們似乎在經受一場名符其實的審問。如果是這樣，那就請主教閣下屈尊解釋一下，起碼讓我們知道我們到底怎麼啦。」

「是一場審問那又怎麼樣？」紅衣主教又說，「在您之前，別人都受過這種審問，並且他們都對這種審問給予回答的，阿托斯先生。」

「所以，大人儘管審問，我們隨時準備做出回答。」

「您剛才念的是一封什麼信，阿拉米斯先生？為什麼要把它藏起來？」

「一封我妻子的信，大人。」

「噢！我想也是，」紅衣主教說，「對於這類信，應該保密。不過，我作為一個懺悔師是可以看的，我已經領過神品。」

「大人，」阿托斯以一種可怕的鎮定語調說，他是拿腦袋冒險來回話的，「大人，那是一封女人的來信，但信的署名既不是馬里翁・德・洛爾美[31]，也不是埃吉榮夫人。」

紅衣主教的眼睛裡射出一束凶光，他掉過頭，似乎要向卡于薩克和拉烏迪尼埃下什麼命令。阿托斯看出了這個舉動，他向火槍那邊跨了一步，另外三位朋友的目光也盯著火槍。紅衣主教連自己才三個人，火槍手那邊加上跟班卻是七個。紅衣主教考慮到，如果阿托斯和他的同伴要是真的動起手來，那雙方的力量就越發顯得懸殊了。於是，他將那一腔怒火熔進一片笑靨之中。

「好啦，好啦！」他說，「你們都是正直忠誠的青年。把別人保護得那麼好的人

31.十七世紀法國名妓，是路易十三等多人寵幸的對象，與紅衣主教本人也關係曖昧。

保護好自己也沒有什麼壞處。諸位，我沒有忘記那天深夜是你們護送我去的紅鴿舍客棧。如果我繼續要走的路上有什麼危險，我也照樣會請求各位陪我同行的。不過，由於沒有什麼值得擔心的危險，就請各位留在原地，喝完你們瓶裡的酒，讀完你們的信好了。再見，先生們。」

紅衣主教跨上卡于薩克給他牽過來的馬，抬手和火槍手們打了一個招呼，就離開了。

四位年輕人無言地目送紅衣主教的遠去，直至他消失得無影無蹤。然後，他們面面相覷。

每一個人都流露出驚愕的神情，他們明白，儘管紅衣主教閣下離開時說了一句再見表示友好，其實他是滿懷一腔怒火走開的。

只有阿托斯在微笑，他笑得爽朗，笑中夾著蔑視。當紅衣主教走得無蹤影時，他的怒氣暴發了。他叫了起來：

「這個格里默，發現得太遲了！」

格里默正要講話為自己辯解，阿托斯便舉起一個指頭，格里默就沒說話。

「您可曾想把信交出來嗎，阿拉米斯？」達太安問。

「我，」阿拉米斯用一種狡猾的聲調說，「他如果強行索要這封信，我就一隻手將信遞給他，另一隻手把劍刺進他的胸膛。」

「我當時也想這麼做，」阿托斯說，「所以，我才走到您和他的中間。說實話，這個人真是不夠謹慎，怎麼能如此與男人們說話呢？似乎他從來只和女人和孩子打交道。」

「親愛的阿托斯，」達太安說，「我真敬佩你。不過，到底我們還是理虧呀。」

「我們理虧？」阿托斯反駁說，「我們所呼吸的空氣、我們望著的大海、我們所躺的沙灘、您情婦寫來的信，難道它們全都屬於紅衣主教嗎？我以自己的名譽作保，這個人自以為整個世界都是他的。當時，您站在這兒，結結巴巴，誠惶誠恐，彷彿巴士底獄的門正向您打開。難道愛上一個人就是搞陰謀活動嗎？您愛一個被紅衣主教關起來的女人，您又想把她救出來。您正在與紅衣主教賭博，這封信就是您手裡的底牌，您為什麼要把底牌亮給您的對手看呢？讓他去猜吧，那才妙呢！而我們已經猜到他手裡的牌了。」

「確實是這樣，」達太安說，「您說得沒錯。」

「這樣的話，就不要再提剛才發生的事情了，讓阿拉米斯再把他表妹的信拿出來，繼續讀下去。」

阿拉米斯從口袋裡掏出那封信，另三位朋友又湊上來。

「你剛剛只念了一兩行，」達太安說，「還是從頭開始吧。」

「好的。」阿拉米斯說。

親愛的表哥：

我想，我將決定去斯特奈了。我們的小侍女已經被我姐姐派人送進了那裡的加爾默羅會修道院。那個可憐的女孩認命了，她知道，自己若在其他地方生活，她是難以得救的。然而，如果像我們所希望的那樣，我們的家事能夠得到安排，我相信，她一定會甘冒遭受天罰的風險，也會重新回到她所依戀的那些人的身邊，而且她更知道有人始終想著她，因為她全身心所希望的就是她意中人的一封信。

我清楚，這種精神食糧很難通過鐵柵欄送進去。但不管怎樣說，親愛的表哥，我並不太笨，我一定負起這送信的任務。對於您對她的殷勤的、永恆的懷念，我的姐姐表示感謝。她曾有過一段巨大的不安，但由於她已經派人到了那裡防止意外出現，現在，她多少有點放心了。

再見，親愛的表哥，每當您認為可以做到萬無一失時，就請您來消息。

擁抱您

瑪麗・米松

「啊！我多麼感謝您呀，阿拉米斯！」達太安叫起來，「我終於有了康斯坦斯的消息，她還活著，她安全地在一個修道院裡，在斯特奈！您知道這個斯特奈是個什麼地方嗎，阿托斯？」

「在洛林，離阿爾薩斯邊境幾法里。只要一解圍，我們就可到那邊走一趟。」

「我們不會等太久的，」波托斯說，「因為今天早上絞死一個間諜，那傢伙說拉羅舍爾人已經到了吃鞋幫子的地步了。我推想，啃完鞋之後，不知道他們還剩下什麼可以吃的，除非他們互相人吃人。」

「這些可憐的傻瓜！」阿托斯一邊說一邊喝乾了一杯波爾多葡萄酒。「這些可憐的傻瓜！倒像是說，天主教並不是最有益處、最可愛的宗教！不管怎樣，」他用舌頭抵住上齶，然後打了一個響，「那些都是正直的人。唉，您在那裡做什麼呢，阿拉米斯？」阿托斯接著說，「把那封信揣進你的口袋？」

「是啊，」達太安說，「應該燒掉它。紅衣主教先生難道有絕技能夠審問紙灰嗎？」

「也許有。」阿托斯說。

「但這封信您想怎麼處理呢？」波托斯問。

「到這兒來，格里默。」阿托斯叫道。

格里默服從地站起身來。

「為了懲罰您沒有得到允許就說話，我的朋友。您把這張紙馬上吃下去。然後，為了獎賞您為我們效勞，您再喝下這杯葡萄酒。信在這兒，您使勁地嚼吧。」

格里默笑一笑，眼睛盯著阿托斯剛剛斟的那滿滿一杯葡萄酒，把那封信吞了下去。

「棒，格里默師傅！」阿托斯說，「現在您就喝掉這杯酒。」

格里默一聲不響地喝完那杯波爾多葡萄酒。他雙眼朝天仰望，嘴裡沒有說一個字，卻在心裡說著一種不乏感激的話語。

「現在，」阿托斯說，「除非紅衣主教先生派人打開格里默的肚子，否則，我們大可放心了。」

在這期間，紅衣主教閣下繼續淒涼地漫步，一路上喃喃自語：「必須要讓這四個人屬於我。」

chapter 52

囚禁的第一天

此時的米拉迪。她仍然在那個由她自己挖掘的深淵裡恐懼絕望。有生以來，她頭一次放棄了一切希望，頭一次為自己的處境感到害怕，因為她第一次產生了懷疑，第一次感到了恐懼。

她曾有兩次發現自己敗露，而那兩次，無疑是天主派來的剋星令她慘遭失敗：達太安戰勝了她這個不可戰勝的惡魔。

他愚弄了她的愛情，侮辱了她的自尊心，而現在，又毀了她的前程，讓她失去了自由。更可怕的是，是他揭開了她面具的一角——這個她用來掩蓋自己並使自己變得強大無比的武器。

像她恨她愛過的所有人一樣，她恨白金漢。黎塞留曾想利用王后製造一場暴風雨來打擊白金漢，而達太安導致了這個計畫的失敗。像所有女人一時心血來潮那樣，她曾對瓦爾德產生過母老虎般的征服欲，然而達太安的冒名頂替，使這一切成為笑話。她曾發過誓，誰知道她的秘密，誰就得死，又是達太安知道了這個可怕的秘密。最後，就在她剛剛獲得一份空白文書，並想靠它去向自己的仇敵報仇時，那份文件就被人搶走了，還是這個達太安，使她成了女囚。

一切不幸都是達太安給她造成的，如果不是他，堆在她頭上如此多的恥辱又會來自誰呢？因為只有他能夠把這些可怕的秘密告訴給溫特勳爵。他認識她的這個小叔子，他一定給他寫了信。

仇恨從她的周身發出，她如火燒的雙眸死死地盯著那間空曠的房間，她的胸底迸射出一陣陣悶嚎，那聲音伴著大海怒濤的升騰、轟鳴、怒吼，此起彼伏，宛若永恆而無奈的絕望。在暴風雨的狂怒中，她的心頭亮起陣陣閃電，一項對付波那瑟夫人、對付白金漢，尤其是對付達太安的宏偉復仇計畫正在構思成熟。

但是，要想實現計畫首先必須有自由，而一個囚犯要自由，就必須打穿牆壁，拆去鐵柵欄，打通一塊地板……所有這些活計，一個耐心而強壯的男子是可以最終完成的，但一個急於求成的狂暴女人，面對如此工程是一定要失敗的。況且，完成這一切，還必須有時間，幾個月，幾年。而她，根據她的親人——溫特勳爵對她說，她的時間只有十至十二天。

如果她真是一位男子，她一定會試一試。可是天主犯了一個如此嚴重的錯誤，非要將這種男人的靈魂裝在這個脆弱小巧的女人軀體裡。

囚禁的最初階段是最可怕的，她無法戰勝一陣陣瘋狂的驚厥，但是，漸漸地她克服了狂怒的發作，撼動她身體的神經質的顫抖也消失了，她開始休息，將身子蜷縮起來。

「好啦，好啦！我竟然如此愚蠢地上火發怒，」她探向鏡子，鏡中照出她灼熱的目光，似乎在問自己，「我為什麼要如此暴躁？首先要明白，暴躁是懦弱的表現。如果我用這種東西去對付女人，那是由於她比我更為懦弱，所以我能戰勝她；但現在與我戰鬥的是一些男人，對於他們來說我只是一個女人，因此，我必須以女人的特點去戰鬥。」

於是，她似乎想到了自己極富表情變化的臉蛋。她可以隨意讓它一瞬間從憤怒到微笑。於是她將所有的表情統統變化一番，然後開始撫摸自己的頭髮，那金色的秀髮在她那靈巧的雙手擺弄之下連續不斷地出現了各種充滿魅力的式樣。最後，她感到了心滿意足，並低聲道：

「瞧，我依然是如此的貌美。」

現在大概八點。米拉迪看到一張床，心想，休息幾個小時，不僅會使她的頭腦和思路變得更清醒，而且還能使自己容顏煥發。但在上床前，她又想到了一個主意。她曾聽人談起過晚餐，她在這間房中已經待了一個小時了，不久便會有人給她送飯的。

這位女囚不想失掉時間，她決定就從當晚試圖探聽虛實，研究一下派來看守她的那些人的性格。

門的底部射進一線亮光，看守她的人過來了。

她急忙奔向那張扶手椅，仰面朝天地坐了下來。一頭秀髮垂散如瀑，揉皺的花邊上衣半敞著，前胸裸露出來。米拉迪半閉著眼，一手撫著胸口，另一隻手垂著。

來人打開門閂，大門沿著絞鏈吱嘎一聲，幾個人踏進房間並向裡邊走來。

「放在那張桌子上。」是費爾頓的聲音。

命令被執行了。

「你們去拿幾支蠟燭過來，並派人換崗。」費爾頓又下了命令。

米拉迪從這兩道命令中看出，看守她的人，都是士兵。

此外，費爾頓的命令被無聲地執行了，迅速果斷，這使人清楚地意識到，他是一位紀律嚴明的軍官。

直到此時，還沒有去看一下米拉迪的費爾頓，才向她轉過身來。

「啊！啊！」他說，「睡了，等她睡醒再吃好了。」

「可是，中尉，」一位靠近米拉迪，但不像他的長官那樣自若的士兵說，「這個女人沒有睡著呀。」

「怎麼，她沒有睡著？」費爾頓問。

「她昏過去了，臉色慘白，我好一陣子沒聽見她的呼吸了。」

「你說得沒錯，」費爾頓沒有向米拉迪走近一步，只是看了一眼說，「去通知溫特勳爵，就說他的女囚昏厥了。因為沒有預料這種情況，所以我不知道應該怎麼辦。」

那位士兵遵照命令走出門去。門口正好有一把扶手椅，費爾頓便隨身坐下等著。

米拉迪具有所有女人善於揣摩的那種絕技：眼睛瞇著，透過那長長的睫毛就能捕捉一切。她瞄見費爾頓正背對著她坐著。十分鐘過去了，在這段時間裡，這位冷面的看守一次也沒有轉過身來看她一眼。

這時，米拉迪想到，溫特勳爵即將前來，而且他一到就會給他的獄卒注入新的力量。想到這裡，她就像對自己的本能抱有必勝把握的所有女人一樣，重新打定主意採用新的對策。

她抬起頭，睜開眼，輕輕歎了一口氣。

聽見這聲輕歎，費爾頓終於轉過身來。

「啊！您醒過來了，夫人！」他說，「那我在這裡就沒有什麼事了，我可以走了！如果您需要什麼，就喊一聲。」

「啊！天主！真是痛苦死了！」米拉迪輕輕喚道。那和諧悅耳的叫聲，能使所有想斷送她的人走火入魔。

她撐著扶手椅直起身來，此時她更加風韻了。

費爾頓站起身來。

「每天會向您供應三頓飯，夫人，」他說，「早上九點，中午一點，晚上八點。如果您覺得時間不合適，我們還可以修訂。在這一點上我們要按照您的心願。」

「可是，我難道就只能一個人待在這間既大又暗的房子裡嗎？」米拉迪問。

「已經通知了附近的一個女人，她於明天將來城堡，她隨叫隨到。」

「謝謝您，先生。」女囚謙卑地答道。

費爾頓輕輕點了點頭，然後向門口走去。就在他正要跨出門時，溫特勳爵出現在走廊裡，後面跟著去向他報告米拉迪昏厥消息的那位士兵，他手裡拿著一小瓶嗅鹽。

「唔！這是怎麼回事？發生了什麼事情？」看見他的女囚站著，費爾頓又準備出門，溫特勳爵以嘲諷的口氣問道，「這個人死而復生了？費爾頓，您難道看不出來，她把您當作一個小孩，在給您表演第一幕喜劇？隨後我們可以看到全劇。」

「我也想到了，伯爵，」費爾頓說，「但不管怎麼說，這個囚犯她是個女人，我願意像每一個出身高貴的男子那樣，給一個女子應當有的那種敬重，這即便不是為她著想，但至少也是為我著想。」

米拉迪打了一個哆嗦，費爾頓的這番話像冰那樣讓她的周身發涼。

「這麼說，」溫特勳爵笑呵呵地說，「這一身白嫩的肌膚，這一頭精美飄逸的秀髮，這種懶洋洋的眼神，沒有勾住您這鐵石心腸？」

「是這樣，伯爵，」鐵石心腸的青年回答說，「請充分相信我，要想使我墮落，還需要再多些伎倆和賣弄才可以。」

「要是這樣，我們就讓米拉迪再想想其他方法，咱們去吃晚飯。啊！您放心，她有豐富的想像力，喜劇的第二幕馬上就會接著上演了。」

說完這些話，溫特勳爵便挽著費爾頓的胳膊，笑嘻嘻地走了。

「哼！我一定會找到我需要的辦法的，」米拉迪低聲嘰咕說，「放心好了，可憐的年輕人，您註定是個修士，只可惜錯穿了一套制服。」

「順便說一句，」溫特勳爵站在門欄邊說，「米拉迪，但願這次計畫的失敗不會使您的食欲受到影響，嘗嘗這隻雞和這條魚。我對我的廚師的手藝是相當認可的，而且，由於他沒有權利繼承我的財產，所以，我充分相信他不會在菜裡放毒藥。再見，親愛的嫂子！等您下一次昏倒再見！」

米拉迪忍無可忍，雙手緊緊扶著扶手椅，牙齒咬得咯咯響，眼睛一直盯著他們，直到門被關上。當她看到只剩自己一個人時，絕望之情再次向她襲來。桌子上有一把刀，她衝了上去，一把將它抓在了手裡。但刀身是銀的，刀鋒是渾圓的。

一陣大笑在沒有關嚴的門外響起，房門重新被打開。

「哈哈！」溫特勳爵叫起來，「我誠實的費爾頓，您看到我對您說過的事情了吧？我的孩子，她是想用它來殺死您的。這是她的一種怪脾氣，她會用這種或那種方式幹掉一切使她不快的人。如果我聽了您的話，這把刀是尖尖的鋼刀，她就會刺穿您的喉嚨，然後，再殺掉所有的人。您瞧見了嗎，她拿那把刀多麼自如呀。」

米拉迪那隻手裡果真拿著那件進攻性武器。但是，溫特勳爵最後這幾句話，這種極端侮辱人的話，使她鬆開了手，她的意志力徹底垮掉了。

刀掉在了地上。

「您說得極是，伯爵，」費爾頓口氣極端厭惡地說，這厭惡讓米拉迪的內心受到極大的震撼，頓時感到心驚膽戰，「您說得有道理，是我想錯了。」

這一次，米拉迪比第一次更加留心了，她聽著他們的腳步遠去，消失在走廊的盡頭。

「看來我是完了，」米拉迪喃喃道，「我落到了這些人的手中，這些人像銅像，像石雕，我再也無計可施了，他們看透了我的心……但絕不能像他們那樣想的就這樣結束了。」

她出自本能地緩過了神來，重新燃起了希望，恐懼和脆弱的情感並沒有持續多久。米拉迪坐到桌前，吃了幾樣菜，喝了一點兒西班牙葡萄酒。她感到身體恢復了，復仇的決心也跟著回來了。

上床睡覺以前，她對溫特勳爵和費爾頓進行了全面的分析。最終得出結論：這兩個人當中，最容易攻下的是費爾頓。

她牢牢記住了這樣一句話：「如果我聽了您的話……」

這是溫特勳爵對費爾頓講的。那就說明費爾頓講的話一定是對她有利的。

「不管它是脆弱的，還是強硬的，」米拉迪重複著說，「這個男人的靈魂中總還存在一絲憐憫的火花。我要利用這一絲火花最後將他吞滅。」

「至於另外的一位，他完全瞭解我，並且他知道，萬一我從他的手掌中逃脫，等待他的將是什麼。所以，企圖在他身上下功夫毫無作用，因此也就沒有必要了。而費爾頓就要另作別論。他是一個天真的青年，很單純，這樣的人一定有辦法讓他上鉤的。」

米拉迪上床睡了，嘴角上掛著微笑，彷彿一個在節日裡戴了一頂花冠的年輕女子。

chapter 53

囚禁的第二天

確信自己有了一線希望之後，米拉迪進入了夢鄉。她夢見達太安終於被抓住了，她到刑場親眼目睹了達太安在劊子手的斧頭之下送了命，她的臉上露出了微笑。

第二天，有人走進她的房間時，她還沒有起來。費爾頓待在走廊裡，將頭一天晚上說的那個女人領來了。這個女人也是剛剛到達城堡。她走進房間，來到米拉迪床跟前侍候她。

米拉迪的臉色素來蒼白，所以，這種膚色在初次謀面者看來，是很容易讓人上當的。

「我發燒了。」她說，「在這整個長夜中，我一刻也沒有睡，難受得要命！您總應該比昨天那些人仁慈些吧？再說，我只想躺著。」

「您想叫一個醫生嗎？」那女子問。

費爾頓聽著她們的對話，沒有說一句話。

米拉迪想到，為了引起自己周圍人的憐憫，就要使出更多的力氣，而這也會招來溫特勳爵更加嚴緊的監視。另外，醫生可能宣佈說，她的病是假裝的。第一局她輸了，第二局她不想再輸。

「去找醫生？」她反問道，「沒有什麼用的。昨天他們稱我的痛苦是在演喜劇，今天也許還會說這樣的話，不然的話，昨天晚上他們就會通知醫生的。」

「那麼，您自己說說看，夫人，」費爾頓不耐煩地說，「您需要怎樣的治療呢？」

「唉！我知道什麼呢！我只感到很難受，您說怎樣就怎樣好了，對我來說什麼都一樣，隨你們的便！」

「去把溫特勳爵請過來。」費爾頓說，他被這些無休止的抱怨搞得厭倦了。

「哦！不，不！」米拉迪叫起來，「不，先生，不要叫他，我求求您了，我挺好的，我什麼也不需要，不要去叫他。」

在她這一連串的請求中，語調又是那樣富有誘惑力，費爾頓真的被誘惑了，他進了房間。

「到底他還是過來了。」米拉迪暗想。

「不過，夫人，」費爾頓又說，「如果您真的是病了，我就去派人叫大夫，而假若您騙我們，哼，那您就要自食其果了。」

米拉迪什麼也沒說，而將美麗的面顏仰臥在枕頭上，涕泗滂沱，失聲地嗚咽起來。

費爾頓像平時一樣冷漠地看著她，隨後發現她那樣子似乎是要拖延下去，便轉身走出門去。那女子也跟了出去。溫特勳爵並沒有來。

「我相信，已經有成效了！」她按捺不住內心的喜悅，低聲說。為了向可能窺探她的人掩蓋她興奮的表情，她的頭鑽進了被窩。

兩個小時過去了。

「現在，裝病的時間該停止了。」她說，「起床！從今天起，應該不斷地取勝才是。我只有十天時間啊，到今天晚上為止，已經過去兩天了。」

早上，有人進來給她送了早餐。她想，早餐撤走的時候，她一定會再見到費爾頓。

米拉迪估計得一點沒錯，費爾頓又來了。他做了一個手勢，讓人把擺在桌子上的飯菜連同桌子一起撤出房間。

費爾頓留下來，手裡拿著一本書。

米拉迪躺在壁爐旁的一張扶手椅裡，她儀態優雅，臉色蒼白，宛若一個等待殉教的聖女。

費爾頓走近她說：「夫人，溫特勳爵和您一樣也是天主教徒，所以他同意您每天誦讀您的日課常規經，這便是經文。」

看著費爾頓將那本書放到她旁邊小桌上的動作，聽著他說話時的聲調，瞥著他說話時流露出的那輕蔑的笑容，米拉迪抬起頭來，較為留意的看著這位軍官。

就憑這副嚴肅的髮型，這身過分簡樸的服裝和這副光潔如大理石一般堅硬而不可穿透的前額，米拉迪看出這是一個心情憂鬱的清教徒。無論是在雅克國王的王宮還是在法蘭西國王的王宮裡，這類人她都遇到過不少。在法國，儘管那些清教徒記得聖巴泰勒米的那場大屠殺，他們還是會到王宮尋求保護。

這時，米拉迪頓時又想出來一個主意。我們知道，非同一般的人物，在身處危難之境時，往往會靈機一動就有了主意。

就憑他「您的日課」這兩個詞，加上向費爾頓投去的簡單一瞥，使她知道她要做出的回答將是何等的重要。

由於她具有這種特殊的迅速捕捉的智慧，所以這種胸有成竹的回答便脫口而出：

「我！」她裝著用一種和從年輕軍官語調中發現的相同的輕蔑口氣說，「我，先生，我的日課！那位墮落的天主教徒溫特勳爵很清楚，我和他信的不是一個教，這只是他要給我設的一個陷阱罷了！」

「那您信仰哪一種宗教？」費爾頓雖然竭力自我克制，但依然露出無法全部掩飾的驚詫問道。

「等到我為我的信仰受盡痛苦的那一天，」米拉迪裝出一種慷慨激昂的樣子，大聲說，「我會說的。」

費爾頓望著米拉迪。他的眼神告訴她，僅用此一句話，她就為自己打開了一個廣闊的空間。

青年軍官依然沉默無語，一動不動。

「現在我陷入了仇敵的手掌，被囚禁在這兒，」米拉迪繼續用她所熟知的清教徒慣用的激情語氣說，「讓我的天主來拯救我，或者讓我為天主去死！這就是您要幫我轉告給溫特勳爵的話。至於這本書，」她用指尖指了指那本書，但並沒有碰上那本書，「您可以把它帶回去，可以留著您自己用。您無疑是溫特勳爵的雙料同謀犯，既是他實施迫害的同謀犯，又是他信仰邪說的同謀犯。」

費爾頓聽後一言未答，帶著他早先表現出的同樣蔑視拿起書，若有所思地走出了房間。大約晚上五點鐘，溫特勳爵來了。此時，米拉迪的行動計畫已經制定好了。她以一個重新佔據全部優勢的女人的架勢迎接了他。

「似乎，」勳爵在米拉迪對面的一張扶手椅上坐下來，把雙腳伸在火爐上，「似乎我們做了一件小小的違背宗教的事！」

「您想說什麼，先生？」

「我想說自從我們上一次見面後，我們都改換宗教了。您是不是又心血來潮嫁給了信仰耶穌教的第三個丈夫呢？」

「請您講清楚，勳爵，」女囚神情莊重地說，「我要鄭重地告訴您，我根本不明白您在說什麼。」

「那麼說，您就是沒有任何宗教信仰的人！」溫特勳爵冷笑著說。

「可以肯定，這更符合您的道德標準。」米拉迪也冷冷地說。

「噢！坦白地告訴您，這對我完全無所謂。」

「噢！您不必承認您對宗教的冷漠。勳爵，您的放蕩行為和您的罪惡會去證實它的。」

「謔！您竟然談起放蕩行為！您竟談起放蕩，談起罪惡！是不是我聽錯了？要不然，您真的就是太厚顏無恥了。」

「您這樣講，是因為您知道有人在聽我們的談話，先生，」米拉迪冷靜地回敬說，「您是想激起您的那位看守和您的劊子手對我的厭惡感。」

「我的看守！我的劊子手！唷，夫人，您的口吻很悲涼，昨天的喜劇又變成今晚的悲劇。反正不管怎麼說，八天之後，您就要去您該去的地方，到那時我的任務也就完成了。」

「不光彩的任務！褻瀆宗教的任務！」米拉迪帶著受害者的激憤向她的審判人挑釁說。

「我相信，」溫特勳爵站起身說，「我相信您瘋了。好了，請您冷靜，清教徒女士，要不我將派人把您關進單人黑牢裡去。一定是我的西班牙葡萄酒讓您喝暈頭啦，是不是？不過請放心，喝了這種酒醉了也沒有什麼危險。」

溫特勳爵走了，嘴裡不乾不淨地罵著。

費爾頓確實在門後聽著，他聽到了全部談話。

米拉迪猜的完全正確。

「是的，走吧！走吧！」她對她的小叔子嚷著，「正相反，結果很快就會知道了。」

兩小時又過去了。有人拿來了晚飯，來人發現米拉迪正忙於大聲祈禱。這祈禱的經文是她從第二個丈夫的一位老傭人那裡學來的。那個老傭人是清教徒中最最嚴肅的一個，她彷彿已經完全投入進去，對周圍發生的一切不屑一顧。費爾頓示意來人不要打擾她，帶著士兵無聲無息地走出門去。

米拉迪知道她可能受到窺視，所以，她將祈禱一直進行到底。她覺得似乎門口站崗的那個哨兵沒有同步走開，好像在聽她祈禱。

她感到心滿意足，站起身來，吃了一點東西，又喝了一些水。

一個小時後，又有人來撤餐桌，但這一次，費爾頓沒有陪士兵一起來。

這說明，他害怕經常看到她。

米拉迪轉向牆壁微笑了，這微笑中包含了一種取勝的喜悅。

又過了半個小時，此時，古老的城堡一片寂靜，只有大海那無休無止的咆哮聲。

米拉迪用她那清亮而圓潤的悅耳嗓音，開始吟唱一首當時清教徒中十分流行的聖詩的第一節：

天主呀，你拋棄了我們，
為了檢驗我們的堅強。
隨後，見我們堅定不移，
你親手賦予我們榮耀。

米拉迪一邊唱一邊聽，她發現門口的衛兵似乎變成了石頭人不動了。於是她能夠判斷出，她的吟誦產生了效果。她又以不可言狀的虔誠和感情繼續唱下去，她彷彿覺得，她的聲音，宛若一股神奇的魔力在軟化著獄卒的心腸。其實，站崗的那士兵似乎虔誠於天主教，他被這種魔力攪得心緒不寧了，於是，隔著門喊起來：

「別再唱了，夫人，您唱的詩聽起來太悲慘。在這兒站崗還有一點樂趣，可聽起這東西來讓人受不了。」

「別說話！」一個嚴肅的聲音說，是費爾頓，「你管什麼閒事，混帳東西！沒有人禁止她唱歌。你就負責看著她，站你的崗好了！假若她逃跑，你就開槍打死她。」

米拉迪非常得意，但這種得意猶如一束閃電稍縱即逝。她假裝沒有聽見她隻字未漏的剛才的對話，用魔鬼投進去的全部魅力、全部音域和全部誘惑，接著唱道：

流不盡的淚水，道不完的痛苦，

無窮期的流放，用不完的刑具，
我將以我的青春，以我的祈禱償付，
天主會看出，我遭受了怎樣的悲楚。

她的聲音給這類生硬而無文采的聖詩平添了一種魔力和表現力，而這種魔力和表現力，就連最狂熱的清教徒在自己教友的唱詩中也罕有發現。費爾頓相信，他聽到了天使的歌唱，以為聽到的正是安慰那爐火中三位希伯萊人[32]的歌聲。

米拉迪繼續唱著：

得救的日子不會太久，
公正而強大的主啊，
他將會降臨我的身旁。
如果天主使我們的希望落空，
留給我們的，總還有殉教，

32.《聖經・舊約・但以理書》中記載，巴比倫王尼布甲尼撒鑄造了一尊金像要人們膜拜。沙得拉、米莎、亞伯尼歌這三個猶太人拒絕敬拜，結果，尼布甲尼撒大怒，把三個猶太人捆起來投入爐火之中。此後，尼布甲尼撒看到爐火之中出現了第四個人，那人不但沒有被燒傷，還在爐火中行走。尼布甲尼撒以為是神助三個猶太人，便把他們放了出來。

總還有死亡。

可怕的迷人精注入全部感情把這一節唱罷，終於攪亂了年輕軍官的心緒，他突然打開門。米拉迪看見他面色依舊蒼白，但雙目火熱。

「您為什麼要這樣唱？」他問，「而且還用這種聲音唱？」

「對不起，先生，」米拉迪用一種溫和的聲音說，「我忘記了，這樣唱也許冒犯了您的信仰，不過這是無意的，所以我請您原諒我。」

此時的米拉迪美麗無比，她似乎全身心投入到這種醉心的虔誠之中，這為她的面容增添了絕妙的嫵媚，致使費爾頓頓時目醉心迷，真的以為看見了唱歌的那位天使。

「是呀，」他說，「是呀，您打動了，不，您攪亂了待在這座城堡裡的人。」

這可憐的人沒有察覺到自己在言語上已經語無倫次了，而米拉迪的那雙眼睛已經看到了他的內心深處。

「我不會再唱了。」米拉迪低下眼睛說，看上去無比溫柔順從。

「不，不，夫人，」費爾頓說，「只要唱的聲音小點。」

說完這番話，費爾頓感到，對這位女囚不能再保持長久的嚴肅，便衝出她的房間。

「您做得對！中尉，」值崗士兵說，「她的歌唱得叫人心慌意亂，不過，她的聲音真美！」

chapter 54

囚禁的第三天

費爾頓過來了，但必須留住他，或者，必須讓他一個人單獨留下來。怎樣將這件事做成功，米拉迪也沒有十足把握。

還有就是為了能對他說話，必須讓他開口。米拉迪知道，自己最大的誘惑力存在於她的嗓音裡。

然而，她明白，儘管她具備這種誘惑力，但仍然有可能失敗，因為費爾頓事先曾得過警告，對她有所防範，他會應對任何的意外。於是，從這時開始，她注意自己的一切舉動、談吐、話語，眼神、手勢、以致自己的呼吸，因為呼吸可能被理解為哀歎。總而言之，她像一位造詣頗深的演員，剛剛接受一個不習慣扮演的新角色，對一切都要進行全面的研究。

而對於溫特勳爵，在頭一天她就想好了應對之策：在他的面前保持沉默和莊嚴，不時地拿出鄙薄的樣子或說句蔑視的話去刺激他，逼他大動肝火，講出一些威脅的話，做出一些粗暴的舉動；而反過來，她以忍氣吞聲對待之。這就是她的錦囊妙計。費爾頓是會看到的，不過他也許什麼都不說，但他會看在眼裡。

早上，費爾頓和往常一樣來看她了。米拉迪任憑他安排早餐，沒有搭理他。但在他剛要走開的時候，她心裡出現了一線希望，她覺得他想要對她說話。因為，他的嘴唇動了一下，但沒有發出任何聲音。看樣子，他強忍了一下，把剛要脫口的話悶進了肚子，隨即走出門去。

快到中午時，溫特勳爵來了。

這是一個相當晴朗的冬日，淡淡的陽光，透過囚房的柵欄射了進來。

米拉迪看著窗外，佯裝沒有聽見門被打開。

「哈哈！」溫特勳爵一進門便說，「喜劇演完了，悲劇演完了，我們現在輪到傷感劇了。」

女囚沒有回答。

「是，是，」溫特勳爵接著說，「我明白了，您想在這邊的海岸上自由自在，您想坐上一艘大船在大海上劈波斬浪，您想在陸地上或在大洋上給我設一個您極善於策劃的那種小埋伏。耐心一點！再過四天，這邊海岸將允許您自由，大海將為您敞開胸懷，因為四天以後，英國將徹底把您甩掉。」

米拉迪雙手合十，抬起她那雙美麗的眼睛仰望著天空。

「主啊！主啊！」她以天使般的溫情說，「請您饒恕這個人吧。」

「好哇，您就祈禱吧，該死的女人！」勳爵叫了起來，「我向您發誓，我絕對不會饒恕您，您需要加倍努力了。」

他走出門去。

就在溫特勳爵出門之際，米拉迪向那半開半掩的門溜去一道銳利的目光，她瞥見費爾頓迅速閃了一下身，以免被她看到。

於是她跪了下來，開始祈禱。

「我的天主！」她祈禱說，「您知道，我是為著怎樣神聖的事業在受苦呀，請賜給我受苦的力量吧。」

門被悄悄地打開了。她假裝沒有聽見，繼續用飽含淚水的聲音祈禱著：「仁慈的天主！您就讓那個男人實現他可怕的計畫吧！」

這時，她才假裝聽見了費爾頓的腳步聲。她敏捷地站起身來，滿面緋紅，似乎是突然被人撞見跪在地上深感羞愧。

「我不喜歡打擾祈禱的人，夫人，」費爾頓語氣沉重地說，「請不要停止祈禱，我請求您。」

「您怎麼知道我在祈禱，先生？」米拉迪泣不成聲地嗚咽說，「您弄錯了，我沒有祈禱。」

「您以為，夫人，」費爾頓口氣溫和嚴肅，「您以為我自信有權阻止一位女性跪拜在她的造物主面前麼？但願不是！再說，懺悔適合於所有的罪人。對我來說，一個罪人無論犯了什麼罪，他跪在天主腳下時都是神聖的。」

「罪人！我！」米拉迪面帶一絲微笑說。這種微笑可以使任何人心軟。「罪人！天主，您怎麼知道我是不是罪人呢？先生，天主喜歡殉教者，所以他有時也允許人們懲罰那些無辜的人。」

「如果您是遭受懲罰的人，如果你是殉教者，」費爾頓回答說，「那就更有理由祈禱了，而且我會用我的祈禱來幫助您。」

「哦！您真是一位公正的人，您，」米拉迪匆忙跪到他的腳下大聲說，「您瞧，我不能堅持長久了，就請您聽一聽一個絕望女人的哀求吧。有人在欺騙您，先生，我僅僅請求您幫助我。如果您開恩，無論在這個世界上，還是在另一個世界上，我都將為您祝福。」

「請向主人去說吧，夫人，」費爾頓說，「無論是饒恕還是懲罰，幸好都不歸我管，上帝將這個責任託付給了比我地位更高的人。」

「不，我只對您一個人講。請聽我說，倒不如幫助我毀滅吧，倒不如幫助我蒙受恥辱吧。」

「倘若您罪有應得，夫人，如果您遭受到的懲罰是罪有應得，夫人，那您就應該聽從主的意旨，去忍受它。」

「您沒有理解我的話！當我談到恥辱時，您以為我在說什麼懲罰，說什麼監獄或者死亡！天主保佑！對於我來說，死也好，坐牢也罷，我並不在乎！」

「現在我更不明白您的話了，夫人。」

「或許是您假裝不理解，先生。」女囚帶著懷疑的微笑說。

「不是的，夫人，我以一個基督徒的信仰擔保。」

「怎麼，您真不知道溫特勳爵對我的意圖嗎？」

「我不知道。」

「不可能！您是他的心腹。」

「我是從來不說謊的，夫人。」

「噢！倒是他隱瞞得太少了，誰都猜得著。」

「我什麼也不猜，夫人，除了他在您面前說過的話，溫特勳爵再沒有對我說別的。」

「可是，」米拉迪帶出令人難以相信的真腔實調叫了起來，「您難道不是他的同謀？您難道不知道他要讓我蒙受上什麼樣的恥辱嗎？這種恥辱的可怕程度，世界上沒有任何其他的懲罰能與之相比！」

「您錯了，夫人，」費爾頓紅著臉說，「溫特勳爵不可能做出如此罪惡之事。」

「好，」米拉迪心裡說，「不知道那是怎麼一回事，他就把這事稱罪惡了！」

然後她大聲說：「無恥之徒的朋友是什麼事都可以幹得出來的。」

「誰是無恥之徒？」費爾頓質問她。

「在英國，難道還有第二人能夠配得上這種稱呼嗎?!」

「您說的是喬治・維利爾斯？」費爾頓目光中冒著火星。

「就是那個被那些異教徒、那些不信基督教的人叫做白金漢公爵的人，」米拉迪說，「我真不敢相信，在全英國會有一個英國人，竟然需要這樣費口舌才能聽出我想說的那個人！」

「天主的手正向他伸去，」費爾頓說，「他是逃不掉應得的懲罰的。」

對於白金漢公爵，費爾頓只表示所有英國人在情感上對他很厭惡，那些天主教徒們都叫他腐化墮落者、盜用公款犯、橫徵暴斂者，清教徒則簡單地稱他為撒旦。

「噢！天主！天主！」米拉迪大聲說，「當我希望他得到應有的懲罰時，您知道，我並不是為了報私仇，我哀求的是整個民眾的解放啊。」

「這麼說，您認識他？」費爾頓問。

「他終於向我詢問了。」米拉迪心裡說，能夠如此快地達到如此大的效果，她的心裡樂開了花。

「噢！認識！認識！這是我的不幸，是我永遠的不幸！」

米拉迪像是傷心到了極點似地扭動著自己的雙臂。費爾頓感到自己也沒有力氣了，於是朝門口那邊走了過去。女因一直盯著他，接著，她追上他，並攔住了他。

「先生！」她大聲說，「求您做個好人！那把刀子，動爵出於不可避免的謹慎，把它奪走了，因為他知道我要使用那把刀。噢！請開開恩，把刀子還給我一分鐘，我只需要它一分鐘！我擁抱您的雙膝。喏，您一定關上門，我恨的不是您，先生，我絕對不會恨您！您是我遇到的唯一公正、善良、富有同情心的人，我怎麼可能恨您呢！您也許就是我的救星呢！一分鐘，給我那把刀子！就一分鐘，然後我從門洞再還給您。只需一分鐘，費爾頓先生！」

「您要自殺！」費爾頓恐怖地叫起來，「您要自殺！」

「我說出來了，先生，」米拉迪一邊喃喃地說一邊隨身癱倒在地板上，「我向他說出我的秘密了！他什麼都知道了！天主，我完了！」

費爾頓依然站立著，一時不知所措。

「他還懷疑，」米拉迪心裡道，「還不夠真實。」

走廊裡傳來腳步聲。米拉迪聽出來那是溫特動爵的走路聲。費爾頓也聽出是溫特動爵來了，便向門口走去。

米拉迪衝過去。

「喂！不要吐露一字，」她壓低聲音說，「我所說的絕不能告訴這個人，要不我就徹底完了，而您，您……」

腳步聲近了，米拉迪不再說話，與此同時，唯恐來人聽見她的說話聲，她帶著無限恐怖舉起一隻漂亮的手，去掩費爾頓的嘴。費爾頓輕輕將米拉迪推開，米拉迪趁勢倒進一張長椅中。

溫特勳爵經過門口時並沒有停下來，那腳步聲漸漸遠去了。

費爾頓嚇得面如死灰。當腳步聲完全消失後，他才像一個大夢初醒的人那樣，喘出了一口大氣，隨之從房間衝出去。

「啊！」米拉迪說，她聽出費爾頓的腳步聲朝著與溫特勳爵相反的方向去了，「你終究是屬於我的了！」

隨後，她又感到擔心。

「如果他告訴勳爵，」她說，「那我就徹底完了，勳爵會當著費爾頓的面給我一把刀，讓費爾頓看明白，整個絕望大表演只是一齣戲。」

她走到鏡子前，照一照。

「噢！對！」她莞爾一笑說，「他是不會告訴勳爵的。」

當日晚上，溫特勳爵跟著送飯人一起來了。

「先生，」米拉迪對他說，「您的光臨是我囚禁生活必須接受的附加品，是嗎？」

「這是什麼話，親愛的嫂子！」溫特動爵說，「您這張既漂亮又厲害的嘴今天怎麼不深情地對我說，您回英國唯一的目的就是來看我，所以，您才為此甘冒暈船、暴風雨和拘禁的危險。那好嘛，現在我就在您的面前，讓您看個夠。更何況，我這一次來看您還另有原因呢。」

米拉迪不寒而慄，她以為費爾頓告發了。這個女人一生經歷過各種情況，但那些情況與眼下是大有不同的，所以，她從沒有感到她的心跳像現在這樣猛烈。

溫特動爵將一把扶手椅拖到她旁邊，在她身邊坐下來，隨後從衣兜裡掏出一張紙，將它慢慢打開。

「瞧，」他對米拉迪說，「我一直想把我親手起草的這份護照給您看一看，在我今後同意讓您去的生活中，它將作為您的身分證。」

於是，他看著那張紙上，然後念起來：

「『此令押解人犯至……』地點是空白格，」溫特動爵讀到這裡停下說，「如果您有偏愛的地方，您可以告訴我。只要它在倫敦一千法里之外，我一定會滿足您的要求，我繼續讀下去：『此令押解人犯至……名字：夏洛特·巴克森，曾被法蘭西王國司法機關打過烙印，她將長期居留此地，其活動範圍永不得超過三法里。倘若圖謀不軌、企圖潛逃，格殺勿論。該犯每日領取五個先令，以資宿膳之用。』」

「這道命令同我無關，」米拉迪冷淡地說，「因為那上面不是我的真姓名。」

「姓名！您有姓名嗎，您？」

「我有您哥哥的姓。」

「我哥哥只是您的第二個丈夫，而您的第一個丈夫還活著。您告訴我他的姓，我就將用它取代夏洛特．巴克森。好不好？您不願意？您怎麼不說話？那也好，那就以夏洛特．巴克森這個名字記入囚犯花名冊。」

米拉迪依然沉默不語，這一次不是真的出於恐懼。因為她相信這個命令就要付諸執行了，而且，溫特勳爵提前了她的行期，她甚至以為當天晚上就要被押走。這樣的話她的計畫就全失敗了。但她突然發現命令上沒有任何簽署人。

這個發現使她高興得無法形容。

「對，對，」溫特勳爵看出了她的內心活動，「不錯，您是在找簽名，心裡在想：一切並沒有完蛋，因為那張紙上沒有簽署人的簽字，我拿給您看是嚇唬嚇唬您。但是，您弄錯了，我向您保證，明天，這個命令將送交白金漢公爵。後天，由公爵親自簽名蓋印的這道命令就將送回。然後，再過二十四小時，它將開始生效。再見了，夫人，這就是我今天要告訴您的全部內容。」

「先生，這是濫用權力，這種使用假名字的流放是一種卑鄙的行為。」

「難道您寧願以真名實姓被吊死，米拉迪？英國法律對重婚罪是無情的。讓我們把話說明白，儘管我的姓，或不如說我哥哥的姓被牽涉其中，但為確保我要一舉擺脫您，我也會甘冒因一場公訴招來的丟臉之險。」

米拉迪默不作聲，面如死灰。

「噢，我看出來了，相比之下，您還是更喜歡長途跋涉。好極了，夫人，古語說得好，旅行鑄造青春。說實話，生命畢竟是美好的。就是為了這一點，我也就不擔心您會來暗殺我。剩下的就是那五個先令的問題了，那可能是少了點，是不是？但我堅持這樣做的目的在於使您無法買動看守。而且，您總還有您的美貌。如果您在費爾頓身上的失敗還沒有使您對這類把戲失去興趣，那就請您再試一試。」

「費爾頓什麼也沒有說，」米拉迪暗想，「那就是說，我並沒有失敗。」

「現在，夫人，再見吧。明天我將來告訴您我使者的行期。」

溫特勳爵站起身，走出門去。

米拉迪喘口氣。現在她還有四天的時間，這四天用來完成她的計畫足夠了。

這時，她產生了一個可怕的念頭：溫特勳爵很可能派費爾頓去白金漢那裡，讓白金漢簽署命令。這一來，她就失去了費爾頓，沒法對準她已確定的目標連續不斷地發起攻勢了。

但是，有一件事她是放心的，費爾頓什麼都沒說。

她不願意因溫特勳爵的威脅而顯出心神不安，她坐下來吃飯了。

吃完飯，像前一天一樣，她雙膝跪地，再次大聲祈禱經文。

不久，她聽見比看守稍輕的一種腳步聲傳過來，然後在她的門前停住了。

「是他。」她說。

於是，她開始吟唱那首宗教頌歌。

可是，儘管她的嗓音比任何時候都更具有撕心裂膽的震撼力，房門卻沒有打開。米拉迪向門上的小窗口偷偷溜了一眼，透過緊密的鐵柵欄，她似乎看到了年輕人那雙火熱的眼睛。只是，這一次，年輕人竟有了足夠的力量克制住自己，沒有進屋來。

然而，在她唱完不久，米拉迪聽到了一聲長歎。隨後，那種腳步聲，緩緩地，又像是不情願地遠去了。

chapter 55

囚禁的第四天

第四天，當費爾頓走進米拉迪的房間時，他發現米拉迪正站在一把扶手椅上，手中拿著一根用幾條撕開的麻紗手帕一段一段編成的繩子。聽到費爾頓開門的聲音後，米拉迪迅速跳下那把椅子，試圖把她手中的那根繩子藏到身後去。

他那雙發紅的眼睛表明，他曾一夜未眠。

但他臉上的表情更為泰然。

他慢慢走近米拉迪。

米拉迪已經坐下，或許是出於大意，或許是出於有意，她讓她那根繩的一端露了出來。

「這是什麼，夫人？」費爾頓冷靜地問。

「這個嗎？什麼也沒有。」米拉迪用她極其擅長的在微笑中帶著痛苦，痛苦中帶著微笑的樣子說，「我深感煩悶，就編這根繩子，作為一種取樂。」

費爾頓舉目看了看牆壁。米拉迪剛才就是在這面牆前，站在了現在她坐著的那把扶手椅上，而在那面牆的上方，有一個嵌進牆內的鍍金掛鉤。

他哆嗦了一下。儘管她低著頭，但還是看到了他的顫抖。

「您剛才站在這把椅子上想幹什麼？」費爾頓問道。

「這和您沒有任何關係。」米拉迪回答說。

「但是，」費爾頓又說，「我想知道您到底在做什麼。」

「請不要審問我，」女囚說，「您知道，我們這些真正的基督徒是不許說謊的。」

「那好，」費爾頓說，「讓我來告訴您，您到底想幹什麼？您是想實施您蓄謀已久的那種不祥的打算。夫人，如果說天主禁止我們去說謊，那他就更為嚴厲地禁止我們自殺了。」

「當天主看到她被人逼得在自殺和受辱二者之間必須進行選擇時，請相信我，先生，」米拉迪以滿懷自信的口氣回答說，「她的自殺天主會饒恕，因為這樣的自殺就是殉教。」

「夫人，看在天主的份上，請您講清楚。」

「讓我來告訴您我的不幸和我的打算，好讓您去向想迫害我的人告發我的計畫。不，我是不會這樣幹的，先生。再說，我的生與死跟您沒有任何關係。您只對我的軀體負責，是不是？到頭來，只要您能夠認出我的屍體，別人就不會向您提出更多的要求了。也許您能由此獲得雙倍的獎賞。」

「我，夫人，我！」費爾頓叫起來，「您竟然會以為我會接受用您生命換來的這樣的獎賞！啊！您知不知道您在對我說些什麼呀。」

「請讓我去死吧，費爾頓，」米拉迪瘋狂地叫起來，「您現在是一個中尉，那好，您將會掛著上尉的軍銜隨著我的靈車。」

「我做了什麼對不起您的事，」費爾頓大為震驚地說，「竟讓您使我在世人和天主之前擔負這樣的責任？過幾天，您就要遠離這裡了，夫人，我就不再守護您的生命了，」他歎息一聲繼續說，「到了那個時候，您想做什麼就做什麼吧。」

「我明白了，」米拉迪大叫了起來，「您，一個虔誠的教徒，一個被稱為公正的人，唯一想的就是不要由於我的死亡而受到指控，從而使您感到不安。」

「我將盡我的全力保護您的生命，夫人。」

「但是，如果我是一個囚犯，這一使命就已經夠殘酷的了。如果我是無辜的，天主又如何看待您的這項使命呢？」

「我是一名軍人，夫人，我必須服從命令。」

「您相信最後審判的那一天，上帝會把盲目的劊子手同極不公正的法官分開嗎？您不願意看我毀滅自己的肉體，而您卻充當願意殺死我靈魂的那個人的代理人呀！」

「我再對您說一遍，」大受震動的費爾頓說，「沒有任何危險在威脅您，我像保證我自己一樣替溫特勳爵打保票。」

「可笑！」米拉迪大叫道，「可憐！您這無異於是站在最強大、最幸福的人那一邊，去欺騙一個最弱小、最不幸的女性！」

「不可能的，夫人，不可能的，」費爾頓低聲說，「作為囚犯，您不能從我這得到自由；作為活著的人，您也不可能因為我而失去生命。」

「是的，」米拉迪叫著，「可我失去的將是榮譽，費爾頓。在世人和天主面前，我將讓您對我蒙受到的恥辱和羞辱負責任。」

無論剛才費爾頓怎樣無動於衷，這一次他再也經受不住已經征服他的這種力量了。面對這位白皙得宛若最純潔的幻象般的絕代佳人，面對她這種美色和痛苦的雙重攻擊，對於一個由於狂熱的信仰而產生熱烈夢想的人來說，這實在是太殘酷了；對於一顆既被對上蒼懷有的愛，又被對世人懷有的恨，同時衝擊著的心，實在是不易承受的。

米拉迪注意到了他這種心煩意亂，她相信，此時此刻，這位宗教狂血管中的熱血沸騰了。於是，她像一個足智多謀的將軍，一見敵人準備退卻，便發出一聲勝利的叫喊向對方進發。她站起身來，宛如一個古代的女祭司，伸著一條胳膊，敞開衣領，散著頭髮，一隻手羞怯地抓著連衣裙將胸口蓋住，眼睛裡閃現著火焰，朝著費爾頓走去，帶著激昂的神情，用她那無比溫柔有時又會發出可怕語調的嗓音，大聲唱起來：

把犧牲獻給了巴亞爾[33]，
把殉教者扔向了雄獅。
啊！
這樣做，
定會後悔莫及。
啊！
我向他呼求，
救您脫離苦海……

在這種異乎尋常的指責下，費爾頓木雕泥塑般地呆住了。

「您是誰？」他雙手合十大聲問道，「您是天堂中的使者？您是地獄中的判官？您是天使還是惡魔？」

「您不認得我了，費爾頓？我只是人世間一個普通的女子，和您共同信仰一個宗教，僅此而已！」

「是的！是的！」費爾頓說，「剛才我還心存懷疑，但現在我相信了。」

33. 迦南人所崇拜的神靈，為眾神之王。

「您相信？可您卻成了溫特勳爵的彼列[34]兒子的同謀。您卻拱手將我交到仇敵的手裡，交到用邪道和荒唐去汙染世界的那個叫做白金漢的人的手裡。」

「我？把您交給白金漢！我！沒有。」

「**他們有眼睛，**」米拉迪大聲說，「**但他們卻看不見；他們有耳朵，但他們卻聽不見。**」

「是的，是的，」費爾頓邊說邊抬起雙手抹著額頭的汗水，「是的，現在我聽出了在夢中對我說話的那聲音；是的，我認出了天使的面容。是她對我無法入眠的靈魂在大叫：『動手吧，拯救英國，拯救你自己！』請您說話！請您說話呀吧！」費爾頓叫起來，「現在我明白您的意思了。」

一束狂喜的目光從米拉迪的雙眼中迸射出來。

儘管這束深藏殺機的閃光稍縱即逝，但費爾頓還是看到了，這束閃光使他不寒而慄。

費爾頓突然想起溫特勳爵的警告，他後退了一步，低下頭來，但眼睛還是不停地注視著她。在這個奇特的女人的迷惑下，他的眼睛似乎怎麼也不能脫離她的目光。

米拉迪絕不是一個會看錯這含義的女人，她冷酷而鎮靜。於是，她趕在費爾頓回答之前，趕在她不得不把談話繼續下去之前，無力地垂落了自己的雙手，就像是女人的弱點重又壓倒了這個受到神靈啟示的女人的狂熱。

34.《聖經・新約》中對魔鬼撒旦的通稱。

「不，」她接著說，「對我這條胳膊來說，永恆之王的寶劍太重了。所以，請您讓我用一死來逃避受辱吧！請讓我去殉教吧！我既不會像您索要自由，也不會向您索取報復。就請讓我去死吧，再也沒有別的要求了，我懇求您，我跪下來請求您了，讓我去死吧。」

聽到這聲音，望著這眼神，費爾頓重又邁到了她跟前。此時此刻，這個魔術師重又披上她的魔裝：美貌、溫柔、眼淚，從而顯出一種無法抗拒的誘人的肉感，而混有宗教狂神秘色彩的這種肉感，足以將一切毀滅。

「唉！」費爾頓說，「如果您向我證明您真的是一個受害者，那我只能同情您。您是基督徒，是我同宗教的姐妹。我已經感到，有一股力量讓我站到了您這邊。生活中，我只見過反叛者和褻瀆宗教的人。而您，夫人，您是這樣的美貌，這樣的純潔，溫特勳爵卻如此折磨您，那麼，一定是您做了什麼壞事。」

「他們有眼睛，」米拉迪再次說，「但他們卻看不見；他們有耳朵，但他們卻聽不見。」

「如果是這樣，」年輕軍官叫起來，「請您說出來，您說呀！」

「告訴您我受到的羞辱？」米拉迪滿臉羞紅地大聲說，「您，一個男人，要我一個女人告訴您我受到的羞辱？」她抬起手來，羞怯地捂著她那雙美麗的眼睛，繼續說，「哦！我，絕對不能！」

「請告訴我。」費爾頓大聲說。

聽了這話，米拉迪久久地望著他。年輕軍官誤認為她在懷疑他，其實，米拉迪只是在觀察著他，而且心裡想著：我一定能夠引誘他。

現在，輪到費爾頓懇求了，他雙手合十，看著她。

「那好，」米拉迪說，「我的兄弟，我相信您，我說！」

就在這時，傳來了溫特勳爵的腳步聲。這一次，他不像上一次那樣，只是經過，而是停了下來，和看守說了幾句話，然後，打開門，站在了門口。

在他和看守說話時，費爾頓就已經趕忙往後退了。當溫特勳爵進屋時，他已離開了女囚幾步遠。

男爵用探究的目光從女囚掃向青年軍官：「約翰，您在這裡待了多久了？」他說，「這個女人把她的罪行跟您說了嗎？這樣的話，我理解，交談是需要時間的。」

費爾頓戰慄了一下，米拉迪知道此時此刻倘若她不出面援救失態的清教徒，她本人也就完蛋了。

「啊！您是這樣擔心我會從您的手裡逃走啊！」她說，「那好，請您問問您的這位可敬的看守，剛剛我向他請求了什麼寬恕？」

「您在請求寬恕？」勳爵懷疑地問。

「是的，勳爵。」年輕人侷促地說。

「什麼寬恕，唔？」溫特勳爵問。

「一把刀。她說，拿到刀後一分鐘再從小窗口還給我。」費爾頓回答說。

「難道這兒躲著什麼人，想要割斷這個美人的喉嚨嗎？」溫特勳爵蔑視地說。

「就是我。」米拉迪回答說。

「在美洲和泰伯恩之間我曾讓您選一個。」溫特勳爵又說，「您就選擇那個泰伯恩吧，米拉迪，繩子比刀子更牢些。」

費爾頓臉色一下子變得煞白，他想起在他先前進來時，米拉迪手裡正拿著一根繩子。

「您說對了，」米拉迪說，「我早已想到了。」隨後，她又說，「我還會想到用繩子的。」

費爾頓感到一陣寒慄，溫特勳爵也許瞥見了這種舉態。

「請小心，約翰，」勳爵說，「我的朋友，您要多加小心！另外，請多拿出點勇氣來，我的孩子，三天後，我們就永遠擺脫這個女人，她將不會再損害任何人了。」

「您聽見了吧！」米拉迪突然叫起來。

溫特勳爵以為她這是對上天說話，費爾頓卻明白，這是對他講的。

勳爵挽起年輕軍官的胳膊，一邊沿他的肩膀扭過頭，直到走出門依然注視著米拉迪。

「唉，唉，」房門重新關好後，女囚說，「進展得太慢了。溫特勳爵像成了另一個人，變得謹慎起來了。這就是什麼復仇的欲望吧？這就是！至於費爾頓，他在猶豫不決。啊！他不是像達太安那樣該死的人。一個清教徒只崇拜聖女，用雙手合十的方式去崇拜她們。」

米拉迪焦急不安地等待著，她料到他一定還會來。終於，一個小時過後，她聽見有人在門口低聲說著話，不久，門便開了，是費爾頓。

年輕人迅速走進房間裡，身後的房門大開著，他讓米拉迪不要說話，臉上神情很慌張。

「您想對我說什麼？」她問道。

「請聽我說，」費爾頓小聲說，「我剛剛將看守支走了，以便我能和您講話而不被別人聽到。勳爵剛才給我講了一件十分可怕的事情。」

米拉迪裝出一副受害者的樣子笑了笑，並點了點頭。

「要不您是一個魔鬼，」費爾頓繼續說，「要不勳爵，我的恩人，他是一個魔鬼。我認識您才四天，而我愛他卻有兩年了。所以，在您和他之間我是難以做出抉擇的。您不要害怕我對您說什麼，我僅僅是需要有人說服我。午夜過後，我將來看您，那時候您再說服我吧。」

「不，費爾頓。」她說，「這樣做犧牲太大，不能那樣。我是完蛋了，但您不必與我同歸於盡。我的死比我活著更有說服力。」

「請不要說了，夫人，」費爾頓大叫起來，「請不要這樣對我說了。請您以最神聖的東西向我發誓，您不要再自尋短見。」

「我不想答應您，」米拉迪說，「如果我答應您了，我就得去履行。」

「那好，」費爾頓說，「只請您承諾堅持到午夜，那時我們再說。那時，如果您仍執意要去死，那好，那您將是自由的，而我呢，就將把那把刀給您。」

「那好，」米拉迪說，「我等著。」

「請發誓！」

「我以天主的名義發誓！現在滿意了嗎？」

「滿意了，」費爾頓說，「今晚再見！」

他一說完便匆匆走出房間，重新關上門，手裡拿起值崗士兵的一柄短矛，彷彿他在頂班站崗，等在門外。

那位士兵回來了，費爾頓將短矛還給了他。

這時，米拉迪通過靠近門口的那個小窗口，看見年輕人虔誠地在胸前畫著十字，然後又狂喜著走出過道。

她回到原位，她嘴裡叫罵著，一再提到天主這個可怕的名字。

「我的天主！」她叫道，「精神失常的宗教狂！是我和那個將要幫我復仇之人！」

chapter 56

囚禁的第五天

這期間，獲得的成功使米拉迪力量倍增。

戰勝那些很容易就上鉤的男人，這是她的拿手好戲。米拉迪天生麗質，肉體方面不會有任何難處；她生來乖巧，足以使她戰勝一切智慧的障礙。

米拉迪已經做好充分準備接待費爾頓，她只剩下兩天的時間了。她知道，一旦白金漢簽署那道命令，她將立刻被送上船去，並將失去一切。

接著，她想起了那位秉性多疑，遇事多慮，且又心存猜忌的紅衣主教。他對她長期杳無音訊又會怎麼想怎麼說呢？現在紅衣主教不僅是她的靠山，而且還是她未來前途和復仇所要依靠的主要力量。她瞭解他的為人，如果她這次無功而返，就是向他講一百遍她坐牢的原因，也都會無濟於事的。紅衣主教會滿腹狐疑，用一種嘲弄的口氣平靜地對她說：

「您就不該讓人抓住！」

於是，米拉迪重又於思想深處輕輕呼喚著費爾頓的名字，費爾頓成了能夠射進她身心中的唯一的一縷陽光了。她宛如一條長蛇盤起來又展開，以便瞭解一下自己有多大的力量，在想像中將費爾頓緊緊地纏了起來。

然而時間一個小時接一個小時地在流逝。九點鐘，按著慣例溫特勳爵來進行了巡視，他首先瞅了瞅窗子和窗子上的欄杆，又看了看地板和四壁。在這長時間的仔細察看中，他和他的女囚都沒有說一個字。

大概他們兩人都懂得，毋需再白費口舌和用無結果的肝火去浪費時間。

「好的，好的，」勳爵離開米拉迪時說，「今天夜裡您還是逃不掉！」

十點鐘，費爾頓前來安排一名哨兵值班。猶如一個情婦猜想她的情夫一樣，米拉迪在猜想著費爾頓。約定的時刻還沒到，費爾頓沒有進屋。

兩個小時以後，午夜十二點的鐘聲敲響，值班衛兵換崗了。

米拉迪焦急不安地等待著。

新上崗的哨兵開始在走廊上來回走動。

十分鐘過後，費爾頓來了。

「聽著，」年輕人對值班士兵說，「你是知道的，不要以任何藉口遠離這扇門，昨天夜間有一個士兵曾因擅離崗位而受到了溫特勳爵的懲罰，而在他離開的時間內，是我替他站的崗。」

「是，我知道的。」士兵說。

「你要嚴格保持警戒狀態。」他接著說，「我要進屋去再檢查一下，因為我擔心她有圖謀不軌的壞打算。」

「好！」米拉迪喃喃道，「這個嚴肅的清教徒開始說謊啦！」

那個值崗的衛兵聽到命令後笑了笑，說：

「見鬼！我的中尉，您擔負著這樣的使命真幸運，特別是如果爵爺能允許您到她的床上進行監視，那您就更幸運了。」

費爾頓滿臉火燙，如果換做別的地方，他一定會對他大加訓斥。然而此時他的心裡有鬼，便不好說什麼。

「如果我喊『來人』，」費爾頓說，「你就來。同樣，如果有人來了，你就告訴我。」

「是，我的中尉。」士兵回答說。

費爾頓走進了米拉迪的房間，米拉迪站起身來。

「您真的來了？」她問。

「我答應過您的。」費爾頓說。

「您還答應過我另外一件事呢。」

「什麼事？我的天主！」青年人儘管能克制自己，但依然感到雙膝顫抖。

「您答應給我帶一把刀來。」

「不要提這件事了。夫人，」費爾頓說，「不管情況多麼嚴重，我也不會允許一個天主的臣民自尋短見。我考慮過了，我永遠也不應該使自己成為罪人。」

「啊！您考慮過了！」女囚面帶輕蔑的微笑坐進她的扶手椅裡說，「我也考慮過了。」

「您考慮過什麼？」

「我想好了，對於一個說話不算話的男人，我沒有什麼可說的。」

「哦，我的天主！」費爾頓囁嚅著。

「您可以走了。」米拉迪說。

「刀子在這兒！」費爾頓遵守諾言將刀子帶來了，他從口袋裡把它拿出來，但他猶豫著。

「讓我看一下。」米拉迪說。

「看什麼呢？」

「看完之後，我馬上就還給您，您把它放在這張桌子上。」

費爾頓伸手遞給米拉迪那把刀，米拉迪試了試刀鋒。

「很好，」她一邊說一邊將刀子還給年輕軍官，「這是一把鋒利的鋼刀，費爾頓。」

費爾頓重又接過刀，把它放在了桌子上。

米拉迪兩眼緊盯著，做了一下滿意的手勢。

「現在，」她說，「請聽我說。」

「費爾頓，」米拉迪滿懷傷感，鄭重其事地說，「費爾頓，如果您的姐妹對您說：

『我還年輕，湊巧長相還相當迷人。有人有意要加害於我，但我進行了反抗；那個人對我使用了種種暴力，我也進行了反抗；那人由於我求救過天主和這個宗教而褻瀆我信仰的宗教，我也進行了反抗。於是，那個人對我濫施凌辱，讓我的肉體蒙受終生之恥。最後，終於……』」

米拉迪停了下來，唇上掠過一絲苦笑。

「最後，終於，」費爾頓問道，「最終他幹了什麼？」

「最後，有一天晚上，有人放了一種強烈麻醉劑在我喝的水中。我一吃完飯，就漸漸陷入了昏昏迷迷的狀態之中。儘管我沒有無端懷疑，但我還是感到一種模糊的恐懼。我強打精神頂住睏倦，想要跑到窗前求救，然而我已無法支配自己的雙腿，似乎覺得房頂在我頭上塌落下來，全部重量壓住了我的身體。我竭力喊叫，但我只能發出幾個含糊不清的音節。我感到自己即將倒下，便抓住一把椅子支撐著身體，但沒多一會，我虛弱的雙臂也難以支持了，便雙膝跪地。我想祈禱，但舌頭發硬。我倒在了地板上，如死一般睡著了。

「從發生睏倦到沉睡這段時間內，我沒有了任何記憶。我能回憶起來的唯一事情就是我醒來後發現自己躺在一間圓形的屋子裡，裡面傢俱豪華，而這間屋子似乎沒有一扇可供出入的門，簡直就是一間牢房。

「我過了很長時間才知道自己究竟身在何處。為了擺脫這沉重的昏睡的混沌，我的頭腦似乎也曾經過一番掙扎，但沒有成功。我模模糊糊感覺到，坐過一陣隆隆滾動的馬車，像是做了一場噩夢，我的精力已全部耗盡。但所有這一切在我的腦子裡是那樣的昏暗模糊，以至於這些事情好像是另外一人的，而不是我的經歷，但它又是和我的生活混在一起的。

「在這段時間內，我以為我真的在做夢。我站起身來，我的衣服全堆在旁邊的一把椅子上，我記不起自己是否脫過衣服，也記不得是否睡過覺。這時候，現實中充滿羞恥的恐怖出現在我的眼前。通過陽光，我判斷出當時已經是黃昏，我已離開了我住的那間房子。我是在前一天的傍晚睡下的，就是說，我這一覺差不多睡了二十四個小時。在這長長的昏睡中到底發生了什麼呢？

「我想盡可能快地穿好衣服，可我的手仍然不受支配。麻醉劑的作用還沒有完全消失。這是一間臥室，是為接待一個女人而佈置的。即使一個最最賣風情的女人，只要掃視一下房間的四周，她也會心滿意足了。

「當然，我不是被關在那座富麗堂皇的牢房裡的第一個女囚。但是，您是理解的，費爾頓，這房間越是漂亮，我就會越發感到惶恐。

「是的，那是一間牢房，因為我曾試圖逃出去，但沒有成功。我曾試著敲遍四壁，想找出一個門來，但四面大牆都是實心的。

「我環繞房間大約走了二十次，沒有找到一個出口。我疲憊不堪，恐怖至極便倒進一張扶手椅裡。

「天黑得很快。隨著黑夜的到來，我的恐懼也隨之增加，我簡直不知道是該站著還是坐下。我似乎覺得我四周佈滿了無以名狀的危險，只要一挪步便會在危險中倒下。儘管我從頭一天起就沒吃任何東西，但是我沒有饑餓感。我所感到的就是恐懼。

「外面沒有任何聲音傳過來，我沒法知道準確時間。我只能推想可能已是晚上七八點鐘了，天已經完全黑了下來。

「突然，我聽到了一聲鉸鏈轉動的聲響。從天花板玻璃窗口的上方露出一團火光，這時，我驚訝地看到，離我幾步遠的地方正站著一個男人。

「更使我吃驚的是，霎時間，配備齊全的晚飯，魔術般地出現在了房子的中央。

「這人正是一年來一直追蹤我的那個男人。他曾發誓要佔有我，從他說出的前幾句話就使我明白，前一天夜間，他的確成功了。」

「真卑鄙！」費爾頓喃喃道。

「啊！是的，太卑鄙了！」米拉迪看得出來，年輕軍官對她動情了，於是，她也大聲說，「啊，是的，卑鄙無恥！他以為在我昏睡時戰勝了我，一切就成了定局。他希望我蒙羞含辱之後接受這種行為，於是他提出，用他的財產換取我的愛。

「我把所有極度蔑視的語言全都傾灑在那個男人的身上。毫無疑問，他已習以為常了。他在聽我呵斥時，還面帶微笑，心平氣和地看著我，等我講完了，他便湊上前來，要靠近我。我隨手操起一把刀，頂住自己的胸口。

「『您要是再走近一步。』我對他說，『您將要對我的死而自責！』

「在我的身上，無疑顯出了一種威懾力，它使他相信我的動作、我的姿勢和語氣的真實性。他停了下來。

「『您想死！』他對我說，『哦！不行，您非常迷人，我不會只有一次幸福地佔有您就同意這樣失去您。再見，我的美人兒！等您心情變好時我再來看您。』

「說完，他吹了一聲口哨。照亮房間的球形燈光上升後就不見了，我重又處於黑暗之中。一扇門發出了開關聲，屋子裡又剩下了我一個人。

「倘若這之前我對自己所遭到的不幸還心存許多懷疑的話，那麼，這些懷疑早就在現實中消失了。這個人，我不僅僅恨他，而且還鄙視他。可我正被他囚禁，他是什麼事都能幹得出的，而且他的所作所為已經向我提供了證據。」

「但是，那個男人是什麼人？」費爾頓問道。

米拉迪沒有回答，而是繼續說：

「我在一張椅子上過了一夜，每聽到一陣最微小的響聲我都驚跳起來。午夜時分，那盞燈熄滅了，我重又陷入黑暗之中。但是，迫害我的那個人這天夜裡沒有來。天亮了，桌子已經不見了，只有我手裡依舊操著的那把刀。

「那把刀就是我的全部希望呀。

「我感到疲憊不堪，失眠弄得我雙眼火燒火燎的疼，因為我不敢睡著片刻。天亮使我寬下心來，我一頭倒在床上，把那把救命的刀子藏在枕頭下，睡著了。

「一覺醒來，一桌新的飯菜又送了來。

「這一次，儘管深感恐懼，但我感到了饑餓，於是吃了些麵包和幾個水果。想到我先前喝的水被人放了麻醉劑，我沒敢碰放在桌上的那杯水，而是從洗臉盆上面的一個大理石的水箱裡取了一些。

「儘管我小心翼翼，但我仍時時心有餘悸。不過這一次我的擔心是沒有理由的，因為一整天沒有發生任何類似我所害怕的事。

「夜幕降臨，黑暗隨之到來。只是，不管天是怎樣的黑，我的眼睛都變得習慣起來。在黑暗中，我看見桌子從一塊地板那邊陷了下去，一刻鐘過後，它擺好飯菜又露出地面，那盞燈也隨之亮了起來。

「我決定只吃那些不能被下藥的食品：兩個雞蛋，幾隻水果，隨後，我又從保護了我的那個水箱中取了一杯水。

「剛喝了幾口，我就感覺到這水的味道和早上的不一樣了，便立刻停了下來。可是，我已經喝了半杯。

「我驚恐萬分。我等待著，額頭上滲出了汗水。

「無疑有人看到我從水箱中取水了，於是利用我的自信做了手腳。

「過了半個鐘頭，又出現了類似上次的症狀。但這一回我只喝了半杯水，因此我還能夠較長時間地掙扎一番。我沒有完全睡過去，只是處於半昏迷狀態，勉強可以感覺到自己周圍所發生的事，但我失去了自衛能力。

「我拖著身子走向床邊，去尋找那把救命的刀子。可沒能走到床頭，就跌在了地上，雙手死死抓著一根床腿。」

費爾頓滿臉蒼白得可怕。

「更令人害怕的是，」米拉迪接著說，那聲音似乎表明她仍在經受著那種恐慌，「這一次，我意識到威脅正向我逼近。我的靈魂正在我沉睡的軀體裡看著我。我能夠看見，也能夠聽見，所有這一切彷彿真的在夢幻之中，而這更能讓人感到害怕。

「我看見那盞燈在上升，漸漸將我打入黑暗之中，然後我聽見那扇門非常熟悉的響聲。

「我本能地感到有人在靠近我。

「我想掙扎一番，試圖喊叫。我以難以想像的頑強意志，竟然重新爬了起來，可立刻又跌了下去，這一下跌在迫害我的人的懷裡。」

「那個人究竟是誰，請您告訴我？」年輕軍官大聲說。

米拉迪一眼就可以看出，費爾頓產生了難以忍受的痛苦。她相信，越是能深深地震撼費爾頓的心，就越能讓他堅定地為自己復仇，所以她決定對費爾頓的喊叫不加理睬，繼續講下去。

「這一次，那個無恥之徒面對的不再是一具無知無覺的殭屍。雖然我已經喪失了機體的能力，但無疑我曾盡全力進行了反抗，因為我聽到了他的喊叫聲——

「『這些該死的女清教徒！沒想到對於她們的情夫來說也是如此地厲害！』

「唉！這種絕望的掙扎我沒能堅持多久，我感到精疲力竭了。這一次，並不是因為我昏睡使那壞蛋遂了願，而是由於我昏厥了。」

費爾頓傾聽著，沒有再說什麼話，只聽見他發出一聲低沉的吼叫。汗珠從他那大理石般的額上流下來。

「在甦醒後，我的第一個舉動，便是去找藏在枕頭下我沒能拿到手的那把刀。即使不能用它來自衛，但至少能夠用來贖罪呀！

「然而，當我拿到那把刀時，費爾頓，我頭腦中產生了一個可怕的念頭。我曾發過誓要把一切全告訴您，那我就一定履行誓言；我曾答應過您對您講真話，那我一定也要做到。」

「您想報仇，是不是？」費爾頓大聲問。

「對！正是！」米拉迪說，「這種念頭不是一個基督徒應該有的，這我知道。但是，也許是我們心靈中那個永恆的仇敵、那頭在我們周圍不斷吼叫的獅子，使我心中有了這樣的念頭。[35]最後，費爾頓，」米拉迪以一個認罪女人的口氣接著說，「因為我有了這種念頭後，無疑再也擺脫不掉了。正是因為這樣，我才受到今天的懲罰。」

「您繼續講，繼續講，」費爾頓說，「我急於知道您是怎麼復仇的。」

「哦！我下定決心要讓復仇儘快實現，我相信他第二天夜裡還會再來的。

「所以，當午餐送來時，我毫不猶豫地吃得飽飽的，是為了晚飯時不用再吃什麼，而只是裝裝樣子，我必須用午間的食物抵擋夜裡的饑餓。

「我還藏起午飯時省下來的一杯水，因為四十八小時之內不吃不喝，口渴對於我是最最痛苦的事。

「白天過去了，沒有發生任何事情，這反而更加堅定了我的決心。我深信，有人在監視我。我有好幾次忍不住，感到唇上露出過微笑。費爾頓，我不敢對您說，我想到了什麼我笑了，因為你會因此討厭我。」

「請說下去，」費爾頓說，「我很想快些知道您的復仇。」

35. 這裡「永恆的仇敵」和「獅子」的概念是指魔鬼撒旦。《聖經·新約·彼得前書》中有這樣的話：「你們的仇敵魔鬼，如同一頭吼叫著的獅子，到處巡遊，尋找吞吃的人。你們要用堅固的信心去抵擋他。」

「夜色降臨，一切照舊。我上桌就餐。

「我只吃了幾個水果，然後假裝拿起大肚長頸玻璃瓶倒水，但我喝的是我杯裡原來的水。這次做得相當巧妙，即使真有暗探，他也不會看出任何破綻。

「用完晚餐，我裝出了和前一天晚上同樣的半昏迷狀態，像是疲憊到了極點，又彷彿像是對待危險習以為常，接著上了床假裝睡著了。

「我假裝睡著了，手裡牢牢地握住了那把刀。

「兩個小時過去了，我開始擔心這天和前一天晚上不一樣了，他不會來了。

「終於，我發現那盞燈開始緩緩升起，我的房間一片黑暗。我睜大眼睛注視著黑暗中的動靜。

「又過去了十分鐘，周圍寂靜的只能聽到我的心在怦怦地跳。

「我懇求上天讓他來。

「最後，我聽見了那扇門熟悉的開關聲。儘管地毯鋪得很厚，我還是聽到了腳步聲；儘管房間黑暗，我還是看見一個人影向我的床邊走來。」

「您快說，您快說！」費爾頓催促著，「您的每一句話都讓我內心掙扎。」

「就在此時，」米拉迪又說，「就在此時，我用盡了所有力氣，並提醒自己，復仇的時刻，已經到了！我手握尖刀，蜷縮著身子。我發出一聲痛苦而絕望的吶喊，用刀子向他的胸膛刺去。

「混蛋！他全都早有預料，因為他的胸部穿了一件鎖子甲。

「『哈哈！』他一邊吼叫著一邊抓著我的胳膊，奪走了我手裡那把刀子，『您想要我的命，我的清教徒美人！這是忘恩負義！得啦，我漂亮的寶貝兒，您安靜些吧！本以為您已經溫順了。我原不相信，您不愛我，因為我一向狂妄自大。現在我相信了，明天，我將還您自由。』

「當時，我只有一個願望，就是讓他殺死我。

「『請您當心！』我對他說，『因為，我的自由就意味著您會丟臉。』

「『您可以說得明白一點，我的美麗的西比爾[36]。』

「『這是因為，一走出這間屋子，我就會把一切都說出來。我會說您強暴了我；我會說您非法拘禁了我；我會揭露這座凶宅裡的卑鄙無恥的一切。儘管您身居高位，勳爵，但您會發抖的！在您之上還有國王，在國王之上還有天主。』

「我眼前的那位迫害狂聽了我的話雖然顯得很克制，但也不由自主地做出氣惱的舉動。雖然我看不清他的臉，但我能通過他的手感覺到他在瑟瑟發抖。

「『如果這樣，那您就休想從這兒走出去。』他說。

「『那好，那好！』我大叫起來，『那好吧！我就死在這裡。您會看到，一個控訴

36. 希臘傳說中的女預言家。

的幽靈比一個活人更為可怕！』

「『誰也不會給您任何東西讓您自殺。』

「『但有一件，絕望之神已經將它放在每一個人的手邊，我會讓自己餓死的。』

「『走著瞧吧，』那混帳東西說，『和平總比一場戰爭好吧？我現在立刻還您自由，我向您宣佈您是一位貞淑之女，我稱您為「英格蘭的盧克麗霞」[37]。』

「『那我就說您是英國的塞克斯杜，我要向全世界揭發您。倘若有必要，我要像盧克麗霞那樣，在我的控告書上用我的鮮血寫下我自己的名字。』

「『哈哈！』我的仇敵以嘲笑的口氣說，『如果是那樣，就是另外一回事。說實話，不管怎麼說，您在這兒挺好嘛，什麼也不缺。而如果您非要讓自己餓死，那就隨便您了。』

「說完這幾句話，他走了出去。我再次陷入痛苦之中。不過，坦白地說，我精神上受到的傷痛，比起沒有能力為自己報仇所經受的羞恥要小得多。

「又是一天一夜過去了，我真的再沒有見到他。但我也說話算數，沒吃沒喝，決心一死了之。

37. 古羅馬的一位烈女。她是貴族柯拉提努斯的妻子，被羅馬暴君盧齊烏斯・塔爾奎尼烏斯之子塞克斯杜姦污。她受辱自盡身亡，死前要父親和丈夫為她報仇。此後，她的丈夫聯合布魯圖，將塔爾奎尼烏斯趕出了羅馬。

「我在祈禱中度過了一天又一晚，但願天主饒恕我的自殺行為。

「第二天夜間，門打開了。我正躺在地板上，全無力氣。

「聽到響聲，我用一隻手支撐身子。

「『聽著！』有一個聲音在我耳邊響起，我聽不出那是誰的聲音，『聽著！您考慮得怎樣？我們雙方可以和解了吧？我們可以用心照不宣的唯一承諾，就我們的自由達成交易了吧？瞧，我是一個寬宏大量的人。』他接著說，『儘管我並不喜歡清教徒，但我承認他們的正當權利，對長得漂亮的女清教徒，我同樣承認她們的正當權利。好啦，就請您向我發個小小的誓言吧，畫個十字，我對您沒有更多的要求了。』

「『畫十字！』我重新站起身來大叫道，因為氣憤我又擁有了一些體力。『畫十字！我發誓，任何威脅，任何折磨都不會封住我的口！畫十字！我要四處向人們揭發您是個謀殺犯，是一個卑鄙的小人。畫十字！如果我能從這出去，我發誓我將呼籲全人類向您報仇。』

「『您放心！』那個聲音以威脅的口氣說，『我有最妙的方法封住您的嘴，或者，至少讓世人不相信您說的每一句話，但不到萬不得已我不會用它。』

「我使出全身氣力，用一陣大笑權作回答。

「他看得出來，我和他之間今後將是一場永遠的戰爭，一場殊死的戰爭。

「『您聽著，』他說，『今晚剩下的時間，加上明天一天，我再讓您好好考慮一下。如果您答應守口如瓶，您將有享受不盡的富貴榮華，但如果您膽敢聲張，我將讓您身敗名裂。』

「『您！』我大叫道，『您！』

「『永遠洗不清的身敗名裂！』

「『您！』我又大叫一聲。啊！我覺得他是發瘋了。

「『不錯，我！』他說。

「『啊！走開！』我對他說。

「『好吧，』他說，『隨您的便，明晚見！』

「『明晚見。』說著，我癱倒在地……」

米拉迪懷著惡魔般的快樂看著費爾頓，也許不用講完這段故事他就承受不住了。

chapter 57

一種古典悲劇的手法

米拉迪停了一會，觀察著那年輕人，又繼續講她的故事：

「將近有三天時間我不吃不喝，忍受著痛苦的折磨。我的眼睛看東西也變得模糊起來，這是精神錯亂的表現。

「又到了晚上，我備感虛弱，時有昏眩之狀，而每當昏眩之時，我就感謝天主，因為我相信我離死亡不遠了。

「在一次昏厥中，我聽見門被打開了。

「進來兩個蒙著面的人，我聽得出他的腳步聲。

「『喂！』他問道，『您考慮好了沒有？』

「『我已經跟您說過了。在世間，我將到人類的法庭上控訴您；在天上，我要到天主的法庭上控訴您！』

「『這樣說，您堅持這樣？』

「『我在正聽我講話的天主面前發誓，在沒有找到為我復仇的人之前，我絕不善罷甘休。』

「『您是一個婊子！』他大聲吼道，『您將受到苦刑！在您懇求的世人的眼裡，您是被打上烙印的婊子，您就去向他們證明您既不是罪犯也不是瘋子吧！』

「隨後，他對另一個蒙面人說：『開始動手吧！』」

「啊！那個人叫什麼名字？」費爾頓大叫起來，「那個人的名字，請您告訴我！」

「這時，我開始明白，這對我來說那是比死還要更壞的東西。但是，劊子手不顧我的呼喊，無視我的抵抗，強行抓住我，將我按倒在地板上，我哭得透不過氣來，幾乎失去了知覺。由於疼痛和恥辱，我突然慘叫一聲，一塊通紅、火燙的烙鐵，在我的肩膀上留下了一個印記。」

費爾頓發出一聲呼喊。

「您看呀，」米拉迪說。說著，她帶著皇后般尊嚴站了起來，「您看呀，費爾頓，請您看看，他是怎樣去折磨一個冰清玉潔的少女，那個少女又是怎樣成為無恥之徒宰割下的犧牲品的吧！從今以後，您要學會認識人類的心，不要去充當他們報復的工具啊。」

米拉迪迅捷地解開裙袍，撕開遮胸的細麻布內衣，帶著滿臉假怒裝羞的緋紅，向年輕人露出那片在她柔滑的肩膀上留下的，讓她蒙受恥辱的，不可抹去的印痕。

「可是，」費爾頓叫起來，「我看見的是朵百合花呀！」

「那正是他的聰明之處！」米拉迪說，「要是英國的烙印，那就必須證明是哪一家法庭強行給我烙上的，我可以向大不列顛王國所有法庭提起公訴。但那是法國的烙印……唉！我將因此終生蒙辱了。」

費爾頓面色蒼白，神態木然，被這種駭人聽聞的披露擊垮了，被這個女人的絕世美色弄得暈眩了。這個女人自我暴露秘密的羞恥，被他視為了一種崇高，最後，他跪倒在了她的膝下，猶如跪在一個純潔聖女的腳下。

在他眼裡，烙印不見了，唯一剩下的是美貌。

「請寬恕！請寬恕！」費爾頓大聲說，「哦！請寬恕！」

米拉迪從他的眼睛裡看到的是愛情，愛情！

「寬恕什麼？」她問道。

「寬恕我也成了他們其中的一員。」

米拉迪向他伸出手來。

「多麼漂亮啊！多麼年輕啊！」費爾頓一面讚歎一面不斷地吻著那隻手。

米拉迪則俯視著他，她那目光，可以使國王成為奴隸。

費爾頓是個清教徒，他鬆開她的手去吻她的腳。

他此時此刻已經不是愛她，而是崇拜她了。

米拉迪似乎又重新恢復了冷靜，其實，她從沒失去過冷靜。費爾頓發現那些愛情的瑰寶重新被關進了貞潔的面紗，事實上，米拉迪的欲擒故縱只是為了激起他更加火熱的欲望。這時費爾頓說：

「啊！我現在只想問您一件事，就是那個真正的劊子手的姓名？」

「什麼！」米拉迪大聲說，「您還需要我向您指名道姓？難道您還沒有想到是誰嗎？」

「怎麼！」費爾頓說，「是他！又……又是他！真正的罪人是……」

「真正的罪人，」米拉迪說，「是那個英倫三島的蹂躪者，糟蹋無數婦女貞潔的虐待狂！這個人反覆無常，良心喪盡，他竟不惜將英國拖入戰爭，讓英國血流成河。今天，他保護新教徒，而明天他又出賣他們……」

「白金漢！那就是白金漢！」憤怒的費爾頓大叫起來。

米拉迪雙手捂起了臉，彷彿一聽到這個名字她就無法忍受。

「白金漢，你是迫害這個天使般的女人的劊子手！」費爾頓怒吼著，「天主啊，您怎麼不殺了他！您怎麼還讓他又高貴、又榮耀、又強大地來毀掉我們大家呀！」

「天主對那自甘墮落的人是不管的。」米拉迪說。

「但上帝對那些該死的傢伙是要招來懲罰的！」費爾頓情緒愈發激動，「天主是想在天庭審判前讓人類先處置他！」

「可世人懼怕他。」

「哼！可我，」費爾頓說，「我不怕他，我一定不會放過他！」

聽了這話，米拉迪高興的難以自制。

「不過，溫特勳爵，他又是如何參與進了這一切呢？」費爾頓問道。

「請聽我說，費爾頓，」米拉迪說，「有卑劣可鄙的人，也有心地高尚的人。我有一個像您一樣善良的未婚夫，我去找了他並告訴了他一切。他是一個高貴的貴族，和白金漢一樣。他瞭解我，沒有懷疑我所講的，聽完我的敘述他什麼也沒有說，就身帶佩劍，披上披風，徑直去了白金漢的府邸。」

「是的，我明白，」費爾頓說，「不過，幹這種事不應用佩劍，而應該用匕首。」

「前一天，白金漢已經作為使者去了西班牙。那時，查理一世還是威爾士親王，白金漢是為親王前去求婚的。

「我的未婚夫回來了。

「『請聽我說，』我的未婚夫對我說，『那個人已經走了，因此他暫時躲過了一劫。現在我們結婚吧，這是我們早就應該做的。然後，您把這件事託付給溫特勳爵去做吧。』」

「溫特勳爵！」費爾頓叫起來。

「是的，」米拉迪說，「溫特勳爵，現在您應該都清楚了吧。白金漢待在西班牙一年多沒有回來。我的丈夫溫特勳爵，在他回國前八天突然死去，丟下了我。為什麼？

只有萬能的天主知道。這讓我去指責誰呢？」

「哦！多麼蹊蹺！多麼蹊蹺！」費爾頓大聲說。

「我丈夫溫特勳爵臨死前對他兄弟什麼也沒有說，他覺得應該對所有的人保守這個可怕的秘密。您的保護人曾很不高興自己的哥哥和一個沒有財產的女人成婚。我知道自己無法從一個對繼承遺產失去希望的人身上得到任何支持，於是便去了法國，打算在那裡度過餘生。但我的全部財產仍在英國，現在兩國交戰，斷絕了我全部生活之源，這樣，我被迫重返英國。」

「後來呢？」費爾頓問道。

「後來，白金漢無疑得知我回來了，他就將這消息告訴了您的恩人。白金漢對他說，他的嫂子是一個妓女，是被烙過印的婊子。我的丈夫不能再活過來為我辯護，溫特勳爵就相信了他說的一切，加之白金漢花言巧語，他就更信以為真了。

「他派人抓住了我，將我帶到這兒來交給您看管，後來的事您都知道了。後天，他將趕走我，將我流放，把我打發到下賤的犯人堆裡去。哦！這個詭計多妙啊！我的名譽不復存在了，費爾頓。請將那把刀子給我吧，費爾頓！」

講完這番話，米拉迪似乎已經精疲力竭，全身癱軟，倒進了年輕軍官的懷裡。愛情、憤怒，加上從未領略過的肉欲的快感，讓這位年輕人忘記了一切，懷著全身的激奮，將她緊緊地摟在胸前。聞著那張漂亮的嘴裡散逸出的氣息，當他接觸到那顫動得很厲害的胸部時，他完全喪失了理智。

「不，不，」青年軍官說，「不，您不能死，就是為了戰勝您的仇敵，您也要活下去。」

米拉迪一邊用手慢慢推開他，一邊吊著眼神勾引他，而費爾頓卻是死死地抱著她，懇求著。

「啊！讓我去死吧！讓我去死吧！」她瞇著眼睛語聲喃喃道，「啊！與其蒙受這樣的羞恥還不如死掉。費爾頓，我的朋友，我求您讓我一死吧！」

「不，」費爾頓大聲嚷道，「不，您要活下去，我一定會為您報仇！」

「費爾頓，我會給您帶來災難的！費爾頓，放開我吧！費爾頓，讓我去死吧！」

「那好，我們一起死！」費爾頓將自己的嘴唇緊貼在女囚的嘴唇上。

這時，有人敲門。這一次，米拉迪真的將費爾頓推開了。

「您聽著，」她說，「有人聽見了我們的說話，有人來了！糟了，我們全完了！」

「不會的，」費爾頓說，「那只是值崗衛兵通知我巡邏的衛兵過來了。」

「那麼您快去開門吧。」

費爾頓乖乖地順從了，這個女人已經主宰了他。

他的面前站著一位領著一隊巡邏兵的中士。

「怎麼，有什麼事嗎？」年輕的中尉問。

「您吩咐我，如果聽見呼救，我就得趕快打開門，」士兵說，「可您忘記給我鑰匙了。我剛才聽見您在叫，又不知道您在叫什麼，所以我想打開門，而門從裡面反鎖了，於是，我就把一位軍士叫來了。」

「我在這兒。」軍士說。

費爾頓神色迷惘，目光呆滯，茫茫然呆在那裡，不知道該怎麼說。

米拉迪明白，該由她挽回局面。她跑到桌前，抄起了費爾頓放在上面的那把刀。

「您有什麼權利想阻擋我去死？」她說道。

「偉大的天主！」費爾頓大叫道。

就在這時，走廊裡響起了一陣嘲諷的大笑聲。

聽見大聲吵鬧，勳爵穿著睡袍，腋下夾著一把劍，走過來，站在門口。

「哈哈！」他說，「我們看到最後一幕悲劇了。您看見了吧，費爾頓，悲劇是按照我指出過的全部情節一幕一幕地上演的。不過，她不會自殺的。」

米拉迪心裡明白，此時此刻，如果她現在向費爾頓顯示出她的勇敢，那她就完了。

「您看錯人了，勳爵，鮮血一定會流的，但願這鮮血會濺到仇人的身上！」

費爾頓大叫一聲向她衝去。然而，已經來不及了，米拉迪已經將刀子插進身體了。但是，那把刀恰巧碰上了鐵制胸衣撐。那個年代，所有女人都穿這種胸衣撐，保護著婦女的胸部。這樣一來，那把刀刺破連衣裙時滑下去，斜著扎進了肌肉和肋骨間。霎時間，鮮血滲出了米拉迪的連衣裙。

米拉迪仰面倒下，彷彿昏死過去。

費爾頓奪過刀子。

「您看見了，勳爵，」他神情陰鬱地說，「在我看守下的女人，她自殺了！」

「放心吧，費爾頓，」溫特勳爵說，「她不會死的，魔鬼是不會如此容易死掉的，放心，您到我的房裡等著我。」

「但，勳爵……」

「去吧，我命令您。」

費爾頓只得服從命令出門，但走到門口時，他將那把刀藏在了自己的懷裡。

溫特勳爵只是叫來了侍候米拉迪的女傭，將仍然昏迷不醒的女囚交給了她，讓她一個人陪著。

不過，儘管他確信她不會死，但傷勢畢竟是嚴重的，他立刻派了人去找醫生。

chapter 58

潛逃

正如溫特勳爵所料，米拉迪並沒有什麼危險。所以當女傭人急著要為她解開衣服時，她立刻睜開了眼睛。

但不管怎麼說，還得裝出點兒虛弱和疼痛的樣子，對米拉迪來說，這簡直是小菜一碟。而那個可憐的女傭人完全被她騙住了，儘管米拉迪再三強調沒什麼大礙，她還是執意照顧了她一夜。

不過這個女傭的存在不影響米拉迪繼續她的思考。

費爾頓已被戰勝，成了她的人。現在，即使有一位天使當面譴責米拉迪，他也一定會將天使看作魔鬼的使者。

今後，費爾頓將是她唯一的希望，想到這裡，米拉迪笑了。

但是，溫特勳爵已經心存疑竇，費爾頓現在可能已經受到了監視。

將近凌晨四點的時候，醫生來了。這時米拉迪的傷口已經開始癒合，因此，醫生沒有檢查出什麼問題，只能按傷者脈搏的狀況進行了診斷，認為傷情並不嚴重。

早晨，米拉迪藉口一夜沒有睡著，需要休息，支走了那個女傭人。

她心裡懷著一種希望，就是費爾頓能在早餐時刻到來。然而，費爾頓沒有來。

難道她的擔心變成了現實？她只有一天時間了。按照勳爵的計畫，她將於二十三日上船，而現在已是二十二日的清晨。

然而，她還是一直耐心地等到吃午飯的時刻。

儘管她早上沒有吃東西，午餐還是按平日的時間送到。

米拉迪這時恐懼地發現，看守她的衛兵制服都已經換了。

於是，她壯著膽子去問士兵費爾頓的情況。士兵回答她說，一個小時前費爾頓就騎馬離開了。

她又打聽勳爵是不是一直在城堡裡，士兵回答說是的，並說如果女囚有什麼話想對他講，他會奉命前去通知他。

米拉迪說她非常地累，只想一個人待在房間裡。

士兵出去了，將備好的飯菜留下來。

費爾頓被支走了，海軍士兵換防了。這就是說，費爾頓受到了懷疑。

屋裡只剩下她一個人，她便站了起來。那張床實在讓她難受，她是出於謹慎，為了讓人相信她嚴重受傷才一直在上面躺著。她向門口溜了一眼，看見勳爵派人釘了一塊木板在門的小窗口上。無疑，這是為了防止米拉迪會通過那個小窗口勾引站崗的那些士兵。

米拉迪得意地笑了，因為這樣一來，她又能不被人注意地任意宣洩情緒了。她像一個瘋子，或者像一隻被關在鐵籠中的老虎那樣，狂躁地在房間裡走來走去。如果把刀子給她留下來，她就會再次用它，但不是自尋短見，而是去殺死勳爵了。

六點鐘的時候，溫特勳爵全副武裝走了進來。此前，在米拉迪的眼裡這個人只不過是公子哥兒，想不到，此時此刻他卻成了一個令人折服的看守，他似乎能預料一切，揣摩一切，預防一切。

他向米拉迪掃一眼，就能明白她內心的想法。

「算了吧，」溫特勳爵說，「今天您還是殺不了我。您早就開始勾引我那可憐的費爾頓了，他也已經受到了您惡魔般的影響，但我要挽救他。您再也不會見到他了，一切都完蛋了。請整理好您的行裝，明天就上路了。原定日期是二十四日，但我想還是提前一天比較好。明天中午，我將得到白金漢簽署的流放您的命令將您流放。您上船前，不管跟誰說一句話，我的衛士都會射穿您的腦袋。上船之後，在沒有得到船長許可的情況下，不管您跟什麼人說一句話，船長都會讓人把您扔進大海，這都有言在先。再見吧。明天我再來看您，向您道別！」

勳爵說完就走了。

這段警告讓米拉迪心中頓時瘋狂地憤怒起來。

晚飯送來了。米拉迪感到這個即將來臨的可怕之夜，可能會發生什麼情況，因為烏雲正在天空滾動，道道閃電預示著一場暴風雨的來臨。

夜間十點左右，暴風雨隆隆炸開。目睹大自然在分擔她心中的紛亂和憂慮，她感到一種心靈的慰藉。雷霆在空中轟鳴，猶如憤怒在她頭腦中炸開。樹枝被折斷，樹葉被捲走。她像咆哮的暴風雨一樣在怒吼，她的吼聲消失在雷電之中。大自然也像是在呻吟，也感到了絕望。

忽然，她聽見有人在敲窗戶，憑藉閃電那稍縱即逝的一線亮光，她看到了一個男人的臉。

她跑到窗口，打開了窗子。

「費爾頓！」她大叫起來，「我得救了！」

「是我！」費爾頓說，「別出聲，我要花些時間鋸斷鐵柵欄。您小心不要讓人看見您在窗口。」

「哦！好在天主保佑，費爾頓，」米拉迪又說，「他們用一塊木板將窗口封住了。」

「這倒不錯。」費爾頓說。

「那我該做些什麼呢？」米拉迪問。

「只需把窗子關好。您過去躺下，或最好穿戴整齊躺在床上。我鋸完鐵柵欄時就敲玻璃，但您能跟得上我嗎？」

「噢！可以！」

「傷口怎麼樣？」

「還有點兒疼，但不會影響我走路。」

「您隨時注意聽我的第一個暗號。」

米拉迪關好窗子，像費爾頓吩咐的那樣，走回房間，蜷著身子躺在了床上。暴風雨中，她聽得見鋸齒和鐵條磨擦的聲音。

她屏著呼吸，帶著滿額汗水熬了一小時。走廊上有一點動靜，她都會嚇得心驚肉跳。

一小時後，費爾頓敲起玻璃窗。

米拉迪跑去開窗子，少了兩根鐵條的缺口正好能讓她出去。

「準備好了嗎？」費爾頓問。

「是的。我要帶什麼東西嗎？」

「如果有的話，帶些金幣。」

「有，他們把我帶的錢都給我留下了。」

「太好了，我為租船把錢全用光了。」

「拿著。」米拉迪將一袋沉甸甸的金幣交到費爾頓的手裡。

費爾頓接過錢袋，扔到繩梯下的牆角。

米拉迪登上一張扶手椅，先將上半身探出窗外，她看到年輕軍官攀著一根繩梯，懸站在絕壁的上方。

她感到十分恐怖。

下面的深淵讓她頓時感到頭暈目眩。

「我早就知道您一定會害怕的。」費爾頓說。

「沒關係，」米拉迪說，「我閉上眼睛下去。」

「您相信我嗎？」費爾頓問。

「當然。」

「兩手靠攏，交叉，很好。」

費爾頓將她的雙腕用手帕緊緊地綁住，然後在手帕上繫上繩子。

「您這是幹什麼？」米拉迪驚詫地問。

「請將雙臂套住我的脖子，不必害怕。」

「我會使您失去平衡的，那我們倆就全完了。」

「您放心，我是海軍。」

米拉迪伸出雙臂套進費爾頓的脖子，身子滑出了房間。

費爾頓開始緩慢地順著繩梯往下走，儘管兩個人身體十分沉重，但震天撼地的風暴將他們刮得在半空中飄飄忽忽。

費爾頓突然停了下來。

「怎麼啦？」米拉迪問。

「別出聲，」費爾頓說，「我聽見有腳步聲。」

「我們被發現了？」

接著是一陣沉默。

「不是的，」費爾頓說，「沒有關係。」

「那到底是什麼聲音？」

「是巡邏隊在夜巡路過時的腳步聲。」

「他們夜巡走哪條路？」

「就在我們下面。」

「他們會發現我們的。」

「不會的，只要沒有閃電。」

「他們會碰上繩梯下端的。」

「幸好繩梯留得很短，離地六法尺高。」

「他們來了，天主！」

「別說話！」

他們兩個人懸在離地兩丈高的半空，一動不動，無聲無息。巡邏士兵們說說笑笑地從下面過去了。

真是一場可怕的虛驚。

巡邏隊的腳步聲漸漸遠去了。

「現在，我們得救了。」費爾頓說。

米拉迪哼了一聲，昏厥過去。

費爾頓繼續攀梯而下，到了繩梯的底端沒有撐套的地方，他用雙手使勁抓著繩子下到最末一級，憑臂力吊著身軀，兩條腿剛好夠到地面，一撒手，穩穩地落到地上。他低下身，撿起那袋金幣，用嘴咬住了它。

隨後，他抱著米拉迪，立刻朝著與巡邏隊相反的方向跑去。不久他就脫離了巡邏區，順著懸崖峭壁往前走，到了海邊，然後吹了一聲哨子。

同樣一聲對應的哨聲傳了過來，頃刻間一隻載著四個人的小船出現了。

小船亦儘快地向岸邊划來，但沿岸水深過淺，小船不能靠岸。費爾頓便踏進齊腰的水向前走去。

大海洶湧澎湃，小船猶如一隻蛋殼在浪中顛簸。

「向單桅帆船那邊划，」費爾頓說，「快划！」

那四個人划動搖櫓，但大海水激浪高，搖槳難以駕馭其上。

然而畢竟是離城堡越來越遠了。夜色凝重，因此，從岸邊也就不可能看到這條船了。

一個黑點兒在海面上晃動，正是那只單桅帆船。

費爾頓解開了繩子，鬆開了綁著米拉迪雙手的手帕。

然後，他捧起一捧海水澆在米拉迪的臉上。

米拉迪長歎了一聲，睜開雙眼。

「我現在在哪兒？」她問道。

「您得救了。」年輕軍官答道。

「噢！得救了！」米拉迪大聲喊道，「這就是天空，這就是大海！我呼吸的這空氣是自由的空氣。啊！謝謝，費爾頓，謝謝！」

年輕軍官將她緊緊摟在懷中。

「可我的雙手是怎麼啦？」米拉迪問。

米拉迪抬起了手臂，發現她的雙腕傷痕累累。

「唉！綁成這樣！」費爾頓看著那雙標緻的手，輕輕地搖了搖頭。

「噢！沒有關係！」米拉迪大聲說，「現在我想起來了。」

米拉迪環顧四周。

「它在那兒。」費爾頓用腳踢一下錢袋。

小船靠近了單桅帆船。值班水手用傳聲筒向小船呼叫著，後者回了話。

「那艘船是什麼船？」米拉迪問道。

「那是我為您租來的船。」

「它將把我載到哪裡去？」

「隨便您，您只要把我帶到朴茨茅斯就行了。」

「您去朴茨茅斯做什麼？」米拉迪問。

「去完成溫特勳爵的命令。」費爾頓慘然一笑說。

「什麼命令？」米拉迪又問。

「他已經開始懷疑我了，所以，他要親自看守您。因此就派我去找白金漢簽署那道流放您的命令。」

「既然他懷疑您了，又怎麼會交給您這樣的命令呢？」

「我想他以為我不清楚我所帶的是什麼。」

「您現在就去朴茨茅斯嗎？」

「我不能再耽誤了，明天就是二十三日，而白金漢明天也要率領艦隊出發了。」

「明天就出發，他去哪兒？」

「去拉羅舍爾。」

「不能讓他走啊！」米拉迪叫起來。

「請您放心，」費爾頓說，「他不會走掉的。」

米拉迪高興得渾身發抖，她知道年輕人將要為她有所行動了！

「費爾頓，」她激動地說，「如果您死了，我跟您一起死。」

「別出聲！」費爾頓說，「我們到了。」

果然，他們乘坐的小船靠近了單桅帆船。

費爾頓第一個攀上了舷梯，向米拉迪伸出手來，眾水手則架著她。

片刻過後，他們登上了甲板。

「船長，」費爾頓說，「這位女士就是我對您說過的那位，您務必將她安然無恙地送到法國。」

「不多要，一千比斯托爾。」船長說。

「我已經付了您五百。」

「沒錯。」船長說。

「再給您另外的五百。」米拉迪邊說邊把手伸進錢袋。

「不，」船長說，「我說話算數，我已跟這年輕人商定好了。另外的五百等到了達布洛內我再要。」

「我們會航行到那兒嗎？」

「保證安全到達，」船長說，「相信我，不會錯的。」

「那好，」米拉迪說，「如果您說話算數，那時我給您的就不是現在的五百，而是一千比斯托爾。」

「您真是大好人，漂亮的夫人，」船長大聲說，「但願我能經常碰到像夫人您這樣的顧客！」

「現在，」費爾頓說，「在去朴茨茅斯前，先送我們去奇賈斯特小海灣，您清楚我們有約在先，您是同意送我們去那裡的。」

船長聽罷用他的指揮代替了回答。早上七點鐘左右，這艘船便在指定的海灣下了錨。在這段航程中，費爾頓向米拉迪講述了事情的全部經過：他是怎樣沒有去倫敦卻租了這條船；在攀登城堡的高牆時，又是怎樣一邊爬一邊在石頭縫裡插進一些扣釘，以便讓腳踩上去；最後又是怎麼到達柵欄前繫上軟梯的。至於剩下的事米拉迪就全都知道了。

米拉迪則竭力鼓動費爾頓勇敢地去完成他的計畫，儘管眼前這個狂熱的年輕人更需要的是克制，而不是狂熱的鼓動。

雙方有約定，如果到了十點費爾頓還不回來，她就先行動身。

假若費爾頓完成了使命而且是自由之身，他一定會去法蘭西，到貝圖納的加爾默羅會女修道院找米拉迪的。

chapter 59

一六二八年八月二十三日[38]朴茨茅斯發生的事

費爾頓吻著米拉迪的手向她辭行。

費爾頓沉著鎮定，但他的雙眼閃耀著一種不尋常的光芒。他的臉比平常更加蒼白了，說話時語氣短促且時斷時續，這表明一定有什麼難言之隱使他全身騷動不安。

從他登上小船起他一直扭著頭，盯著米拉迪，米拉迪則站在那條單桅船的甲板上目送著他。他們二人都用不著擔心會有追兵，因為九點前從不會有人走進米拉迪的房間，而從城堡到倫敦得花三個小時。

費爾頓離船上岸，攀上通向懸崖頂的山脊小路，然後大步流星地朝著朴茨茅斯方向走去。

朴茨茅斯那一邊，海面上艦船密佈，帆檣林立，那林林總總的桅杆在海風勁吹下

38.米拉迪是一六二七年十二月離開法國的，現在卻到了第二年的八月，這裡出現了較大的時間上的漏洞。

搖搖曳曳。

在快速行進過程中，費爾頓翻來覆去思考著對白金漢的各種指控，而這些指空是他兩年多來像古人那樣一再思考了的。

費爾頓將這位大臣昭然若揭、明火執仗、全歐洲盡人皆知的罪行，同米拉迪控告他犯下的秘密罪行進行比較之後，他認為，白金漢是可憎的。因為對米拉迪萌發的如此奇特，如此火熱的愛情，使他認定事實就是如此。在愛情裡無法自拔的費爾頓根本看不出溫特勳爵夫人的指控完全是無恥的，是憑空捏造的。

他匆匆趕路的腳步更燃起了他沸騰的熱血，所有這一切都激發他的靈魂在此時達到一種難以控制的精神狀態。

將近早上八點鐘，他走進朴茨茅斯港。全城居民都已經起了床，碼頭上鼓聲震天，上船的部隊整裝待發。

費爾頓風塵僕僕，大汗淋漓地趕到了海軍司令部。他一向蒼白的面頰，此時此刻，由於體熱和惱怒而變得通紅。值班崗哨本想將他拒之門外，但費爾頓叫來了值班隊長，從口袋掏出他帶來的那封信。

「這是溫特勳爵的緊急公文。」他說。

誰都知道，溫特勳爵是公爵的密友，值班隊長立刻發令放行。

費爾頓跑進司令部。

就在他走進前廳的時候，另一個人也走了進來。這個人也是滿身塵土，氣喘吁吁。費爾頓和這個人同時找到了公爵的貼身隨從派崔克。費爾頓通報了溫特勳爵的大名，而那位陌生人不想提起任何人，聲稱只向公爵一個人才能說出他是誰。兩個人都爭著先進去見公爵。

派崔克知道，溫特勳爵同公爵除了公務還有私交，所以，把優先權給了費爾頓。另一位被迫等待著，一眼便看出他對這種耽擱滿臉不快。

派崔克領著費爾頓穿過一間大廳，然後又帶他走進白金漢的一間辦公室。這時，白金漢剛剛沐浴完，在房間裡做最後的打扮。

「費爾頓中尉求見，」派崔克稟報說，「是溫特勳爵派來的。」

「是溫特勳爵派來的！」白金漢重複了一遍，「讓他進來。」

費爾頓走了進去。這時，白金漢正在換上一件鑲滿珍珠的藍色天鵝絨緊身短上衣。

「勳爵怎麼沒有親自來？」白金漢問，「今天早上我一直在等著他。」

「他差我前來啟稟大人，」費爾頓回話說，「他非常遺憾，不能享有這種榮幸，因堡內有重要人物要看守，所以不能親自前來。」

「沒錯，沒錯，」白金漢說，「我知道，他手裡有一個女囚。」

「我來正是要向大人彙報女囚的事。」費爾頓又說。

「那好，講吧。」

「只是，我只能對您一個人說，大人。」

「派崔克，你去吧，」白金漢說，「但你要守在門鈴附近，我待會兒要叫你。」

派崔克走了出去。

「現在就我們兩個人了，」白金漢說，「請說吧。」

「大人，」費爾頓說，「溫特勳爵曾給您寫過信，是請您簽發一項海上放行令，目的是為了流放一個名叫夏洛特・巴克森的年輕女子。」

「是的，先生，我已回信給他，讓他將那道令書送給我或寄給我，然後我再簽發。」

「在我這兒，公爵大人。」

「給我吧。」公爵說。

他從費爾頓手裡接過那張紙，迅速掃了一眼，便手執鵝毛筆，準備簽發。

「對不起，公爵大人，」費爾頓打斷公爵說，「夏洛特・巴克森這個名字並不是那位年輕女子的真名。」

「是的，先生，我知道。」公爵一邊蘸著墨水一邊回答說。

「那麼，大人知道她的真實姓名嗎？」費爾頓直截了當地問。

「知道。」

公爵手中的筆已經接近了那張紙。

費爾頓臉色頓時變得煞白。「既然您知道那個真實姓名，」費爾頓又說，「大人還照簽不誤嗎？」

「當然。」白金漢說。

「我不能相信，」費爾頓的聲音變得愈來愈短促，愈來愈欠連貫，「我不能相信大人知道那就是溫特勳爵夫人。」

「我瞭若指掌，儘管我對您竟然知道感到十分驚訝！」

「大人要簽這道命令不感到內疚嗎？」

白金漢傲視著年輕人。

「先生！您知不知道，」他對年輕人說，「這個問題要是我回答您，我就未免太糊塗了。」

「請您回答，大人，」費爾頓說，「情況比您想的也許要更為嚴重。」

白金漢覺得，這位年輕人既然是溫特勳爵派來的，他就是代表他說話的，也就沒有生氣。

「我沒有任何內疚的，」他說，「勳爵和我都知道，溫特夫人是個大惡人，流放對她來說應該是夠寬恕的了。」

公爵的筆已經放到了那張紙上。

「您一定不能簽署這道令書，大人！」費爾頓向公爵近前一步說。

「我不能簽署這道命令，」白金漢反問道，「為什麼？」

「因為您要三思呀，您要為溫特夫人主持公道呀。」

「送她去泰伯恩，就是為她主持公道，」白金漢說，「米拉迪是個卑鄙的女人。」

「大人，米拉迪是位天使，這您很清楚，我請求您給她自由。」

「這是怎麼啦！」白金漢說，「您瘋了嗎？你竟敢對我說這樣的話！」

「大人，請原諒！我心直口快。但是，大人，請您考慮您要做的事，您就不擔心這樣做會過分嗎？」

「您再說一遍！」白金漢叫起來，「不過，我看出，您在威脅我！」

「不，公爵大人，我在請求，而且我還要對您說，一個小錯會給犯了許多罪而又暫逃法網的人招致懲罰的。」

「費爾頓先生，」白金漢說，「您給我出去，立刻去禁閉室！」

「請您聽完我的話，大人。您曾經引誘過這個年輕女子，您曾經侮辱過她，姦污過她，請您向她補救您的罪孽吧，網開一面讓她自由吧，我再也不向你請求什麼了。」

「您的請求？」白金漢驚訝地看著費爾頓。

「公爵大人，」費爾頓愈說愈激動，「公爵大人，您當心，全英國都對您的傷風敗俗不堪忍受；公爵大人，您在濫用幾乎是您竊取來的權力；公爵大人，您一定會遭到世人和天主的唾棄的。而今天，我將懲罰您。」

「啊，真是膽大包天了！」白金漢怒吼著向門口跨了一步。

費爾頓攔住他的去路。

「我謙恭地請求您，」他說，「請您簽署釋放溫特勳爵夫人的命令，那是被您玷污過的女人呀。」

「出去，先生！」白金漢說，「否則我會把您扔進監獄。」

「您是叫不來人的，」說著，費爾頓衝到公爵和放著按鈴的嵌銀獨腳小圓桌中間，「您落在了天主的手裡。」

「您是在說，我落在了您的手裡。」白金漢抬高嗓門大聲說，試圖讓外面的人聽到。

「請簽署吧，大人，請簽署命令恢復溫特夫人米拉迪的自由。」費爾頓一邊說一邊將一張紙向公爵推過去。

「您強迫我？真荒唐！喂，派崔克！」

「簽吧，大人！」

「絕不簽！」

「絕不簽？」

「來人啊！」公爵大叫道，同時向劍衝過去。

可是費爾頓不等他抽出劍，便將米拉迪曾用來自殺的那把刀拿了出來，跳到了公爵跟前。

就在此時，派崔克大喊著走進大廳：

「大人，一封法國的來信！」

「法國來的信！」白金漢叫起來。一想到是誰來的這封信，便忘掉了一切。

費爾頓趁此機會，舉刀向公爵的腰部刺去，一直刺到剩下了刀柄。

「啊！叛徒！」白金漢喊叫著，「您殺我……」

「殺人啦！」派崔克吼叫著。

費爾頓掃視四周準備逃走，發現一扇門敞著，便跑了過去。他奔跑著穿過去，衝向樓梯，但剛登上第一級，就迎面碰上了溫特勳爵。溫特勳爵見他臉色蒼白，手上臉上血跡斑斑，便立刻抓住他的脖領大吼道：

「我知道了，我猜到了，可我來遲了一分鐘！」

費爾頓沒有反抗，溫特勳爵將他交給了衛兵。衛兵將他押到一個臨海的小平台上等候命令，溫特勳爵則衝進白金漢的辦公室。

費爾頓先前在前廳碰上的那個人聽到公爵的慘叫聲和派崔克的呼救聲，已經跑進白金漢的辦公室。

他發現公爵躺在一張沙發上，一隻痙攣的手緊緊地捂在傷口上。

「拉波特，」公爵帶著垂死的聲音說，「拉波特，您可是她派來的？」

「是的，爵爺，」安娜‧奧地利忠誠的持衣侍從回答說，「可是已經太遲了。」

「別說話，拉波特！會有人聽見您說的話的。派崔克，別讓任何人進來！哦！天主啊，我就要死了！我大概不會知道她給我帶來的口信了！」

公爵昏了過去。

這時，溫特勳爵，白金漢的侍從軍官們，出征的將領們，代表們，一齊湧進他的房間。無望的叫喊聲此起彼伏，大樓內，哀婉之聲四起，消息很快便傳遍全城。

一聲炮響宣佈剛剛發生的一起意想不到的重大事件。

溫特勳爵揪著自己的頭髮。

「晚了一分鐘！」他叫了起來，「晚了一分鐘！哦！我的天主！」

事情是這樣的：這天早上七點鐘，有人前來告訴他有一條繩梯在城堡的一個窗前飄動。他立刻衝進米拉迪的房間，發現她已經跑了，護欄被鋸了。於是，他想起了達太安給他送來的口頭勸告，便為公爵擔心起來。他跑進馬廄，便隨身躍上順手牽到的馬匹，一路策馬飛奔，一口氣跑進司令部大院下馬後，剛登上第一級台階，便迎面碰上了費爾頓。

不過，公爵還沒有死，他甦醒過後睜開了雙眼。於是每一個人的心底又回升起希望之光。

「先生們，」他說，「請讓我單獨和派崔克及拉波特在一起。」

「啊！溫特勳爵，瞧您一大早給我派來了一個古怪的瘋子！請您瞧瞧，他把我弄成什麼樣子！」

「唉！大人！」勳爵大聲說，「我永遠也不會原諒我自己的！」

「您說錯了，我親愛的溫特，」白金漢說著向他伸過手去，「**沒有什麼人能令一個人永不能原諒自己**。請讓我們待著吧，我請求您。」

勳爵哽咽著走了出去。

辦公室裡只剩下受傷的公爵、拉波特和派崔克。

醫生還沒有來。

「您一定會活下去的，您一定會活下去的。」安娜．奧地利的使者跪在公爵的沙發前連連說道。

「她給我寫了什麼？」白金漢用微弱的聲音問道，血從傷口湧出，「她給我寫了什麼？您把信念給我聽聽。」

「哦！大人！」拉波特說。

「請聽我的命令，拉波特。我沒有時間了。」

拉波特打開封漆，把信放到他眼前。白金漢儘管竭力辨認字跡，但已力不從心。

「您念吧，」他說，「您念吧，我已經看不清了。念吧！也許我馬上就什麼也聽不見了。」

拉波特便不再為難，念道：

公爵大人，

自我認識您那一天起，我為了您而受盡了痛苦。有鑑於此，如果您關心我的安寧，就請您停止對法國的窮兵黷武，停止這場戰爭吧！因為人們公開講，對於這場戰爭，宗教是它的起因，而暗中卻說您愛我才是這場戰爭的緣故。

這場戰爭不僅會給法國和英國帶來巨大災難，而且對您，也會帶給我抱恨終生的不幸。

請照顧好您自己，有人正在威脅您。從您不再是我的敵人那一刻起，您的生命對於我還是珍貴的。

您親愛的安娜

白金漢凝神聽著來使的讀信。當信讀完時，他在這封裡似乎感到了一種酸楚的沮喪。

「您難道就沒有別的口信要對我說嗎，拉波特？」他問。

「有的，大人，王后囑咐我告訴您要多多留神，好好保護自己，因為她已得到通知，說有人要暗殺您。」

「就這些，就這些？」白金漢不耐煩地問。

「她還讓我告訴您，她一直在愛著您。」

「啊！」白金漢說，「謝天謝地！我的死對於她就不是一個外國人的死了！」

拉波特聽罷淚如雨下。

「派崔克，」公爵說，「您把那裝著鑽石墜子的小盒子拿給我。」

派崔克拿來他要的東西。

「現在你取出裡面的白緞小香袋，那上面用珍珠繡的圖案是她姓名的起首字母。」

派崔克依舊奉命行事。

「瞧，拉波特，」白金漢說，「這裡有兩封信，是她給我的僅有的兩件信物，您一定將它們還給王后陛下。為了留著最後的紀念……（他在身邊尋找）您再帶上……」

他還在尋找，但是死亡臨近，眼睛已看不清，他只看到了從費爾頓手裡掉下來的那把刀，刀上還留著殷紅的鮮血。

「您就再帶上這把刀吧。」公爵握著拉波特的手說。

他又把刀放進小銀盒裡，同時向拉波特示意他再不能說話了。他再也沒有力氣掙扎了，身子從沙發滑落到了地板上。

派崔克大叫了一聲。

白金漢本想發出最後一次微笑，而死神阻止了他的想法。

這時，公爵的私人醫生才驚慌失措地趕到。

他來到公爵身邊，抓起他的手，放在自己手裡停一會兒，然後又放下。

「一切都無濟於事了，」他說，「公爵死了。」

「死了，死了！」派崔克叫起來。

人群湧進屋內，到處是驚愕和騷動。

溫特勳爵一看到白金漢命赴黃泉，立刻朝費爾頓那邊跑去。費爾頓一直在司令部大樓的平台上被士兵看守著。

「混蛋！」他向年輕人罵道。白金漢死後，這位青年已經恢復鎮定和冷靜，「混蛋！你幹了些什麼？」

「我為自己報了仇。」他說。

「你為自己！」勳爵說，「你是說你充當了那個該死的女人的工具。但我現在對你發誓，這次罪行是她最後一次了。」

「我不知道您說的是什麼，」費爾頓心平氣和地說，「我也不知道您指的是誰，大人。我殺死白金漢先生，是因為他兩次拒絕讓您提升我為上尉，僅此而已。」

溫特勳爵驚愕地看著費爾頓，簡直不理解這個人竟如此麻木不仁。

僅有一件事讓費爾頓感到很不安。每聽見一次聲響，這個單純的青年都以為那是米拉迪來了，他擔心她前來認罪並投入他的懷抱和他一起同歸於盡。

他哆嗦了一下，他的視線緊盯著海面上的一個黑點，從他置身的平台望去，一切盡收眼底。憑藉一個海軍那鷹隼般的眼力，在那旁人只能看出是一隻臨波翱翔的海鷗之處，他卻認出是一艘單桅帆船正向法國海岸揚帆駛去。

他臉色慘白，恍然大悟：米拉迪背叛了他。

「我要求最後一次寬恕，大人！」他向勳爵請求說。

「什麼？」勳爵問。

「我想知道現在幾點啦？」

勳爵掏出懷錶。

「九點差十分。」他說。

米拉迪聽見報喪的炮聲一響，就提前一個半小時吩咐船長拔錨起航了。

「那是天主的意願！」費爾頓以一種聽天由命的口氣說。然而他的視線無法離開那條小船，也許他希望可以看見那個甘願讓他為其獻出生命的女人的白色身影。

溫特勳爵順著他的目光看去，他終於一切都猜到了。

「就先懲罰你一個人，混蛋，」溫特勳爵對望著海面的費爾頓說，「但我向你發誓，你的那個同謀犯是逃不掉的。」

費爾頓一聲不響地低下頭去。

溫特急速走下樓梯，向碼頭奔去。

chapter 60

在法國

白金漢被刺身亡的消息傳到國王查理一世那時，他首要的擔心就是這個如此可怕的消息會使拉羅舍爾人的勇氣大大受挫。黎塞留在《回憶錄》裡說，查理一世曾試圖盡可能長久地向他們隱瞞此事，他關閉了全王國的一切港口，在白金漢原來準備的大隊人馬出發之前，嚴密監視不許任何戰船出港。鑒於白金漢已經身亡，他決定親自負起指揮軍隊的責任。

但是，由於他在事件發生後的五個小時才想到發佈此令，因此在這之前，已有兩艘船出了港，其中一條就是載著米拉迪的那艘船。她已經猜到發生了什麼事，而當她看到海軍戰艦的桅檣上掛起黑旗時，她就更加確信不疑了。

至於第二艘，我們稍候再交代那上面載的是誰，又是如何出港的。

在這期間，圍困拉羅舍爾城的法國軍營裡倒也無新事可言。只是國王一如既往地覺得百無聊賴，軍營裡太煩悶了，於是，他決定微服出巡去聖日爾曼歡度聖路易節[39]，並要求紅衣主教為他配備二十名火槍手作護衛。紅衣主教同樣也感到厭煩，於是，他欣然給了作為他的前線副手的國王這樣的假期，後者答應於九月十五日前後返回營地。

特雷維爾先生奉紅衣主教閣下之命率領火槍手護駕，他得到通知後立刻整頓行裝。他雖不明白個中緣由，但深知他的朋友們對於回巴黎之事早就心馳神往，於是自不待言就指定他們編隊成行。

四位青年於一刻鐘後就得到通知了，因為特雷維爾先生將這個好消息最先告訴了他們。這時，達太安才意識到紅衣主教給他的恩惠具有何等的價值。要不是紅衣主教把他調進火槍隊，他的三個朋友走了，他又得留在軍營裡了。

他回巴黎的心是最急切的，因為他想到，如果波那瑟夫人在修道院，米拉迪一定會對她進行瘋狂報復的。所以，前面我們早就交代過，阿拉米斯立刻給圖爾女裁縫瑪麗・米松寫了信，讓她向王后求情，讓波那瑟夫人走出修道院，允許她到洛林或者比利時去隱姓埋名。沒有期盼多久，阿拉米斯便收到了下面這封回信：

親愛的表哥，

39. 宗教節日，每年八月二十五日。

您認為貝圖納修道院空氣很糟，對我們的女傭沒有什麼好處，我姐姐已准許她離開那裡。姐姐還很高興地開了一份獲准書，現隨信一併寄上。我姐姐極其喜歡那個年輕女人，故將她暫留身邊，以待日後另派用場。

擁抱您

瑪麗・米松

隨信寄到的獲准書上這樣寫著：

貝圖納修道院院長見到此件後，請將由我委託送入修道院的初學修女，交給此件持有者。

安娜

一六二八年八月十日於羅浮宮

一個女裁縫，稱王后為姐姐，怎能不使四位青年欣喜若狂。只是，阿拉米斯聽了波托斯一通粗野的玩笑之後，兩三次羞得滿臉通紅，他懇求朋友們不要再說這個話題，並聲言倘若有誰再向他提一個字，日後再遇到這方面的事，他就再也不讓他的表妹幫忙了。

此後，四個火槍手再也沒談這個，因為他們已經如願以償拿到了將波那瑟夫人營救出女修道院的手令。但他們知道，只要他們待在拉羅舍爾的軍營裡，這個手令只是廢紙一張。因此，達太安正要向特雷維爾先生去請假，好讓這個手令發揮作用。就在這時，他和他的三位朋友同時聽到了那個好消息，說國王要帶二十名火槍手作護衛去巴黎，而且他們都是護衛隊的成員。

他們高興壞了，立即整裝待發，定於十六日清晨出發。

國王希望二十三日抵達巴黎，但他又貪圖玩賞，便不時地停下觀人獵鵲。他的這種癮頭兒是呂伊納[40]培養起來的。每當停下來行獵時，四個人就會牢騷滿腹，尤其是達太安，他總感到耳朵裡不斷嗡嗡作響。對此，波托斯是這樣解釋的：

「一位十分高貴的夫人告訴我，這就是說有人正在某個地方談論您。」

終於在二十三日深夜他們穿過了巴黎市區。國王恩准給他們放假四天，條件是任何人不得在公共場所拋頭露面，否則將被投入巴士底獄。

我們的那四位朋友當然是頭一批獲得假期的，而且阿托斯從特雷維爾先生那裡獲准的是六天而不是四天，六天中又外加了兩夜。

「噢，天主，」達太安說，「我覺得，雖說是件小事，但我們也得擺擺譜。用兩

40. 路易十三的訓鷹手，後成為路易十三的寵臣，被封為公爵。

天的時間，跑死兩三匹馬，這小意思，我有錢，我就可以到達貝圖納。我把王后的信送給修道院院長，把我心愛的寶貝要出來，不是把她藏在其他地方，而是把她帶回巴黎，在巴黎也可把她藏得好好的，等紅衣主教返回拉羅舍爾之後，藏在這裡更保險。而一旦戰事結束，我們一定會從王后手中得到我們想要的東西。所以，你們就待在這裡，由我和普朗歇跑一趟就足夠了。」

對這種主張，阿托斯平靜地答道：

「我們也一樣，也有錢，我還沒有喝光鑽石戒指分得的錢，波托斯和阿拉米斯也一樣。請您好生考慮一下，達太安，」他接著說，語調兒非常沉重，「貝圖納是紅衣主教和窮凶極惡的米拉迪碰頭的那個城市。[41] 如果您是去和四個男人打交道，達太安，我會讓您一個人前去，而您卻可能和那個女人打交道，這樣，我希望我們四個人一同前往。」

「您嚇壞了我，阿托斯，」達太安嚷起來，「究竟怕什麼，天主？」

「什麼都怕！」阿托斯回答說。

達太安打量著同伴們的臉，他們和阿托斯一樣，一個個都神情憂慮。於是達太安同意帶他們一同前往，他們上馬趕路，再沒有多說一句話。

二十五日晚，他們趕到了阿拉斯。達太安在金齒耙客棧下了馬，想去喝杯酒。這

41. 前文中並沒有交代阿托斯等人是如何知道紅衣主教與米拉迪將在貝圖納接頭這一情報的。

時候，一個人騎著馬從驛站大院裡衝了出來，向通往巴黎的大道上急馳而去。眼下雖是八月，卻狂風乍起。那人趕到大街時，達太安看到，風半掀開他身披的大氅，並刮起他的帽子。行者舉手按帽，就在帽子已經離開腦袋的一剎那，他急忙蓋住了雙眼。

達太安看到此人，突然變得臉色蒼白，手中的杯子也落到了地上。

「您怎麼啦，先生？」普朗歇問道，「你們快來呀，先生們！」

三位朋友立刻跑了過來，他們發現，達太安身體並沒什麼事，而是向他的馬那邊跑過去。三個人將他擋在門口。

「見鬼，您要去什麼地方？」阿托斯厲聲喝道。

「是他！」達太安喊道，他氣得臉色慘白，「是他！讓我去追他！」

「誰？」阿托斯問道。

「他，就是那個傢伙！」

「哪個傢伙？」

「我的倒楣的災星，他總給我帶來不幸。我遇上那可怕的女人時，陪伴她的那個人是他；當我向阿托斯挑釁後要找的那個人也是他；波那瑟太太被綁架的那天早上我看見的那個人還是他！我剛才看清楚了，就是他！」

「見鬼！」阿托斯若有所思地說。

「上馬，各位，上馬！咱們一起追，一定會追上他的。」

「親愛的，」阿拉米斯說，「請考慮一下，那個人和我們要去的方向是相反的，他新換了馬，而我們的坐騎卻疲憊不堪，因此，就算跑死我們的馬，也是不可能追上那個傢伙的。放過他吧，達太安，去救那個女人要緊。」

「喂，先生！」一個馬夫追著那個陌生人大喊，「喂，先生！您的帽子裡掉下一張紙！喂！」

「這位朋友，」達太安對那人道，「給您半個比斯托爾把它賣給我吧！」

「好吧，先生，拿去吧！」

馬夫為他得到這筆外快而高興不已，樂呵呵地回到客棧大院。

達太安打開那張紙。

「寫著什麼？」他的朋友圍著他問道。

「只有一個字！」達太安說。

「對，」阿拉米斯說，「這是一個地方。」

「阿芒蒂埃爾，」波托斯念道，「阿芒蒂埃爾，我不知道這是哪裡。」

「這是她的筆跡！」阿托斯大聲說。

「我們得仔細留著這張紙，」達太安說，「也許我最後半個比斯托爾沒有白扔。上馬，朋友們，上馬吧！」

於是，四個夥伴躍馬飛奔，踏上去貝圖納的大道。

chapter 61 貝圖納加爾默羅會女修道院

米拉迪在英法兩國的巡洋艦群中穿過，安全到達了法國布洛內。

在朴茨茅斯下船時，米拉迪是作為受法國迫害被從拉羅舍爾驅逐出境的英國人；經過兩天航程在法國的布洛內上岸時，她又自稱是旅居朴茨茅斯的法國人，因為英國人對法國的仇恨，她對住在那裡感到心神不安，所以就回到了自己的祖國。

此外，米拉迪天生麗質的容顏，高貴優雅的神采，以及一擲千金的慷慨，讓她擁有了一種特權。一位年邁的港務監督只因吻了一下她的手，便免除了一切慣常的手續。在布洛內，她待的時間更短，只是寄了一封信。信封上寫著：

致拉羅舍爾城下營地，德・黎塞留紅衣主教閣下

信的內容是：

紅衣主教閣下，

請放心，白金漢公爵永遠無法來到法國了。

米拉迪

二十五日晚於布洛內

又及：遵照閣下意願，本人現將前往貝圖納加爾默羅會女修道院，在那裡恭候吩咐。

當天夜深時，她住進一家客棧歇宿。第二天早上八點，她到了貝圖納。她問明加爾默羅女修道院的方位，便很快到了那裡。女修道院長親自出門相迎。由於紅衣主教的手令，院長派人為她安排了一個房間，備來早餐。

以往的一切在這個女子的眼裡早已消失殆盡，她將目光投向未來，她所看到的只是榮華富貴。她為紅衣主教的效勞取得了巨大成功，而且，她的姓名似乎和那血淋淋的全部事件毫不相關。她在這次行動中耗盡精力又獲重生，這一切使她的生命看上去像是那些在空中飄浮的雲，時而映出暴風雨的濃渾，時而映出陽光的火紅，而投向大地的沒有別的痕跡，只是毀滅和死亡。

用過早餐之後，修道院女院長前來看她。修道院裡生活單調，所以善良的院長也急於想結識這位新來的寄宿女客。

米拉迪想獲得女修道院長的好感，這對她來說易如反掌。她和藹可親的表現，加上周身無處不見的優雅風韻，立即把院長吸引住了。

女修道院長貴族出身，酷愛聽宮廷軼事。這方面的消息很少能夠傳到王國的邊遠地區，更不用說傳進修道院了。

米拉迪呢，五六年來，她一直置身於這些勾心鬥角的漩渦之中，對他們之間的爭鬥情形瞭若指掌。於是，她開始向善良的女修道院長講法國宮廷的凡俗之舉，國王對宗教的過分虔誠，以及她知道姓名的宮廷達官貴人的蜚短流長。總之，她談了很多很多，希望聽者也能插言講上幾句。對於王后和白金漢的深宮豔史，她並沒有說得太多。

女修道院長只是靜聽和微笑，從頭到尾沒說一句話。但是米拉迪一目了然，這類述說引起了對方極大的興趣。於是，她繼續講下去，並且把話題轉到了紅衣主教身上。

然而，她深感窘困，因為她不知道女修道院長屬於王黨派還是主教派，所以，講起來謹慎地保持著中立態度。而修道院長的態度則更加謹慎，每當這位女客提到紅衣主教閣下的大名時，她只是深深一躬。

米拉迪開始相信，女修道院長因為在修道院深感無聊，一定對紅衣主教的事興趣頗大，於是她決心鋌而走險，以便探知下一步該如何走。她想看看這位善良的院長會謹慎到什麼時候，便開始講紅衣主教的壞話。她不厭其詳地談了起來，講了他同埃吉榮夫人，同馬里翁・德・洛爾默以及同其他諸多輕佻女人的風流韻事。

女修道院長先是聚精會神地聽著，接著慢慢動起凡心，並且綻開了笑靨。

「好，」米拉迪心裡想，「她對我這方面的談話發生了興趣，如果她是主教派，她對這些話起碼不會盲信的。」

這時，米拉迪將話題轉向了被紅衣主教迫害過的他的仇敵。女修道院長只是不斷地畫著十字，沒有表明自己的立場。

這一切證實米拉迪的想法是正確的，這位出家修女是一個王黨派而不是主教派。米拉迪趁熱打鐵，繼續講下去。

「本人對這些事情孤陋寡聞，」院長終於開口了，「不過，儘管我們離宮廷十分遙遠，儘管我們不為世俗之事而擔心，但我們也有如您說的那樣淒涼之事。有一位寄宿女客就曾遭到過紅衣主教先生的報復和迫害。」

「一位寄宿女客？」米拉迪說，「哦！天主！可憐的女人。」

「您說得對，她的確很值得同情。一切痛苦她都受遍了。不過，話說回來，」修道院長轉而說，「紅衣主教先生之所以這樣做也許有什麼正當理由。再說，儘管那女子貌若天使，但總不能以貌取人。」

「好極了！」米拉迪自語道，「天知道！我又能發現一些東西，我真是走運！」

但她刻意做出十分純真的表情。

「唉！」她歎息道，「這我知道，人們都這麼說，都說不應該相信臉蛋是否漂亮。可是，如果我們不相信上帝最漂亮的傑作，那我們又該相信什麼呢？而我這個人，我就是相信臉蛋能激起我的愛心的那種人。」

「這麼說，您相信那個女人是無罪的？」女修道院長問。

「紅衣主教先生不只是懲罰罪惡，」米拉迪說，「他對某些美德的追究比那些大罪更苛刻。」

「請允許我，夫人，向您表示我的驚詫。」院長說。

「關於什麼？」米拉迪帶著天真問。

「就是對您所說的話。」

「在我的這些話裡有什麼值得驚詫的呢？」米拉迪微笑著問道。

「既然是紅衣主教派您來敝院，那您就是紅衣主教的朋友，可是……」

「可我竟說了他的壞話？」米拉迪接過修道院長的話。

「起碼您沒有說他的好話。」

「那是由於我不是他的朋友，」米拉迪說著歎息一聲，「而是他的犧牲品。」

「然而，他托您交給我這封信？」

「這封信是給我的一道命令，要我藏身於一個監獄，他會派幾個人來把我接走。」

「那您為什麼不逃呢？」

「我能夠逃到哪裡去呢?您想想吧,紅衣主教只要想抓到我,這世上還能有他夠不到的地方?如果我是個男子,也許還能那樣做,可我是個女人,我還能做什麼呢?您曾收留的那位年輕的寄宿女子,她曾經試圖逃跑過嗎?」

「沒有,這倒是真的。但她的情況和您是不一樣的,我相信她是出於什麼愛情而留在法國的。」

「這樣看來,」米拉迪歎了一口氣,「如果她心中有所愛,她就不是完全不幸的。」

「這麼說,」女修道院長望著米拉迪,「又一個可憐受迫害的女子在我眼前出現了嗎?」

「哎,是的!」米拉迪說。

女修道院長心懷忐忑地看了米拉迪片刻,似乎一個新的念頭閃過她的腦際。

「您不會和我們神聖的信仰為敵吧?」她吞吞吐吐地問。

「我,」米拉迪提高嗓門說,「我,您說我是新教徒?哦!不是的,我是一個虔誠的天主教徒。」

「那好,夫人,」女修道院長一展笑容說,「請您放心好了。您投奔的修道院決不是一座冷酷的監獄。我們定會做出必要的一切使您感到這裡的監禁生活讓人依戀。此外,您在本院將見到那位受迫害的年輕女子,她嫵媚動人,討人喜歡。」

「她叫什名字?」

「她叫凱蒂,是一位地位很高的人託付於我的,我不瞭解她有沒有其他名字。」

「凱蒂！」米拉迪大聲說，「什麼！您肯定是她？」

「沒錯，夫人，難道您認識她？」

米拉迪暗自微笑起來，她已經意識到這個年輕女子就是那個侍女。想到那位女子就勾起了她憤怒的回憶，一種報復的欲望扭曲了她的面部線條。但是，這個變化多端的女人只是一時失態，幾乎是眨眼間又恢復了鎮定自若、和顏悅色的表情。

「那我何時能看到那位年輕的女士？我現在就已感到對她深表同情。」米拉迪問。

「今天晚上，」院長說，「甚至今天白天也行。可您對我說過您已走了四天。您需要休息，您就躺下睡一覺吧，到用晚餐時我們再叫醒您。」

一場即將到來的新的冒險活動挑撥著米拉迪的神經，讓她內心異常激奮。她本可以不睡覺，就去辦那件事的，但她還是聽取了院長的話。這些天來，她經歷了各種煎熬，也許這樣的折磨對她的身體而言算不得什麼，但她的心靈需要休息一會了。

院長告別後，她就上了床，凱蒂的名字又很自然地牽動著她復仇的欲念。她又想到倘若她大功告成，那紅衣主教許給她的那個諾言幾乎就許可權無邊了。現在她取得了成功，所以將有可能對達太安下手報復了。

唯一一件能讓米拉迪感到害怕的事，就是她丈夫的存在。她原以為他死掉了，或者至少是僑居國外了，然而他現在是阿托斯，成了達太安最最要好的朋友。

不過，既然他是達太安的朋友，那麼在一切陰謀活動中他該是幫助了達太安的。

換句話說，如果他是達太安的朋友，那他就是紅衣主教的仇敵。米拉迪無疑也將阿托斯算在復仇計畫之內了。她打算採用迂迴復仇法整死那個年輕的火槍手。

在這些甜美的希望的撫慰之下，她很快進入了夢鄉。

不知過了多久，她被一個輕柔的聲音喚醒。睜開眼後，她看見院長站在床前，一位金髮女郎陪在院長身旁。這位年輕女子很漂亮，正目不轉睛望著她。

兩位女性客套了一陣後，彼此仔細地打量著。她們兩個都美貌無比，但美得完全不同。米拉迪意識到，她高貴的氣質和優雅的舉止是對方望塵莫及的，於是她一展笑靨。說真的，這位身著初學修女的那種服裝的年輕女子是沒法與米拉迪比美的。

院長為二人作了介紹，當完成這種客套之後，因教堂有公務喚她辦理，她便留下兩位年輕女人單獨待著。

初學修女看到米拉迪躺著，想隨院長一起離開，但米拉迪將她留下了。

「怎麼，夫人，」她對初學修女說，「我剛剛見到您，您就不想跟我待一會嗎？坦白地對您講，我早就指望能見到您，想在這裡和您一起共度這美好的時光。」

「不是的，夫人，」初學修女回答說，「是我擔心來得不是時候，因為您正在睡覺。」

「唉，」米拉迪說，「正在睡覺的人想要的是醒來時能夠感到身心愉快，而您已經給了我這種快樂。」

於是，她抓起初學修女的手，將她拉到靠她床邊的一張扶手椅上，讓她坐下來。初學修女隨即落座。

「我的天主！」初學修女說，「我來這裡已經有半年了，沒有一點兒樂趣。現在您來了，有您做伴實在太好了，不過，我十有八九又要離開這座修道院了！」

「怎麼！」米拉迪問道，「很快就要離開嗎？」

「我希望是這樣。」初學修女帶著絲毫不想掩飾的愉快表情說。

「我曾聽人說您曾受過紅衣主教的迫害，」米拉迪繼而說，「這也許使我們之間又多了一層互相同情的理由。」

「這麼說我們善良的院長對我說的一切是真的？她告訴我您也是那個心狠手辣的紅衣主教的受害者。」

「噓！」米拉迪止住她，「我們即使在這裡也不要這樣談論他。我的一切不幸都是嘴不嚴造成的，我曾在一個自以為是朋友的女人面前，說了和您剛才說的差不多的話，可是那個女人出賣了我。難道您也一樣，您也是被人出賣的犧牲品嗎？」

「我不是，」初學修女說，「我是我自己忠心的犧牲品，我對一個我愛戴的女人忠心耿耿，為了她我曾幾乎獻出了生命，今後也許還得為了她而丟掉性命。」

「是她拋棄了您。」

「我曾經相當不公正地這樣想過，但兩三天以來，我獲得了相反的證據，對此我要感謝天主。您呢，夫人？」初學修女繼續說，「我覺得您是自由的，並且我覺得如果您真想逃的話，會很簡單。」

「在法國這片土地上，我沒有朋友，人生地不熟，又沒有錢，您要我逃到哪裡去呢？」

「噢！」初學修女大聲說，「您無論到哪都會有朋友，您看上去如此善良，又長得這樣美！」

「那有什麼用，」米拉迪說，她溫柔得超凡脫俗，「我還不是孤苦伶仃？還不是遭受迫害？」

「請您聽我說，」初學修女說，「必須寄美好的希望於上蒼。瞧，儘管我地位低下，無權無勢，您遇到我，也許對您來說是一件幸運的事。是這樣，我有幾位有權有勢的朋友，他們為我活動之後，也會為您奔走幫忙的。」

「噢！我剛才對您說我孤苦伶仃，」米拉迪指望通過談論自己讓初學修女繼續下去，「這倒並不是我沒有幾位上層朋友，而是那些朋友在紅衣主教面前個個都怕得發抖，就連王后陛下本人也不敢造次和這位重臣抗衡。王后陛下儘管心地極為善良，但卻不止一次地在主教閣下的淫威之下，被迫拋棄曾經為她效勞過的人。」

「請相信我的話，夫人，王后並沒真正拋棄他們。那些人愈受迫害，王后愈是思念他們，並且在那些人意想不到的情況下，得到了王后熱切地想念。」

「噢，」米拉迪說，「王后是最善良的。」

「哦！這麼說您早就認識王后了？難怪您用這種口氣說她！」初學修女熱情地叫起來。

「我的意思是說，」米拉迪回答說，「我沒有榮幸能認識她，但我認識許多她最知心的朋友，比如德・皮唐熱先生、迪雅爾先生。我還認識特雷維爾先生。」

「特雷維爾先生！」初學修女嚷道，「您認識特雷維爾先生？」

「對，認識，甚至很瞭解。」

「國王火槍隊隊長？」

「國王火槍隊隊長。」

「啊！您會看出，您馬上會看出我們是道道地地的老熟人，」初學修女叫著，「如果您認識特雷維爾先生，您一定去過他的家了？」

「常去！」米拉迪撒起謊來就有點剎不住。

「那您一定見過他手下的火槍手？」

「我常見到他通常接待的所有人！」米拉迪回答道。

「請您說說您認識的人中幾個人的名字吧，有可能他就是我的朋友。」

「好吧，」米拉迪有點為難了，「譬如說德・皮唐熱先生、德・庫蒂弗隆先生、德・費律薩克先生。」

初學修女發現她停住了，便問：

「您不認識一個名叫阿托斯的貴族嗎？」

米拉迪的臉色變白，儘管她能夠自制，但還是不禁發出一聲叫喊，同時緊抓對方的手，盯著對方。

「怎麼啦！您怎麼啦？」這位可憐的女人問道，「難道我說了什麼傷害您的話啦？」

「不是的。但這個人的名字給我留下了深刻的印象，因為我也認識那位貴族，我感到奇怪的是，還有某個人也非常瞭解他。」

「噢！是的！很瞭解！那個人還很瞭解他的朋友，那就是波托斯和阿拉米斯二位先生！」

「是這樣！他們我也認識！」米拉迪大聲說。她感到有一股寒氣直透她的心房。

「那就好了，如果您認識他們，您就應該知道他們都是善良而坦誠的夥伴，如果您需要幫助，何不去找他們呢？」

「這是因為，」米拉迪吞吞吐吐地說，「我同他們關係並不深。我瞭解他們，我只是聽到他們的朋友當中有個叫達太安的先生常常談起，我才知道他們。」

「您認識達太安先生！」這次是初學修女叫了起來。

隨後，當她發現米拉迪的眼神中那奇特的表情時，便說：「請原諒，夫人，您與他是怎麼認識他的？」

「噢，」米拉迪尷尬地說。「以朋友的身分啊。」

「您在騙我，夫人，」初學修女說，「您是他的情婦。」

「您才是他的情婦呢，夫人！」米拉迪也大叫起來。

「我！」初學修女說。

「對，您。我認出來了，您是波那瑟夫人。」

年輕的女人向後退去，她臉上充滿著驚詫和恐懼。

「嘿！您不必否認了！」米拉迪步步緊逼。

「好，告訴您，是的，夫人！」初學修女說，「我們是情敵！」

米拉迪胸中瞬間燃起一腔怒火。如果在別的場合，波那瑟夫人會嚇得立刻逃走，但現在嫉妒心控制了她。

「好吧，承認吧，夫人！」波那瑟夫人用強硬態度說，「您曾經或現在還是他的情婦？」

「啊！不是！」米拉迪帶著不容質疑的口氣大聲說，「從來都不是！」

「我相信您這話，」波那瑟夫人說，「但您剛才那樣大喊大叫是為什麼？」

「怎麼，您沒聽懂？」米拉迪說。她又重恢復了平靜和全部理智。

「您怎麼讓我明白？我一無所知。」

「他曾將我視為他的知己，難道您不知道嗎？」

「千真萬確？」

「我知道您和他之間的全部情況。您曾在聖日爾曼的那間小屋被人綁架，從那時候起，他就一直在徒勞地尋找您。我知道，他全身心地愛著您。現在，我卻找到了您，我怎麼能不驚訝？啊！親愛的康斯坦絲！我找到了您！我終於見到您了！」

說著，米拉迪向波那瑟夫人張開了雙臂。波那瑟夫人被米拉迪剛才的一番話說得心服口服，片刻之前她還以為米拉迪是她的情敵，而此時她把眼前這個女人當成最真摯、最忠誠的朋友了。

「哦！請原諒！」波那瑟夫人不由自主地伏在米拉迪的肩上，「我太愛他了！」

霎時間，兩個女人緊緊地擁抱在了一起。

如果米拉迪的氣力和她的仇恨一樣大，那麼，波那瑟夫人是不會活著脫離這次擁抱的。

「哦，親愛的美人！」米拉迪說，「見到您真是太高興了！讓我好好看看您。」她仔仔細細地看著對方，「不錯，按他對我說的，真的是您。」

可憐的年輕女子豈能料到對方那副完美的外表之下，那雙亮晶晶的眸子後面正在發生的可怕而殘酷的一切，她所看到的只是關心和同情。

「那麼，您一定知道我受了哪些痛苦，」波那瑟夫人說，「因為他已經把一切都告訴您了。不過能為他遭受痛苦是一種幸福。」

米拉迪下意識地重複了一句：「是的，是一種幸福。」

她在想著另一件事。

「還好，」波那瑟夫人接著說，「我受的苦就要到頭了。明天，或許就在今天晚上，我就要見到他了，過去將不復存在。」

「今天晚上？明天？」米拉迪叫了起來。波那瑟夫人的這幾句話將她從沉思中拉了回來，「您想說什麼？您是在期待他的什麼消息？」

「我在等待他本人。」

「本人。他來這裡？」

「是。」

「可那是不可能的！他正在跟隨紅衣主教圍攻拉羅舍爾城。」

「您要知道，但對我的達太安來說，沒有什麼事情是辦不到的！」

「哦！我不能相信您的話！」

「那好，請念吧！」不幸的年輕女子出於過分的自豪和極度的高興，說著便向米拉迪拿出一封信。

「德．謝弗勒斯夫人的筆跡！」米拉迪暗自說，「我早清楚他們都是一夥的！」

於是，她著急地讀著信上那幾行字：

我親愛的孩子，我們的朋友很快就可以去看您了，做好準備。他來看您就是要把您從藏身的修道院中帶出去，所以請您準備動身。

我們那極其可愛的加斯科尼人，最近表現一如往常，仍然勇敢而忠誠，請您告訴他，有人對他的警告非常感激。

「是的，」米拉迪說，「說得很明白。信上說得很正確。您知道那是什麼消息嗎？」

「不知道，我猜想他預先通知了王后關於紅衣主教的什麼新陰謀。」

「是，也許就是這個！」米拉迪邊說邊將信還給波那瑟夫人，陷入沉思。

就在此時，她們聽見一陣急馳的馬蹄聲。

「噢！」波那瑟夫人叫喊著衝向窗前，「難道是他？」

米拉迪依然躺在床上，這件事使她第一次亂了陣腳。

「是他！是他！」米拉迪口中喃喃道，「難道可能是他？」

她還是躺在床上，目光變得呆滯了。

「真遺憾，不是的！」波那瑟夫人說，「我不認識這個男人，但看樣子是朝這兒來的。不錯，他放慢了腳步，他在大門口停下了，他摁門鈴了。」

米拉迪突然跳下床來。

「您真的肯定不是他？」她問道。

「噢！是的，肯定不是！」

「也許您看錯了吧？」

「噢！我看一下他氈帽上的羽飾，他大氅的下擺，我就會認出是不是他！」

米拉迪在穿衣服。

「沒關係！您是說那個人來這兒啦？」

「是的，他進來了。」

「那不是找您的就是找我的。」

「哦！天主啊！您怎麼顯得如此緊張！」

「是的，我承認我緊張，紅衣主教的一切舉動我都害怕。」

「噓！」波那瑟夫人唏噓一聲，「有人來了！」

果然，房門打開，院長走了進來。

「您是從布洛內來的吧？」院長問米拉迪。

「是的，是的，」米拉迪回答說，她竭力保持冷靜情緒，「誰找我？」

「一位不願講出姓名的人，但他是紅衣主教派來的。」

「那就請他進來吧，院長。」

「哦！我的天主！我的天主！」波那瑟夫人說，「會是什麼不測嗎？」

「我擔心，是這樣。」

「那我不影響您和這位陌生人談話了，如果您願意，他一走我就再來。」

「怎麼不願意呢，請您再來吧。」

院長和波那瑟夫人一起走出了房間。

米拉迪獨自一人，目不轉睛地盯著房門。片刻之後，她聽見愈來愈近的腳步聲，隨後房門被推開，一個男人出現在門口。

米拉迪發出一聲快樂的叫喊，來人原來是德・羅什福爾伯爵，是紅衣主教閣下死心塌地的智囊。

chapter 62 兩種惡魔

「哈哈！」羅什福爾和米拉迪同時叫起來：「是您！」

「是的，是我。」

「您從哪兒來的？」米拉迪問。

「我從拉羅舍爾來的，您呢？」

「英國。」

「白金漢怎麼樣了？」

「他死了或者身受重傷。我臨行前只知道一個宗教狂向他下了手。」

「哈哈！」羅什福爾笑一笑說，「這真是一個幸運的巧合！這件事會讓紅衣主教很高興的。您向他報告過這件事了嗎？」

「我在布洛內給他寫過信。可您怎麼來這裡了？」

「紅衣主教閣下放心不下，便差我前來找您。」

「我是昨天到的。」

「從昨天以來您幹了些什麼？」

「您知道我在這兒碰見誰了嗎？」

「不知道。」

「猜猜看。」

「我怎麼能猜得出來。」

「被王后從監獄裡營救出來的那個年輕女人。」

「就是達太安那小東西的情婦？」

「對，波那瑟夫人。紅衣教主也不知道她藏在了哪裡。」

「噢，」羅什福爾說，「又是一個巧合，紅衣主教先生真是運氣好。」

「當我看到那個女人時，」米拉迪接著說，「我感到萬分驚詫。」

「她認識您？」

「不。」

「她不認識您？」

米拉迪微微一笑。

「我成了她最要好的朋友！」

「我以名譽擔保，」羅什福爾說，「也只有您，我親愛的伯爵夫人，才能創造出這樣的奇蹟。」

「我也交了好運，騎士，」米拉迪說，「您知道什麼事情將要發生嗎？」

「不知道。」

「今天或者明天，有人將帶著王后的命令來把她接出去。」

「千真萬確？誰來接她？」

「達太安和他的朋友們。」

「他們真要這樣幹，那我們就不得不把他們送進巴士底獄了。」

「為什麼早不那樣做？」

「我也沒有辦法！因為紅衣主教先生很偏愛他們，我也不知道因為什麼。」

「真是那樣？」

「真的。」

「那好，請您這樣對他說，請您告訴他，我和他在紅鴿舍客棧的那次密談已被那四個人竊聽。他走以後，那四個人中的一個闖進我的房間，強行奪走了那張全權證書。之後那四個人又事先派人將我的英國之行告訴了溫特勳爵。而這一次，他們又幾乎破壞了我的使命。您告訴他，那四個人中只有兩個人是可怕的，那就是達太安和阿托斯，第三個名叫阿拉米斯的人，是德•謝弗勒斯夫人的情夫，應該讓這個傢伙活下去，他也許會有些用處，至於那第四個叫波托斯的，他是個笨蛋，對他大可不必放在心上。」

「可是他們此時應該正在拉羅舍爾參加圍城呢！」

「我原來也這麼想，但波那瑟夫人收到了元帥夫人的一封信。我看了那封信，才相信那四個人正一路風塵前來接她出獄。」

「喔！那怎麼辦？」

「紅衣主教對您說過什麼關於我的事嗎？」

「他要我來取您的書面或口頭報告，等他知道您所做的一切後，他再考慮您下一步採取什麼措施。」

「這麼說我該原地待命？」米拉迪問道。

「原地不動或在附近地區。」

「您不可以帶我走嗎？」

「不行，在軍營附近，您很容易會被人認出來，那樣的話會連累紅衣主教閣下。」

「就是說，我必須留在這兒，或在附近找一住處？」

「您得讓我知道您在哪兒，我要始終知道到何處找您。」

「請您聽著，我不會待在這裡。」

「為什麼？」

「您忘記了，我的仇敵可能隨時到達。」

「這倒是。但那樣一來，那個小女子就會逃脫紅衣主教閣下的手掌了。」

「放心吧！」米拉迪帶著她特有的微笑說，「您忘了，我是她最好的朋友。」

「啊！不錯！這麼說我可以稟報紅衣主教，關於那個女人……」

「請主教閣下大可放心。」

「就這句話？」

「他會知道這是什麼意思。」

「他一定會猜得出來。現在，我該做什麼？」

「立刻動身。我覺得您帶回的消息很值得您火速啟程。」

「駛進利賴爾時我的四輪馬車就壞了。」

「好極啦！」

「怎麼好極啦？」

「是呀，我正需要您的馬車。」

「那我怎麼動身？」

「騎馬。」

「說得倒輕巧，一百八十法里呢。」

「那算得了什麼？」

「那我就跑上一百八十法里吧。然後呢？」

「您經過利賴爾時，把您的馬車給我派來。」

「好。」

「您一定隨身帶來紅衣主教的什麼命令吧？」

「帶有他給我的全權證書。」

「您把它給修道院院長看看，告訴她，今天或者明天，將有人來，您就說我需要隨同您派來的人一起走。」

「好！」

「別忘了，當著院長的面，惡狠狠地罵我兩句。」

「為什麼要這樣？」

「我是紅衣主教的一個受害者，我必須要激發那個可憐的波那瑟夫人對我的信任。」

「說得對。現在請您將所發生事情的經過寫一份報告吧。」

「您的記憶力很好，您把我對您說過的事原樣重述一遍就是了，寫到紙上不安全。」

「有道理。現在只需讓我知道在哪裡可以找到您就可以了。」

「請等一等。」

「您想要一張地圖？」

「噢！我對這個地方很熟悉。」

「您？您什麼時候來過這裡？」

「我兒時在此受的教育。」

「真的？」

「一個人在什麼地方長大，有時候也有用處。」

「那您在哪裡等我？」

「請讓我考慮一會兒……嗯，在阿芒蒂埃爾等您。」

「阿芒蒂埃爾？是什麼地方？」

「利斯河旁的一個小鎮，過了那條河就是外國。」

「好極了！不過您必須在危險關頭才能過河。」

「那是當然。」

「在那種情況下，我怎樣知道您在哪裡？」

「您還需要帶您的僕人走嗎？」

「不需要。」

「那人可靠嗎？」

「可靠。」

「把他交給我吧。誰也不認識他，我把他留在我離開的地方，由他領著您去找我。」

「您不是說在阿芒蒂埃爾等我嗎？」

「對，阿芒蒂埃爾。」米拉迪糾正說。

「請把這個地名寫在一張紙上，免得我忘掉。即使丟了，一個城市名不會招惹是非吧，是不是？」

「誰知道呢？不過，沒關係的，」米拉迪在半張紙上寫下了地名，「沒關係的。」

「好！」羅什福爾接過紙條，然後放進他的氈帽，「不過請您放心，倘若真的丟了，我會學著孩子們那樣去做的，一路上背個不停。現在我們都說完了吧？」

「我認為說完了。」

「我們再好好回憶一遍：白金漢死了，或身受了重傷；四個火槍手竊聽了您和紅衣主教的談話；必須將達太安和阿托斯送進巴士底獄；阿拉米斯是德・謝弗勒斯夫人的情夫；波托斯是個自命不凡的糊塗蟲；已經找到了波那瑟夫人；儘快地給您送來馬車；將我的跟班交給您，把您說成是紅衣主教的受害者，阿芒蒂埃爾位於利斯河畔。就這些？」

「真的，我親愛的騎士，您記憶力非凡。不過，還要加上另一件事。」

「什麼事？」

「我發現一片非常漂亮的樹林，修道院的花園可能與這片樹林相連。您去跟院長說一下，讓她允許我去那片樹林裡散步，也許我將來能從那出去。」

「您考慮的真周全。」

「而您，您卻忘了一件事。」

「什麼事？」

「我需要錢。」

「說得對，您想要多少？」

「您身上帶的金幣我全要。」

「大約五百個比斯托爾。」

「我也有這個數，加起來一千，這樣我就能應付一切了。」

「給您吧，伯爵夫人。」

「好的，我親愛的伯爵！您就走嗎？」

「一小時後動身。用這段時間吃點兒東西，還要找匹馬。」

「好極了！再見，騎士！」

「再見，伯爵夫人！」

「請代我向紅衣主教轉達我的敬意！」米拉迪說。

「好的。」羅什福爾說。

米拉迪和羅什福爾相視一笑，然後分手。

可是，羅什福爾在阿拉斯是怎樣被達太安認出來的，而這次偶遇在引起四位火槍手擔心的同時，也為他們的行程注入了新的活力。

chapter 63

一滴水

羅什福爾一走，波那瑟夫人便進了米拉迪的房間。她發現米拉迪喜笑顏開。

「哎呀，」年輕女人說，「今天晚上或者明天，紅衣主教派人來帶您走嗎？」

「這是誰跟您說的，我的孩子？」米拉迪問道。

「我是聽剛才來的那位使者說的。」

「來，請坐在我身邊。」米拉迪說。

「好的。」

「您等一下，我去看看是不是有人偷聽我們說話。」

「為什麼要如此小心謹慎？」

「一會您就會知道的。」

米拉迪站起身，向走廊裡溜一眼，又坐回到波那瑟夫人的旁邊。

「這麼說，他是在演戲？」

「您說的是誰？」

「就是剛剛那個紅衣主教特使。」

「是的，我的孩子。」

「那個人難道不是……」

「那個人，」米拉迪壓低聲音說，「他是我的兄弟。」

「您的兄弟！」波那瑟夫人驚叫了一聲。

「現在只有您知道這個秘密，我的孩子。如果您走漏消息，你我都完了。」

「啊！我的天主！」

「請聽我說，我兄弟本是來救我的，必要時打算以武力強行將我從這裡劫走，在路上碰巧遇見了也來尋我的紅衣主教的密使。我兄弟悄悄地跟著他，走到一處荒野僻靜之地，他勒令那位使者交出他隨身攜帶的文件。那個密使企圖反抗，被我兄弟殺掉了。」

「哦！」波那瑟夫人戰戰兢兢地叫道。

「這是逼不得已的。然後我兄弟決定以智取替代強攻。他拿了公文，以紅衣主教密使的身分來到了這裡，並聲稱一兩個小時之後，紅衣主教閣下將派一輛馬車前來接我。」

「那輛馬車實際上是您兄弟派來的？」

「正是這樣。不過，還有一件事。您以為您收到的那封信是德‧謝弗勒斯夫人寫的？」

「是啊。」

「那封信是假的。」

「怎麼會是假的呢？」

「這是一個圈套，為了派人來找您時好讓您束手就擒呀！」

「可信上寫著來的是達太安呀。」

「您錯了，達太安和他的朋友正被留在拉羅舍爾圍城呢。」

「您是怎麼知道的？」

「我的兄弟遇見了紅衣主教的密使，他們說會在大門口叫您，等您出來時，他們就會將您綁架，把您弄到巴黎去。」

「哦！天主啊！這太亂了。如果這樣下去，」波那瑟夫人一邊說一邊用雙手撫著額頭，「我會變瘋的！」

「請等等……」

「怎麼？」

「我聽見馬蹄聲，我兄弟要走了。我要向他最後告別，您也過來。」

米拉迪打開窗戶，年輕女子也走到窗前。

羅什福爾正縱馬飛奔。

「再見，兄弟。」米拉迪大聲叫道。

騎馬的人抬起頭來，看見兩個年輕女人佇立窗前，便一邊飛奔一邊向米拉迪做了一個友好的手勢。

「好心的喬治！」米拉迪說著重新關上窗子，臉上充滿疼愛和傷感的表情。

米拉迪返回原位坐下。

「親愛的夫人！」波那瑟夫人說，「請原諒！您說我該怎麼辦呢？我的天主！您比我有經驗，我聽您的。」

「首先，」米拉迪說，「也可能是我弄錯了，達太安和他的朋友也許真的會來救您。」

「哦！那就太好了！」波那瑟夫人大叫道。

「那麼，這純屬一場時間的比賽，就看誰先到了。如果是您的朋友在速度上快於對方，那您得救了；但如果是紅衣主教的手下先抵達，那您就完了。」

「噢！是的，那我該怎麼辦呢？怎麼辦呢？」

「有一個辦法簡單可行。」

「什麼辦法？您說呀！」

「那就是在附近藏起來，等著，確認一下前來找您的是什麼人。」

「可去哪兒等呢？」

「噢！這不成問題。我本人也留下不走，躲在離這兒幾法里的地方，等著我兄弟前來接我，我可以帶您一起走。」

「可修道院裡的人是不會放我走的。」

「她們以為我是應紅衣主教的命令而離開，因此，她們不會相信您會急匆匆跟我跑的。」

「那該怎麼辦呢？」

「這麼辦，讓我的馬車停在大門口，您去與我告別，登上踏板去和我做最後一次擁抱。我事先告訴來接我的我兄弟的那個跟班，讓他乘機起動馬車帶我們一起離開。」

「可是達太安呢，他來了該怎麼辦？」

「他來了我們一定能知道。」

「怎麼能知道呢？」

「很容易，將我兄弟的那個跟班派回貝圖納。讓他喬裝後，在修道院的對面住下。一旦看到達太安和他的朋友來了，他就領他們前去找我們。」

「他認識他們嗎？」

「當然，他在我家見到過達太安。」

「噢！是的，那就沒有問題了。這樣的話，一切就順利了，只是我們不要躲得太遠。」

「我們躲到法國的邊界，一有緊急情況便可離開法國。」

「但我們從現在起到那段時間，要幹什麼呢？」

「等待。」

「但如果他們先到了呢？」

「我兄弟的馬車肯定在他們之前到。」

「當他們來接您時如果我不和您在一起，比如吃晚飯或吃午飯，那該怎麼辦呢？」

「您現在必須做一件事。」

「什麼事情？」

「為了我們倆盡可能地少分開，您去對您的那個善良的院長說，請她允許我們一起用餐。」

「她會答應嗎？」

「她一定會答應的。」

「噢！這很好，這樣的話我們就一刻也不分開了。」

「既然如此，您就下樓去向她請求吧！我感到頭昏沉沉的，我去花園轉一圈。」

「去吧，但我到哪兒找您呢？」

「一小時後我就回來。」

「噢！您心地真善良，我謝謝您。」

「我怎麼會不關心您呢？您難道不是我一個最要好的朋友嗎？」

「親愛的達太安，哦！他將會多麼地感謝您呀！」

「我很希望如此。那就這樣，咱們下樓。」

「您去花園？」

「是的。」

「您沿著這條走廊往前走，再順一條小樓梯就可直通花園。」

「好極了！謝謝！」

這兩個女人分手了。

確實，米拉迪剛才頭昏腦脹，因為她對安排的那一系列計畫總感到破綻百出，她需要一個人待會兒。她彷彿看到了即將發生的事，她需要片刻的平靜和安寧，以便為她那依然雜亂的全部想法勾勒出一幅清晰的輪廓。

其中第一件要做的事，就是把波那瑟夫人騙走，將她安排在安全之處，必要時她還可以作為人質。米拉迪也不確定這場決戰的勝利屬於誰，她的仇敵所表現出的堅定和她所顯示的頑強，是不相上下的。

而且，她感覺到一個不可避免的結局近在眼前，這個結局可能非常可怕。

米拉迪要做的第一件事，就是要將波那瑟夫人掌握在自己的手中，因為波那瑟夫人就是達太安的生命。在惡運臨頭的情況下，這是一個討價還價的重要籌碼，肯定是可以向對方提出很高的條件的。

有一點已經確定，波那瑟夫人肯定會毫不懷疑地跟著她走。只要帶著她到阿芒蒂埃爾躲起來，再讓她相信達太安根本就沒有來貝圖納，事情就好辦了。最多不超過半個月羅什福爾便會返回。在這半個月當中，她足以想出復仇的計畫。感謝天主，她不會感到寂寞的，她的性格決定制定計畫一定會給她帶來無限的樂趣。就這樣，一個可怕的復仇計畫將會在半個月的時間內問世。

米拉迪一邊沉思，一邊準確地記下了花園的地形。她像一位指揮若定的將軍，能預見到勝利或失敗，隨時準備進擊或退卻。

一小時以後，她聽到波那瑟夫人在喊她。好心的院長滿口答應了波那瑟夫人提出的要求。

走進大院，她們聽見大門前有一輛馬車停下的聲音。

「您聽見了嗎？」米拉迪問道。

「聽到了，是一輛馬車的聲音。」

「是我兄弟給我送來的馬車。」

「哦！天主！」

「好，拿出勇氣來！」

來人拉響修道院大門的門鈴。

「上樓回您自己房間，」她對波那瑟夫人說，「收拾一下，帶上您重要的東西。」

「我要帶走他寫的信。」波那瑟夫人說。

「那就去取吧，然後過來找我。我們要抓緊吃晚餐，要吃得飽飽的，因為我們可能要星夜兼程，所以必須保持體力。」

「偉大的天主啊！」波那瑟夫人手撫胸口說，「我的心感到窒息，我不能走了。」

「勇敢些！您想一想，您馬上就會得救，您要想到，您完全是為了他才去做的呀。」

「哦！是呀，一切都是為了他。您去吧，我去找您。」

米拉迪立刻上樓回到她的房間，見了羅什福爾的跟班。

米拉迪吩咐他去大門那邊等著。火槍手們如果來了，他就駕車繞過修道院，再到位於小樹林另一側的一個小村子裡等候米拉迪。米拉迪就穿過花園，步行趕到那裡，她對這片地區瞭若指掌。

假如火槍手們沒有來，事情就按計劃進行，波那瑟夫人藉口向她告別登上馬車，然後米拉迪就將波那瑟夫人帶走。

波那瑟夫人來了，為了解除她的種種懷疑——倘若她有的話，米拉迪當著她的面向那位跟班又重複了一遍最後一部分的指示。

米拉迪又就馬車提了幾個問題，最後弄清楚，這是一輛由三匹馬拉套的驛車，駕轅者是驛站的雇用驛夫，羅什福爾的僕人騎馬在前面帶路。

米拉迪的擔心多餘了，波那瑟夫人根本就不可能懷疑她會如此陰險。再說，溫特勳爵夫人這個名字對她完全陌生，所以她壓根兒什麼都不知道。這個女人遇到的諸多不幸會在她的一生中佔有如此致命，如此重要的位置。

「您都瞧見了，」那位跟班一出門，她就說，「一切都已準備妥當了，院長什麼都沒有察覺到。那個人正去交代最後的命令。您儘量多吃些東西，然後我們就動身。」

「是的，」波那瑟夫人本能地說道，「是的，我們一起動身。」

米拉迪為她斟了一小杯西班牙葡萄酒，又為她弄了一塊小雞胸脯肉。

「您看，」她對波那瑟夫人說，「夜晚就要來臨，明天黎明時分我們就到達我們的藏身之地了，誰也不想到我們會在那兒。喏，勇敢一點，吃點兒東西。」

波那瑟夫人下意識地吃了幾口，嘴唇在酒杯裡蘸了一下。

「喝吧，」米拉迪端起酒杯送到她的嘴邊說，「像我這樣喝。」

可就在這時，她那端杯的手停住了，她聽到馬路上先是響起了馬蹄聲，由遠而近，幾乎在同一時刻，她彷彿又聽見馬兒的嘶鳴聲。

這聲音猶如一陣狂飆驚擾了她的美夢。她滿臉慘白，跑向窗口，而波那瑟夫人則全身顫抖地站了起來。

但她們什麼都還沒有看見，只是聽到奔騰之聲愈來愈近。

「哦！主啊！」波那瑟夫人說，「這是什麼聲音？」

「是我們的朋友或我們的敵人到了，」米拉迪帶著可怕的冷靜解釋說，「您待著不要動，我來告訴您。」

波那瑟夫人依舊站在那裡，一聲不響，臉色蒼白。響聲更大了，奔馬也許只有一百五十步之遙。因為大路拐了一個彎，正好讓她們看不到馬匹的身影。但是，聲音卻變得那樣的清晰，從聲音來推斷，來的肯定不止一匹馬。

米拉迪全神貫注地凝視張望，天色還相當明亮，她足以能辨清來者是何人。

突然，在大路的轉彎處，她看見幾頂飾有鑲帶的帽子閃閃發光，根根羽翎迎風飄動，她先看到兩匹馬，接著是五匹，然後是八匹，其中一匹馬領先兩個馬身在前飛奔著。

她認出跑在前頭的那個人正是達太安。

「哦！天主！天主！」波那瑟夫人也叫了起來，「究竟發生什麼啦？」

「是紅衣主教的人穿的制服，刻不容緩！」米拉迪大聲說，「我們快逃，快逃！」

「對，對，快逃！」波那瑟夫人跟著重複說道。可是，由於驚恐過度，她像被釘子釘在了原地，一步也挪不了。

那隊人馬從窗下一閃而過。

「您來呀！來呀！」米拉迪抓住波那瑟夫人的胳膊想拖著她向前走，「我們可以通過花園逃出去，但我們要趕緊，再過五分鐘那就來不及了。」

波那瑟夫人沒走兩步，便雙膝跪倒在地上。

米拉迪試圖扶起她，把她抱起來，但終究力不從心。

就在此時，她們聽見了馬車的滾動聲，那是趕車人看見了火槍手便縱馬逃走了。接著傳來三四聲槍響。

「最後一次問您，您到底想不想走？」米拉迪大聲道。

「哦！我的天主！我真的一點力氣也沒有了。我走不了了，您一個人逃吧。」

「一個人逃！把您留在這兒！絕對不行！」米拉迪咆哮起來。

突然，她迅速地跑到桌邊，敏捷地打開一個鑲嵌寶石的戒指底盤，將裡面藏的東西倒進波那瑟夫人的杯中。

那是一粒見酒就溶的淡紅色藥丸。

然後，她端起酒杯，「快把它喝了，」她說，「喝下去就有力氣了，快喝。」

說完，她將酒杯端到年輕女人的嘴邊，年輕女人機械地喝了下去。

「啊！這不是我想報仇的本意，」米拉迪帶著惡魔的微笑說，「不過，也只能這樣了！」

說完，她衝出了房間。

波那瑟夫人眼睜睜地看著她逃走了，自己卻不能追上她。她試圖邁步逃跑，但是邁不開步子。

幾分鐘過去了，一陣可怕的喧囂聲在大門口響起。波那瑟夫人在期待著米拉迪重新露面，但米拉迪沒有再來。

因為害怕，波那瑟夫人的額頭好幾次滲出了冷汗。

她終於聽見有人打開鐵柵欄的嘎吱聲，接著，樓梯上傳來了馬靴聲和馬刺聲，又傳來一陣愈靠愈近的大嗓門的埋怨聲，並且，在這些混雜的各種聲音中，她彷彿聽到有人在喊她的名字。

她太興奮了，向門口衝去，因為她聽出了那是達太安的聲音。

「達太安！達太安！」她大聲喊道，「是您嗎？我在這兒，我在這兒！」

「康斯坦斯！康斯坦斯！」年輕人回答說，「您在哪裡？我的天主！」

就在這同一時刻，房門被直接撞開了，好幾個漢子衝進房間。波那瑟夫人倒在一張扶手椅內，但已不能動彈。

達太安跪在他的情婦面前。阿托斯將他的手槍別進自己的腰帶上。手執長劍的波托斯和阿拉米斯這時也收劍入鞘。

「啊！達太安！我親愛的達太安！您終於來了，您沒有騙我，真的來了！」

「是我，是我，康斯坦斯！」

「哦！她說您不會來了，真是白費口舌。我一直癡情地期待著，我不願意逃走。噢！我真的做對了！」

聽到「她」這個字，原本坐著的阿托斯霍地站了起來。

「她！她是誰？」達太安問道。

「我的一個女同伴，她想把我從迫害我的人手中解救出來，她將你們錯當成了紅衣主教的衛士，所以她剛才逃走了。」

「您的一個女同伴，」達太安大聲問道，他的臉色變得煞白，「您說，她是什麼樣的一個同伴？」

「她說是您的一位朋友，達太安，是一位您對她無話不談的女人。」

「她叫什麼？她叫什麼名字？」達太安嚷叫道，「天主啊！怎麼您不知道她的名字嗎？」

「知道的，知道的，有人跟我說過。您等等……可是真奇怪……我的腦袋混亂不堪，我什麼也看不見了。」

「快來，朋友們，快來！」達太安叫道，「她昏過去了。老天啊！她失去了知覺！」

這時波托斯扯開嗓門呼救，阿拉米斯則跑向桌邊去找杯水，然而當他發現阿托斯那張扭曲得可怕的臉時，站在桌前停下了。阿托斯正注視著桌上的一隻酒杯，似乎在忍受著最可怕的懷疑的折磨。

「噢！」阿托斯說，「噢！不，不可能這樣！」

「拿水來，」達太安喊道，「快拿水來！」

「哦，可憐的女人，可憐的女人！」阿托斯帶著心碎喃喃道。

在達太安的陣陣親吻下，波那瑟夫人重又睜開了雙眼。

「她醒過來了！」年輕人叫了起來，「哦！我的天主，我感謝您！」

「夫人，」阿托斯說，「夫人，請告訴我，那只空杯是誰的？」

「是我的，先生，」年輕的女人語氣衰竭地答道。

「但是誰給您斟了這杯酒？」

「她。」

「她是誰？」

「啊！我想起來了，」波那瑟夫人說，「溫特勳爵夫人。」

四位朋友異口同聲地大叫了一聲，唯有阿托斯的叫聲凌駕眾人之上。

此時，波那瑟夫人面如死灰，她氣喘吁吁地倒在了波托斯和阿拉米斯的懷裡。

達太安抓著阿托斯的雙手。

「是怎麼回事啊？」他說，「您相信……」

他的話語在哽噎中窒息了。

「什麼都有可能。」阿托斯咬著冒血的嘴唇說。

「達太安，達太安！」波那瑟夫人叫道，「你在哪兒？不要離開我，我馬上就要死了。」

達太安鬆開一直顫抖的阿托斯的手，跑到波那瑟夫人跟前。

她那美麗的臉龐已成滿面驚容，她那雙炯炯有神的眼睛已經變得呆滯，她的身軀不停地搖曳顫抖，額頭上流淌著汗水。

「上天啊！快去叫醫生呀。波托斯，阿拉米斯，請你們找人救救她吧！」

「沒有用了，」阿托斯說，「沒有用了。她下的毒是找不到解藥的。」

「是呀，救救我！」波那瑟夫人喃喃地說，「救救我吧！」

隨後，她使足全部力氣，雙手緊抱著年輕人的頭凝視片刻，接著，她發出一聲嗚咽的叫喊，將自己的雙唇緊貼在了達太安的雙唇之上。

「康斯坦斯！康斯坦斯！」達太安呼喚著。

她發出的最後一聲歎息，在達太安的嘴邊輕輕掠過。隨著這聲歎息，這個如此純潔、多情的靈魂進入了天國。

達太安摟在懷中的只是一具屍體。

年輕人大叫一聲，在他情婦的身旁絕望地倒下了，他的臉色是那樣的慘白，全身是那樣的冰冷。

波托斯哭泣了，阿拉米斯向空中揮舞著拳頭，阿托斯則在胸前畫著十字。

就在此時，一位男子出現在門口，他的面色幾乎和屋裡的那些人同樣的蒼白。他環顧一下四周，看到了已經死去的波那瑟夫人和昏厥倒地的達太安。

「我沒有搞錯，」那人說，「這位是達太安先生，而你們是阿托斯、波托斯和阿拉米斯三位先生。」

三個火槍手驚詫地看著陌生人，但他們三人都想不起來這人是誰，只是都覺得似乎有些面熟。

「各位，」陌生人說，「我也在尋找那個女人。」他露出可怕的笑容，繼續說，「那個女人肯定來過這裡，因為我看到了一具屍體在這裡！」

聲音和面孔慢慢地喚起了他們的記憶，但是他們回憶不起在何種場合見過他。

「各位，」陌生人繼續說，「既然你們認不出我，我就只好自我介紹了，我是溫特勳爵，那個女人的小叔子。」三位朋友發出一聲驚異的叫喊。

阿托斯站起身，向他伸手相握：「歡迎您，勳爵先生，您是自己人。」

「在那個女人走後五小時我開始動身的，」溫特勳爵說，「我在她到達後三小時也趕到了布洛內；在聖奧梅爾，我比她晚到了二十分鐘；在莉來爾，我失去了她的蹤跡。當我到處尋找時，我看到了你們的馬隊，認出了達太安先生，但我的坐騎太疲勞了，沒法追上你們。可是，儘管各位風馳電掣地趕路，但看來還是來晚了！」

「您看！」阿托斯一邊說一邊指著死去的波那瑟夫人和昏迷中的達太安。波托斯和阿拉米斯正努力讓他甦醒過來。

「他們兩個難道都死了嗎？」溫特勳爵冷靜地問道。

「不是，」阿托斯答道，「達太安先生昏過去了。」

「啊！太好了！」溫特勳爵說。

達太安醒了過來，他像失常的瘋子那樣再次撲向情婦的屍體。

阿托斯站起身，邁著莊嚴有力地步伐走近他的朋友，將他深情地摟在懷裡。他以極為崇高，極有說服力的語氣勸慰他說：

「朋友，像個男子漢。**女人為死者哭泣，男人為死者報仇！**」

「噢！是的，」達太安說，「是的！只要是為她報仇，我隨時準備赴湯蹈火！」

阿托斯用復仇激勵了達太安，使他冷靜下來，並示意波托斯和阿拉米斯去找修道院女院長。

兩位朋友在走廊裡碰上了她，她還不明白所發生的一切。她叫來幾名修女，她們不顧修道院的禁忌，出現在了五個世俗男人的面前。

「院長，」阿托斯說，「我們現將這位不幸女子的屍體託付給您，請您按照修道院的教規料理。在成為天上的天使之前，她曾是人間的天使，請對待她像對待天使一樣，將來有一天我們定會回來在她的墓前祈禱的。」

達太安伏在阿托斯的胸前，又哽咽著哭泣起來。

「哭吧，」阿托斯說，「哭吧，唉！我真想和您一樣能痛哭一場！」

他照顧著他的朋友，像一個慈愛的父親，一個飽經滄桑的偉人。

五個人各自上馬，一起向貝圖納城馳去，不久，在第一家客棧門前停了下來。

「這麼說，」達太安說，「我們不追那個女人了？」

「不要著急，」阿托斯說，「我要採取一些措施。」

「她會從我們手裡溜掉的，」年輕人又說，「如果她溜掉了，阿托斯，那將是您的過錯。」

「我保證她不會溜掉。」阿托斯說。

達太安對他朋友的話深信不疑，他不再說什麼，低頭走進客棧。

波托斯和阿拉米斯相對看了一眼，絲毫看不出阿托斯的保證用意何在。

溫特勳爵則認為阿托斯這樣說，是為了減輕達太安的痛苦。

「現在，諸位，」阿托斯確證旅店有五個空房間以後說道，「每人去自己客房。達太安需要獨自哭一場，而你們需要休息，我負責照顧全盤，請各位放心。」

「但我覺得，」溫特勳爵說，「如果要採取什麼措施去對付伯爵夫人，我都不會袖手旁觀，因為她是我的嫂子。」

「而她，」阿托斯說，「是我的妻子。」

達太安高興起來，因為他明白，既然阿托斯主動揭露了這個秘密，那就說明他對復仇十拿九穩。波托斯和阿拉米斯則面面相覷。溫特勳爵則以為阿托斯發瘋了。

「你們進客房吧，」阿托斯說，「事情讓我來辦。作為丈夫，這件事和我有關。只是，達太安，還記得那張紙條吧，請把它交給我，那上面寫著城市的名字叫……」

「噢，」達太安說，「我知道了，那個地名是她所寫。」

「您看明白了，」阿托斯說，「上天是無所不知的！」

chapter 64 身披紅披風的男人

阿托斯忍受著巨大的痛苦，而這種痛苦使這位睿智的男子的思辨力更加清晰了。

他心裡只有一個念頭，就是復仇，承擔起責任。他向店主討來一張本地區的地圖，仔細地研究圖上的條條標線。最後，他查明，從貝圖納到阿芒蒂埃爾有四條道路好走。接著，他叫來了四個跟班。

普朗歇、格里默、穆斯克東和巴贊都過來了，來接受阿托斯準確、及時而嚴格的命令。

他們四人必須於翌日凌晨出發、分別走不同的道路，最後到阿芒蒂埃爾會合。四個人中最精明的是普朗歇，他負責去逃跑的那輛馬車走的那條路。羅什福爾的跟班護送的那輛馬車就是走這條路逃走的。

阿托斯首先打發四個跟班啟程，因為他對每一個人的長處和不足瞭若指掌。

其次，跟班向路人詢問比起主人較少引起懷疑，成功率較大。

第三，米拉迪認識主人，但她不熟悉跟班。

第二天上午十一點他們四人必須於在指定地點會齊，一旦他們發現了米拉迪的藏身之所，便留下三人對她嚴密監視，一個人返回向阿托斯通報，並充當嚮導。

安排好計畫後，四個跟班退了出來。

隨後，阿托斯從坐椅上站起來，攜帶佩劍，身裹大氅，出了客店。

時間大約是晚上十點鐘，大街小巷行人稀少。他正找人問一件事，但是一路上都沒碰到幾個人。他終於遇上一位深夜未歸之人，走上前去，向他問了幾句話。被他問話的那個人滿心驚恐，但還是為他指了一下路。阿托斯拿出半個比斯托爾請那人帶路，但被拒絕了。

阿托斯按照指路人所指的方向走進一條街道，走到一個十字路口時，他停了下來，原地不動。十字路口有不少過往行人。不一會兒，一位巡夜打更者走了過來。他對巡夜人提出了同一個問題，巡夜人同樣的驚恐，依舊拒絕為阿托斯帶路，只是用手指一指應該走的那條路。

阿托斯順著那個方向往前走，來到位於城邊的一個小鎮。到了那兒，他又一次左右為難，於是第三次停了下來。

他的運氣非常好，碰上一個乞丐向他請求施捨。阿托斯給他一個埃居，要他隨行帶路。乞丐開始猶豫，但眼見那枚銀幣在夜色中閃閃發光，便心一橫，為阿托斯帶路了。

走到一條街的拐角，乞丐從老遠就指著一棟荒涼的小房子給他看。阿托斯向房子走去，那個收了報酬的乞丐撒腿就跑掉了。

阿托斯繞著房子轉了一圈兒，終於在牆上找到一扇門。沒有一絲燈光，聽不到任何聲音，人們很難想到這是一處住人的地方，整棟房簡直就是一座墳墓。

阿托斯連著叩了三聲門之後，屋內傳來了腳步聲。門開了，一個身材高大、臉色蒼白的男人出現在門口。

阿托斯和他低聲交談幾句，那位漢子便示意火槍手進屋去。

得到允許後，阿托斯立刻進了屋，關上了門。

阿托斯走了很遠的路，終於找到了要尋找的人。這個人領他走進了實驗室，看得出來，他正忙著用幾根鐵絲將一具骷髏的骨骼組裝在一起，其他部分已經完成，唯有那個頭顱骨還放在一張桌上。

阿托斯置身其中的房室主人是從事自然科學研究的。一個個玻璃瓶中裝著遊蛇，瓶子上分門別類貼著標籤；一條條曬乾的蜥蜴猶如雕琢過的翡翠，在碩大的烏木框子裡閃閃發光；一束束芳香四溢的野草，被吊在天棚頂上。

這位身材高大的人獨自住在這裡。

阿托斯用目光掃視一下這個房間，應他來尋找的那個人的邀請，阿托斯坐在了他的身邊。

這時，阿托斯向他解釋了來拜訪的原委，並說他有一事相求。而當他的要求剛剛說完，這位陌生人驚恐萬分，連忙加以拒絕。這時，阿托斯從口袋裡掏出一張寫有兩行字，並有簽名蓋印的小字條交給了他。這位身材高大的人，看清了署名又認出了印章，便立即點頭，表示不再拒絕，隨時聽候吩咐。

阿托斯再沒有更多的要求，隨即，站起身來，走出門。他返回時走的仍是來時走的那條路。波托斯回到客棧，關上自己的房門。

天一亮，達太安就走進他的房間詢問下一步該如何行動。

「等待。」阿托斯回答說。

過了一會兒，修道院院長派人前來通知火槍手們，受害人的葬禮將於當日午時舉行。至於那個下毒的女人，還沒有任何消息。她們只在花園的沙土上發現了她的腳印，並且發現花園門是鎖著的，而鑰匙卻不見了。

溫特勳爵和四位朋友來到修道院。教堂裡喪鐘悠揚，院門被打開，死者的屍體躺在祭台中央。祭台兩側和通向修道院的柵門後面，站著加爾默羅會的全體修女，她們在那裡聆聽神聖的彌撒，同時和神父一起吟唱，但她們和外面的俗人互相看不見。

到了教堂的門口，達太安感到勇氣頓消，他轉身尋找阿托斯，可是阿托斯已經不見蹤影。

阿托斯讓人把他領進花園，在園中的沙土上，他發現那個女人經過的道路上有一串血痕淺淺的腳印，一直通向樹林的園門；他沿著血痕一直走到門口，讓人將門打開，然後潛進了樹林。

此時，他的一切懷疑都得到了證實：那輛馬車繞過了森林。阿托斯眼睛盯著路面順著這條路走了一會兒，發現路面上灑有血點。他推斷不是跟班就是三匹馬中的一匹受了傷。大約走了四分之三法里，地面上出現一大片血跡，並且有被馬匹踐踏過的痕跡。在被踩踏過的這塊地面的一側，他又發現了與在花園中看到的小腳印相同的痕跡，馬車肯定在這裡停過。

米拉迪就是在這裡逃出樹林登上馬車的。

阿托斯的這個發現讓他感到高興。於是，他返回客棧，找到正在焦急地等待著的普朗歇。

普朗歇沿路走去，他和阿托斯一樣，也發現了沿途的血跡，也認出馬車停留的地點。但他比阿托斯走得更遠，乃至在費斯圖貝爾村的一家客店喝酒時得知：在頭一天晚上八點半鐘，一個男人曾陪著一位夫人乘坐一輛驛車旅行到此。那人受了傷，便留了下來，而那位夫人換了驛馬，繼續趕路了。

普朗歇找到了那個車夫，車夫告訴他，那位夫人到了弗羅梅爾，隨後自己去了阿芒蒂埃爾。普朗歇抄近路，於早上七點鐘便到了阿芒蒂埃爾。

這個小鎮中只有一家旅店，普朗歇佯裝成尋找差事的失業僕人走了進去。和旅館裡的人沒有談上十分鐘，他便知道頭天晚上十一點有一個單身女人來到客店，租了一間旅館，並告訴老闆，她想在這裡待上一段時間。

普朗歇瞭解到這些之後便趕去約會地點，找到另三位準時到達的跟班，安排好他們監視客店的所有出口之後，自己返回來找阿托斯。當其他三位朋友來到他的房間時，阿托斯已經聽完了普朗歇的回稟。

每個人都愁眉苦臉，就連一向沉得住氣的阿拉米斯的臉色亦是如此。

「該怎麼辦呀？」達太安問。

「等待。」阿托斯回答說。

每一個人又回到了各自的房間。

晚上八點鐘，阿托斯下令備馬，派人通知溫特勳爵和另外三位朋友，要他們做好行動的準備。

他們各自檢查了自己的武器，使它們處於臨戰狀態。阿托斯第一個走下樓來，發現達太安已經上馬，臉上一副焦急的神情。

「等會，」阿托斯說，「我們還少一個人。」

四個騎在馬上的人驚詫地四下張望，不知道少的那個人究竟是誰。

不一會兒，普朗歇牽著阿托斯的馬走了過來，這位火槍手輕捷一縱便跨上了馬鞍。

「等我一下，」他說，「我馬上回來。」

說著他策馬而去。

一刻鐘過後，他果然帶回一個人來。這個人頭上戴著面具，身披一件紅披風。溫特勳爵和另外三位火槍手用目光互相詢問著，但沒有人知道他是誰。不過他們都想，既然事情是按照阿托斯的命令進行的，那麼一切就該如此。

九點整，一隊輕騎在普朗歇的帶領下出發了。他們走的就是那輛馬車走過的路。

六個人默默地向前飛馳著，看上去他們像是絕望的幻影，懲罰的化身，嚴厲而淒慘。

chapter 65 審判

這是一個狂風暴雨的陰沉之夜，大塊大塊的濃雲在天空奔跑，遮去了滿天星斗的光華，月亮需到午夜時分才能升起。

達太安時不時脫離大家，跑到前面，阿托斯每時每刻都提醒他重歸隊伍，但轉眼之間，他們又被甩在後面。

他們悄悄地穿過費斯圖貝爾村，然後順著里什布林樹林向前。到達埃爾利時，一直為輕騎隊伍當嚮導的普朗歇拐彎向左走去。

溫特勳爵，或者波托斯，或者阿拉米斯，都曾三番五次地想和那個陌生人搭話，但每次不管大家問他什麼，他都欠欠身不作回答。這樣，大家明白，他絕不輕易開口，所以他們也就不再對他說什麼了。

閃電接二連三，雷霆開始怒吼，狂風在騎士們髮冠的飾羽上呼嘯。

馬隊加快了步伐。

剛剛走出弗羅梅爾，瓢潑大雨從天而降。他們展開了披風，在狂風暴雨中繼續前行。達太安沒有披上披風，連氈帽都脫掉了。他樂意讓雨水順著發燙的前額和燒得顫抖的身體流個痛快。

當他們快要到達驛站時，從暗處難以分辨的樹幹後衝出來一個人，徑直來到大路中間，把一個指頭放在嘴唇上。

阿托斯認出那是格里默。

「有什麼情況嗎？」達太安大聲問道，「她離開阿芒蒂埃爾啦？」

格里默點了點頭。達太安牙齒咬得格格響。

「不要出聲，達太安！」阿托斯說，「由我指揮一切，所以讓我來問格里默。」

「她去了哪裡？」阿托斯問。

格里默用手朝利斯河的方向指了指。

「離這兒遠嗎？」阿托斯又問。

格里默向他伸出一個彎曲的食指。

「只有她？」阿托斯又問。

格里默肯定地點了點頭。

「先生們，」阿托斯說，「那個女人單身一人，在利斯河那邊，離這兒半法里。」

「很好，」達太安說，「給我們帶路，格里默。」

格里默穿過田野，為隊伍充當嚮導。

大約走了五百步遠，他們遇見一條小溪，便涉水蹚了過去。

在一束閃電的亮光下，他們隱約看到了埃坎根姆村。

「是這兒嗎？」達太安問。

格里默搖搖頭。

隊伍繼續趕路。

又亮起一道閃電，格里默伸開手臂向一處指去。在青藍色電光下，他們清楚地看見一棟孤零零的小屋，橫在離一條渡船約百步遠的利斯河畔。一扇窗子亮著燈光。

「我們到了。」阿托斯說。

這時，一個臥在壕溝裡的人爬了起來，那是穆斯克東。

他用手指著那扇閃著亮光的窗戶。

「她就在那裡。」他說。

「巴贊在哪裡？」阿托斯問道。

「他去監視大門了。」

「好，」阿托斯說，「你們做得都很好。」

阿托斯跳下馬，將馬韁交給格里默，然後向其他人打了個手勢，讓他們向門的方向包抄過去，他自己一個人向窗口潛去。

阿托斯越過籬笆，一直來到無隔板護擋的窗前，但半截的窗簾把窗子遮得嚴嚴實實。他登上窗台向裡張望。

阿托斯看見一個身裹一件深色披風的女人，坐在一個即將熄滅的火爐旁，將雙肘支在一張朽木桌上，用白皙得如象牙一般的雙手托著腦袋。

阿托斯看不清她的臉，但他確定這就是那個他一直在尋找的女人。

就在此時，一匹馬嘶鳴起來，米拉迪抬起頭，正好看到了阿托斯那張蒼白的臉正緊貼在玻璃窗上，她大叫了一聲。

阿托斯知道，他被認出來了，於是，用膝蓋和雙手擊碎了玻璃，猛地推開那扇窗子。阿托斯宛如復仇的幽靈跳進房間。

米拉迪跑向門口打開門，此時達太安那更加蒼白，更具威懾的臉龐出現在門口。

米拉迪嚇得直往後退。達太安生怕她又從他們手裡溜掉，便從腰間拔出手槍，但被阿托斯舉手攔住了。

「收起槍來，達太安，」阿托斯說，「這個女人一定要受到審判，不能這樣幹掉她。再等一段時間，達太安，請進來，各位。」

達太安服從了，因為阿托斯的語氣是莊嚴的，彷彿上帝派來的法官。隨後，達太安、波托斯、阿拉米斯和溫特勳爵以及身披紅披風的那個人也都走進房間。

四位跟班看守著門窗。

米拉迪倒在她的坐椅上，伸著雙手，好像要哀求，但當她看見她的小叔子時，她發出一聲可怕的叫喊。

「你們要幹什麼？」米拉迪大叫了起來。

「我們嗎？」阿托斯說，「我們要找夏洛特・巴克森。」

「是我，是我！」她在極端恐怖中嘟囔著，「你們找我幹什麼？」

「我們要根據您的罪惡對您進行審判，」阿托斯說，「您可以自由地為自己辯護。達太安先生，由您作第一個指控人。」

達太安走上前來。

「對著天主，」達太安說，「我指控這個女人於昨天晚上毒死了康斯坦斯・波那瑟。」他轉過身去看著波托斯和阿拉米斯。

「我們為此作證。」兩個火槍手一致地說。

達太安繼續控告說：

「我指控這個女人曾經想毒死本人，她在從維勒魯瓦給我寄來的酒中下了毒，並附上一封偽造的信，冒充是我的朋友寄來的。天主救了我，但有一個人卻為我死去了，他叫布里斯蒙。」

「我們作證。」波托斯和阿拉米斯異口同聲地說。

「我指控這個女人曾煽動我去暗殺德・瓦爾德男爵，無人能證明這個控告的真實性，我本人親自作證。我的指控完畢。」

「現在輪到您說了，動爵！」阿托斯說。

達太安走到房間的另一邊，同波托斯和阿拉米斯站在一起。

溫特勳爵走了過來。

「面對天主和世人，」他說，「我指控這個女人派人殺害了白金漢公爵。」

「白金漢公爵被殺害了？」所有人一起叫了起來。

「是的，」勳爵說，「他被殺害了！按照你們寫給我的信，我把這個女人囚禁了起來，並把她交給我的一個忠實部下看管起來，她把那個人腐蝕了，讓他去刺殺了公爵。但此時，費爾頓也許正用他的頭顱抵償他那發瘋的罪行。」

聽到這些尚未知曉的罪惡被揭露，在場的所有人，無不毛骨悚然。

「事情還沒有完，」溫特勳爵說，「我的哥哥得了一種怪病，三個小時就死去了，而死後他全身留下了青紫色的斑點。臨死前，我哥哥確定您做他財產的繼承人。現在我來問，您的丈夫是怎麼死的？」

「太可怕了！」波托斯和阿拉米斯叫道。

「她是殺害白金漢的兇手，她是殺死費爾頓的兇手，她是殺害我哥哥的兇手。我要求給予她最嚴厲的懲罰，我鄭重宣佈，倘若無人為我懲辦她，我將自己動手。」

溫特勳爵走到達太安身旁站定，讓出位置留給他人前去控告。

米拉迪雙手捧著垂下的頭，力圖追憶被一種致命的眩暈攪混的思緒。

「現在該輪到我了，」阿托斯說，他全身顫抖，「輪到我了，儘管我全家反對，但我曾娶她為妻。我給了她財產，給了她榮譽，但是有一天，我發現這個女人被烙過火印，這個女人的左肩上被烙有一朵百合花。」

「哼！」米拉迪站起身說道，「我看未必還能找到對我進行無恥宣判的法庭。我看，你們絕對找不到執行這個判決的人。」

「住口，」一個聲音說道，「關於這件事，該由我來回答！」

身披紅披風的那個人走上前來。

「您是誰？」米拉迪喊叫時嗓門因恐怖變得窒息，她臉色變得青灰，頭髮也散亂開，在她的頭上直豎起來。

所有人都在看那個男子，除了阿托斯，對所有人來說，他都是陌生人。

阿托斯也很驚愕，因為他也不清楚，這個人怎麼可能也參與了此時就要被解開的這個可怕悲劇的某些事情。

陌生人莊重而緩慢地走近米拉迪，一直走到和她只有一桌相隔時，摘下了面具。

米拉迪望著那張冷得出奇的蒼白的臉，她忽然站起來，邊退到牆根邊大聲說：

「噢！不！不！這是地獄的幽靈！這不是他！救救我吧！救救我吧！」她用嘶啞的嗓門大喊道，同時朝牆壁轉過臉去，似乎要用雙手為自己扒開一條逃跑的通道。

「您究竟是誰？」現場所有目擊者一起大聲問道。

「請諸位去問這個女人吧，」身裹紅披風的人說，「她認出了我。」

「里爾的劊子手！里爾的劊子手！」米拉迪咆哮著，她在遭受失去理智的恐怖的折磨，雙手牢牢抓著牆壁以防跌倒在地。

所有人都閃開了，唯有身披紅披風的人依然站在屋子中央。

「噢！發發慈悲吧！發發慈悲吧！饒恕我吧！饒恕我吧！」卑鄙的女人跪在地上大聲求饒。

陌生人等待她安靜下來。

「我已經對各位說過，她認出了我！」他又說，「我是里爾城的劊子手，現在我要給你們說說事情的來龍去脈。」

所有目光都聚集在這個人的身上，迫不及待地等著他講下去。

「這個女人過去和今天一樣漂亮，她曾是女修道院的一個修女。一位心地純潔而虔誠的青年神甫主持這家修道院的教堂。她開始勾引他，並成功了，她簡直連聖徒都能引誘到手。

「他們都曾發過神聖的誓願[42]，但他們的關係又不可能長久持續下去，否則彼此都得身敗名裂。她說服了那個年輕神甫，一起離開當地，到法國的某一地區，在那裡老實實地度日，因為誰也不認識他們。然而，他們沒有錢，那個神甫偷了幾個聖器，要賣掉了。就在他們準備逃跑時，雙雙被捕歸案。

「一個星期之後，她又勾引了獄卒的兒子並由此成功越獄。那個青年神甫被判帶鐐入獄十年並且烙上火印。正如這個女人所說，我當時就是里爾城的劊子手，我必須去執行這個懲罰。而那個罪犯，先生們，正是我的弟弟啊！

「當時，我發誓，是那個女人讓我兄弟落到了這步田地，她至少是個同謀犯，也應該受到懲罰。我猜到她會藏在哪裡，就去找她，果然找到了。我對她也執行了懲罰，在她身上烙下了和我給我自己弟弟烙過的相同的烙印。

「在我返回里爾的第二天，我的弟弟也越獄逃跑了。於是我被指控是我弟弟的同謀，被判替他坐監入獄，直至他投案自首為止。我那可憐的弟弟並不知道這個判決，他又找到了這個女人，一起逃到了貝里。我弟弟在那裡又謀了個本堂神甫的職位，這個女人則偽稱是他的妹妹。

「本堂神甫教堂所在地的當地爵爺，看中了那個所謂的妹妹，並且對她情有獨

42.會士和修女都須發誓遵守教規，其中有「絕色」，即不結婚的規定。

鍾，最後提出要娶她為妻。於是，這個女人就離開了曾被她斷送的那個人，跟了也會被她斷送的另一個人，她便成了德•拉費爾伯爵夫人。」

所有人的眼睛一起轉向阿托斯，因為這才是他的真名實姓。他點了點頭，表示劊子手剛才的話全部屬實。

「這時候，」劊子手接著說，「我可憐的弟弟絕望了，決心擺脫她，又重新回到了里爾。當得知我被判替他入獄後，他便投案自首，並於當天晚上，在他牢房的鐵窗上自殺了。

「那些判我入獄的人在驗明正身後，便恢復了我的自由。

「這就是我所控告的她的罪行，也是我要為她烙上印記的一個說明。」

「達太安先生，」阿托斯說，「您要求對這個女人判什麼罪？」

「死罪！」達太安回答說。

「溫特勳爵，」阿托斯繼而問，「您要求對這個女人判什麼罪？」

「死罪！」溫特勳爵說。

「波托斯和阿拉米斯二位先生，」阿托斯又問，「你們二位作為她的審判官，你們認為應該判她什麼罪？」

「死罪！」這兩位火槍手聲音低沉地回答說。

米拉迪發出一聲可怕的嚎叫，拖著跪地的雙膝向兩位審判官挪動幾步。

阿托斯向她伸出手去：

「夏洛特‧貝克森，世間的人，天上的主對您的罪行都已厭倦。倘若您會什麼祈禱，您就說吧，因為您已被定罪，您將會被處死。」

米拉迪直挺挺地站起來，似乎要說什麼話，但她已經精疲力竭。她感到一隻強而有力的無情大手抓住她的頭髮，拖動著自己。她甚至沒有抵抗的欲望，便走出了那間茅屋。

溫特勳爵、達太安、阿托斯、波托斯和阿拉米斯也都跟著她走了出來，跟班們緊隨主人之後。房間裡只剩下那扇被頂碎的窗戶，那扇敞開的門，以及桌上那盞仍在淒慘地閃著青光的油燈。

chapter 66 處決

大概是午夜，一輪殘月被塗上了鮮紅的血色，從阿芒蒂埃爾小村後面冉冉升起。它以暗淡的微光勾勒出小城房舍陰沉的側影以及那凌空矗立的鐘樓骨架。

正對面，利斯河的河水滾滾流淌。河對岸，大塊大塊古銅色的雲堆瀰漫在昏暗的天空，給夜色灑下一片薄暮。在左堤岸側，矗立著一座被廢棄了的古老磨房，風車的葉輪紋絲不動，一隻貓頭鷹發出陣陣單調的尖叫聲。遠近的平原，淒涼的殯葬隊行走的道路左右，隨處可見有幾株粗矮的樹木冒出來，窺探著行人。

時而會有一道閃電，蜿蜒於那一大片黑黝黝的樹梢，然後將天空和水面劈成兩半。沒有一絲風吹進沉悶的空氣。由於剛剛落過雨，地面非常濕滑，飽嘗雨水恢復了生機的野草使勁地散發著清香。

兩個跟班每人抓住米拉迪的一隻胳膊，拖著她前進。劊子手緊跟其後，溫特動爵、達太安、阿托斯、波托斯和阿拉米斯走在劊子手的後面。

普朗歇和巴贊則走在最後。

那兩名跟班拖著米拉迪朝河邊走去。她默不作聲，但她的一雙眼睛卻用無法形容的目光在講話，輪流哀求眼下正拖她走的兩個人。

當她超前走了幾步時，便對這兩個跟班說：

「如果你們保護我逃走，你們每人將得到一千比斯托爾；如果你們把我交給你們的主人，這附近就有替我報仇的人，他們會讓你們償命的！」

格里默猶豫不決，穆斯克東四肢發抖。

阿托斯聽見了米拉迪的說話聲，急忙趕了上來，溫特勳爵也加快了步伐。

「撤換這兩個跟班，」阿托斯說，「那女人對他們說過話，現在他倆不可信。」

普朗歇和巴贊被叫過來頂替了格里默和穆斯克東。

到達河邊，劊子手走近米拉迪，捆住了她的雙手和雙腳。

這時，米拉迪打破沉寂叫了起來：

「你們都是膽小鬼，你們都是卑鄙的殺人兇手，你們十個男人殺一個女人。你們小心點，即使現在沒人救我，但將來會有人為我報仇！」

「您不是一個女人，」阿托斯冷冷地說，「您本來就不屬於人類，您是逃出地獄的魔鬼，現在我們要把您重新送回地獄去。」

「哈哈！」米拉迪說，「你們誰碰我一根頭髮，誰就是殺人犯。」

「劊子手可以殺人，但並不因此就是殺人犯，夫人。」身裹紅披風的人拍拍他那寬大的劍說，「我是最後的審判官，我說了算！」

米拉迪發出兩三聲野蠻的吼叫，這吼叫聲瀰漫在夜空中，有一種陰森和奇特的意味，最後消失在樹林深處。

「如果我是罪犯，」米拉迪怒吼道，「你們要把我送上法庭。你們不是法官，你們不能給我判罪。」

「我曾讓您去泰伯恩，」溫特勳爵說，「您那個時候為什麼不願意去？」

「因為我不想死！」米拉迪掙扎著大叫道，「因為我還太年輕，我不該死！」

「您在貝圖納毒死的那個女人比您還年輕，夫人，可她死了！」達太安說。

「我要去修道院，我要做修女。」米拉迪說。

「您以前就在修道院，」劊子手說，「可您把我弟弟毀了以後，又從修道院出來了。」

米拉迪發出一聲恐懼的叫喊，隨即雙膝跪倒在地。

劊子手將她提起，夾到腋下，要把她帶到船上去。

「啊！天主！」她叫嚷道，「天主！您要淹死我！」

她的這些尖叫如此撕心裂膽，就連當初最積極追蹤米拉迪的達太安，此時也不由自主地垂下頭，雙手堵著耳朵，坐在一棵斷樹上。

在所有這些人中，達太安最年輕，心也是最軟的。

「噢！這一切太恐怖了！我不贊同這樣讓她死去。」

聽到這兩句話，米拉迪心中又燃起一絲希望。

「達太安！達太安！」她叫道，「您一定記得吧，我曾經多麼地愛您呀！」

年輕人站起來，向她走近一步。

阿托斯這時霍地抽出劍，攔住了達太安的去路。

「請您不要再向前了，達太安，」他說，「否則我們就進行一場決鬥。」

達太安跪下來祈禱著。

「喂，」阿托斯接著說，「動手吧！劊子手。」

「遵命，大人，」劊子手說，「因為我也是真正的、善良的天主教徒，我堅信對這樣的女人履行公職是正義的。」

「說得好。」

阿托斯向米拉迪走近一步。

「我饒恕您對我的傷害，」他說，「我原諒您破壞了我的前途、毀掉了我的榮譽、玷污了我的愛情，以及您播下的絕望永遠影響我對您的拯救。請您寧靜地死去吧。」

溫特勳爵也走上前來。

「我饒恕您，」他說，「我饒恕您毒死了我的哥哥，饒恕您殺死了白金漢公爵大人，饒恕您斷送了可憐的費爾頓的生命，我饒恕您對我本人的多次不良圖謀。您寧靜地死去吧。」

「我呢，」達太安說，「請饒恕我，夫人，饒恕我曾採用有損紳士風度的手段激起您的憤怒，作為抵償，我饒恕您毒死我可憐的女友和您對我的多次殘酷報復。我饒恕您，我為您哭泣，您寧靜地死去吧！」

「**I am lost**，」[43] 米拉迪用英語喃喃自語，「**I must die.**」[44]

這時，她自己站起身來，掃視了四周，目光中帶著火。

她是看了，但什麼也沒有看見。

她是聽了，但什麼也沒有聽見。

她周圍站著的全都是她的仇敵。

「我在哪兒死？」她問。

「到對岸。」劊子手回答說。

於是他讓她上了渡船。當他自己正要上船時，阿托斯遞給他一筆錢。

「拿著，」阿托斯說，「這是執行死刑的費用。要讓人們看清楚，一切都是按法律程序辦事的。」

---

43. 英語，意為：我完了。
44. 英語，意為：我死定了。

「很好，」劊子手說，「那現在該輪到讓這個女人清楚，我不是在從事我的職業，而是在履行我的義務。」

他將錢扔進了河裡。

載著罪犯和行刑者的小船向利斯河的左岸駛去，其他所有的人都留在利斯河的右岸，並且全都屈膝跪倒在地。

小船順著船索，在此時倒映於水中的一片淡雲的反射下，緩緩遊弋。

右岸的人看見小船抵達對岸，船上的人影在淡紅色的地平線上浮現。

在小船行駛過程中，米拉迪終於解開了綁著她腳的繩子。當船靠岸時，她迅速地跳上了岸，然後拔腿就逃。

可是地面很潮濕。逃到河堤的護坡頂，她腳下一滑，便跌倒在地。

也許她瞭解到上蒼在拒絕救她，於是，她低著頭，雙手合十，仍保持她跌倒時所處的姿態，一下也不動。

這時候，河對岸的人看見劊子手的手臂慢慢抬起，他那闊大的劍鋒在殘月下反射出一道寒光，隨後抬起的雙臂猛地落下，只聽到受刑人的一聲慘叫，接著看到的是腦袋落到了地上，身子癱倒下去。

這時，劊子手脫下他的紅色披風，包起那屍體和那腦袋，然後抓起披風的四個角兒繫好，扛在肩上，重新登上了小船。

小船行至利斯河中央，他停下來將他的包裹懸在水面之上，高聲喊道：

「天主的審判得以實現！」

他鬆開手，讓屍體落進最深的水中，立刻被河水吞沒了。

三天過後，四個火槍手回到巴黎。在假期結束的那天晚上，他們一起對特雷維爾先生作了例行的拜訪。

「怎麼樣，先生們，」火槍隊隊長問他們，「這次旅行玩得還開心嗎？」

「棒極了！」阿托斯以他自己的名義，也以他朋友的名義回答道。

chapter 67 結局

翌月六號，國王恪守曾答應紅衣主教的諾言，按時離開巴黎返回拉羅舍爾。白金漢最近被殺的消息剛剛傳開，國王知道後驚愕不已。

當有人向王后稟報這一噩耗時，她不認為那消息是真實的，她甚至大叫起來：

「那是謠言！他不久前還給我寫過信。」

可是第二天，她終於不得不信這個噩耗了。根據查理一世的命令，曾被扣留在英國的拉波特現在回來了，並帶回了白金漢臨終前交給王后的禮物。

國王高興至極，甚至當著王后的面故意表現出這種得意。所有心胸狹窄的人都一樣，都缺乏寬厚和大度。

然而，沒過多久，國王重又變得心情抑鬱了。他覺得一回到營地，就要過上備受束縛的生活，但他還是回去了。

紅衣主教對於他來說是一條具有懾服力的遊蛇，而他則是一隻在枝頭上來回飛跳的小鳥，小鳥是無法擺脫遊蛇的。

返回拉羅舍爾的旅途單調乏味。我們四位朋友的表現尤其令他們的同夥倍感詫異。他們肩並肩地行路，眼神陰鬱。阿托斯時而抬起他那寬闊的前額，眼中閃出一道亮光或嘴角掠過一絲苦笑，而很快，他又和他的夥伴一樣，重又陷入沉思之中。

每到一個城市，將國王護送到安全之地後，四個朋友不是躲進宿地，就是某家僻靜的酒館，他們一邊低聲談話，一邊留心談話是否被人偷聽。

有一天，國王途中停下放鷹捉雀。四位朋友按照往常的習慣沒有隨從去打獵，而是停在大道邊的一家酒店。這時，一個人從拉羅舍爾飛馬而來，也在酒店門前停下，要喝上一杯。「喂！那是達太安先生吧！」那人說。

達太安抬起頭，發出一聲快樂的叫喊。被他稱為其影子的這個人，就是在默恩鎮的那個陌生人，也就是在掘墓人街和阿拉斯遇見過的那個陌生人。

達太安拔出佩劍，衝到門口。

但這一次，陌生人不僅沒有逃，而是匆忙跳下馬，徑直向達太安走來。

「啊！先生，」年輕人說，「我到底是找到了你，這一次您逃不了了！」

「我也沒想逃，這一次，我是以國王的名義逮捕您，我要求您交出您的劍。先生，不得抗拒，不要拿腦袋開玩笑，我警告您。」

「您究竟是什麼人？」達太安收了劍，但他沒有把劍交給他。

「我是德．羅什福爾騎士，」陌生人回答說，「紅衣主教的侍從，我受命押您去見紅衣主教閣下。」

「我們正返回紅衣主教閣下身邊，騎士先生，」阿托斯說道，「您要相信達太安先生的諾言，他馬上就直接前往拉羅舍爾。」

「我必須將他交給衛士，再由他們把他押回營地。」

「我們以貴族的榮譽擔保，先生，我們會為紅衣教主效勞的。」阿托斯緊蹙眉峰說，「我們絕對不會讓達太安先生離開我們。」

德．羅什福爾騎士發現波托斯和阿拉米斯早已站在他和店門之間。他明白，自己被包圍了。

「先生們，」他說，「如果達太安先生願意向我交出他的劍，並且向諸位一樣說話算數，我可以答應讓你們把他帶到紅衣主教閣下那裡。」

「我向您承諾，先生，」達太安說，「這是我的劍。」

「您這樣，我就方便多了，」德．羅什福爾說，「因為我還得繼續趕路。」

「如果您是去尋找米拉迪，」阿托斯冷冷地說，「那就不用找了，您再也不會找到她。」

「她怎麼了？」德．羅什福爾急忙問道。

「請回營地吧，您會知道的。」

羅什福爾沉思了片刻，想到離絮爾熱爾只有一天行程，紅衣主教將要到那裡迎駕，於是，他決定聽從阿托斯的建議，和他們一同回去。

再說，這樣回去對他有利，因為，他能親自監視他的囚犯。

他們一起上路了。

次日下午三點鐘，他們到達絮爾熱爾，紅衣主教正在那裡迎候路易十三國王。首相和國王十分親熱地互相問候，互相慶賀法蘭西擺脫掉英國這個仇敵。此後，紅衣主教從羅什福爾口中得知達太安已經抓到，便急於相見，故告別國王，同時邀其翌日前去觀看已經竣工的大堤工程。

晚間，紅衣主教回到石橋營地時，發現達太安徒手立於他下榻的門前，其他三位火槍手則全副武裝，站在達太安的身旁。

這一次，紅衣主教防衛森嚴，便神色嚴厲地望了他們一會兒，然後示意，讓達太安跟他走。

達太安服從了。

「我們等著您，達太安！」阿托斯說話時聲音高亢，為的是讓紅衣主教聽見。

紅衣主教閣下皺了皺眉頭，腳步停了片刻，然後，一言不發地繼續走了。

達太安緊跟紅衣主教進了門。隨後，門被人守住。

紅衣主教走進他那間兼作辦公室的房間，示意羅什福爾將年輕的火槍手帶進屋內。羅什福爾奉命行事，然後退了出去。

達太安獨自一人在紅衣主教的對面站著。他們這是第二次見面，達太安相信這也許是最後一次了。

黎塞留身貼壁爐而立，他和達太安之間僅有一桌相隔。

「先生，」紅衣主教說，「是我命令逮捕您的。」

「我已經知道了，大人。」

「您知道自己為什麼被捕嗎？」

「不知道，大人。因為能讓我可能被捕的唯一一件事，紅衣主教閣下還有所不知。」

黎塞留目光逼視著年輕人。

「噢！噢！」他說，「你這話是什麼意思？」

「倘若大人願意首先告訴我他人指控我的罪名，我就會告訴大人我所做的事。」

「您的罪名，就是換成比您地位再高的人也會人頭落地，先生！」紅衣主教說。

「什麼罪名，大人？」達太安鎮定自若，使紅衣主教為之駭然。

「您被指控曾和王國的敵人有通信聯繫，您被指控竊取國家機密，您被指控試圖破壞您將領的作戰計畫。」

「這些罪名是誰指控的，大人？」達太安問，他已經料到這個指控來自米拉迪，

「一個被我們國家司法部門烙過印記的女人，一個在法國嫁給了一個男人、在英國又嫁給另一個男人的女人，一個曾把她的第二個丈夫毒死又曾企圖毒死我本人的女人？」

「您在說些什麼，先生？」紅衣主教詫異地大聲說，「您說的是哪一個女人？」

「溫特勳爵夫人，」達太安回答說，「是的，我說的是溫特勳爵夫人。當主教閣下對她寵愛有加的時候，大人您對她所犯的種種罪行也許一無所知。」

「先生，」紅衣主教說，「如果溫特勳爵夫人犯下了您所說的罪行，她將受到懲罰。」

「她已受到懲罰了，大人。」

「誰懲罰了她？」

「我們。」

「她現在呢？」

「她死了。」

「死了！」紅衣主教重複地說了一句，他不相信自己親耳聽到的話。「死了！您是說……她已經死了？」

「她曾三次試圖殺死我，但我都寬恕了她。可是她殺死了我心愛的女人，於是我的朋友和我一起將她捉住，審訊後，並給她判了罪。」

接著，達太安向紅衣主教講述了在貝圖納的加爾默羅會修道院波那瑟夫人被毒害的經過，在那座孤零零茅舍裡的審判，以及利斯河畔的處決。

從不輕易顫慄的紅衣主教，此時全身顫慄起來。

但是，在腦子裡產生了一個新想法之後，他一直陰沉的臉漸漸開朗起來，最後變得心平氣和、並昇華到最完美的安詳神態。

「如此看來，」紅衣主教說，語調非常的溫和，「你們自己都自視為法官。而沒想到，你們沒有審判權就對一個人進行了這樣的懲罰，你們就是殺人犯？」

「大人，我向您發誓，我不曾有過片刻想要在您的面前保護我的腦袋，我將領受紅衣主教閣下想要對我的任何懲罰，我不會因怕死而苟且偷生。」

「對，這我知道，您是一個勇敢的人，先生，」紅衣主教幾乎含著親情說道，「所以，我要預先告訴您，您將受到審判，甚至被判處死刑。」

「如果換一個人，他會告訴閣下他口袋裡裝有特赦證書。而我，我只會對您說：請下令吧，大人，我已做好準備。」

「您有特赦證書？」黎塞留驚訝地問。

「是的，大人。」達太安說。

「是誰簽發的？國王？」

紅衣主教帶著一種奇特的輕蔑表情說了這兩句話。

「不，是閣下您簽發的。」

「我簽發的？您瘋了，先生！」

「大人肯定會認出自己的筆跡。」

於是達太安向紅衣主教遞上這份證書，它是阿托斯從米拉迪手中索來，又交給達太安當做護身符的。

紅衣主教閣下接過證書，聲音緩慢、抑揚頓挫地念道：

為了國家的利益，本文件持有者執行我的命令，履行了公務。

黎塞留

一六二七年十二月三日於羅塞爾

讀完後，紅衣主教陷入沉思，但他沒有將證書退還給達太安。

「他在思考用什麼酷刑讓我死去，」達太安低聲自語道，「好吧，他將看到一個紳士是怎樣視死如歸的。」

年輕火槍手鎮靜自若，做好了英勇赴死的準備。

黎塞留一直在沉思，最後，他抬起頭來，用他那鷹隼般的目光盯住了達太安的臉。在這張佈滿淚痕的臉上，他讀出了一個月來達太安所忍受的全部痛苦，他不止一次地想到這位二十一歲的後生會有怎樣的未來，想到，這個年輕人的活力、膽量和智慧會給一位英明的主人提供多麼大的幫助！

另一方面，米拉迪魔鬼般的才華已不止一次使他誠惶誠恐了，能一勞永逸地擺脫那個危險的同謀，他也是暗自高興的。

他緩慢地撕掉了達太安如此大度地交給他的那份證書。

「我完了。」達太安心裡想。

他向紅衣主教深深地鞠了一躬，以男子漢的氣概說道：「大人，但願您的意願得以實現。」

紅衣主教走到桌前，但沒有坐下，在一張已經寫滿三分之二的羊皮紙上又寫了幾行字，然後蓋上自己的印章。

「這就是我的判決書，」達太安對自己說，「他給我免除了長坐巴士底獄的厭倦和一場無休止的審判，這對我來說不能不是他的一番好意了。」

「拿著吧，先生，」紅衣主教對年輕人說，「我拿了您一張簽過名的空白證書，現在我再還您一份。您自己把這張委任書上缺少的一個姓名填上吧。」

達太安猶豫地接過那張證書，在上面瞅了一眼。

原來這是一份火槍隊副隊長的委任狀。

達太安跪到了紅衣主教的腳下。

「大人，」他說，「我的生命是屬於您的，從今以後任您支配。但是您給我的這份厚愛本人不配領受。我有三位朋友，他們比我功勞大，他們比我更高尚，因此……」

「您是一位誠實的小夥子，達太安，」紅衣主教打斷了他的話。他為戰勝這個天生叛逆倔強的達太安而陶醉了。「隨便您怎麼處理這個委任狀，儘管姓名是空白的，但您要記住，我只是給您的。」

「我永遠不會忘記，」達太安回答說，「請紅衣主教放心。」

紅衣主教轉過身，大聲喊道：

「羅什福爾！」

騎士也許就在門後，他立刻走了進來。

「羅什福爾，」紅衣主教說，「您看見達太安先生了，他將是我的一位朋友了，因此，你們要互相抱吻一下。如果你們想保留腦袋，那就放聰明一點！」

羅什福爾和達太安擁抱在了一起，相互用唇尖碰了碰對方的面頰。

他們同時走出房間。

「我們還會再見的，是不是，先生？」

「隨時恭候。」達太安說。

「機會會來的。」羅什福爾回答說。

「怎麼回事？」黎塞留打開門問道。

羅什福爾和達太安互相微微一笑，握了握手，又向紅衣主教閣下行個禮。

「我們開始不耐煩了。」阿托斯說。

「我不是來了嗎？朋友們！」達太安回答說，「我被免罪了，而且還受到了恩典。」

「怎麼回事？說來聽聽！」

「晚上，到晚上再說。」

就在當天晚上，達太安來到了阿托斯的住所。阿托斯正在喝一瓶西班牙葡萄酒。

他向阿托斯講述了自己見紅衣主教的經過，並將那張委任狀從衣袋裡掏了出來。

「喏，我親愛的阿托斯，您瞧，」他說，「它自然是屬於您的。」

阿托斯溫存而動情地微笑了。

「朋友，」他說，「對於阿托斯，這過重了，而對於德・拉費爾伯爵，這又太輕了。請您留著這份委任狀吧，它是屬於您的。啊，我的天主！您為了它付出了相當昂貴的代價啊。」

達太安走出阿托斯的房間，來到波托斯的住處。

波托斯身上穿著一件漂亮的上衣，衣服上滿是華麗的錦繡，他正對著鏡子照呢。

「哈哈！」波托斯招呼說，「是您呀，親愛的朋友！您覺得這件衣服對我還合適嗎？」

「棒極了！」達太安說，「不過我來向您推薦另一件衣服，它對您會更合適。」

「哪一件？」波托斯問。

「火槍隊副隊長制服。」

達太安向波托斯講述了他同紅衣主教相見的經過，又從衣袋裡拿出那份委任狀。

「喏，我親愛的，」他說，「在那上面寫上您的姓名，讓您成為我的好上司。」

波托斯向委任狀瞥了一眼，又將它還給了達太安。

「不錯，」波托斯說，「這東西使我很高興，但我沒有足夠的時間去當副隊長。就在我們出征貝圖納期間，我的那位公爵夫人的丈夫過世了。這樣的話，親愛的，我要娶那寡婦為妻。瞧，我已經試過我的婚禮服。請您留著副隊長的位置吧，親愛的。」

年輕人最後走進了阿拉米斯的房間。

他發現阿拉米斯正跪在一張跪凳上，額頭緊貼著日課經。

他向阿拉米斯講述了他和紅衣主教會見的經過，第三次從衣袋裡取出他那份委任狀。

「您，我們大家的朋友，我們大家的智慧之光，是我們的保護神，」達太安說，「請接受這份委任狀吧。總有您的智慧，以及幸運結果相伴隨的您，比誰都更配領受它。」

「嗨！親愛的朋友！」阿拉米斯說，「我們近來的種種冒險行為使我對軍人生活完全厭倦。這一次，我決心已定，圍城以後，我就進辣匝祿會[45]。請您留下這份委任狀

---

45. 天主教修會，由法國人僧味創建於巴黎辣匝祿教堂而得名。因為該教派派遣會士下鄉傳教，又稱「遣使會」。

吧。達太安，軍人的職業適合您，您將是一位正直而勇敢的隊長。」

達太安眼睛裡含著感激的淚水，又回到了阿托斯的住處。

阿托斯倚坐在桌子旁，正對著他的最後一杯西班牙馬拉加產葡萄酒出神。

「怎麼辦，」達太安說，「您看，他們也都拒絕了。」

「親愛的朋友，這是因為誰也比不上您更配領受這份委任狀。」

他拿起一杆鵝毛筆，在委任狀上寫上了達太安的姓名，然後交還給了他。

「我將不會再有朋友了，」青年人說，「唉！什麼都沒有了，只剩下酸楚的回憶……」

他雙手抱頭，雙頰上滾動著兩行淚珠。

「您還年輕，」阿托斯說，「**時間會讓這些回憶變得甜美的。**」

由於失去白金漢許諾過的英國海上艦隊和陸軍師團的支援，拉羅舍爾城在被圍困一年之後宣佈投降，一六二八年十月二十八日簽訂了投降條約。

當年十二月二十三日，國王回到巴黎。臣民為他齊聲喝彩，高呼萬歲。

他從市郊一座由青枝綠葉搭成的拱門下駕抵巴黎城。

達太安得到了他的軍銜。

波托斯退伍了，並在第二年娶了科克納爾夫人為妻。那只錢櫃裡裝著八十萬利弗爾，令人羨慕。

穆斯克東擁有了一套漂亮的跟班號衣，而且還得到了一生夢寐以求的滿足，那就是坐上了一輛鍍金的四輪豪華馬車的後身。

阿拉米斯在赴洛林旅行一趟以後突然銷聲匿跡，並中斷了和他三個朋友的書信來往。此後不久，從德・謝弗勒斯夫人和她的兩三個情夫的談話中才得知，他在南錫一家修道院皈依教門。

巴贊當了不受神品的辦事修士。

阿托斯在達太安的麾下繼續當火槍手。直到一六三三年，他去都蘭旅行了一趟，隨後以接受了一小筆遺產為由，離開了火槍隊。

格里默跟著阿托斯。

達太安和羅什福爾格鬥了三次，羅什福爾三次全敗。

「第四次格鬥，我可能會殺死您。」達太安邊說邊伸出手將對方扶了起來。

「就到此為止吧，」受傷者說，「見鬼！我比您想像的還要夠當您的朋友，因為自打第一次相遇，只要當時我對紅衣主教說句話，我就可能派人把您的脖子砍下來。」

這一次他們真的擁抱了，真心誠意、毫無提防。

普朗歇在羅什福爾的關照下，榮膺衛隊中士之職。

波那瑟先生過得安然自得。他壓根不知道妻子的下落，所以對她的失蹤也不放在心上。但是有一天，他突發奇想地提出要向紅衣主教表示問候，紅衣主教派人告訴他，日後會供給他所需的一切。

第二天，他晚上七點離開家，前往羅浮宮。從此以後，他在掘墓人街再也沒有露過面。有人說，他住在某個王室城堡裡，由紅衣主教閣下提供他所需一切以聊度終身。

經典新版世界名著：15

巴黎三劍客（下）【全新譯校】

作者：〔法〕大仲馬
譯者：郭志敏
發行人：陳曉林
出版所：風雲時代出版股份有限公司
地址：10576台北市民生東路五段178號7樓之3
電話：(02) 2756-0949
傳真：(02) 2765-3799
執行主編：劉宇青
美術設計：吳宗潔
行銷企劃：林安莉
業務總監：張瑋鳳

初版日期：2020年10月
版權授權：鄭紅峰
ISBN：978-986-352-886-9

風雲書網：http://www.eastbooks.com.tw
官方部落格：http://eastbooks.pixnet.net/blog
Facebook：http://www.facebook.com/h7560949
E-mail：h7560949@ms15.hinet.net
劃撥帳號：12043291
戶名：風雲時代出版股份有限公司

風雲發行所：33373桃園市龜山區公西村2鄰復興街304巷96號
電話：(03) 318-1378
傳真：(03) 318-1378
法律顧問：永然法律事務所 李永然律師
北辰著作權事務所 蕭雄淋律師

行政院新聞局局版台業字第3595號 營利事業統一編號22759935

定價：440元

國家圖書館出版品預行編目資料

巴黎三劍客 / 大仲馬著；郭志敏譯. -- 臺北市：風雲時代, 2020.09 冊； 公分
譯自：The three musketeers.
ISBN 978-986-352-886-9 (下冊：平裝)

876.57 109011313